Leisha Kelly

Hannas Traum

Roman

Über die Autorin

Leisha Kelly wuchs auf dem Land im amerikanischen Bundesstaat Illinois auf. Mit ihrem Mann und ihren beiden Kindern lebt sie in einem 130 Jahre alten Haus. Mit ihrem Debut-Roman „Julias Zuflucht" hat sie in Amerika bereits viele Leser begeistert.

Leisha Kelly

Hannas Traum

Roman

Gerth Medien

Die amerikanische Originalausgabe erschien im Verlag
Fleming H. Revell, a division of Baker Publishing Group,
unter dem Titel „Katies Dream".

Aus dem Amerikanischen übersetzt von Antje Balters

Best.-Nr. 816 137
ISBN 978-3-86591-137-7
1. Auflage 2007
Umschlaggestaltung: Hanni Plato
Umschlagfoto 816137: Corbis, Spike Powell
Umschlagfoto 16137: Corbis, Randy Wells
Satz: Typostudio Rücker
Druck und Verarbeitung: GGP Media GmbH, Pößneck
Printed in Germany

Meinem liebevollen, sanften
schwer arbeitenden Mann in Liebe

Und für Debi und die anderen wundervollen
Freunde aus der Gemeinde,
die meiner Familie geholfen haben,
damit ich die Zeit hatte,
dieses Buch zu schreiben

Ein jegliches hat seine Zeit und alles Vorhaben
unter dem Himmel hat seine Stunde:
Geboren werden hat seine Zeit, sterben hat seine Zeit;
pflanzen hat seine Zeit,
ausreißen, was gepflanzt ist, hat seine Zeit;
töten hat seine Zeit, heilen hat seine Zeit;
abbrechen hat seine Zeit, bauen hat seine Zeit;
weinen hat seine Zeit, lachen hat seine Zeit;
klagen hat seine Zeit, tanzen hat seine Zeit;
Steine wegwerfen hat seine Zeit,
Steine sammeln hat seine Zeit.

Prediger 3,1-5

Prolog

Samuel und Julia Wortham hatten zusammen mit ihren beiden Kindern sieben sehr schwierige Monate hinter sich, seit sie ihre liebe Freundin Emma Graham verloren hatten. In derselben Nacht, in der Emma von ihnen gegangen war, hatten auch die zehn Kinder ihrer Nachbarn, die Hammonds, ihre Mutter Wilametta verloren. Die Worthams und die Hammonds hatten all das Schwere, das dem gefolgt war, gemeinsam erlitten und durchgestanden.

Heute war der 4. Juli, der amerikanische Nationalfeiertag, und auch in der Kleinstadt *Dearing* im Bundesstaat *Illinois* wurde dieser Tag feierlich begangen. Für die Worthams und die Hammonds eine wunderbare Gelegenheit, einmal den Alltag hinter sich zu lassen und sich ein wenig zu erholen. Noch ahnte keiner von ihnen, was auf sie zukommen sollte.

Durchgeschüttelt auf dem Rücksitz des 1920er Fords glitt Hanna schließlich in den Schlaf hinüber, als sie gerade einen Bach überquerten, der sich durch die Landschaft schlängelte. Sie hörte nicht mehr das Geräusch des Motors und auch nicht das Gemurmel des Fahrers, der immer wieder Selbstgespräche führte. Alles, was sie jetzt hörte, war die süße, sanfte Stimme von jemand anderem, vielleicht einer anderen Art von Mutter, die an ihrem Bett saß und nur für sie allein ein Lied sang.

1

Julia

4. Juli 1932

Samuel lag lang ausgestreckt schlafend vor mir auf der Decke und verpasste deshalb das gesamte Feuerwerk. Dabei war das Feuerwerk der Grund gewesen, weshalb er überhaupt mitgekommen war.

„Sollen wir ihn nicht lieber wecken, Mama?", bettelte die sechsjährige Sarah. „Er verpasst ja alles."

„Ich weiß nicht, Schätzchen. Wenn er das alles hier verschläft, dann braucht er den Schlaf ja anscheinend ganz dringend."

Wir waren von allen Hammond-Kindern umringt, und die kleineren von ihnen waren wirklich alles andere als ruhig gewesen, ganz zu schweigen von dem Lärm, den Oliver Porters Feuerwerk machte. Das Feuerwerk war von den Porters, der einzigen wohlhabenden Familie in der ganzen Gegend, spendiert worden, wohl in der Hoffnung, dadurch die allgemein pessimistische Stimmung im Ort und in der Gegend ein bisschen zu verbessern.

Kirk Hammond schüttelte den Kopf über Sarah. „Pa sagt, dass man niemals 'n erwachs'nen Mann weck'n darf. Höchstens wenn's Haus brennt."

„Es gibt auch noch andere Gründe", behauptete seine sechzehnjährige Schwester Lizbeth. „Zum Beispiel wenn die Schweine ausgebüxt sind." Sie wiegte gerade ihre jüngste Schwester, die noch ein Baby war, sanft in den Schlaf.

Es schien sehr viel länger als sieben Monate her zu sein, dass diese Kinder ihre Mutter und dann beinahe auch noch den Vater verloren hatten.

George Hammond war an diesem Tag nicht mit von der Partie. Er hatte von sich aus angeboten, dass er sich um die Tiere und das Melken kümmern würde, wenn wir seine Kinder mit nach *Dearing* nahmen. Er gönnte es seinen Kindern, auch einmal ein solches Spektakel mitzuerleben, das in *Dearing* etwas wirklich Außergewöhnliches war. Auch schon vor der großen Wirtschaftskrise, unter der zurzeit alle Bewohner litten, hatte es solche Veranstaltungen so gut wie nie gegeben.

Vor dem spektakulären Feuerwerk hatte es bereits eine Vorführung neuer Traktoren gegeben, eine Rinderausstellung und ein Autorennen mitten durch die Stadt. Die großen Jungen, einschließlich unseres elfjährigen Robert, hatten Samuel bestürmt, doch an dem Rennen teilzunehmen, in erster Linie wegen der drei Dollar Preisgeld, die ausgesetzt waren. Aber Samuel wollte nicht mitmachen, weil der Lastwagen, mit dem wir gekommen waren, geliehen war.

„In *Pennsylvania* waren solche Rennen viel besser und größer", sagte Robert und verscheuchte dabei eine Mücke.

„Hier in *Illinois* gibt es in anderen Orten bestimmt auch noch größere", sagte ich zu ihm. „Aber *Dearing* ist eben eine kleine Stadt und es ist doch schön, dass hier überhaupt so etwas veranstaltet wird."

Ich schaute mich auf dem Platz um, auf dem die meisten der Aktivitäten des Tages stattgefunden hatten. An den vier Ecken sowie an mehreren anderen stark frequentierten Stellen, wie beispielsweise dem Getränkestand, hatte man Laternen aufgestellt. Manche Leute hatten auch ihre eigenen Laternen mitgebracht, sodass überall in der Menschenmenge helle Punkte leuchteten. Das war ein so hübsches Bild, dass ich lächeln musste.

Aber Willy verzog sein Gesicht und sagte: „Es war aber gar nich' schön, wie Beula Pratt und Gussy Welty so laut gesungen ham. Da hätt ich aber gut drauf verzicht'n könn'." Willy war im selben Alter wie unser Robert, und die beiden hatten in letzter Zeit eine ziemlich negative Haltung.

„Mir hat das Singen gefallen", widersprach Sarah ihm. „Am liebsten mag ich die Nationalhymne. Und die anderen Lieder waren auch schön."

„Die war'n patriotisch", stimmte Lizbeth zu. „Und an diesem besonder'n Tag soll'n wir ja auch besonders patriotisch sein."

Der dreizehnjährige Kirk schüttelte den Kopf. „Also von Mr Porters Rede hab ich gar nix kapiert – na ja –, nich' alles wenigstens. War viel zu lang."

„Ja, die ganze Unabhängigkeitserklärung", sagte der neunjährige Franky stolz. „Die wichtigsten Worte im ganz'n Land."

„Was weißt denn du schon?", fragte Willy. „Du bis' doch der dümmste Kerl inner ganz'n Gegend."

Darauf sagte Franky nichts. Wie immer, wenn er solche Dinge über sich zu hören bekam, was leider viel zu oft der Fall war.

„Er is' nich' dumm, und das weißt'u ganz genau", sagte Lizbeth zur Verteidigung ihres Bruders. „Man muss nich' lesen, um Sachen zu verstehn, un' er versteht viel mehr als du. Also halt einfach 'n Mund."

Ich sagte dazu nichts mehr, weil das ja nun schon Lizbeth getan hatte. Aber normalerweise verteidigte ich Franky, obwohl er mir schon mehr als einmal gesagt hatte, ich bräuchte mir deshalb keine Gedanken zu machen. Ich wusste, dass er etwas Besonderes war, obwohl er mit Buchstaben und allem, was damit zu tun hatte, auf Kriegsfuß stand. Lizbeth hatte ganz Recht, was ihn betraf. Er verstand fast alles, was er hörte, und konnte es sich auch mühelos merken und wiedergeben. Es gab Zeiten, da wirkte er ganz und gar nicht wie neun, sondern viel älter, obwohl er kaum größer war als Sarah.

Berty Hammond, der Vierjährige dagegen, wuchs in Riesenschüben, benahm sich aber meistens wie ein Baby, um Aufmerksamkeit zu bekommen. Er kam angeflitzt, bahnte sich einen Weg auf meinen Schoß und legte schließlich, den Daumen im Mund, seinen kleinen Kopf an meine Schulter.

„Bist du müde, Berty?"

Er schüttelte den Kopf, aber ich wusste, dass ich trotzdem Recht hatte. Alle waren müde. Es war schon dunkel, und der Heimweg würde auch noch eine ganze Weile dauern.

Sam, der älteste der Hammond-Jungen, hatte offenbar genau dasselbe gedacht. „Wir müssen uns jetz' mal langsam auf'n Weg machen. Und vielleicht is' es ja besser, wenn ich jetz fahr, Mrs Wortham. Mr Wortham is' ja hundemüde."

„Vielleicht ist das wirklich besser", sagte ich und wusste, wie sehr er sich über diese Gelegenheit freute. Sam war siebzehn und für sein Alter schon ziemlich vernünftig.

„Könn' wir bei euch schlaf'n?", fragte Rorey und drückte die Puppe, die ich ihr zu Weihnachten gemacht hatte, fest an sich.

„Nicht alle. Euer Vater hat gesagt, dass das zu viel wäre."

„Kann ich denn dableiben?"

„Wir werden sehen." Berty schlang seine Arme ganz fest um meinen Hals. George hätte schon im Voraus bestimmen müssen, wer von ihnen diesmal bei uns übernachten durfte und wer nicht, statt die Entscheidung uns zu überlassen. Das wäre für uns alle einfacher gewesen. George tat zwar viel, aber er überließ auch immer noch vieles uns und seinen älteren Kindern, besonders Lizbeth.

Von dem Podest der Musiker aus, auf dem auch das Feuerwerk gezündet wurde, war jetzt eine Art anhaltendes Geknatter zu hören, gefolgt von einer Explosion aus Licht und Lärm. Ich legte meine Hand auf Samuels Schulter, weil ich wusste, dass die Vorstellung jetzt fast zu Ende war. Es wurde Zeit, unsere Decken auszuschütteln und zusammenzulegen und dann all die Kinder nach Hause und ins Bett zu bringen.

Samuel drehte sich um und sah mich in der Dunkelheit an. Einen Augenblick lang glaubte ich diesen Blick in seinen Augen wahrgenommen zu haben, mit dem er mich schon früher angeschaut hatte, damals, als wir gerade geheiratet hatten und er ständig schlimme Träume gehabt hatte. Er hatte damals nicht darüber gesprochen und auch jetzt sagte er nichts. Er setzte sich nur auf und erhob sich, bereit, sich wieder dem ganz normalen Alltagsleben zuzuwenden.

Oliver Porter wünschte mit seiner tiefen, dröhnenden Stimme allen noch eine gute Nacht, was die Kinder schließlich als Aufforderung nahmen, sich eines nach dem anderen zu erheben. Der fünfjährige Harry versuchte sich zu den Humkeys davonzustehlen, von denen er zuvor einen Lutscher bekommen hatte, aber Joey packte ihn am Arm und hielt ihn zurück. Samuel nahm unsere Decke und legte sie ordentlich zusammen. Auch Franky legte die Decke, auf der er mit seinen Geschwistern gesessen hatte, zusammen und klemmte sie sich dann unter den Arm. Berty wollte mich nicht loslassen, also behielt ich ihn auf dem Arm, weil ich annahm, dass er dann vielleicht schneller einschlafen würde.

„Ich muss bei Robert bleiben", sagte Willy. „Dann können wir morgen früher angeln gehen."

„Gut", stimmte ich zu. „Aber denk daran, dein Vater hat gesagt hat, dass ihr nur bis zum Mittag angeln könnt. Danach musst du ihm bei der Arbeit auf dem Feld helfen."

„Angeln is' doch auch Arbeit", protestierte Willy. „Vielleicht krieg'n wir ja sogar 'n Abendessen zusamm'."

„Das wäre wunderbar. Ich hoffe, dass ihr das schafft, aber ihr könnt nicht den ganzen Tag angeln, egal, wie gut die Fische beißen. Du tust, was dein Vater gesagt hat."

Samuel stand da und ließ seinen Blick über den Park schweifen, der mitten in der Stadt lag, und über das Menschengewimmel zwischen den großen alten Bäumen. Ich hätte zu gern gewusst, was er gerade dachte und was in ihm vorging. Wir hatten inzwischen kaum noch Zeit, um miteinander zu reden. Nur einfach unseren ganz normalen Alltag zu bewältigen, forderte bereits all unsere Kräfte – die Arbeit auf der Farm, die Emma uns geschenkt hatte, und unsere Bemühungen, all die vielen Kinder satt zu bekommen und ihnen und uns ein halbwegs anständiges Leben zu ermöglichen. Es schien fast so, als wären wir inzwischen die Eltern aller Kinder und nicht nur unserer beiden. George Hammond beließ es auch dabei und machte keinerlei Anstalten, daran etwas zu ändern. Er war ein anständiger Vater und gab sich wirklich Mühe, aber er schien nicht in der Lage zu sein, es auch nur ein paar Tage lang ohne uns zu schaffen.

„Ich wünschte, ich hätt'n paar Knaller", sagte Harry und versuchte erneut, Joey zu entwischen.

„Gott sei Dank hast du keine", sagte ich. „Nicht auszudenken, was passieren würde, wenn du so etwas in die Hände bekämst."

Harry war wirklich schwerer zu bändigen als alle anderen. Er musste einfach alles ausprobieren – meist mehrmals – und hatte anscheinend vor nichts und niemandem Angst.

„Ich würd sie nur verknallern", sagte er zu mir. „Das würd toll Lärm mach'n, und ich würd ausprobiern, ob euer Hund davon bellt."

Unser Hund Whiskers bellte viel, besonders wenn er Waschbären und Igel witterte. Menschen, die er kannte, bellte er dagegen nicht an, besonders Kinder nicht, obwohl Harry immer wieder versuchte, genau das zu erreichen.

„Lass bloß den Hund in Ruhe", warnte Robert ihn. „Irgendwann wird er richtig sauer auf dich, und dann fällt er dich an und beißt dich."

„Whiskers doch nicht", sagte Sarah. „Der ist doch so süß."

„Auf jetzt", sagte Samuel ganz plötzlich. „Lasst uns zum Wagen gehen." Er nahm mir Berty vom Arm, schwang ihn sich auf die Schultern und ging voraus, quer über den Platz, wo er mitten zwischen den anderen Fahrzeugen, von denen die meisten uralt waren und nur von Draht und Erfindergeist zusammengehalten wurden, Barrett Posts Lastwagen geparkt hatte.

Mit Sarah an der einen Hand und Rorey an der anderen ging

ich hinter ihm her. Ich fühlte mich plötzlich unendlich müde und erschöpft und wollte nur noch ins Bett.

Auf dem Weg zu unserem Wagen kam uns die junge Thelma Pratt hinterhergelaufen, um Sam Hammond zu begrüßen und zu fragen, ob sie ihn Sonntag in der Kirche sehen würde.

„Äh, also ... ja, soweit ich weiß", sagte er, offenbar von ihrer Aufmerksamkeit peinlich berührt.

Ich musste lächeln. „Gute Nacht dann, Thelma", sagte ich noch. „Grüß deine Mutter und sag deiner Schwester, dass sie sehr schön gesungen hat."

„Danke, Mrs Wortham, das werde ich ausrichten." Sie warf noch einmal einen Blick in Sams Richtung und verschwand dann wieder in der Menge.

Kirk stieß Sam den Ellbogen in die Seite, aber der schlaksige Teenager schob seinen Bruder schnell beiseite und ging weiter neben uns an der Spitze des kleinen Zuges. Er hatte mir vor ungefähr zwei Wochen erzählt, dass er Thelma Pratt mochte, aber er war nicht gerade begeistert davon, dass es jetzt alle anderen auch wussten.

In der Nähe des Standes, an dem Limonade ausgeschenkt worden war, sah ich Ben Porter stehen und nutzte die Gelegenheit, ihm, seinem Onkel und seiner Tante persönlich dafür zu danken, dass sie durch ihre großzügige Spende das Fest ermöglicht hatten. Lizbeth bedankte sich besonders dafür, dass sie uns zusätzlich Popcorn und kalte Limonade spendiert hatten. Sonst hätten wir uns beides gar nicht leisten können.

„So was will ich auch mal mach'n, wenn ich groß bin", bemerkte Franky im Weitergehen. „Ich will mal viel Geld ham, damit ich davon was für Leute mach'n kann. Das macht bestimmt Spaß, wenn ich seh, wie se sich freu'n und sich nich' nur Sorgen wegen allem mach'n."

Es überraschte mich nicht, so etwas aus seinem Mund zu hören, aber Willy und Kirk schüttelten nur den Kopf darüber.

„Du has' doch nie im Leben Geld", sagte Willy. „Es gibt dir doch keiner Geld für nix."

„Es reicht jetzt, Willy", warnte ich ihn.

„Is' doch wahr! Pa sagt, dass man bei jedem Job wenigstens sein' Namen schreiben muss."

„Ich kann unterschreiben", sagte Franky tapfer.

„Ja klar", sagte Willy lachend. „Und bei der einen Hälfte vom

Namen fehl'n jede Menge Buchstaben und die andere Hälfte is' rückwärts."

„Willst du, dass ich deinem Vater erzähle, wie du dich benommen hast?", fragte ich ihn.

„Is' mir doch egal", entgegnete Willy keck. „Der macht sowieso nix. Der denkt das doch auch."

Leider war ich mir nicht so sicher, dass das nicht stimmte. Aber da drehte Samuel sich um und sah uns an. Berty saß immer noch auf seinen Schultern. „Ich habe keine Zweifel an Franky", sagte er. „Er kann jederzeit bei mir arbeiten, wenn er will. Und es gibt bestimmt viele Leute, die genauso denken, wenn sie mal sehen, wie er mit Holz umgehen kann. Nicht jeder hat eine Gabe, die man schon in so jungen Jahren erkennen kann."

Franky lächelte und Willy schaute grimmig drein. Vielleicht hätte ich auch noch was zu diesem Thema gesagt, wäre ich nicht genau in diesem Augenblick beinahe mit Hazel Sharpe zusammengestoßen. Ihre Laterne stieß gegen mein Bein und wir griffen beide danach, um sie wieder ins Gleichgewicht zu bringen.

Sie sah kleiner aus denn je und ihre alten Schultern waren noch gebeugter als sonst. Ihr Neffe Herman ging direkt hinter ihr und trug ihren Stuhl. Hazel musste also hergekommen sein, um sich die Vorstellung anzuschauen. Das überraschte mich ein wenig.

„Ach, Miss Hazel, entschuldigen Sie vielmals. Ich habe Sie gar nicht kommen sehen."

„Das glaube ich ja nicht, Julia Wortham!" Sie hob ihre Laterne ein wenig hoch, um mich von oben bis unten zu mustern. „Immer was anderes im Kopf. Und dann sind Sie wieder mal mit all den Hammonds hier draußen unterwegs! Und die sehen alle aus wie Lumpengesindel! Hat denn dieser George gar kein bisschen Selbstachtung mehr? Wo ist der denn überhaupt?"

„Zu Hause. Er kümmert sich ums Melken und Füttern", antwortete ich schnell. Wieso musste sie eigentlich ständig derart bissige Fragen stellen und vernichtende Bemerkungen machen – und das auch noch vor den Kindern? Keines von ihnen sah wirklich schlecht aus, nur ein bisschen schmuddelig und müde, wie man eben nach so einem Tag im Freien nun mal aussah. Außerdem war es dunkel, was machte es also da schon für einen Unterschied? Wieso musste sie sich nur dauernd so benehmen, als wäre es ihre Lebensaufgabe, dafür zu sorgen, dass Menschen sich richtig schlecht fühlen?

„Guten Abend“, flüsterte Sarah ihr zu, und Rorey sagte es wie ein Echo ebenfalls. Aber Miss Hazel reagierte nicht darauf, ja sie sah die beiden noch nicht einmal an.

„Nun mach schon, Herman“, schnaubte sie. „Ist schon so spät. Ich wusste ja nicht, dass Porter uns die halbe Nacht wach halten würde.“

„Das war doch eine nette Vorstellung, nicht wahr?“, fragte ich.

Sie ignorierte mich und ging wie üblich schnellen Schrittes weiter.

„Gute Nacht, Miss Hazel“, rief ich ihr noch nach. „Gute Nacht, Herman.“

„Ihnen auch gute Nacht“, antwortete Herman mit einem Nicken und hastete dann mitsamt dem Stuhl weiter.

Ich fragte mich, wie es wohl sein mochte, Hazel Sharps Neffe zu sein. Sie hatte insgesamt drei Neffen, alle bereits verheiratet und mit eigenen Familien, aber Herman war der einzige, der immer noch kam, wenn sie ihn bei diesem oder jenem um Hilfe bat. Es war schwer vorstellbar, dass sie sich bei ihm bedankte, aber ich hoffte, dass sie wenigstens so höflich war. Ich nahm an, dass Herman ein geduldiger Mensch sein musste, denn er war ziemlich ruhig, jedenfalls wenn sie in der Nähe war.

„Ich weiß gar nich’, warum Se sich die Müh’ machen“, sagte der vierzehnjährige Joe, als Hazel und Herman außer Hörweite waren. „Sie will doch gar nich’ mit uns reden.“

„Ich tue es aber trotzdem“, entgegnete ich. „Jedes Mal wenn ich sie treffe, rede ich mit ihr und bin so freundlich zu ihr, wie ich kann. Irgendwann wird sie schon weich werden.“

„Das is’ ihr wahrscheinlich erst einmal in ihr’m ganzen Leben passiert“, sagte er. „Als Emma gestorben is’. Ich habe se bis jetzt nur ein einziges Mal weich erlebt. Sie kann kein’ von uns leiden, und ich glaub auch nich’, dass sich dran was ändert, wenn wir mit ihr zusammen in der Kirche sitzen oder mit ihr reden.“

Ich war erstaunt über den scharfen Ton, in dem er das sagte. Normalerweise war Joe nämlich eher still und zurückhaltend. Doch vielleicht war er es auch einfach leid, kleingemacht und abgewertet zu werden. „Diese Hammonds“ nannte Hazel sie immer in ihrer schnippischen, herablassenden Art. Ich hatte noch nie miterlebt, dass sie einen von ihnen direkt angesprochen hatte. Dafür hatte sie ausgesprochen viel über die Hammonds zu erzählen.

„Vielleicht ändert sie sich dadurch wirklich nicht", sagte ich. „Aber Emma mochte sie, und um Emmas willen werde ich das auch tun. Einfach, weil es richtig ist."

Joe schüttelte den Kopf. „Sie läuft nur rum un' verspritzt ihr Gift. Ich frag mich, was der gute Herr wohl über se sagt, wo se doch zu den Gemeindeältesten gehört."

„Das geht dich gar nix an", sagte Lizbeth jetzt zu ihm. „Du kannst höchstens für se beten."

Mit Harry an der Hand ging Joe einfach mit uns weiter, ohne die Worte seiner Schwester weiter zu beachten. Und ich verstand, wie er sich fühlen musste. Seit Wilamettas Tod waren viele Menschen zu Samuel und mir gekommen, um uns ihre Hochachtung dafür auszudrücken, dass wir die Hammonds so unterstützten, aber den Kindern und ihrem Vater sagte so gut wie niemand, wie leid es ihnen tat, dass sie diese Hilfe überhaupt brauchten. Und Hazel hatte mehr als alle anderen eine Art zu reden, dass jedes Wort wie ein Messerstich saß.

Wir erreichten schließlich den alten Lastwagen, und Samuel hob Berty von seinen Schultern und setzte ihn auf die Ladefläche. Robert und Willy quetschten sich auf den Beifahrersitz, sodass für den Fahrer kaum noch Platz war. Samuel drehte sich um, um Lizbeth mit dem Baby zu helfen, während der Rest der Bande und auch ich beim Auto ankamen.

„Soll ich fahr'n?", fragte der junge Sam Samuel. „Se sahen vorhin mächtig müd' aus."

„Ich habe geschlafen", gab Samuel zu. „Und du kannst gern fahren. Wenn du nicht zu müde bist."

„Oh nein! Kein bisschen!"

Samuel wusste genauso gut wie ich, dass der junge Sam jede Gelegenheit nutzte, um ein Auto zu fahren. Sam konnte einfach nicht begreifen, wieso sein Vater sagte, er würde selbst dann keines kaufen, wenn er das nötige Geld dafür hätte. George zog sein Pferdegespann einem motorisierten Fahrzeug vor, und einige der anderen Jungen sahen das genauso, besonders Kirk.

Ich half Sarah und Rorey beim Aufsteigen auf die Ladefläche, aber Harry hangelte sich alleine hinauf und sprang dann mit Schwung und einem begeisterten Aufschrei auf die Ladefläche.

„Nun sei doch still!“, ermahnte Lizbeth ihn. „Du weckst noch das Baby auf.“

Es war ein ziemliches Gedrängel, bis neun der Kinder und dann auch noch Samuel und ich auf der Ladefläche Platz gefunden hatten. Lizbeth hielt Emma Grace auf dem Arm, Berty turnte auf Samuel herum und die beiden Mädchen kuschelten sich so eng, wie es nur ging, aneinander. Als der junge Sam den Motor anließ, versuchte Joe seinen Bruder Harry dazu zu bewegen, sich hinzusetzen. Kirk stolperte über unseren Picknickkorb und versuchte sich noch wieder zu fangen, während Franky einfach dasaß und auf die Stadt schaute, als wären wir anderen gar nicht vorhanden.

Samuel nahm mir die zusammengelegte Decke ab und berührte dabei sanft meine Hand. „Wie schön die Sterne heute sind“, sagte er und seine dunklen Augen glänzten im Mondlicht.

„Es war ein schöner Tag. Danke dafür.“ Ich beugte mich zu ihm hinüber und küsste ihn. Es war nur ein kleines flüchtiges Küsschen, aber Sarah kicherte und Harry stampfte mit dem Fuß auf.

„Sei still“, warnte Lizbeth ihn erneut. „Du sollst ruhig sein und einfach still sitzen.“

Als wir die Harper Street entlangfuhren, vorbei an den vielen mit Brettern vernagelten Geschäften, musste ich an all die anderen Firmen denken, die ebenfalls aufgegeben hatten. Das Jahr 1932 war für *Dearing* kein gutes Jahr gewesen, so viel stand fest. Sogar die *Farmer's State Bank* hatte ihre Pforten geschlossen. Ein paar Leute hatte ich sagen hören, dass Oliver Porter und seine Familie lieber Körbe mit Lebensmitteln hätten verteilen sollen, statt Feste zu veranstalten. In der ganzen Gegend gab es von nichts genug, außer von Kindern.

Ich war ziemlich besorgt, weil wir wie viele andere Familien auch kein Geld mehr hatten. Die letzten paar Cent hatten wir vor ein paar Wochen für Mais- und Weizenmehl ausgegeben, aber wir brauchten schon wieder so vieles oder würden es demnächst brauchen. Ich wusste, dass es George Hammond genauso ging, weil wir uns mit allem Möglichen gegenseitig aushalfen, um überhaupt irgendwie über die Runden zu kommen. Wo sollten wir bloß für all die Kinder Schuhe herbekommen, bevor nach den Sommerferien das neue Schuljahr begann? Jedes Kind war aus seinen Schuhen herausgewachsen, und die meisten Schuhe, die sie hatten, waren bereits so zerschlissen, dass sie nicht mehr an das nächstkleinere Kind weitervererbt werden konnten.

Als ich in die müden Gesichter all der Kinder sah, war ich besonders froh über die Großzügigkeit der Porters, weil dieser erlebnisreiche Tag uns nichts gekostet hatte außer der Arbeit, die Samuel auf Barrett Posts Farm getan hatte, als Gegenleistung dafür, dass er uns sein Auto borgte. Nur einmal hatte Sarah uns gefragt, ob wir ihr an einem der Stände auf dem Gehweg etwas kaufen könnten, und sie war gar nicht besonders enttäuscht gewesen, als wir das verneint hatten.

Ich konnte mich noch an einen vierten Juli vor vielen Jahren erinnern, als mich mein Vater zu den Feiern einmal mitgenommen hatte und mir bei den Straßenhändlern so viele Sachen gekauft hatte, dass ich sie kaum allein hatte nach Hause tragen können. Ich musste damals erst ungefähr sechs oder sieben Jahre alt gewesen sein, aber ich konnte mich noch genau an die Reaktion meiner Großmutter Pearl erinnern.

„Sachen sind was Nettes“, hatte sie gesagt. „Aber zu viele davon machen einen schwach. Was, wenn mal wirklich schwere Zeiten kommen?“

Als dann für Daddy schwere Zeiten gekommen waren, hatte er sie nicht besonders gut gemeistert. Es hatte ihm gefallen, in seinem Vertreterjob unterwegs zu sein und dann wieder nach Hause zu kommen und mich mit allem zu verwöhnen, was man für Geld kaufen konnte. Als er aber dann seine Arbeit verloren hatte, war er nicht zu Großmutter Pearl gegangen, um mit ihr darüber zu reden, wie er es hätte tun sollen. Nein, er war gar nicht mehr nach Hause zurückgekommen, und wir hatten drei Monate lang in Ungewissheit gewartet, bis wir erfuhren, dass er bei einem Zugunglück oben in Maine ums Leben gekommen war. Ich habe nie erfahren, wieso er eigentlich dort gewesen war und was er dort gemacht hatte.

In dem dämmrigen Licht schaute ich jetzt zu Sam hinüber. Er hatte den Kopf an die Reling der Ladefläche angelehnt und seine Augen waren wieder geschlossen. Kein Wunder, dass er müde war. Als Sam Anfang 1930 seine Arbeit verloren hatte, war er, statt wie mein Vater davonzulaufen, mit uns hierher nach Illinois gekommen und hatte seitdem ohne Pause gearbeitet – alles, was es zu tun gab –, und jetzt auch noch zusätzlich die Arbeit bei unseren Nachbarn. Emma wäre stolz auf ihn gewesen, wenn sie noch miterlebt hätte, wie er George half, als wären sie Brüder. Manchmal schien es fast so, als hätte sie uns die Hammonds ebenso hinterlassen wie ihr Haus, mit der eindeutigen Absicht, dass wir sie wie unsere eigene Familie behandeln sollten.

Ich hätte mich gern in Samuels Arme geschmiegt, so wie Sarah sich bei mir eingekuschelt hatte. Wir hatten nie darum gebeten, für so viele Kinder verantwortlich zu sein, aber Samuel hatte sich nie darüber beklagt, nicht ein einziges Mal. Ich hätte ihm gern noch einen Kuss gegeben und ihm gesagt, wie dankbar ich für seine Freundlichkeit und Güte war, aber nicht jetzt vor all den Kindern.

„Mr Wortham“, sagte plötzlich Franky mit einer Stimme, die wie aus der Ferne zu kommen schien. „Warum hat Gott eigentlich so viele Menschen gemacht?“

„Was?“, fragte Samuel. Er wirkte aufgeschreckt, denn er war gerade in den Schlaf hinübergeglitten, während der Wagen um eine Straßenecke holperte und nun hinaus ins offene Land fuhr.

„Warum hat Gott so viele Menschen gemacht? Ein paar weniger hätten's doch wohl auch getan.“ Franky hatte sich umgedreht, und ich konnte im Mondlicht sein ernstes Gesicht sehen. „Er hätt doch auch nur so zwei oder so mach'n könn'“, fuhr er fort, „statt Hunderte, Hunderte Städte. Un' dann noch all die Leute, die's schon vor uns gegeben hat. Das sin' ja noch viel mehr.“

„Was weißt du denn von solch'n Sachen?“, schnaubte Kirk verächtlich.

„Nich' viel. Darum frag ich ja.“

„Ich weiß darüber auch nicht gerade viel“, sagte Samuel zu den beiden. „Aber ich nehme an, Gott hat für jeden Menschen einen Zweck und ein Ziel, so schwer das auch manchmal zu erkennen ist.“

„Sogar für Leute, die gar nix mit ihm zu tun haben woll'n?“

„Sogar für die." Samuel seufzte. „Aber er hat mit jedem Gutes im Sinn. Es wollen nur nicht alle auf ihn hören, aber das ist ja nicht seine Schuld."

„Aber es sin' so viele", sagte Franky noch einmal. „Ich versteh das nich'. Un' das is' ja auch ganz schön mutig, wenn er se einfach so machen lässt, oder? Man weiß ja nie, was passiert, oder?"

„Franky ..." Kirk schüttelte ungeduldig den Kopf. „Warum hältst du nich' einfach 'n Mund – du hältst doch nur die Leute wach mit dei'm Gerede."

„Mich stört er nicht", sagte Lizbeth ganz ruhig. „Und Emmie Grace auch nicht."

„Er denkt heute Abend nur über vieles nach, Kirk", sagte Samuel. „Und das kann auf keinen Fall schaden."

„Ach, der is' doch einfach nur komisch, un' ich glaub, es gefällt ihm auch noch."

„Er kann nix dafür", fügte Joe noch hinzu. „Das hat die Lehrerin auch gesagt."

„Es ist doch besser, ein wenig seltsam zu sein, als faul oder respektlos", sagte Samuel zu ihnen. „Mir hat man auch schon das eine oder andere Mal vorgeworfen, dass ich seltsam bin."

„Wirklich?", fragte Franky nach. „Wann denn?"

„Ja, wann denn?", kam es wie ein Echo von Rorey, die direkt neben mir saß. Harry stand schon wieder auf und Joe zog ihn erneut zu sich herunter.

„Das ist noch gar nicht so lange her. Als wir hierhergekommen sind. Aber auch davor schon, als ich noch ein Junge war."

Ich beugte mich vor. Es kam so selten vor, dass Samuel überhaupt etwas von seiner Kindheit preisgab. Er wechselte jedoch sofort wieder das Thema: „Aber das tut gar nichts zur Sache hier. Das Entscheidende ist, dass Menschen eine Meinung haben über andere und dass sie die auch oft genug äußern. Was sie denken und sagen, hat aber oft gar nichts damit zu tun, was man aus sich macht."

„So wie Miss Hazel", sagte Joe als Erklärung. „Ich glaub, die hält uns alle für'n Haufen Versager. Aber wir wissen's besser, und deshalb brauch'n wir uns daran auch nich' zu stör'n."

Bei *Hunters Corner* bogen wir ab. Ich griff hinter Sarahs Rücken und suchte nach Samuels Hand.

„Bessie hat der Tag heute Spaß gemacht“, sagte Sarah über ihre Puppe.

„Lacey auch“, fügte Rorey hinzu und ließ ihre Puppe aufspringen und dann Sarahs Bessie etwas ins Ohr flüstern.

„Wir könn’ doch Morgen mit ihn’ schwimmen gehn“, sagte Rorey. „Dürfen wir, Mrs Wortham?“

„Um Gottes willen, nicht im Teich, Rorey, wenn du das meinst. Ihr verscheucht den Jungen doch all ihre Fische. Und außerdem werden die Puppen dort beim Baden schmutzig.“

„Aber dann könnten wir sie doch im Waschzuber baden, oder?“

Das konnte ich mir ganz genau vorstellen, weil ich das als kleines Mädchen nämlich auch einmal versucht hatte. Aber wie hatte meine Puppe unter dem Bad gelitten und wie erbärmlich hatte sie hinterher ausgesehen! Ihr Haar hatte sich gelöst und das schöne Kleidchen war völlig ruiniert gewesen. Großmutter Pearl hatte sie wieder für mich herrichten müssen.

„Rorey, Schätzchen“, sagte ich kopfschüttelnd, „es ist nicht gut für Stoffpuppen, wenn man mit ihnen im Wasser spielt. Du möchtest doch, dass sie noch ganz lange hübsch aussieht, oder?“

„Dann *tun wir eben nur so,* als ob wir schwimmen“, beschloss Sarah. „Das ist sowieso besser als in echt, weil man sich dann das ganze Meer vorstellen kann und dass man auf Walen reitet und so.“

Die beiden flüsterten über meinen Schoß hinweg miteinander, während Harry wieder anfing herumzuzappeln und unruhig zu werden.

„Wir fahr’n fast 50“, sagte Lizbeth mit warnendem Tonfall zu ihm. „Du kannst hinten auf’m Laster nich’ einfach aufstehn.“

Harry setzte sich wieder und verschränkte beleidigt die Arme vor der Brust. Es war für ihn so schwer, still zu sitzen.

Franky schaute wieder hinaus ins weite Feld und war so still wie der Himmel über uns. Wie unterschiedlich diese beiden Brüder doch waren.

Ich sah zu Samuel hinüber und fragte mich, ob er wohl genauso sehr an den nächsten Tag dachte wie ich. Eigentlich war er derjenige, der sich viele Gedanken darüber machte, was uns alles fehlte, aber inzwischen machte ich mir fast noch mehr Sorgen als er. Ich wusste, dass ich das eigentlich nicht sollte, denn Gott war so gut zu uns gewesen. Er hatte uns hierhergeführt, uns ein neues Zuhause geschenkt und in Emma Graham eine gute Freundin. Ich hatte stets fest daran geglaubt, dass Gott immer für alles sorgen würde, aber der vergangene Winter hatte mich ordentlich durchgeschüttelt, genau wie die anderen auch. Emma und Wilametta Hammond gleichzeitig zu verlieren war das Schlimmste gewesen, was ich mir jemals hatte vorstellen können, außer vielleicht Samuel zu verlieren. Aber seit dem, was im Winter passiert war, fiel es mir ein bisschen schwerer, Gott zu vertrauen.

Was sollten wir jetzt nur machen ohne einen einzigen Penny Bargeld? Wie sollten wir es schaffen, auch wenn wir nun Emmas wunderschöne Farm hatten? George machte sich Sorgen um die Ernte, das wussten wir, aber wir konnten nichts daran ändern. Zwar brachte unser Garten einigen Ertrag, aber nicht so viel, wie wir erhofft hatten. Es gab im Umkreis von vielen Kilometern keine Arbeit für die Männer, wenn es denn überhaupt irgendwo Arbeit gab. Samuel bemühte sich immer wieder um Arbeit. Eine Zeit lang hatte er für Barrett Post gearbeitet, aber nicht einmal die Posts heuerten inzwischen noch Helfer für ihre Farm an. Und wir hatten so viele Münder zu füttern.

Inzwischen arbeiteten George und Samuel schon seit Monaten zusammen und benutzten alles, was auf den beiden Farmen vorhanden war, gemeinsam. Aber es reichte immer noch nicht. Der nächste Winter würde kommen, und wovon sollten wir dann leben? Es sah nicht so aus, dass wir für die kalte Jahreszeit würden Vorräte anlegen können.

Ich dachte an Emma, wie sie auf dem Heimweg von der Kirche immer Choräle gesungen hatte, egal, ob es ihr gerade gutging oder nicht. Egal, ob sie einen Penny in der Tasche hatte oder nicht. Sie war immer dankbar gewesen, auch für die kleinsten Dinge.

Ich versuchte so zu sein wie sie. Ich versuchte die Heilige zu sein, die die Leute an ihrer Stelle um sich haben wollten, aber ich schaffte es einfach nicht, und zwar in vielerlei Hinsicht nicht.

„*Gott sorgt für alles*", hatte sie mir so häufig gesagt. Und ich hatte es mir damals, als wir nichts mehr zu essen gehabt hatten, außer dem, was wir in Feld und Wald sammelten, auch selbst oft gesagt. Was also war mit mir passiert? Wir hatten immerhin ein Dach über dem Kopf und mehr Familie, als Samuel und ich je zuvor zusammen gehabt hatten – mit den Hammonds, den Posts und den Leuten aus der Gemeinde. Und dennoch wog die Last der Ungewissheit an diesem Abend schwer. Zumindest für mich. Ich wusste zwar, dass alles gut werden würde, aber gleichzeitig war ich mir dessen auch nicht mehr so sicher.

„Ich glaube nich', dass der Herr will, dass wir jetz' schon auf alles 'ne Antwort ham", sagte Franky plötzlich in die Stille hinein, sodass ich richtig zusammenfuhr. Es war, als würde Gott direkt zu mir sprechen, obwohl ich wusste, dass das Kind wahrscheinlich noch immer über das sprach, was es gerade gefragt hatte.

„Wenn wir jetz' schon alles wissen täten, vielleicht hätten wir dann nix mehr, was wir mit ihm reden könn' und worauf wir uns freu'n könn'", sagte er.

Und ich staunte – über Gott und über Franky.

„So hoch der Himmel über der Erde ist", zitierte Samuel jetzt, „so hoch sind seine Gedanken über unseren und seine Wege über unseren."

„Is' das nich' mal was?", fügte Franky noch hinzu. „Ich schätz, das heißt, wir müssen noch viel rausfinden."

Wieso erkannten Frankys Lehrerin oder sein Vater und seine Brüder nicht, wie erstaunlich er war? Das Einzige, was sie scheinbar merkten, war, dass der arme Kerl nicht richtig lesen konnte und dass er am liebsten für sich war. Wir wussten, dass mit seinen Augen alles in Ordnung war, deshalb hielten sie ihn einfach für seltsam oder, schlimmer noch, für einen Dummkopf.

„Was heißt'n das eigentlich, dass seine Gedanken höher sin' als unsre?", fragte Rorey plötzlich.

Darin waren sich Sarah und sie sehr ähnlich. Sie hörten einfach alles, auch wenn man glaubte, dass sie gar nicht zuhörten und mit ganz anderen Dingen beschäftigt waren.

„Es heißt, dass Gott es besser weiß als wir", erklärte Samuel.

„Ach", sagte Rorey nur und wandte ihre Aufmerksamkeit gleich wieder Sarah und den Puppen zu. „Das wusst ich doch schon."

Wir anderen wurden jetzt stiller und mein Blick ruhte auf Franky. Ihm gefiel es mehr als allen anderen Menschen, die ich kannte – egal, ob erwachsen oder noch Kind –, einfach dazusitzen und nachzudenken. Er war offenbar klug, konnte die Predigten des Pastors und eigentlich fast alles, was er einmal gehört hatte, wiedergeben. So jung wie er noch war, hatte es ihm im Winter besonders gefallen, wenn ich aus der *Pilgerreise* vorgelesen hatte, und an seinen Fragen und Bemerkungen hatte ich erkannt, dass er den Inhalt besser verstand als so mancher Erwachsene. Wie konnte man ihn nur für langsam halten, auch wenn es ihm noch immer schreckliche Mühe bereitete, nur die einfachsten geschriebenen Wörter zu lesen.

„Anscheinend lernt er nicht das geringste bisschen", hatte sich die Lehrerin einmal bei mir beklagt. „Er kann sich vom einen auf den anderen Tag nicht einmal merken, wie ein A aussieht. Ich weiß nicht, ob für ihn viel Hoffnung besteht."

Wir hatten seine Sehkraft getestet, indem wir ihn Garn in Nähnadeln einfädeln ließen oder er Vögel im Gebüsch erkennen musste. Sehen konnte er tadellos, aber er konnte immer noch nicht seinen eigenen Namen lesen.

Vielleicht gab es für ihn wirklich keine Hoffnung in dieser Schule mit nur einem Klassenzimmer, in dem Kinder aus allen neun Klassen gemeinsam unterrichtet wurden und natürlich zuschauten und ihn auslachten, wenn er sich solche Mühe gab und trotzdem immer wieder versagte. Lizbeth und ich hatten sogar schon überlegt, ihn einfach zu Hause zu behalten, wenn das nächste Schuljahr begann, und ihn selbst zu unterrichten, so gut wir es eben konnten. Das hatte die Lehrerin selbst vorgeschlagen. Und Lizbeth, die gerne Lehrerin werden wollte, freute sich sogar darauf, auch wenn ich mir nicht so sicher war, wie sie das schaffen und sich dann auch noch auf ihr eigenes Lernen konzentrieren wollte.

„Mama, Bessie möchte ein Schlaflied." Sarah schaute mich hoffnungsvoll an und rief mich dadurch wieder in die Gegenwart zurück. „Bitte, bitte, bitte, Mama, sing ihr doch das Schlaflied."

Ich drückte Samuels Hand. Das Schlaflied. Ich hatte es mir vor ein paar Monaten ausgedacht, als ich versucht hatte, das Baby Emma Grace während einer schlimmen Erkältung zu beruhigen. Ich hatte damals nicht all die Arbeit und Verantwortung ganz allein Lizbeth überlassen wollen, während sie für eine Prüfung lernen musste. George und Samuel waren bei der Getreideaussaat gewesen und hatten pausenlos gearbeitet, und ich hatte die meisten der Kinder, besonders die ganz kleinen, fast jeden Abend bei uns zu Hause beaufsichtigt und versorgt.

Ich holte tief Luft und Sarah schob ihre Puppe ein bisschen weiter zu mir herüber. Eigentlich war es Sarah, die sehr müde war, das war mir klar. Bessie brauchte immer nur dann ein Schlaflied, wenn Sarah müde war, sich aber schon zu groß für ein Schlaflied fühlte. Ich strich meiner Kleinen übers Haar. Mein kleiner Engel. Ihr schien es gar nichts auszumachen, dass die Hammond-Kinder so viel von meiner Aufmerksamkeit beanspruchten. Sie verstand es einfach.

„Sing doch, Mama", flüsterte sie.

Wieder berührte ich ihr Haar, und ihre Puppe lag jetzt auf meinem Schoß.

Schlaf, Baby, schlaf, Baby, mach die kleinen Äuglein zu.
Schlaf, Baby, schlaf, Baby, und wein nicht mehr …

Ich sang das ganze Lied und wunderte mich darüber, dass ich mich so gut an den Text und auch die Melodie erinnerte und dass Sarah offenbar auch noch alles genau im Kopf hatte. Es war gar kein besonderes Lied, aber Emmie Grace hatte es damals offenbar gefallen.

Rorey kuschelte sich noch enger an eines meiner Beine. Beide Mädchen waren ganz still. Wir bogen bei den Muellers um die Ecke, und ich hoffte, dass die Kleinen einschlafen würden, bevor wir zu Hause ankamen. Berty und das Baby waren so still, dass ich glaubte, sie waren beide schon eingeschlafen, und sogar Harry hatte endlich seinen Kopf an Joes Brust gelehnt. Die älteren Jungen schliefen nicht, das wusste ich, aber wenn ein paar von den Kindern schon ruhig waren, würde es einfacher sein, wenn wir zu Hause ankamen. Ich wusste immer noch nicht, wie viele von ihnen wohl bei uns übernachten würden und wer von ihnen noch zu George weiterfahren würde. Aber eigentlich kam es darauf jetzt auch schon gar nicht mehr an. Wenn sie erst einmal alle schliefen, würden Samuel und ich in der Stille allein sein.

Herr, wieder geht ein Tag zu Ende. Führe uns und sorge für uns, morgen und jeden Tag, der noch kommt …

Ich lehnte mich zurück an die Reling der Ladefläche, bis wir an dem Weg ankamen, der zu Emmas Farm führte. Ich musste immer an Emma denken, wenn wir von irgendwoher nach

Hause zurückkamen. Sie hatte immer gesagt, dass es zu den schönsten Dingen im Leben gehört, wieder nach Hause zu kommen. Und da hatte sie wirklich Recht. Wir hatten in so vieler Hinsicht Grund, dankbar zu sein.

Ich holte tief Luft und dankte dem Herrn für dieses Haus, das ich mein Zuhause nennen durfte. Ich freute mich schon darauf, mir das Gesicht mit frischem Wasser zu waschen, auf die leichte Brise, die in unser Schlafzimmer wehte, und darauf, dass Samuel neben mir liegen würde.

Whiskers bellte, als wir zum Haus kamen, und ein kleines dunkles Auto parkte an der einen Seite der Auffahrt, wahrscheinlich genau auf Emmas Glockenblumen. Ich spürte plötzlich eine innere Anspannung. Irgendjemand wartete noch zu so später Stunde auf uns. Irgendetwas stimmte nicht.

2

Samuel

Der junge Sam parkte den Wagen unter der Linde, direkt vor dem alten Ford, den jemand dort abgestellt hatte. Der Hund beruhigte sich und kam auf uns zugelaufen, um uns zu begrüßen. Ich konnte den Mann, wer immer es auch sein mochte, dort stehen sehen. Groß und schlank war er. Einen Augenblick lang raste mein Herz. Die Bilder aus dem Traum, den ich im Park gehabt hatte, kamen noch einmal zurück. Der Gestalt nach hätte die Person, die dort stand, mein Vater sein können, so sehr ähnelte deren Statur der seinen.

Ich versuchte den Traum abzuschütteln, um mich ganz auf die Gegenwart einzustellen und auf die Person, die in der Dunkelheit dort stand. Doch noch bevor ich etwas sagen konnte, dröhnte eine Stimme über den Hof, eine Stimme aus meiner Vergangenheit. Und diese Stimme bewirkte, dass sich wieder alles in meinem Kopf drehte.

„Is' das da der kleine Sammy? Hä? Sammy Wortham?" Er klang wie mein Vater, aber ich wusste, dass er es nicht sein konnte, denn mein Vater war tot. Es war Edward, mein Bruder.

Nicht in tausend Jahren hätte ich damit gerechnet, dass er irgendwann vor meiner Tür stehen würde.

„Kennst du ihn?", fragte Julia mich flüsternd.

Meine liebe Juli. Sie kannte Edward nicht, außer von dem bisschen, das ich ihr über ihn erzählt hatte. Die meiste Zeit unserer Ehe hatte er im Gefängnis verbracht. Sie hatte also noch nie seine Stimme gehört, und ich hatte nicht gewusst, dass er wieder draußen war.

„Es ist mein Bruder", sagte ich.

Juli wurde stocksteif neben mir und sagte kein Wort, aber Edward kam jetzt auf uns zu, also sprang ich vom Lastwagen, um ihn zu begrüßen.

„Edward! Das ist aber eine Überraschung."

„Ja, hab mir gedacht, dass du überrascht sein würdest." Er lachte. „Was machst du denn auf der Ladefläche von 'nem Lastwagen? Hast du es inzwischen so weit gebracht, dass du dich fahren lässt?"

„Unser Nachbarsjunge fährt hin und wieder ganz gern, das ist alles."

Es war so lange her. Ich hatte keine Ahnung, was ich sonst noch sagen sollte, und ich konnte mir beim besten Willen nicht vorstellen, weshalb er gekommen war. Hatte er vielleicht nach der langen Zeit einfach Sehnsucht nach seiner Familie bekommen?

„Na, redselig bist du ja nicht gerade, Sammy, alter Junge."

„Tut mir leid. Du hast mich einfach überrascht."

„Das hast du schon gesagt. Willst du mich nicht jemandem vorstellen? Oder mich hereinbitten? Ich kann dir sagen, das war 'ne lange Fahrt. Ich könnt gut 'nen Drink und was zu rauchen gebrauchen."

„Wir können dir einen Kaffee machen. Aber ich rauche nicht mehr, Edward, da kann ich nichts für dich tun."

„Das hätte ich mir ja denken können. Dazu bist du dir wohl jetzt zu fein, was, Samuel? Mutter hat schon gesagt, dass du hier draußen jetzt versuchst, so 'ne Art Heiliger zu sein."

Na, das fing ja gut an. Robert stieg vorne aus dem Auto, sagte aber kein Wort. Juli stieg von der Ladefläche herunter und stand jetzt neben mir.

„Edward, das ist Julia", sagte ich und fühlte mich alles andere als wohl dabei. Was würde es für meine Familie bedeuten, ihren

Onkel Edward hierzuhaben? Ich fragte mich bereits, ob mein Bruder sich wohl geändert hatte und wie lange er bleiben würde.

„Guten Abend", sagte Julia höflich. „Freut mich."

„Das ist aber großzügig von dir", sagte Edward mit einem Lachen. „Ich weiß ja nicht, was dich freut. Schwer zu sagen, was du alles über mich gehört hast."

„Se ham 'nen Bruder?", fragte Rorey, die hinter mir stand. „Ich wusst' gar nich', dass se 'n Bruder ham."

„Is' das dein Baby Sarah?", fragte Edward jetzt.

„Ich bin kein Baby", antwortete Sarah daraufhin sofort. „Aber das ist Rorey."

Mit zwei Sätzen waren Kirk, Joe und Harry hinter mir vom Laster geklettert. Willy und Sam kamen aus dem Führerhaus gestiegen und stellten sich neben Robert.

„Wer sind denn die alle?", fragte Edward. „Sind das die Waisen, von denen Mutter mir erzählt hat?"

Warum musste er nur so grob und direkt sein? Ich hatte meiner Mutter ein paar Mal geschrieben und ihr alles Mögliche berichtet, was bei uns so passierte. Vielleicht hätte ich das lieber nicht tun sollen. Edward und sie würden es sowieso nicht verstehen.

„Sie sind unsere Freunde und Nachbarn", erklärte ich. „Wir waren bei der Feier zum Unabhängigkeitstag in der Stadt."

„Wie schön für euch", sagte Edward mit einem merkwürdigen Unterton.

„Wir sin' keine Waisen", meldete sich jetzt Rorey zu Wort. „Unser Pa is' drüben bei uns zu Haus."

„Pssst, Rorey", schalt Lizbeth. „Ihr steigt jetzt alle wieder in den Wagen. Wir fahr'n weiter nach Hause."

„Aber ich bleib hier!", protestierte Willy.

„Nein, du bleibst nicht", erwiderte Lizbeth entschlossen. „Sie ham Besuch jetz', dann wär's nich' richtig. Du kannst dich morgen früh mit Robert treffen. Mr Wortham, is' es in Ordnung, wenn wir den Wagen erst mal mit nach Hause nehm'?"

„Ich wollt doch auch hier bleim", maulte Rorey.

Lizbeth hatte Recht. Ich musste erst einmal allein mit Edward reden, ohne Ablenkung durch all die Kinder, die bei uns übernachteten.

„Das geht in Ordnung, Lizbeth", sagte ich schnell. „Euch allen eine gute Nacht."

„Soll ich morgen früh gleich den Wagen zurück zu Mr Post bring'?", fragte Sam.

„Ja, das wär nett von dir, vielen Dank."

Robert hob Sarah von der Ladefläche herunter, und die übrigen Kinder stiegen wieder auf, sehr zum Missfallen und zur Enttäuschung einiger von ihnen.

„Möchten Sie einen Kaffee?", fragte Julia meinen Bruder schüchtern. „Oder hätten Sie vielleicht lieber einen Tee oder Milch? Limonade oder Eis haben wir leider nicht."

„Wiedersehn", rief uns Harry noch vom Lastwagen aus zu.

„Jungs", rief ich noch schnell hinterher, „sagt eurem Vater, dass ich immer noch vorhabe, ihm morgen auf dem Feld zu helfen, wenn ich es irgendwie schaffe."

„Ja, das sag'n wir", antwortete der junge Sam. Und dann fuhren sie davon.

„Ich mag keine saure Milch", sagte Edward zu Julia. „Wenn ihr bei dieser Hitze kein Eis habt, dann ist die Milch doch bestimmt längst sauer geworden."

„Ich bin sicher, dass George heute Abend gemolken hat", antwortete sie. „Und er hat die Milch ganz bestimmt zum Kühlen in den Brunnen gestellt."

„Wer ist denn George?"

„Der Vater all der Kinder, die gerade weggefahren sind", antwortete ich ihm.

„Ihr habt aber seltsame Regelungen hier, Sammy."

„Mag sein, dass es so aussieht."

„Dann nehme ich einen Kaffee."

Das bedeutete, dass bei dieser Wärme der Herd eingeheizt werden musste, aber das schien Julia nichts auszumachen. Ich hatte eher den Eindruck, es war ihr ganz recht, etwas zu tun zu haben.

„Komm mit, Sarah", sagte sie. „Wir haben noch ein paar Plätzchen, die wir unserem Gast anbieten können. Du kannst mir helfen."

„Geh und sieh nach, ob die Kühe genügend Wasser haben, Robert", fügte ich noch hinzu. „Und nach den Hühnern solltest du auch noch sehen, vielleicht gibt es ja noch ein paar Eier."

Er folgte der Aufforderung ohne Widerspruch, obwohl George sich wahrscheinlich schon um alles gekümmert hatte. Robert wusste kaum etwas über seinen Onkel, und mir war klar, dass er neugierig war. Er würde sicher später viele Fragen stellen.

„Das ist ja 'ne ziemlich nette Farm, die du dir da an Land gezogen hast, Sammy!", rief Edward aus, während seine Blicke Robert in Richtung Scheune folgten. „Und jede Menge Tiere. Was meinst du, wie viel das alles wert ist?"

„Beim heutigen Markt sicher nicht besonders viel."

„Du weißt genau, was ich meine!", antwortete er ungeduldig. „Das Ganze ist doch sicher hübsch was wert, oder? Ganz schön schlau, sich das Wohlwollen einer alten Dame zu erschleichen. Ich wünschte, ich könnte auch so einen Reibach machen."

Juli, die schon auf halbem Weg zum Haus war, blieb abrupt stehen. Einen Augenblick lang schien niemand auch nur zu atmen. Uralte Gefühle schienen bei dieser neuerlichen Beleidigung aufzuwallen. Wie konnte er es wagen, so über Emma zu sprechen? Und darüber, wie es eben war. Ich hätte ihn am liebsten auf der Stelle geohrfeigt.

„Wir können einfach dankbar sein", sagte Julia sanft. „Es ist nicht leicht, aber Gott zeigt immer einen Weg."

„Wann bist du denn entlassen worden?", fragte ich abrupt.

„Im März."

Das hatte meine Mutter mir gar nicht erzählt. Aber ich erfuhr auch nur dann etwas von ihr, wenn ich sie in ihrem Mietshaus in Albany telefonisch erreichen konnte. Meine Briefe beantwortete sie grundsätzlich nicht. Manchmal fragte ich mich, weshalb ich ihr überhaupt noch schrieb.

„Sieht ja ganz so aus, als ob deine Geschäfte auch gut laufen", sagte ich. „Wie bist du denn an das Auto gekommen? Und an das Geld für die Reise?" Es gab kaum Arbeit, und trotzdem war er den weiten Weg nach Illinois gekommen. Kaum jemand hatte in diesen Zeiten das Geld für Benzin.

„Das geht dich doch eigentlich gar nichts an, oder? Was glaubst du denn – dass ich schon wieder stehle?"

„Ich frag ja nur."

Er sagte nichts mehr, und dann war es Julia, die das unbehagliche Schweigen brach. „Kommt doch lieber herein ins Haus. Es ist zwar ein schöner Abend, aber es ist schon fast Bettzeit für die Kinder."

Edward ignorierte sie einfach. „Ich hätte nie gedacht, dass aus dir mal'n Farmer werden würde", sagte er mit einem amüsierten Unterton. „Wie viele Kühe hast du denn?"

„Nur zwei und ein Kalb. Eine gibt ganz gut Milch, aber Lula Bell, die andere, ist schon ziemlich alt. Ich glaube, dass wir sie noch vor dem Winter verlieren werden."

„Dann solltest du sie einfach erschießen. Du hättest deine Ruhe und wärst das Problem los", bemerkte er. „Oder bringst du das etwa nicht fertig?"

Darauf antwortete ich nicht. Er hatte immer noch nicht gesagt, weshalb er gekommen war, aber wenn der Grund nur darin bestand, mir möglichst viele Schwierigkeiten zu machen, dann brauchte ich das wirklich nicht, und er konnte sofort wieder dahin verschwinden, woher er gekommen war. Ich machte mich auf den Weg ins Haus.

Edward ging kurz zu seinem Wagen, und ich rechnete schon damit, dass er einen großen Koffer oder sonst etwas herausholen würde, aber er kam mit leeren Händen wieder und folgte mir ins Haus. Julia hatte die Lampe angezündet und machte gerade den Herd an.

„Brauchst du frisches Wasser?", fragte ich sie.

„Ja, wenn es dir nichts ausmacht."

Sarah saß am Tisch mit ihrer Puppe in der Hand und großen, schläfrigen Augen. Edward stand in der Tür und musterte den Raum.

Plötzlich konnte ich den Gedanken kaum ertragen, ihn auch nur für einen Augenblick mit meiner Familie allein zu lassen. „Komm doch mit mir", sagte ich deshalb zu ihm. „Wir können weiterreden, während ich Wasser hole."

„Nee." Er schüttelte den Kopf. „Ich glaube, ich setze mich lieber. Wir können ja reden, wenn du wieder zurück bist."

Ich sah zu Juli hin und sie nickte mir kurz zu. Vielleicht war ich auch einfach nur töricht. Es waren nur zwei Minuten bis zum Brunnen und zurück, und Edward war nicht gewalttätig. Also nahm ich den Eimer und ging los, aber ich hatte ein ziemlich mulmiges Gefühl dabei, also betete ich:

Vater im Himmel, was ist bloß mit mir los? Ich will ihn hier nicht haben. Es gefällt mir nicht, dass er gekommen ist. So lange habe ich behauptet, ich hätte meine Familie gern mehr in der Nähe, aber jetzt ist mein Bruder hier und ich will ihn hier nicht haben. Jedenfalls nicht, wenn er immer noch so ist wie früher.

Ich ging eilig zum Brunnen und bat Gott um Barmherzigkeit. Und für Edward betete ich, dass, wenn er irgendetwas Übles im Schilde führte, dieses scheitern möge. Ich bat Gott, Edwards Herz zu erweichen. Er war ein Dieb gewesen und sogar ein bewaffneter Räuber. *Herr, bitte hilf ihm, dich zu finden.*

Ich holte schnell Wasser und wollte gerade zum Haus zurückgehen, als ich ein Geräusch hörte, das ich nicht gleich erkannte.

Robert war in der Scheune, aber von dort kam das Geräusch nicht, auch nicht vom Hund, der um mich herumwuselte. Es schien aus Edwards Auto zu kommen – winzige, wimmernde Laute.

Zuerst konnte ich dort in der Dunkelheit gar nichts erkennen, aber dann sah ich hinter dem Fahrersitz eine Gestalt. Ein Kind. Es hockte zusammengekauert auf dem Boden, ganz allein in der Dunkelheit.

„Hallo", sagte ich ganz leise. „Ich bin Mr Wortham, Edwards Bruder. Wer bist denn du?" Edward hatte weder Frau noch Kinder, das wusste ich. Wer also mochte dieses Kind sein?

Es hob ein wenig den Kopf, und ich konnte langes, dunkles, lockiges Haar erkennen. Ein kleines Mädchen also. Wieso hatte Edward nichts davon gesagt? Wieso hatte er sie nicht mit ins Haus gebracht?

„Hast du Hunger?", fragte ich.

Sie saß einfach nur da und beobachtete mich. Ich reichte ihr meine Hand und sie wich erschrocken zurück. Wieder verspürte ich diese unguten Gefühle in mir. Ich hätte ihn schlagen können, was auch immer er mit alldem hier bezweckte. Wer auch immer dieses Kind sein mochte, wie konnte er es wagen, sie einfach im Auto zurückzulassen? Und hatte er ihr vielleicht auch Grund gegeben, so ängstlich zu sein?

Ich stellte den Wassereimer ab. „Wieso kommst du nicht mit ins Haus hinein?", schlug ich vor. „Meine Frau macht dir bestimmt gern etwas zu essen und gibt dir Milch."

Sie schüttelte nur den Kopf, gerade so heftig, dass ich es in der Dunkelheit erkennen konnte.

„Hat er dir gesagt, dass du dich ruhig verhalten und hierbleiben sollst?"

Einen Augenblick lang war sie still, aber dann antwortete sie mit kleiner, verschüchterter Stimme: „Ja, Sir."

„Also, das hier ist mein Haus, nicht seins, und hier gilt, was ich sage. Du kommst jetzt mit ins Haus, damit du etwas zu essen bekommst und ein weiches Bett zum Schlafen. Und wenn ihm das nicht passt, dann werden er und ich das miteinander ausmachen. Das ist nicht deine Schuld, verstehst du das?"

„Ja, Sir."

„Dann komm. Hab keine Angst."

Ganz langsam kam sie zu mir gekrochen, wobei sie mich die ganze Zeit im Auge behielt. So klein war sie, kaum so groß wie Sarah. Wie um alles in der Welt kam er zu einem Kind? Mir wurde innerlich ganz heiß, und ich fühlte mich schrecklich. Ich wurde wirklich selten wütend. Schon lange nicht mehr seit der Zeit, als ich noch sehr viel jünger gewesen war und Eddie mich so häufig gepiesackt hatte. Und jetzt war er wieder da.

„Samuel Wortham?", flüsterte sie fragend.

„Ja, das ist richtig. Ich bin Edwards Bruder. Aber ich verspreche dir, dass wir uns gar nicht ähnlich sind." Sie stand jetzt auf dem Sitz und ich nahm sie auf den Arm. Das Mädchen war klein und dünn, und es war ganz leicht, sie und außerdem noch den vollen Wassereimer zu tragen. Sie schlang ihre Arme um meinen Hals und legte ihren Kopf an meine Schulter. Ein-, zweimal schniefte sie ein wenig, und ich hätte sie gerne nach ihrem Namen gefragt. Ich wollte so vieles wissen, aber zuerst einmal wollte ich es von Edward selbst erfahren.

Ich gab der Tür einen Schubs und ging direkt zum Tisch, wo ich den Eimer vor Edwards Nase abstellte. Ich spürte, wie der Körper der Kleinen sich verspannte, als sie ihn sah. Juli schnappte nach Luft. Erleichtert stellte ich fest, dass Sarah schon weg war. Juli musste sie nach oben ins Bett geschickt haben. Gott sei Dank.

Edward war aufgestanden, bevor ich auch nur ein Wort sagen konnte, und lachte. „Na ja, dann hast du sie ja wohl schon selbst gefunden. Hat ja nicht lange gedauert. Ich wollte die Überraschung eigentlich für später aufsparen."

„Was zum Teufel hast du mit diesem völlig verängstigten Kind in deinem Auto vor?", fragte ich ihn mit Nachdruck. „Ed Wortham, woher hast du sie? Wo ist ihre Familie?"

„Nun beruhige dich doch erst mal." Er grinste immer noch.

Ich hätte das Mädchen gerne auf einem Stuhl abgesetzt, aber sie klammerte sich immer noch an mich.

„Du hast meine gute Tat für dieses Jahr vor dir", fuhr er fort. „Ich habe im Osten ihre Mutter kennengelernt. Hab ihr gesagt, ich weiß, wo der Vater des Kindes ist, und dass ich sie zu ihm bringen kann. Ist das nicht nett von mir?"

„Wo? Wo ist ihre Mutter?"

„Ich habe keine Ahnung, wo sie inzwischen ist. Damals war sie jedenfalls in Albany und unterwegs nach Buffalo. Sie ist Sängerin und dauernd unterwegs."

„Und wieso hat sie dir das Kind überlassen?"

„Wie schon gesagt, ich habe ihr erzählt, dass ich den Vater kenne. Schau sie dir doch mal an. Sieht sie nicht jemandem ähnlich, den du kennst?"

Ich schaute nicht hin und wurde absolut nicht schlau aus dem, was er sagte.

„Trudy Vale, Samuel. Sagt dir der Name nichts?"

„Nein, absolut gar nichts." Julia kam zu mir und legte dem Kind eine Hand auf die Schulter. „Möchtest du vielleicht ein Plätzchen, meine Süße? Oder lieber ein Butterbrot?"

Das kleine Mädchen gab ihr keine Antwort.

„Trudy Vale, ist das der Name des Kindes oder der Mutter?", fragte ich nach.

„Du bist wirklich gut, Sammy. Hätte ich gar nicht von dir erwartet."

„Willst du meine Frage nun beantworten oder nicht?"

„Na, der Name der Mutter natürlich." Er sah Julia an und schüttelte wieder den Kopf. „Das Mädchen heißt Hanna." Dann wandte er sich an das Kind und sagte in strengem Tonfall: „Hatte ich dir nicht gesagt, dass du dich still verhalten sollst und dass ich kommen und dich holen würde, wenn ich so weit bin?"

„Wie alt ist sie überhaupt, Edward? Weißt du das?"

„Ich nehme an, das kann sie dir selbst sagen. Sechs oder sieben, schätze ich mal. So um den Dreh jedenfalls. Ja, dafür aber ziemlich klein, oder? Irgendwie so wie die Mutter. Zart. Mit diesen süßen Augen, oder?"

Was auch immer er damit ausdrücken wollte, es ekelte mich an.

„Halt den Mund. Hast du ihr unterwegs überhaupt etwas zu essen gegeben?"

„Aber klar doch. Ein paar Mal sogar. Wofür hältst du mich eigentlich? Für einen Heiden?"

Ich versuchte das Mädchen hinzusetzen, aber sie wollte mich immer noch nicht loslassen.

„Ich weiß nicht, Edward. Im Augenblick weiß ich es wirklich nicht."

„Also, dann sag ich dir jetzt mal was. Ich bin richtig froh, dass du doch nicht so heilig bist, wie du tust. Schlauer alter Teufel, Samuel. In *Pennsylvania* hat Trudy mir alles darüber erzählt."

„Wovon redest du eigentlich?"

Er sah zu Julia hinüber und versuchte nicht einmal, sein hinterhältiges Grinsen zu verbergen. „Tut mir ja wirklich leid, junge Frau", sagte er, „aber solche Dinge holen einen Mann immer wieder ein. Die kleine Hanna hier ist sein Kind. Genau das wollte ich damit sagen. Und deine Kleine ist ungefähr im selben Alter, nicht wahr? Du musst also zu Hause gesessen haben ..."

„Halt den Mund, Edward!", herrschte ich ihn an und gab die Kleine Julia auf den Arm.

„Und, was hast du jetzt vor, Sammy?", höhnte er. „Mich rausschmeißen mitsamt dem kleinen Mädchen? Hä?"

„Sie ist nicht ..." Ich sah, wie die Kleine bebte. Sie fing an zu weinen. „Wir können draußen weiter darüber reden, Edward. Lass doch das arme Kind ..."

„Du meinst, du möchtest nicht, dass deine Frau alles mitbekommt?"

„Ich habe vor Juli nichts zu verbergen. Gar nichts! Unsere Kinder sind die einzigen Kinder, die ich habe. Aber darüber sollten wir nicht vor einem völlig verstörten kleinen Mädchen reden!"

„Sehr gut, Samuel." Er setzte sich und grinste mich an. „Wir brauchen uns nicht zu streiten. Ich hätte nichts gegen einen Happen zu essen, um ehrlich zu sein. Habt ihr Schinken da?"

3

Julia

Wir hatten keinen Schinken da, und ich war sogar froh darüber. Ob er Samuels Bruder war oder nicht, Edward war ein Ekel, und mir war ganz und gar nicht danach, ihm irgendwelche Wünsche zu erfüllen. Ich konnte mir kaum vorstellen, wie das arme Kind urplötzlich von seiner Mutter getrennt und von einem völlig verrohten, brutalen Mann durch fünf Bundesstaaten gekarrt worden war. Ob er überhaupt die Wahrheit sagte? Was für eine Mutter überließ denn ihr Kind einfach so und ohne Not einem wildfremden Menschen?

Und er sagte auch nicht die Wahrheit über Samuel, was auch immer er mir da weismachen wollte. Er hatte sich einen Plan zurechtgelegt, um Schwierigkeiten zu machen. Ich konnte mir nur nicht erklären, wieso er das tat. Wusste er denn nicht, dass Samuel ihn gern bei uns willkommen geheißen hätte, wenn es ein ganz normaler Besuch gewesen wäre und er sich anständig benommen hätte?

Ich schnitt das Brot, das noch übrig war, in Scheiben und ging leise in den Keller, um Butter aus der Kühlgrube zu holen. Auch Eier hatten wir dort noch gelagert. Ich konnte sie braten und ihnen etwas eingekochtes Apfelmus anbieten, von dem noch ein paar Gläser in der Speisekammer standen. Das würde dem kleinen Mädchen sicher schmecken. Zumindest hoffte ich das.

Als ich wieder nach oben kam, war Robert aus der Scheune zurück, und Samuel schickte ihn gerade ins Bett. Er wollte anscheinend nicht, dass unsere Kinder in Edwards Nähe kamen, und ich konnte es ihm nicht verdenken, wenn ich nur daran dachte, wie dieser Mann redete.

„Julia, du bist wirklich ein besonders appetitlicher Anblick“, sagte Edward, als ich die Eier zerschlug. „Mutter hat gesagt, du sähest zum Anbeißen aus, und da hat sie wirklich Recht.“

Samuel saß jetzt am Tisch, das kleine Mädchen neben sich. Ich sah, wie er sich bei Edwards Bemerkung innerlich anspannte, aber er sagte nichts, und ich fragte mich, ob Samuel in dieser Nacht wohl überhaupt ein Auge zutun würde.

Ich gab dem kleinen Mädchen zuerst etwas zu essen, aber sie schaute nur von Edward zu Samuel und dann wieder zurück, ohne das Essen anzurühren.

„Du kannst alles haben, was du möchtest“, sagte Samuel zu ihr. „Du bist doch sicher hungrig nach der langen Reise, oder?“

„Los, mach schon und iss!“, fügte Edward noch hinzu. „Es ist sein Haus. Ich bin jetzt nicht mehr für dich zuständig.“

Hanna aß schnell und manierlich und beobachtete uns währenddessen. Ich gab ihr noch mehr Apfelmus, als sie die erste Portion aufgegessen hatte, und auch den Nachschlag aß sie vollständig auf. Edward aß sechs Eier, den gesamten Rest Brot und trank drei Tassen Kaffee. Als er fertig war, setzte er sich zurück, verschränkte die Arme vor dem Bauch und sah Samuel an.

„So, Bruder, was soll ich jetzt also machen? Danke für das Essen. Aber wenn du jetzt nichts mehr mit mir zu tun haben willst, dann kann ich auch weiterziehen. Und was die Kleine angeht – wenn du behauptest, dass sie nicht dein Kind ist, nun, dann werde ich sie wohl auch wieder mitnehmen müssen."

„Nein. Du nimmst sie nirgends mit hin, bevor ich nicht mehr über sie erfahren habe."

„Also erkennst du sie doch als dein Kind an?", fragte er mit einem Grinsen.

„Das habe ich nicht gesagt, aber ich überlasse sie doch nicht einfach einem Schakal wie dir. Ich möchte nur, dass du mir die Wahrheit sagst."

Ich war erstaunt über Samuels Worte, aber noch erstaunter war ich dann über Edwards Antwort.

„Du kannst mich meinetwegen nennen, wie du willst, kleiner Bruder, aber die Wahrheit habe ich dir schon gesagt, so wahr ich lebe. Du kannst dir sicher vorstellen, was für ein Schock das für mich war, als die Schöne in der Bar ganz aufgeregt wurde, als sie erfuhr, dass ich ein Wortham bin. Dann hat sie mir erzählt, dass du der Vater der Kleinen bist. Das hätte ich ja nie gedacht. Aber mach dir keine Sorgen. Ich habe Mutter nichts davon gesagt. Sie denkt immer noch, dass du so 'ne Art Heiliger bist."

„Ich kenne aber keine Trudy Vale", sagte Samuel ernst. „Ich habe keine Ahnung, was hier eigentlich los ist."

„Dann ist es wohl doch besser, wenn wir jetzt wieder gehen. Ich hatte auch nicht wirklich erwartet, dass du dazu stehen würdest. Das Problem ist nur, was mache ich jetzt mit dem Kind, Samuel? Trudy glaubt, dass sie dein Kind ist, und für mich ist es unmöglich, sie wieder ausfindig zu machen, und außerdem möchte sie auch gar nicht gefunden werden. Sie hat gesagt, dass du jetzt mal an der Reihe bist. Sie schafft es einfach nicht mehr mit der Kleinen, wo sie doch ständig unterwegs ist. Ich habe ihr nur einen Gefallen getan, verstehst du?"

„Nein, das verstehe ich nicht." Samuel sah jetzt wirklich verletzt aus. „Ich habe weder eine Ahnung, weshalb du den ganzen Weg hierheraus gekommen bist, noch, wo du dieses unschuldige Kind herhast, noch, warum du das alles tust. Willst du dich unbedingt wieder in Schwierigkeiten bringen, wo du doch gerade erst aus dem Gefängnis heraus bist? Konntest du dich nicht einfach irgendwo niederlassen, dir eine Arbeit suchen und zur Abwechslung einfach mal ein guter Bürger sein?"

Daraufhin erhob sich Edward. „Sammy, was bist du doch für ein teuflischer Lügner. Aber wenigstens hast du ein gutes Herz. Du willst nicht, dass ich sie wieder mitnehme. Du möchtest sicher sein, dass für sie gesorgt ist, nicht wahr?"

Die Kleine weinte jetzt lautlos und Tränen liefen ihr die Wangen hinunter. Es tat mir so furchtbar leid, dass sie all das hatte mit anhören müssen, nachdem sie schon so viel durchgemacht hatte.

Jetzt stand auch Samuel auf, und er und sein Bruder gingen nach draußen. Ich hatte Angst, dass sie sich vielleicht prügeln würden, obwohl das nicht Samuels Art war. Ich folgte ihnen nicht, denn was auch immer da draußen noch gesagt werden würde, ich wollte nicht, dass die Kleine es zu hören bekam.

„Hast du denn jetzt genug gegessen? Bist du wirklich satt?", fragte ich sie.

Sie nickte, nur ein ganz klein wenig, und biss sich auf die Unterlippe.

„Wollen Sie, dass ich wieder weggehe?"

„Nein, Schätzchen. Erst müssen wir wissen, wo deine Familie ist oder was wir jetzt am besten machen. Du solltest nicht wieder mit Edward fahren. Das willst du doch sicher auch gar nicht, oder?"

Sie schüttelte den Kopf, und ich entschied, dass sie alt genug war, um mir wenigstens ein paar Einzelheiten zu erzählen.

„War er böse zu dir?"

„Ein bisschen."

„Heißt deine Mutter wirklich Trudy Vale?"

„Ja, Madam."

„Weißt du, wo sie jetzt ist?"

„Ich habe sie zum letzten Mal in Albany gesehen, wie Mr Edward gesagt hat." Zwei dicke Tränen liefen ihr die Wangen hinunter. Große dunkle Augen, ein schmales Gesichtchen, bei dem Gedanken an Edwards Worte lief mir ein kalter Schauer den Rücken hinunter. *„Sieh sie dir mal an, Edward. Sieht sie jemandem ähnlich, den du kennst?"*

Ein Fremder hätte sie für Samuels Tochter halten können. Ein Fremder hätte Edwards Geschichte vielleicht geglaubt. Und ich hätte das Kind vielleicht für Edwards Tochter gehalten, wenn er nicht zur betreffenden Zeit eingesperrt gewesen wäre. Edward sah, was sein Gesicht und die Haarfarbe anging, eher seiner Mutter ähnlich. Außer hinsichtlich seiner Statur hatte er kein bisschen Ähnlichkeit mit Samuel. Und – oh Gott, was sollten wir jetzt mit diesem Kind machen?

Ich umarmte Hanna fest, und sie weinte in meinen Armen.

„Bist du müde, Herzchen?"

Sie schüttelte den Kopf.

„Du kannst gern heute hier bei uns übernachten und auch so lange, bis wir alles geklärt und geregelt haben. Vielleicht kann uns ja der Sheriff in der Stadt dabei helfen. Der weiß bestimmt, was wir tun können, um deine Familie zu finden."

Sie schüttelte jedoch den Kopf und sah mich mit ihren ernsten großen Augen an. „Ich möchte hierbleiben. Bei meinem Papa. Bitte!"

Ich konnte ihr darauf nicht mehr antworten, denn ich hörte, wie Edward den Wagen anließ und wegfuhr. Samuel kam zurück und stand einen Augenblick einfach schweigend in der Tür. Schließlich setzte er sich auf den Stuhl neben mich. „Er ist gerade gefahren. Vielleicht hätte ich ihn aufhalten sollen."

„Warum?"

„Wir müssen die Wahrheit wissen, und die könnten wir von ihm erfahren. Ben Law wird sicher ein paar Fragen haben."

Ben Law war der Sheriff. Samuel dachte also genau wie ich. Irgendjemand musste die Familie der Kleinen finden.

Er nahm meine Hand. „Was mein Bruder gesagt hat, Juli, das ist nicht wahr."

„Das weiß ich doch."

Er seufzte. „Ich dachte einfach nur, es könnte nicht schaden, wenn ich es noch einmal ganz klar sage."

Er griff auch nach Hannas Hand. „Es tut mir leid. Alles, was passiert ist, tut mir leid. Ist mit dir alles in Ordnung?"

Sie nickte und sah ihm direkt ins Gesicht. Oh Gott, wie ähnlich sie ihm sah! Ob Samuel selbst das wohl auch merkte?

Seine dunklen Augen waren unruhig. „Ich muss es wissen", sagte er zu ihr. „Hat er dir wehgetan?"

„Nicht sehr."

Ich merkte, wie alles in Samuel sich anspannte. „Was meinst du damit?"

„Meistens hat er einfach viel geredet oder mich angeschrien. Er hat mich nur einmal geschlagen."

Samuel ließ den Kopf hängen. „Wo hat er dich denn kennengelernt? Wo ist deine Familie?"

„Ich weiß nicht, wo Mama jetzt ist. Sie hat mir nur gesagt, ich soll brav sein. Und das hab ich auch versucht."

„Du bist wirklich sehr tapfer." Er hielt inne und sah mich an. „Was sollen wir denn jetzt machen, Juli?"

Ich musste seufzen. „Es ist zu spät, um heute Abend noch etwas zu unternehmen. Am besten ruht das kleine Mädchen sich jetzt erst einmal aus." Ich wollte ihm noch sagen, dass sie Edwards Lügen geglaubt hatte, aber dann ließ ich es doch lieber.

„Du hast Recht." Er sah jetzt wieder Hanna an. „Die Kinder sind oben in ihren Betten, aber du kannst unseres haben, okay? Morgen früh können wir dann weiterreden."

„Ich ... ich schlafe immer auf dem Fußboden."

„Das brauchst du hier bei uns aber nicht."

Sie schwieg einen Augenblick, dann fragte sie: „Kommt Mr Eddie noch mal wieder?"

„Ich weiß es nicht."

Ihre Augen füllten sich erneut mit Tränen. „Hat er meine Tasche dagelassen?"

Samuel schüttelte den Kopf.

„Meine Puppen ..." Und plötzlich brach sie vor unseren Augen zusammen.

„Oh Schätzchen." Ich hielt sie ganz fest, um sie zu trösten.

„Ich hatte ... drei ... eine Mama, einen Papa und ein kleines Mädchen." Sie schniefte. „Ich hab sie aus einer Zeitung ausgeschnitten ..."

„Papierpuppen? Ja, die sind etwas ganz Besonderes." Ich strich ihr übers Haar und sie schmiegte sich an mich. Und dann hatte ich eine Idee. „Glaubst du, es würde dir besser gehen, wenn ich dir auch etwas ganz Besonderes zeige?"

Immer noch mit Tränen in den Augen, nickte sie mir zaghaft zu. Sie war hier bei völlig fremden Leuten und hatte nichts Vertrautes um sich. Vielleicht konnte ihr da ein kleines Geschenk ein wenig helfen.

„Samuel, du weißt doch, wo im Schrank die Schachtel ist, nicht wahr?"

„Die Weihnachtssachen?"

„Ja."

Er holte sie mir, und ich nahm die kleinen Wollpüppchen heraus, die die Frau des Pastors für unseren Weihnachtsbaum gebastelt hatte. Rorey und Sarah holten sie immer noch hin und wieder aus der Schachtel, um damit zu spielen. Ich hoffte, dass es ihr etwas besser gehen und sie sich entspannen würde, wenn sie etwas zum Festhalten hatte.

„Du kannst sie anfassen", sagte ich ihr. „Hol dir ruhig ein paar davon heraus. Du kannst sie auch gern mit ins Bett nehmen, wenn du möchtest."

„Wirklich?" Sie sah fast erschrocken aus.

„Ja."

Sie suchte sich drei Püppchen aus. Zwei von den größten und eine von den ganz kleinen.

„Die sind jetzt eine echte Familie", sagte sie und sah dabei Samuel an.

„So, jetzt bringen wir sie aber ins Bett", sagte ich, bevor er noch etwas sagen konnte. Ich nahm Hanna bei der Hand, brachte sie zu unserem Bett und schlug die Decke zurück. Samuel folgte uns und zündete die Kerze auf der Kommode an.

Ich half ihr unter die Decke und Samuel öffnete das Fenster, um frische Luft ins Zimmer zu lassen. Hanna legte ihren Kopf auf das Kissen, die Wollpüppchen ganz fest in einer Faust. Sie sah immer noch Samuel an.

Vielleicht hatte er ja Verwandte, von denen er nichts wusste, und vielleicht war einer davon der Vater des Kindes. Warum sonst sah sie ihm so ähnlich?

„Hanna ... ist das wirklich dein richtiger Name?"

Sie nickte. Ich strich ihr noch einmal übers Haar und gab ihr einen Kuss auf die Stirn. „Schlaf gut", flüsterte ich.

Jetzt sah sie mich an und lächelte. „Ich dachte, dass Sie bestimmt wütend sind. Mr Eddie hat nämlich gesagt, Sie würden richtig wütend sein."

„Er kennt mich doch gar nicht. Ich habe ihn heute zum ersten Mal gesehen."

Samuel verließ leise das Zimmer, und ich wollte gerade aufstehen und ihm nachgehen, als die kleine Hanna mich noch einmal rief. „Mrs Wortham, ich wünschte, du wärst meine Mama. Dann könnten wir eine richtige Familie sein, nicht?"

Ich wusste nicht, was ich dazu sagen sollte. Ich wollte eigentlich sagen, dass sie sicher irgendwo eine richtige Familie hätte, die auf sie wartete. Aber was, wenn das gar nicht stimmte? Was würde die Zukunft ihr wohl bringen?

„Mrs Wortham ..."

Sie sah so verloren und verängstigt aus, wie sie da ganz allein im Bett lag. Ich war ganz sicher, dass ich an ihrer Stelle auch verängstigt gewesen wäre.

„Soll ich dir ein Lied singen?", fragte ich sie.

Ihre Augen wurden jetzt noch größer. „Würden Sie das tun? Wirklich? Mama singt mir nie etwas vor. Sie ist immer zu müde."

Das hätte ich nicht gedacht, denn schließlich war ihre Mutter Sängerin. Aber vielleicht war es jetzt genau das Falsche, Hanna etwas vorzusingen. Sie würde mich dann als ihre Mutter sehen, und das sollte sie lieber nicht, denn sie würde ja sicher nicht lange bei uns bleiben. Aber jetzt musste ich singen, ob es mir gefiel oder nicht, weil ich es ihr schon angeboten hatte. Ich holte tief Luft. „Also, wenn du möchtest, dass ich für dich singe, dann musst du die Augen schließen."

Das tat sie, und ich sang ein Schlaflied, danach einen Choral und schließlich noch ein Schlaflied, das Großmutter Pearl mir vor langer Zeit beigebracht hatte. Inzwischen war Hanna ganz ruhig geworden. Sie war sicher völlig erschöpft und würde jetzt hoffentlich die ganze Nacht durchschlafen. Einen Augenblick blieb ich noch auf der Bettkante sitzen und fragte mich, wohin Samuel wohl so leise gegangen war. Verständlicherweise machte er sich Sorgen wegen des plötzlichen Auftauchens seines Bruders und natürlich auch wegen dessen Anschuldigungen.

Ich dachte an den Sommer vor unserer Heirat, als wir zusammengesessen und über unsere Vergangenheit und unsere gemeinsame Zukunft gesprochen hatten.

„Ich habe dich nur einmal angelogen", hatte er mir damals gestanden. Und ich hatte ihm sofort vergeben. Seine Lüge war nämlich gewesen, dass er mir erzählt hatte, er habe seinen Vater nicht gekannt.

„Ich wollte nicht, dass du weißt, woher ich komme", hatte er damals gesagt. „Ich wollte nicht, dass du denkst, ich könnte auch mal so werden."

Gewalttätig und verantwortungslos. So war Samuels Vater gewesen – und noch schlimmer. Und seine Mutter war ebenfalls ein sehr schwieriger Mensch. Vielleicht war Edward so wie sie.

Aber Samuel nicht. Samuel war ein warmherziger, sanfter schwer arbeitender Mann. Wie es ihm mit alldem wohl ging? Fragte er sich jetzt vielleicht, ob ich seine Beteuerungen glaubte?

Ganz leise stand ich auf und ließ die Kerze noch ein Weilchen brennen für den Fall, dass die Kleine aufwachte und sich in der fremden Umgebung ängstigte. Auf Zehenspitzen ging ich nach oben, um noch einmal nach den Kindern zu sehen. Sie schliefen alle tief und fest. Sarah lag quer in ihrem Bett und Robert lag zusammengerollt in seinem – so hatte er schon als Baby geschlafen. Wie es wohl sein würde, wenn sie am nächsten Morgen nach unten kamen und dort das fremde Mädchen antrafen? Und wie würde es wohl Hanna dabei gehen? Vielleicht würde der Wunsch, bei uns zu bleiben, noch stärker werden, wenn sie erfuhr, dass wir ein Mädchen in ihrem Alter hatten, mit dem sie spielen konnte?

Ich seufzte, als ich die Treppe hinunterging. Hanna würde sicher gar nicht wieder wegwollen. Auch wenn wir in einer baufälligen Hütte gewohnt hätten und sonst niemand da gewesen wäre, würde sie dennoch bleiben wollen, und zwar wegen Samuel. Was sollten wir nur tun?

In der Küche wartete das schmutzige Geschirr auf mich, und normalerweise hätte ich noch schnell alles gespült, um damit fertig zu sein, wenn es am nächsten Morgen wieder losging, aber jetzt ließ ich es einfach in der großen Spülschüssel stehen und ging nach draußen. Whiskers begrüßte mich auf der Veranda, und meine Augen suchten in der Dunkelheit nach Samuel. Schließlich sah ich ihn hinter dem Apfelbaum stehen. Ganz langsam ging ich zu ihm hin, weil ich ihn nicht unterbrechen wollte, falls er betete. Aber ich brauchte eine Umarmung von ihm. Und er brauchte mich bestimmt auch. Ich legte meine Hand auf seine Schulter, und er zog mich in seine Arme.

„Schläft sie?"

„Ja."

Einen Moment lang hielt er mich einfach fest und kämpfte anscheinend um die richtigen Worte. „Juli, es tut mir so leid ..."

Ich empfand plötzlich eine große Unruhe. Was, wenn es tatsächlich stimmte? Aber nein, einen solchen Gedanken durfte ich gar nicht erst zulassen. Doch nicht Samuel!

„Ich hatte keine Ahnung, dass er wieder draußen ist. Oder dass er so was tun würde ..."

„Ist schon in Ordnung."

„Nein, das ist es nicht. Sie ist noch ein kleines Mädchen. Kannst du dir vorstellen, wie verängstigt sie gewesen sein muss, mit einem völlig Fremden eine so lange Reise zu machen? Und Edward – wie grob er ist! Wie konnte er sie nur schlagen! Und was sollen wir jetzt tun? Wenn es stimmt, dass ihre Mutter sie nicht behalten wollte ..."

„Im Augenblick wissen wir doch noch gar nichts Genaues."

„Ich weiß. Aber irgendwo muss sie ja Angehörige haben." Er wurde ganz still.

„Juli, als er ins Auto gestiegen ist, hat er geschworen, dass er die Wahrheit sagt. Ich weiß nicht, was ich denken soll. Ich habe schon so oft erlebt, dass er lügt, aber er ist darin noch besser geworden. Ich weiß nicht, was er mit dieser Geschichte vorhat. Vielleicht will er uns auseinanderbringen."

„Vielleicht handelt es sich ja einfach um einen anderen Wortham, Liebling. Vielleicht ja sogar um einen Verwandten, von dem du nichts weißt. Vielleicht hat er sich auch einfach geirrt ..."

„Warum macht ihm das hier dann offensichtlich so viel Spaß?"

Darauf wusste ich auch keine Antwort.

„Manchmal glaube ich, dass du es bist, die Glück gehabt hat, Juli", seufzte er. „Deine ganze Familie ist tot. Und sie haben dir schöne Erinnerungen hinterlassen ..." Seine Stimme brach.

„Sammy ..."

Er sank nieder ins Gras und ich hielt ihn fest. Ich wusste nicht so genau, was los war. So hatte ich ihn jedenfalls noch nie erlebt.

„Ich habe ihn so lange nicht gesehen."

„Habt ihr euch denn jemals verstanden?"

„Ich habe es versucht."

Einen Augenblick war es völlig still. „Wir sollten erst einmal schlafen. Morgen früh gibt es viel zu bedenken."

„Bleibst du hier draußen bei mir, Juli? Heute Nacht unter den Sternen?"

Ich wollte nicht protestieren, aber da drinnen im Haus war die kleine Hanna in einer völlig fremden Umgebung. „Und was ist, wenn die Kleine aufwacht, Liebling?"

„Du hast Recht." Er stand vom Boden auf. „Wie wäre es denn, wenn wir eine Decke auf dem Wohnzimmerfußboden ausbreiten?"

Ich wusste nicht, warum er draußen schlafen wollte. Den Wunsch hatte er noch nie zuvor geäußert. „Geht es dir wirklich gut?“

„Ja.“

Ich nahm seine Hand und wir gingen ins Haus zurück. Er sagte jetzt nichts mehr. Ich schaute noch einmal nach Hanna und blies die Kerze im Schlafzimmer aus. Als ich ins Wohnzimmer zurückkam, breitete Samuel gerade Emmas großen dick wattierten Quilt auf dem Boden aus, damit wir dort bequem und weich liegen konnten. Eine Decke brauchten wir bei der Wärme nicht.

Er lag da und sah mich an, wobei ihm das sanfte Mondlicht durchs Fenster aufs Gesicht schien. Er sah so verletzlich aus. Fast wie ein Kind. Genau wie Hanna, verängstigt und allein.

„Ich habe nie eine andere Frau gehabt, Juli, in meinem ganzen Leben nicht.“

„Oh Liebling, das weiß ich doch!“ Ich umarmte und küsste ihn, aber ich spürte trotzdem immer noch seine innere Anspannung. Wenn Edward das jedes Mal mit ihm machte, wenn er hier auftauchte, dann hoffte ich, dass er nie wieder kommen würde.

Schließlich lag Samuel ganz still neben mir und ich versuchte zu schlafen. Morgen würde er in die Stadt fahren müssen. Vielleicht konnte er ja noch einmal Barrett Posts Lastwagen ausleihen. Ben Law würde sicher wissen, was mit Hanna passieren sollte. Ob sie im Stich gelassen, ja fast ausgesetzt worden war, entführt oder was auch immer. Vielleicht würde er auch mit Edward reden wollen. Ja, ganz sicher würde er das wollen. Aber ich war immer noch froh, dass Edward nicht geblieben war.

Mitten in der Nacht wachte ich auf und stellte fest, dass Samuel zitterte, obwohl es gar nicht kalt war. Ich hätte ihn beinah geweckt, weil ich dachte, dass es sicher wieder einer dieser Träume war, die er am Anfang unserer Ehe oft gehabt hatte. Aber ich küsste ihn dann doch nur auf die Stirn und ließ ihn weiterschlafen, weil er vielleicht erst gar nicht mehr eingeschlafen wäre, wenn ich ihn geweckt hätte.

Langsam und ganz leise schlich ich zu unserem Schlafzimmer, um noch einmal nach Hanna zu sehen. Sie sah aus wie ein Engel, wie sie da im Bett lag, die dunklen Locken auf dem Kopfkissen ausgebreitet. Aber dann bemerkte ich, dass ihre Wangen ganz feucht waren. Sie weinte im Schlaf. Ich schaute noch einmal durch die Tür zu Samuel, der auf dem Wohnzimmerboden lag, und es schien fast so, als hätten die beiden in dieser Nacht etwas gemeinsam. Irgendeine Trauer, deren Grund niemand kannte außer ihnen selbst.

Ich legte mich wieder zu Samuel auf die Decke und überlegte, dass es vielleicht doch besser wäre, die kleine Hanna nicht mit zu Ben Law zu nehmen. Wer würde sich dort um sie kümmern? Es hörte sich ja wirklich so an, als hätte ihre Mutter sie verlassen, unabhängig von der Rolle, die Edward in der ganzen Angelegenheit spielte. Was, wenn die Frau nicht auffindbar war oder wenn sie sich weigerte, ihr Kind wieder aufzunehmen, falls man sie fand?

Ich legte mich so leise wie möglich wieder hin, schmiegte mich an Samuel und legte einen Arm locker um ihn. Er drehte seinen Kopf ein ganz klein wenig zu mir hin.

„Bärenklauen", sagte er. Und dann war es wieder still.

„Was hast du gesagt?", fragte ich, und es tat mir leid, dass ich ihn anscheinend doch durch meine Berührung geweckt hatte, aber er antwortete nicht. Er war gar nicht wach.

Ich lag in der Dunkelheit und lauschte auf seinen regelmäßigen Atem. Er wusste alles über mich. Ich hatte ihm erzählt, wie ich als kleines Mädchen gewesen war, wie ich meine Großmutter und dann auch meinen Vater verloren hatte. Ich hatte ihm von Großvater Charlie erzählt und besonders von Großmutter Pearl und all den Dingen, die wir zusammen gemacht hatten. Ich aber kannte von Samuels Eltern nur die Namen und wusste, dass sie nicht besonders nett und fürsorglich gewesen waren. Ich hatte zwar seine Mutter und seinen Cousin Dewey kennengelernt, die einzigen Verwandten, denen er halbwegs vertrauen konnte, aber Samuel hatte mir nie irgendwelche Einzelheiten erzählt. Er sprach einfach nicht darüber, besonders nicht über seinen Vater und Edward.

Herr, du weißt alles. Du machst keine Fehler, und ich bin sicher, dass wir Hanna aus einem bestimmten Grund kennengelernt haben. Aber für Samuel ist das so schwer. Bitte hilf ihm. Und hilf uns bitte, dem kleinen Mädchen zu helfen.

4

Samuel

Als ich aufwachte, war der Traum immer noch da. Mein Vater hielt mich oben im ersten Stock über die Treppenreling und brüllte meine Mutter an, die schreiend unten stand. Ich setzte mich hastig auf. Juli war schon aufgestanden und bei der Arbeit. Draußen ging gerade die Sonne auf. Wie hatte ich nur so lange schlafen können?

Mit einem dumpfen Schmerz in der Magengegend ging ich zur Waschschüssel, goss Wasser aus dem Krug hinein und wusch mir das Gesicht. Es fühlte sich auf den Wangen angenehm kühl an, und es war ein gutes Gefühl, die Nacht von mir abzuwaschen.

Es blieb jedoch die Tatsache, dass wir uns den Herausforderungen des vor uns liegenden Tages stellen mussten. Dem Verhalten meines Bruders beispielsweise und einem verängstigten kleinen Mädchen namens Hanna.

Mit einem Blick in unser Schlafzimmer stellte ich fest, dass sie nicht mehr im Bett war. Ich traf sie und Juli zusammen in der Küche an, wo sie gemeinsam irgendwelche Zutaten in der Rührschüssel aufschlugen. Von der Größe her hätte das Mädchen auch Sarah sein können, aber ihr Haar war dunkel und lockiger. Sarahs Haar war eher wie Julis, hellbraun, ganz glatt und wunderschön.

„Robert ist auch schon auf", sagte Juli zu mir. „Ich hab ihn rausgeschickt, um die Eier einzusammeln."

„Du hättest mich wecken sollen."

„Es tut dir gut, auch mal auszuschlafen, Samuel. Du stehst immer so früh auf."

„Aber das ist heute nicht irgendein Tag."

Hanna blickte mit fragendem Blick zu mir auf. „Guten Morgen", sagte ich zu ihr, aber sie antwortete nicht.

„Ich dachte, dass ich Sarah einfach schlafen lasse, bis sie wach wird", fuhr Juli fort. „Aber so wie ich sie kenne, dauert das bestimmt nicht mehr lange."

„Dann werde ich mich wohl am besten mal ans Melken machen."

Juli nickte. Ich nahm den Melkeimer und ging hinaus zur Scheune. Auf dem Weg dorthin dachte ich an Hanna. Anscheinend mochte sie Juli. Vielleicht war ihre eigene Mutter nicht so warmherzig. Ich wusste aus eigener Erfahrung nur zu gut, wie sich das anfühlte.

Als Erstes schaute ich rasch bei Lula Bell vorbei. Mir fielen ihre hervorquellenden Augen und ihr langsamer Atem auf. „Dir geht es wohl auch nicht mehr so besonders, was?", fragte ich laut. „Ich sag's ja nicht gern, aber vielleicht hat mein Bruder wirklich Recht und es wäre besser, dem ein Ende zu machen, statt dich weiter leiden zu lassen. Am besten frage ich mal George, was er dazu sagt."

Lula Bell war eine gute Kuh, die erste Kuh, die ich in meinem Leben gemolken hatte. Sarah sprach immer noch von ihr als von „Emmas Kuh". Der Gedanke, sie zu verlieren, war nicht gerade schön, aber mache Dinge sind eben unvermeidlich.

George würde sie sicher schlachten wollen, um wenigstens noch das Fleisch verwerten zu können, aber vielleicht würde Lula Bell mit dem Sterben ja gar nicht bis zum Herbst warten. Ich seufzte und füllte den Futtertrog, auch wenn die Kuh nicht das geringste Interesse daran zeigte, und trinken oder auf der Weide grasen wollte sie anscheinend auch nicht. Ihr Kalb Sukey dagegen wollte hinaus ins Freie. Ich molk sie, so schnell ich konnte, aber Sukey war trotzdem noch ungeduldig. Es gefiel ihr nicht, für mich still zu stehen. Sie wollte auf die Weide.

Als ich mit dem Melken fertig war, hatte Robert inzwischen längst die Eier ins Haus gebracht und war gerade am Brunnen, um für seine Mutter einen Eimer Wasser zu holen.

„Kann ich trotzdem angeln gehen?", rief er mir zu.

„Ich denke schon. Und ich nehme an, dass Willy es auch gern möchte und wahrscheinlich schon auf dich wartet."

„Das hoffe ich mal", antwortete er. „Es macht mehr Spaß, wenn er dabei ist." Er eilte neben mir her auf dem schmalen Weg zum Haus. Beide hatten wir einen vollen Eimer in der einen Hand.

Sarah kam gerade auf die Veranda hinter dem Haus, ganz langsam gefolgt von Hanna, die Sarahs Puppe in der Hand hielt. Vielleicht hatte Julie den beiden gesagt, sie sollten bis zum Frühstück noch draußen spielen. Wenn das der Fall war, freute ich mich darüber, denn dadurch hatte ich vielleicht noch kurz Gelegenheit, mit Juli allein zu sprechen. Ich würde für die Fahrt zum Sheriff wieder Barrett um seinen Lastwagen bitten müssen, aber den hatte ja noch der junge Sam. Ich würde deshalb wohl später zu Fuß zu Barrett hinübergehen müssen, um ihn zu fragen. Ich hatte ihm schon angeboten, als Gegenleistung für ihn zu arbeiten, denn ich hatte kein Geld, um Benzin zu kaufen. Er war in dieser Hinsicht ziemlich verständnisvoll, denn er wusste, dass ich nicht der Einzige in der Gegend war, der sich kein Auto leisten konnte.

„Wieso ist Onkel Edward eigentlich nicht geblieben, Papa?", fragte Robert mich.

„Ach, das ist eine ziemlich lange Geschichte."

„Ich dachte, er wäre im Gefängnis."

„Das habe ich auch gedacht."

Er wechselte den Wassereimer von der einen in die andere Hand und sah mich mit besorgter Miene an. „Er ist doch nicht etwa ausgebrochen, oder?"

„Nein. Ich nehme an, er ist entlassen worden."

„Dann stiehlt er jetzt also nicht mehr?"

„Nein, hoffentlich nicht mehr."

„Wieso hat er denn dieses Mädchen hiergelassen? Ist sie unsere Cousine?"

Ich schaute kurz, wo Sarah und Hanna gerade waren. Sie spielten unter den Fliederbüschen, sicher und außer Hörweite. „Nein, Robert, wir wissen weder, wer sie ist, noch, wohin sie gehört. Ich muss heute mit ihr in die Stadt fahren und den Sheriff fragen, ob er mir helfen kann, es herauszufinden."

„Aber das verstehe ich irgendwie nicht, Papa. Weiß sie denn ihren eigenen Namen nicht?"

„Doch. Aber wir müssen herausfinden, wo ihre Mutter ist oder andere nahe Verwandte von ihr. Wir müssen dafür sorgen, dass sie wieder nach Hause kommt, wenn sie ein Zuhause hat."

„Aber wieso war sie denn dann bei Onkel Edward?"

„Das weiß ich auch nicht. Es ist auf jeden Fall so, dass das, was er uns erzählt hat, keinen rechten Sinn ergibt."

„Hat er sie entführt?"

Genau das hatte ich mich auch schon gefragt, aber es passte irgendwie nicht zu dem, was Hanna über ihre Mutter berichtet hatte. „Wahrscheinlich nicht. Ich glaube, die Person, bei der Hanna war, wollte sich nicht mehr um sie kümmern und hat sie Onkel Edward anvertraut."

„Und woher weißt du dann, dass sie sie zurückhaben wollen?"

„Robert", ich schüttelte den Kopf und wollte mir über all das eigentlich gar keine Gedanken machen und schon gar nicht darüber reden, „es gibt bestimmt jemanden. Großeltern oder so."

Wir waren jetzt fast bei den Stufen zur Veranda angekommen, als wir den Motor von Barrett Posts Lastwagen auf der Straße hörten. Ich erkannte das blecherne Motorengeräusch des alten Fords bei dem geringen Verkehr immer sofort.

Der junge Sam bog auf unseren Hof. Neben ihm im Führerhaus saß Willy. Robert und ich stellten beide unsere vollen Eimer ab und gingen, um die beiden zu begrüßen.

„Willste immer noch angeln?", schrie Willy. „Ich komm nur für den Fall, dass de willst."

„Ist schon in Ordnung", sagte ich. „Bis zum Mittag kannst du gehen."

„Dann raus, Franky", rief Sam.

Ich hatte den jüngeren der Brüder hinten auf der Ladefläche gar nicht gesehen. Er kam herunter und stand schweigend da.

„Komm, lass uns erst mal 'n paar Würmer sammeln", sagte Willy.

„Du kannst ruhig schon mitgehen", sagte ich zu Robert, „aber erst bringst du deiner Mutter noch das Wasser."

Robert und Willy rannten beide los, ohne auf Franky zu warten, und er folgte ihnen auch nicht.

„Pa hat gesagt, ich soll mitfahren, für den Fall, dass wir angeln dürfen", sagte der Junge. „Aber wenn's Ihn' recht is', möcht ich lieber in der Werkstatt was machen. Ich hab 'ne Idee für 'n klein' Stuhl für Emmie Grace. Damit se nich' immer von den großen Stühlen runterfällt."

„Das hört sich gut an", sagte ich. „Du kannst es gern versuchen. Ich kann dir aber nicht versprechen, dass ich dir helfen kann. Gerade heute habe ich viel zu tun."

„Wenn es Ihn' nix ausmacht – ich brauche gar keine Hilfe. Ich will mal sehn, ob ich das nich' auch allein hinkriege."

Ich hatte keinerlei Zweifel, dass er es hinbekommen würde. Er hatte mir schon beim Bauen von zwei Stühlen und allerhand anderen Dingen geholfen. Er war einfach gut im Verarbeiten von Holz, erstaunlich gut für sein Alter.

„Hol dir erst mal etwas Papier aus dem Haus", sagte ich noch. „Ich mache mir immer gern zuerst eine Zeichnung."

„Danke“, sagte er, ging dann aber auf direktem Weg in die Werkstatt, die an der Westseite der Scheune untergebracht war. Ich nahm deshalb an, dass er keine Zeichnung brauchte.

„Is’ Ihr Besuch so früh schon wieder weg?“, fragte Sam Hammond mich.

„Er ist gestern Abend schon wieder gefahren.“

„Ihr Bruder?“, fragte er.

„Ja, er ist mein Bruder. Edward.“

„Wieso hat er denn sein Mädchen dagelassen?“, fragte er mit einem Blick hinüber zu den Fliederbüschen.

„Sie ist nicht seine Tochter.“

„Ach.“

Vielleicht hätte ich ihm alles erklären sollen, aber mir war absolut nicht danach, näher darauf einzugehen, und er fragte auch nicht weiter nach. Sarah ließ gerade ihre Puppe im Gebüsch herumklettern, während Hanna einfach nur dasaß und ihr zuschaute. Zum ersten Mal fragte ich mich jetzt, was wohl die Leute denken würden. Wahrscheinlich, dass das Kind mit uns verwandt war. Wieso hätte sie auch sonst bei uns sein sollen?

„Ich bin froh, dass du mit den Jungs vorbeigekommen bist, Sam“, sagte ich zu ihm. „Dein Vater muss mal zu uns rüberkommen und nach Lula Bell sehen.“

„Er hat mir schon gesagt, dass es ihr gestern Abend gar nicht gutging. Ich werd’s ihm ausrichten.“

„Und wenn du einen Augenblick warten könntest, ich muss mit Barrett Post reden. Du kannst mich mitnehmen.“

„Ich sag Ihn’ was“, schlug er vor. „Se nehm’ einfach den Wagen, wenn Se sowieso in die Richtung müssen – und ich lauf durch den Wald zurück zu Pa und red mit ihm.“

„Macht dir das wirklich nichts aus?“

„Von den Posts würd ich ja auch zu Fuß zurück nach Hause laufen. Wenn wir’s so machen, spar ich sogar noch Zeit.“

Mit diesen Worten stieg er aus dem Wagen aus und überließ ihn mir. Es überraschte mich doch ein wenig, dass er gar nicht nach weiteren Einzelheiten fragte. Sein Vater hätte ganz bestimmt nachgefragt, woher denn das Mädchen komme. Und was ich denn mit Barrett zu besprechen hätte, wo ich doch gerade erst gestern dort gewesen sei.

„Danke“, sagte ich, worauf er nur mit einer abwiegelnden Geste reagierte und sich dann auf dem inzwischen schon ziemlich ausgetretenen Pfad durch den Wald auf den Heimweg machte.

Ich ging mit dem Milcheimer ins Haus, wo Juli gerade Maismehl in einen Topf mit kochendem Wasser einrührte. Es gab also wieder einmal Brei zum Frühstück. Nicht mein Geschmack, aber mit etwas Sirup einigermaßen genießbar. Maismehl hatten wir noch am meisten im Haus.

Juli sah mich mit ihren sanften grünen Augen an. „Geht es dir gut heute Morgen?"

„Sicher. Und Hanna scheint es ja auch gutzugehen. Wo ich jetzt den Wagen habe, muss ich gleich rüber zu Barrett. Vielleicht braucht er ihn ja heute auch selbst noch."

„Aber das hat doch Zeit bis nach dem Frühstück, oder?"

„Ich schieb das wirklich nur ungern auf."

„Es dauert keine zwei Minuten mehr", sagte sie und zog ein Blech mit Muffins aus dem Ofen. Da war auch noch etwas anderes im Ofen – ihr Sodabrot, nahm ich an. Hinter dem Blech mit den Muffins konnte ich nämlich mindestens noch zwei Brotlaibe erkennen. Ich konnte mir nicht vorstellen, dass meine Mutter jemals so früh und so gut gelaunt gebacken hätte, besonders nachdem jemand gerade ein kleines Kind bei ihr abgesetzt hatte.

„Sammy", fragte Julia plötzlich, „was sind Bärenklauen? Ich meine, was bedeutet das Wort außer den Pranken eines Bären."

Ich sah sie nur erstaunt an. Für jeden außer meinem Cousin Dewey und mir musste diese Frage sonderbar klingen. Wie konnte Julia davon wissen?

„Du hast im Schlaf geredet", sagte sie dann und griff nach meiner Hand. „Aber mehr als dies eine Wort hast du nicht gesagt."

„Das ist nur eine Art Kennwort. Einfach ein dummes Wort."

„Erzähl mir davon."

„Julia, das bedeutet nichts. Dewey und ich sind manchmal einfach allein zum Spielen weggelaufen. Dabei haben wir dieses Wort als eine Art Kennwort verwendet. Ich sagte einfach ‚Bärenklauen', und dann wusste er, dass ich kam, oder er hinterließ mir ein Zeichen und dann wusste ich, dass ich so schnell wie möglich zu ihm kommen sollte. Wir haben Indianer gespielt. Es gehörte einfach zu unserem Spiel."

Sie lächelte. „Ich wünschte, du würdest über all das mehr reden."

„Ach, das bringt doch nichts."

„Robby würde es bestimmt gern hören."

Ich antwortete nicht, worauf sie sich umdrehte und mich ansah. „Ich dachte, du hättest vielleicht geträumt."

Ich nickte, sagte aber nichts weiter, obwohl ich mich noch genau an den Traum erinnerte. Ich war zu unserem Geheimplatz gerannt.

„Sammy, ich erzähle ständig von Großmutter Pearl. Von all den Dingen, die wir zusammen gemacht haben, als ich noch klein war. Ich glaube, dass du wirklich alles darüber weißt. Aber du erwähnst Dewey nur ab und zu einmal. Und über Edward oder über sonst jemanden aus deiner Kindheit redest du eigentlich nie."

„Ich habe genug damit zu tun, an all die zu denken, die jetzt und hier mein Leben bevölkern."

„Ja. Aber ..." Sie hielt inne, als sie Roberts Schritte auf der Veranda hörte.

Er und Willy kamen ins Haus gerannt. Sie konnten unmöglich schon genügend Würmer gefunden haben.

„Mama, können wir nicht jetzt schon gehen? Wir können doch auch am Teich nach Würmern graben und Grashüpfer fangen."

„Wartet noch einen Moment, dann bekommst du vorher noch ein gutes Frühstück."

Willy atmete genüsslich den Duft von Julis Muffins ein und griff sogar nach einem, doch sie waren immer noch zu heiß. „Wir können ja ein paar davon mitnehmen."

„Na gut", gab Juli nach. „Ich packe euch welche ein. Und ihr holt jetzt am besten auch Franky herein."

„Ach neee", protestierte Willy. „Der fängt doch sowieso nix."

Juli schüttelte den Kopf. „Willy, wenn er mitkommen möchte ..."

„Das will er gar nicht", sagte ich zu ihr. „Er möchte in der Werkstatt bleiben. Er hat gesagt, er hat eine Idee und will versuchen, etwas zu bauen."

„Vielen Dank!", rief Willy erleichtert, als hätte ich ihm einen Riesengefallen getan.

Juli packte ein paar von den heißen Muffins in ein Geschirrhandtuch und gab es Willy. Robert schnappte sich hinten in der Speisekammer seine Angel vom Haken und schon waren sie zur Tür hinaus. Wenn Eifer beim Angeln ausschlaggebend war, dann würden sie bestimmt mit einem guten Fang nach Hause kommen.

„Ich müsste jetzt auch los“, sagte ich noch einmal zu Juli. „Ich komme einfach zu Fuß zurück, wenn Barrett das Auto heute selbst braucht. Wenn ich aber heute Vormittag in die Stadt fahren kann, dann komme ich gleich noch wieder vorbei und hole Hanna ab.“

„Jetzt setz dich doch erst mal und iss etwas. Es ist alles fertig. Möchtest du Eier?“

„Nein. Gib sie lieber den Kindern.“

Sie drehte sich um und sah mich an. „Die größten Esser sind gerade zur Tür hinaus. Es sind nur noch kleine Mädchen da. Und Franky, wenn er überhaupt etwas essen will.“

Ich hatte es schon immer gehasst, die Eier zu essen. Vielleicht brauchte sie sie ja noch zum Backen oder für jemand anderen. Aber sie wollte mir etwas Gutes tun, und wahrscheinlich war es am besten, es einfach anzunehmen. „Na gut, dann nehme ich ein paar.“

Sie beugte sich vor und gab mir einen Kuss.

„Wofür war denn das jetzt?“

„Einfach so.“

Ich griff nach ihrer Hand. „Danke, dass du mit dieser ganzen Geschichte so gut umgehst.“

„Ich wünschte nur, dass es für dich nicht so unangenehm wäre.“

„Mir geht es gut.“

Sie wandte sich wieder dem Herd zu und rührte noch einmal den Brei um. „War es ein schlimmer Traum, den du da gehabt hast? Handelte er von Edward?“

Ich schloss kurz die Augen. Ich hätte niemals von mir aus darüber gesprochen. Nicht in hundert Jahren. Und ich wollte auch jetzt nicht darüber reden, aber sie hatte gefragt und da konnte ich mich schlecht weigern, ihr zu antworten. „Willst du das wirklich wissen?“

„Ja, natürlich.“

Ich legte meine Hände vor mir auf den Tisch und hätte sie gern mit irgendetwas beschäftigt, während ich dasaß. Ich schaute von ihr weg zum Fenster hinaus auf die wogenden Äste des riesigen alten Ahornbaumes und musste plötzlich an die Adlertätowierung denken, auf die mein Vater so stolz gewesen war. Man hatte den Vogel immer dann sehen können, wenn mein Vater den Arm erhoben hatte.

„Es war nicht Edward, Juli. Es war mein Vater. Er hat Mutter geschlagen. Ich bin dazwischengegangen und da hat er sich mich geschnappt. Ich habe damals gedacht, er würde mich über die Treppenbrüstung werfen."

Sie drehte sich vom Herd wieder zu mir um und legte den Löffel hin, aber ich redete weiter.

„Nachdem er mich losgelassen hatte und ich draußen war, bin ich losgerannt, um Dewey zu suchen. Er hatte sich versteckt, und ich musste ihm das Zeichen geben. Dann verschwanden wir, bis es dunkel war und seine Eltern ihn riefen. Meine waren inzwischen zu betrunken, um sich um irgendetwas zu kümmern, und ich blieb deshalb draußen."

Sie kniete vor mir. „Sammy ..."

„Ich muss wirklich langsam los, Juli. Ich sollte jetzt essen."

„Das ist wirklich passiert, nicht wahr?"

„Es ist vieles passiert."

„Wo war Edward damals?"

Ich schüttelte nur den Kopf. „Ich weiß es nicht. Ich wusste es oft nicht. Möchtest du, dass ich die Kinder hereinrufe?"

„Ja, in einer Minute." Sie legte ihren Arm um mich und das fühlte sich so gut an, dass ich sie auf meinen Schoß zog und sie einfach festhielt.

„Was machen wir denn, Juli, wenn es eine Weile dauert, bis wir Hannas Familie ausfindig gemacht haben, und Ben Law auch nicht weiß, wohin mit ihr?"

Sie lächelte über meinen geschickten Themenwechsel. „Sie kann hierbleiben, Samuel, wenn dir dabei wohl ist. Ich bin sicher, dass sie das auch möchte."

„Willst du vielleicht mit in die Stadt kommen für den Fall, dass Edward noch mal hier auftaucht?"

Sie schaute mich überrascht an. „Ich habe keine Angst vor ihm. Und ich habe heute ziemlich viel zu tun. Außerdem wollen wir doch nicht die Kinder in so was mit hineinziehen, oder?"

„Wahrscheinlich hast du Recht. Und eigentlich rechne ich auch nicht damit, dass er noch einmal wiederkommt. Bei

Edward weiß man allerdings nie so recht, was als Nächstes kommt."

„Er war doch ein Dieb, oder? Hat er auch mal jemanden verletzt?"

„Nicht dass ich wüsste, jedenfalls keine unbeteiligten Leute. Aber er war oft an Prügeleien beteiligt."

„Wir kommen hier schon zurecht, Samuel. Und außerdem müssten wir Franky nach Hause schicken, wenn ich mitkäme, und wir müssten Robert und Willy sagen, dass sie zum Mittagessen auch dorthin gehen sollen, falls wir dann noch nicht wieder zurück sein sollten. Und dann ist da auch noch Sarah. Ich möchte sie nicht alle Lizbeth überlassen. Sie hat auch so schon genug zu tun."

Juli stand jetzt auf, um das Essen auf den Tisch zu stellen, und ich ging hinaus, um die Kinder zu rufen. Franky konnte mich in der Werkstatt nicht hören, also ging ich zur Scheune und auf dem Weg dorthin rief ich die Mädchen. Doch Sarah rührte sich nicht. Einen Augenblick lang konnte ich auch Hanna in dem Fliederstrauch nicht entdecken, aber dann sah ich sie, den Kopf in die Hände gestützt.

„Papa!", schrie Sarah. „Komm schnell her, Papa!"

Ich ging rasch zu ihnen hinüber. Hanna hob den Kopf und sah mich mit geröteten Augen an, sagte aber kein Wort. Das arme Kind hatte geweint.

„Dieses Mädchen sagt, dass du ihr Papa bist", sagte Sarah. „Aber ich habe ihr gesagt, dass du nicht *ihr* Papa bist. Du bist doch *mein* Papa."

„Man hat ihr vieles erzählt, Sarah. Wir müssen nachsichtig und behutsam mit ihr sein."

Hanna sah von unten zu mir hinauf und ihre Unterlippe bebte leicht. Ich hatte mir nicht genügend Gedanken darüber gemacht, wie sie wohl mit all dem fertig werden würde. Ich hatte mir einfach nicht die Zeit genommen. „Geh schon mal zu Mama ins Haus, Sarah. Wir kommen gleich nach."

„Ich war wirklich nicht böse zu ihr", erklärte sie. „Ich kann sie ganz gut leiden."

„Ich weiß, mein Schatz, und das ist auch schön so. Aber geh jetzt schon mal vor ins Haus, ja? Und hol bitte Franky aus der Werkstatt, wenn er etwas essen möchte."

Sie machte sich, wenn auch widerstrebend, auf den Weg.

Hanna saß auf Knien vor mir, die Hände auf ihrem Schoß ineinander verkrampft.

„Würde es dir etwas ausmachen, ein bisschen aus dem Gebüsch herauszukommen?", fragte ich sie. „Ich passe nämlich nicht so gut darunter wie du."

Sie rührte sich nicht.

„Ich wollte dir wirklich nicht wehtun. Und Sarah wollte das ganz bestimmt auch nicht. Es tut uns leid."

Sie wischte sich mit ihrer kleinen Hand die Augen und sagte dann sehr leise: „Warum willst du mich denn nicht?"

Oh Gott! Ich setzte mich vor dem Gebüsch ins Gras. „Komm mal her", sagte ich. „Komm doch ein bisschen näher, ja?"

Sie kam ein ganz klein wenig weiter vorgerutscht und ich holte tief Luft.

„Es ist gar nicht so, dass ich dich nicht will. Wenn du wirklich mein Kind wärest, dann wäre ich ganz stolz auf dich. Du bist ein braves kleines Mädchen, das merke ich jetzt schon, aber es ist einfach nicht möglich, dass du meine Tochter bist. Ich habe gestern Abend zum ersten Mal von deiner Mutter gehört. Ich kenne sie gar nicht. Robert und Sarah sind die einzigen Kinder, die ich habe."

Sie schniefte und kam noch ein bisschen weiter vor. „Vielleicht wusstest du es einfach nur nicht."

„Das würde ich aber wissen, Schätzchen. So etwas weiß man als Mann."

„Willst du, dass ich wieder weggehe? Mit Mr Eddie wolltest du mich nicht gehen lassen ..."

„Eddie war nicht gut zu dir. Und du kannst so lange hier bei uns bleiben, wie es nötig ist, aber wir müssen heute in die Stadt fahren und mit einem Mann sprechen, der uns dabei helfen kann, deine Mama zu finden."

„Ich glaube aber nicht, dass meine Mama das möchte. Sie hat gesagt, dass ich jetzt nicht mehr bei ihr wohne."

Ich nahm ihre Hand. „Vielleicht wirst du das auch nicht, wenn sie so denkt. Vielleicht solltest du das dann auch lieber nicht. Hast du denn noch andere Verwandte?"

Wieder traten ihr Tränen in die Augen. „Mr Eddie ist mein Onkel. Und du bist ... du bist mein ..."

„Nein. Tut mir leid, Schätzchen, aber ich bin nicht dein Papa. Du bist ein sehr starkes kleines Mädchen und davor habe ich

Hochachtung, aber ich kann nichts für das, was mein Bruder dir erzählt hat. Ed Wortham ist kein Mann, dem man alles glauben kann ..."

„Aber er hat doch gar nicht gesagt, dass du mein Papa bist! Das sagt meine Mama!"

Ihre Worte trafen mich sehr. Ich war erschüttert. Ich hatte angenommen, dass diese „Papa"-Idee von Edward stammte.

„Mama hat es ihm erzählt, aber erst hat er ihr nicht geglaubt. Dann hat meine Mama gesagt, dass mein Papa Samuel Wortham heißt! Und mir hat sie das davor doch auch schon ganz oft erzählt. Ich wusste aber nicht, dass ich dich mal wirklich sehe ..."

Sie hielt inne und zitterte jetzt nur noch ein klein wenig. Mir tat das Kind leid, trotz der seltsamen Geschichte, die es da erzählte.

„Komm mal her."

Jetzt kam sie auf meinen Arm. Ich hielt sie fest und sie klammerte sich genauso an mich wie am Abend zuvor.

„Meine Frau hat auch schon was in der Richtung gesagt", flüsterte ich. „Unglaublich, das weiß ich, aber es muss irgendwo noch einen Samuel Wortham geben, und er weiß gar nicht, was er sich entgehen lässt."

„Aber Eddie sagt, dass ich genauso aussehe wie du."

Es war merkwürdig, dass sie ihn so nannte. Edward hatte es nie gemocht, wenn er Eddie genannt wurde. Einmal hatte er mich sogar geschlagen, als ich ihn vor einem anderen Jungen so angesprochen hatte. Aber vielleicht hatte er sich in dieser Hinsicht ja doch geändert. Vielleicht war er nur Teil eines großen Missverständnisses, so wie Julia gesagt hatte. Doch das entschuldigte immer noch nicht sein seltsames Benehmen.

„Es tut mir leid, dass er so grob zu dir war", sagte ich zu Hanna.

„Er war nicht so schlimm wie ein paar andere Freunde von meiner Mama. George Call war der Schlimmste."

„Deine Mutter und du – habt ihr ein Haus gehabt?"

„Nein, wir sind zu viel unterwegs gewesen. Und darum hat Mama mich auch weggegeben. Sie hat gesagt, dass sie ohne mich besser reisen kann und dass Eddie mich zu dir bringen soll."

„Ja, so ähnlich hat er mir das auch erzählt."

„Er hat gesagt, du würdest bestimmt wütend sein."

„Das war ich auch. Aber nicht auf dich, sondern auf ihn."

„Aber es war doch gar nicht seine Schuld."

„Wahrscheinlich nicht."

Sie lehnte ihren Kopf an meine Schulter. „Kann ich nicht hierbleiben? Du bist so nett. Und ... vielleicht hast du mich ja auch nur vergessen oder so. Du siehst wirklich so aus wie das Bild, das Mama mir mal gezeigt hat."

„Was für ein Bild?" Ich spürte, wie mein Herz sich fast überschlug.

„Meine Mama hatte ein Bild von meinem Papa. In einem Park in Penn-savay-na."

Ich schüttelte den Kopf. Das konnte unmöglich stimmen. Wenigstens darin war ich mir ganz sicher, dass ich noch nie in einem Park fotografiert worden war. „Hat Edward das Foto gemacht?"

„Das glaube ich nicht. Ich glaube, es ist verloren gegangen, als Mamas Tasche in Newark gestohlen worden ist."

„Du hast mir sehr geholfen", sagte ich zu ihr. „Du bist ein kluges Mädchen."

In mir arbeitete es. Wie konnte das sein? Der Einzige, der mir in diesem Zusammenhang einfiel, war mein Vater. Auch ein Samuel. Er hatte uns verlassen, als ich noch ganz klein gewesen war. Anschließend war er dann hin und wieder einmal bei uns aufgetaucht und hatte Schwierigkeiten gemacht, bis ich ungefähr acht war. Danach hatten wir ihn nie wiedergesehen. Wir hatten keine Ahnung, wo er war und was er bis zu seinem Tod gemacht hatte. Als er starb, war ich zwölf gewesen. Vielleicht hatte ich ja irgendwo noch einen anderen Bruder, von dem ich nichts wusste. Vielleicht sogar mehr als einen. Aber hatte er wirklich einem anderen Kind denselben Namen gegeben wie mir?

„Lass uns erst mal frühstücken", schlug ich Hanna vor. „Was hältst du davon?"

Sie blickte mit ihren dunklen, tränenverschleierten Augen zu mir auf. Juli und Edward hatten beide Recht. Sie sah aus wie ich. Was wohl Ben Law denken würde?

„Ich wünschte, du hättest von mir gewusst", flüsterte sie. „Ich wünschte, du willst, dass ich deine kleine Tochter bin."

Was sollte ich tun? Sie hatte doch schon von mir gehört, dass es nicht so war. Einen Moment hielt ich sie einfach im Arm und wischte ihr dann die Tränen mit meinem Taschentuch ab. Zu schade, dass das Bild von ihrem Vater verloren gegangen war. Ich hätte es gern selbst gesehen.

Hanna legte wieder ihren Kopf an meine Schulter und hielt sich an meinem Hemd fest. Ihre Mutter hatte sie schon verloren, vielleicht für immer, aber ich war nicht ihr Vater. Irgendjemand irgendwo wusste die Wahrheit.

Vorsichtig stand ich auf und setzte sie neben mir ab. Das Frühstück wartete. Der Tag lag vor uns, und wir mussten ihn bewältigen. Ich nahm Hanna bei der Hand und ging mit ihr zum Haus.

5

Julia

Ich erschrak über Samuels Anblick, als er mit Hanna in die Küche kam. Er sah nicht aus wie der Samuel, den ich kannte, und das lag nur an Edward und daran, dass Hanna da war. Irgendwie wurden durch all das Dinge in ihm aufgewühlt, von denen ich nichts wusste.

Er aß schnell und war sehr einsilbig dabei. Hanna war genauso ernst. Von Zeit zu Zeit blickte sie auf, ständig mit Tränen in den Augen. Sie wollte bleiben. Ich wusste, dass sie bei uns bleiben wollte. Vielleicht hatte sie ja auch guten Grund, nicht zurückzuwollen.

„Danke für die Milch und den Muffin“, meldete sich Franky zu Wort. „Ich möchte gern mit dem Stuhl weitermachen. Ich glaube, er wird richtig schön, aber ich hab gerade erst angefangen.“

„Hast du alles, was du brauchst?“, fragte Samuel.

„Ich glaub schon. Wenn ich mir Nägel nehmen darf.“

„So viele kleine habe ich nicht mehr, aber du kannst alle nehmen, die da sind.“ Samuel schob sich eine Gabel voll Ei in den Mund und schaute dabei zur Kuckucksuhr an der Wand. „Sei vorsichtig beim Sägen“, sagte er noch zu Franky. „Besonders, wenn jemand in die Werkstatt kommt und zuschauen will.“

„Ja, mach ich.“

Samuel trank einen letzten Schluck Kaffee und stand dann vom Tisch auf. „Ich bin sicher bald zurück, so oder so, Juli."

„Samuel ..."

Er schaute kaum in meine Richtung. „Was ist?"

Ich wusste nicht, was ich sagen sollte. Jedenfalls nicht vor den Kindern. „Ich liebe dich."

Er hielt nur ganz kurz inne. „Danke, das ist wirklich ein Geschenk."

Und dann war er auch schon weg. Nachdem ich noch einmal in Hannas unglückliches Gesichtchen geschaut hatte, hoffte ich insgeheim, dass Barrett Post an diesem Tag seinen Wagen unbedingt selbst brauchen würde. Es wäre furchtbar für sie, wenn Samuel sie in der Stadt würde zurücklassen müssen, und es war ja durchaus möglich, dass der Sheriff das für nötig hielt. Vielleicht wusste er einen Platz für Kinder in ihrer Lage, aber ob ein solcher Platz auch für sie das Richtige wäre ...

Einen Augenblick lang saß ich da und schaute zur Tür.

„Wo ist eigentlich Mr Worthams Bruder hin?", fragte Franky wie aus heiterem Himmel.

„Ich weiß es nicht. Er musste wohl einfach fort."

„Sie sind sich nicht besonders ähnlich."

„Nein", seufzte ich. „Das sind sie wirklich nicht."

„Finden Sie, dass ich und Willy unterschiedlich sind?"

„Ach Franky, das weiß ich nicht. Das ist irgendwie nicht dasselbe."

„Wir sind gleich gebor'n", sagte er. „Aber wir ham's uns dann auch unterschiedlich ausgesucht."

Ich sah ihn an. Gottlob hatte auch Samuel es sich anders ausgesucht als sein Bruder!

„Ich mach jetzt mal lieber weiter", sagte Franky unternehmungslustig. „Ich möchte schon was fertig ham, wenn Mr Wortham wiederkommt." Mit einem breiten Grinsen stand er auf, nahm seinen Hut vom Haken an der Tür, tippte an die Krempe und sagte zu Hanna gewandt: „War nett, dich kennenzulernen, aber ich hab zu tun jetzt."

„Wiedersehen", flüsterte sie und schaute dabei auf das Geschirr vor ihr auf dem Tisch.

Sarah stellte ihr Geschirr zusammen und brachte es zur Spülschüssel.

„Mama, können wir heute nicht Eiscreme machen?"

„Ach Schätzchen, wir haben kein Eis und auch nicht annähernd genug Salz."

„Vielleicht kann Papa ja was besorgen."

„Nein. Dein Papa hat heute zu viel anderes zu tun." Ich sagte ihr nie, dass wir uns einen solchen Luxus einfach nicht leisten könnten, selbst wenn wir das Eis selbst machten. Robert hätte das verstanden, aber selbst er wusste nicht, dass wir keinen Penny Geld mehr hatten.

„Blaubeeren sind auch gut", sagte sie. „Können wir Blaubeeren pflücken?"

„Die sind noch gar nicht reif, Schätzchen, aber es dauert sicher nicht mehr lange, bis wir welche pflücken können. Vielleicht gibt es noch ein paar Himbeeren, aber ich weiß nicht, ob wir heute Zeit haben, welche zu pflücken. Erst müssen wir noch andere Dinge erledigen."

„Was denn? Was müssen wir erst noch machen?"

„Wir haben noch viel im Garten zu tun und außerdem muss Wäsche gewaschen werden. Gott sei Dank habe ich schon Brot gebacken, bevor es draußen so heiß wird."

„Ich muss mit dem neuen Mädchen spielen", sagte Sarah zu mir, als wäre das eine sehr ernste Pflicht.

„Das verstehe ich. Aber ihr könnt mir auch beide helfen. Dann macht es mehr Spaß."

„Im Sommer mag ich gern Wäsche waschen", erklärte sie Hanna. „Dann kann man sich nämlich ruhig dabei nass machen und man wird trotzdem nicht kalt."

Hanna reagierte darauf nicht.

Mit Sarahs Hilfe räumte ich das übrige Geschirr ab und spülte es mit dem Rest Wasser, das ich inzwischen auf dem Herd warm gemacht hatte. In der Küche war es mittlerweile schon so warm, dass ich mir überlegte, das Feuer im Herd einfach ausgehen zu lassen und das Mittag- und Abendessen draußen im Freien zu kochen.

Als das Geschirr fertig gespült war, strich ich den übrig gebliebenen Maisbrei auf ein Blech zum Festwerden. Er würde später gebraten gut schmecken, mit ein wenig von der eingemachten Wurst, die wir noch in der Speisekammer hatten. Einen Moment machte mir der Anblick der nur noch spärlich bestückten Regale dort zu schaffen, aber ich schüttelte diese Sorgen rasch ab. *Der Herr wird für alles sorgen. Das hat er bisher immer getan. Es liegt alles in seiner Hand, und ich habe jetzt wirklich andere Dinge zu bedenken.*

Ich war ein wenig unschlüssig, ob ich Hanna einfach in unser gemeinsames Arbeiten mit einbeziehen sollte, aber ich wusste auch nicht, was ich sonst tun sollte, außer einfach mit dem weiterzumachen, was anlag. Also holte ich die beiden großen Wäschezuber hinter dem Haus hervor, weil sie für die beiden Mädchen zu schwer waren. Vom Herd in der Küche holte ich das heiße Wasser und ließ Franky Wasser zum Spülen holen. Er ging danach sofort wieder an seine Tischlerarbeit zurück und ich raspelte ein bisschen von Alberta Meyers Laugenseife und fing an, die Wäsche in der Wanne einzuweichen.

Hanna gab am Waschbrett ihr Bestes, nachdem sie erst Sarah und mir zugeschaut hatte, wie man es machte. Anscheinend gefiel ihr Emmas Wringmaschine. Wir wuschen alle schmutzige Wäsche, die ich finden konnte, sogar Hannas. Ich zog ihr einen Kittel von Sarah an, weil Edward sich mit ihren Kleidern und auch ihren Puppen einfach auf und davon gemacht hatte.

Dann ließ ich die beiden Mädchen eine Weile im Garten herumtollen, während ich alles auf der Wäscheleine aufhängte. Es war friedvoll, hell und sonnig. Ich betete, dass Samuel es auch so friedvoll haben möge.

George kam bereits mit seinem Pferdegespann vorbei, bevor ich alle Wäsche auf der Leine hatte. Der junge Sam war bei ihm, und sie gingen zusammen in die Scheune, ohne ein Wort zu mir zu sagen. Samuel hatte mir zwar nichts gesagt, aber ich nahm an, dass sie gekommen waren, um nach Lula Bell zu sehen. Ich wusste, dass sie immer weniger fraß und seit einiger Zeit auch keine Milch mehr gab. Ob George sie schlachten wollte? Sicher nicht um diese Jahreszeit. Aber die Kuh wurde schon jetzt immer dünner. Am Ende des Jahres würde kaum noch etwas von ihr übrig sein.

Nach einer Weile kam George langsam von der Scheune zu mir. „Se sieht nich' gut aus, so viel steht fest", sagte er. „Is' Samuel da?"

„Nein, er ist noch nicht von den Posts zurück."

„Sagen Se ihm, dass ich hier war und dass wir nix mehr für die olle Kuh tun könn'. Wir könn' se eigentlich ebenso gut schlachten, auch wenn es jetzt so heiß ist. Ich frage Post, ob er nächste Woche kommen und uns helfen kann. Lizbeth kann Ihn' ja dann beim Einkochen helfen. So ham wir wenigstens noch was davon."

Ich hasste den Gedanken daran, Lula Bell zu verlieren. Und ihr Fleisch zu essen war auch nicht gerade verlockend, aber George dachte in diesen Dingen eben praktisch. Wir mussten jede sich bietende Nahrungsquelle nutzen. Seine Speisekammer war genauso leer wie unsere, und ich wusste, dass er Recht hatte.

„Ich sag's ihm."

„Ich bin auf dem Nordfeld, falls er Zeit hat, heute noch ein bisschen bei uns mit anzupacken. Aber ich versteh auch, wenn's heut nich' geht."

Er ging in Richtung Brunnen weg, wo Sarah sich gerade etwas zu trinken geholt hatte. Hanna stand direkt bei ihr, als er dort ankam. Er sah sie an und sie trat einen Schritt zurück.

„Wie heißt du denn, kleines Mädchen?"

„Hanna Wortham."

George sah mit fragender Miene kurz zu mir herüber. „Ach wirklich? Also du bist wirklich 'n hübsches kleines Mädel. Schönen Besuch noch."

Mehr sagte er nicht, sondern ging einfach zu seinem Fuhrwerk und machte sich wieder auf den Heimweg.

Ich hatte gar nicht gewusst, dass Hanna mit Nachnamen Wortham hieß, sondern war davon ausgegangen, dass sie Vale hieß wie ihre Mutter. Sagte sie das jetzt vielleicht nur, weil sie Samuel immer noch für ihren Vater hielt? Natürlich würden die Leute glauben, sie wäre Edwards Kind, zum einen wegen des Namens und dann auch weil er sie ja gebracht hatte. Und das arme Mädchen wusste vielleicht selbst gar nicht, wer es war.

Ich hängte weiter so viel Wäsche wie möglich auf unserer Wäscheleine auf und ein Betttuch breitete ich über einen Busch. Ich fragte mich, ob Lizbeth wohl auch schon mit ihrer Wäsche fertig war. Bei den Hammonds fiel immer so viel Wäsche an, bei zehn Kindern, von denen eines noch ein Baby war. Natürlich wusch ich auch einen Teil von ihrer Wäsche mit, aber es blieb trotzdem immer noch schrecklich viel für Lizbeth übrig. Ich überlegte, später vielleicht noch einmal zu ihr hinüberzugehen und zu fragen, ob sie noch Hilfe brauchte.

Sarah und Hanna waren bereit mir zu helfen, im Garten die ersten grünen Bohnen zu pflücken, also holte ich drei Schüsseln und wir fingen an. Hanna war ganz still, während wir arbeiteten. Vielleicht gefiel ihr die Arbeit nicht, und sie war nur zu höflich, um es zu sagen.

Wodurch Samuel wohl aufgehalten wurde? Er hatte schon mehr als genug Zeit gehabt, von den Posts zurück nach Hause zu laufen, wenn der Wagen dort gebraucht wurde. Vielleicht hatte ja Barret auch bei irgendeiner Arbeit seine Hilfe gebraucht. Ich konnte das nur hoffen. Es war Monate her, dass das einmal der Fall gewesen war.

Bevor wir mit dem Bohnenpflücken fertig waren, kam Samuel dann aber mit Barretts Lastwagen den Weg zu unserer Farm hochgefahren.

„Er hatte eine Fuhre Heu für Joe Porter", erklärte er. „Ich habe ihm geholfen, es zu verladen, damit es schneller geht."

Hanna stand ganz still da und gab sich große Mühe, nicht zu weinen.

Ich nahm ihre Hand. „Samuel, das hier wird schwer für sie. Sie bekommt es jetzt mit noch mehr Fremden zu tun."

Er nickte. „Ich würde ja vielleicht auch heute noch gar nicht zum Sheriff fahren, aber wer weiß, ob es nicht eine Großmutter oder sonst jemanden gibt, der sich Sorgen um sie macht und nicht weiß, wo sie steckt. Daran müssen wir doch auch denken. Selbst wenn wir ihre Mutter nicht ausfindig machen können, vielleicht gibt es ja andere nahe Verwandte."

Ich wusste, dass er Recht hatte, aber die arme kleine Hanna musste ja das Gefühl haben, dass weder ihre Mutter noch ihr Vater sie haben wollten. Sie saß mucksmäuschenstill auf der Verandatreppe, während ich die übrig gebliebenen Muffins und ein paar frische Möhren für sie und Samuel einpackte. Samuel wollte losfahren, um die Sache hinter sich zu bringen, aber ich ließ ihn noch einen Augenblick länger warten, während ich ins Schlafzimmer eilte, um die drei kleinen Garnpüppchen zu holen, die Hanna auf dem Kopfkissen hatte liegen lassen.

Als ich wieder nach draußen kam, saß sie immer noch an derselben Stelle. Sarah war jetzt bei ihr und hatte ihr einen Arm um die Schultern gelegt. Ich setzte mich an Hannas andere Seite und legte ihr die kleinen Püppchen in die Hand. „Die kannst du behalten", sagte ich zu ihr. „Wir haben noch mehr davon."

Sie sah mich an und schniefte. „Ich will aber nich' weg."

„Es wird bestimmt alles gut. Du brauchst nur mit Mr Law zu

reden und seine Fragen zu beantworten, so gut du kannst. Danach tust du dann, was er sagt. Das kannst du doch, oder?"

Sie nickte. „Werde ich Sie wiedersehen?"

„Das weiß ich nicht, Schätzchen. Das weiß nur Gott allein."

Samuel ging schon voraus zum Lastwagen. Ich wusste, dass ihm ganz und gar nicht wohl dabei war, aber das alles war ja nicht seine Schuld. Er hatte jedenfalls Recht damit, dass sich vielleicht wirklich irgendwelche Angehörigen schon Sorgen um Hanna machten. Und wenn das so war, dann war es unsere Pflicht, dafür zu sorgen, dass sie so schnell wie möglich zu ihnen gebracht wurde.

„Vielleicht kann Papa ja entscheiden, dass er auch ihr Papa sein will", flüsterte Sarah. „Mir würde es nichts ausmachen, eine Schwester zu haben."

Das überraschte mich kein bisschen, denn Sarah mochte wirklich jeden. Aber wir konnten Hanna nicht einfach so behalten, auch wenn es sich aus Sarahs Mund so leicht anhörte.

Ich nahm Hannas Hand und führte sie sanft von der Veranda weg. „Jetzt müsst ihr erst mal in die Stadt fahren und euch um diese Sache kümmern. Sarah, lauf schnell und hole Hannas Kleider von der Wäscheleine. Sie werden sicher schnell im Auto trocknen, wenn sie nicht schon trocken sind."

Hanna saß vorn im Wagen auf dem Beifahrersitz, hielt die Püppchen umklammert und schaute unverwandt zurück, als sich der Wagen entfernte. Ich fühlte mich kalt und grausam. Sie war den ganzen Weg aus *Albany* im Staat *New York* hergekommen mit der Hoffnung, hier ein neues Zuhause zu finden, und jetzt hatte sie nichts außer Sarahs Kittel und die „echte Familie" aus Garnpüppchen, die sie in der Hand hielt. Vielleicht hätte ich Samuel noch sagen sollen, dass er sie wieder mitbringen sollte, falls man keine Großmutter fände, die gern bereit war, Hanna aufzunehmen.

6

Samuel

Hanna weinte nicht, ja sie rührte sich kaum. Den ganzen Weg in die Stadt saß sie einfach nur da und starrte geradeaus, ohne ein Wort zu sagen. Ein paar Mal versuchte ich ihr zu versichern, dass der Sheriff wirklich ein netter Mann sei und sie keine Angst zu haben bräuchte, aber ich wusste, dass sie sich darüber gar keine Sorgen machte. Ihre Frage war, was nach dem Besuch beim Sheriff passieren würde, doch das wusste nicht einmal ich.

In *Dearing* hielten wir vor dem Gebäude, das vor ein paar Monaten noch der Haushaltswarenladen gewesen war. Jetzt war dort alles mit Brettern vernagelt, wie bei so vielen anderen Geschäften in der Stadt. Ben Law hatte sein Büro gegenüber, direkt neben der Bank, die ebenfalls geschlossen war. Im gesamten Häuserblock waren nur noch Blumes Milchladen und der Laden für Saatgut und Futtermittel geöffnet.

Ein Stück weiter die Straße hinunter sah ich Herman Meyers Wagen vor dem Haus seiner Tante Hazel Sharpe stehen. Es war nie besonders angenehm, ihr bei einem Besuch in der Stadt zu begegnen.

Ich half Hanna aus dem Wagen. Sie hielt die Garnpüppchen immer noch so fest in der Hand, dass die Fingerknöchel ganz weiß waren, aber sie sagte nichts. Ich nahm sie bei der Hand, als wir die Straße überquerten.

Sheriff Law hatte am Türknauf eine Glocke befestigt, aber er blickte trotz des lauten Gebimmels nicht auf, als wir sein Büro betraten. Er las gerade die *Mount Vernon*-Tageszeitung. Nachdem ein paar Minuten verstrichen waren, schaute er endlich über den Zeitungsrand in unsere Richtung. Ich konnte eine Schlagzeile erkennen, in der es um den Präsidentschaftskandidaten Roosevelt ging.

„Guten Morgen", sagte er mit einem Lächeln. „Sie sind Wortham, nicht wahr?"

„Ja, Sir", antwortete ich und wunderte mich nicht weiter, dass er mich kannte. Als wir hergezogen waren, hatte Hazel Sharpe ihm gesagt, wir würden versuchen, Emma Graham ihren Besitz abzuluchsen, was Emma dann allerdings höchstpersönlich richtiggestellt hatte.

„Was kann ich für Sie tun?" Er legte die Zeitung beiseite, und noch bevor ich seine Frage beantworten konnte, stellte er schon die nächste. „Ist das Ihre Tochter?"

„Nein, Sir, aber deshalb bin ich hier."

Und dann erzählte ich ihm, so gut es ging, die ganze Geschichte. Alles, was Edward gesagt hatte, und dann alles, was wir von Hanna selbst erfahren hatten. Der Sheriff saß einfach nur da, sah die Kleine an und nickte.

Als alles berichtet war und ich ihn fragte, ob er eine Möglichkeit sähe, Verwandte von ihr ausfindig zu machen, lehnte er sich in seinem Stuhl zurück und grinste. „Sie haben bis jetzt noch nicht widersprochen, dass Sie aus Pennsylvania sind."

„Ich bin ja auch von da, zumindest haben wir da eine Zeit lang gelebt. In Harrisburgh. Aber ..."

Er kam ruckartig vor. „Also wirklich, wenn Ihr eigener Bruder davon überzeugt ist und auch die Mutter des Kindes ..."

„Sheriff Law, wenn sie wirklich die Wahrheit sagt, dann muss es noch einen anderen Samuel Wortham geben."

Er lachte. „Und deshalb ist die Kleine Ihnen wahrscheinlich auch wie aus dem Gesicht geschnitten, was?"

„Ich weiß nicht, wieso das so ist ..." Mir lief es ganz heiß den Rücken hinunter. Er glaubte mir nicht. Wie sollte ich es anstellen, dass er begriff, was ich meinte?

Er seufzte. „Also, Wortham, ich hätte ja nicht gedacht, dass Sie sich immer noch so sträuben, wo doch auf der Hand liegt, was los ist, aber manche Leute sind anscheinend so."

Ich merkte, wie sich meine Schultern verspannten und wie mir ganz heiß wurde. „Ich habe Ihnen die Wahrheit gesagt, Sheriff. Ich kenne diese Frau nicht."

„Sie haben ganz sicher nie ihre Verwandtschaft kennengelernt, das nehme ich Ihnen gern ab." Er schüttelte den Kopf. „Seien wir doch mal ehrlich, Sie haben schon ein paar Kinder zu versorgen, und jetzt kommt dieses hier ganz plötzlich noch dazu. Ich werde tun, was ich kann, um Verwandte der Mutter ausfindig zu machen, aber nur, weil ich mit Ihnen einer Meinung bin, dass von denen vielleicht keiner weiß, was passiert ist. Wenn meine

Enkelin einmal quer durchs ganze Land geschleppt würde, dann würde ich das sicher auch wissen wollen."

Daraufhin wandte er sich Hanna zu, die ganz still neben mir stand und ihn beobachtete. „Sag mal, Kleine, dieser Mr Wortham hier, hat er dich gut behandelt?"

Fast hätte ich etwas gesagt, aber ich wusste, dass mir das bei ihm kein bisschen weitergeholfen hätte.

Hanna nickte und schob ihre kleine Hand wieder in meine. „Er ist nett. Und Mrs Wortham ist auch nett. Ich mag sie beide ganz gern."

„Gut. Da bin ich aber froh, das zu hören. Richtig anständig finde ich das, besonders von Mrs Wortham. Finden Sie das nicht auch, Samuel?"

Der Blick, mit dem er mich dabei bedachte, ärgerte mich. Weil er von meiner Schuld überzeugt war, hielt er mich für einen Halunken, und mir fehlten leider die Gegenargumente. Wenn er in dieser Angelegenheit wirklich Nachforschungen anstellte, würde er herausfinden, dass ich die Wahrheit sagte, da war ich mir ganz sicher.

„Julia ist eine wunderbare Frau, Sheriff Law", pflichtete ich ihm bei. „Ich bin sehr dankbar, dass ich sie habe."

„Na, dann kann ich das Kind ja erst einmal unbesorgt in Ihrer Obhut lassen. Ihr Bruder hat die Kleine zu Ihnen gebracht und wie ich das so sehe, sind jetzt Sie für sie verantwortlich, es sei denn, irgendwelche Verwandten fragen nach ihr."

„Sheriff Law ..."

Er hob eine Hand. „Ich sehe keinen Grund, Benzin zu verschwenden, um sie in ein Waisenhaus zu bringen, und auch keinen, öffentliche Gelder auszugeben, um sie großzuziehen, wenn es doch eine anständige Regelung durch Verwandte gibt." Er wandte sich an Hanna. „Man hat dir doch gesagt, dass dieser Mann ein Verwandter von dir ist, stimmt's?"

Hanna nickte.

„Sehen Sie, was ich meine? So etwas passiert eben, Samuel. Nichts, was man im Leben tut, bleibt eben ohne Folgen."

Ich holte tief Luft. „Ich habe gar nichts dagegen, sie zu behalten. Sie hat ja schon einmal bei uns übernachtet, und für sie ist es bestimmt einfacher, die nächste Nacht nicht schon wieder in einer völlig fremden Umgebung zu verbringen. Wenn ich dadurch behilflich sein kann, gerne, aber ich möchte Ihnen noch gern etwas über meinen Bruder sagen, nur für den Fall, dass Sie ihn sehen. Vielleicht kann er Ihnen noch mehr sagen. Vielleicht hat Miss Vale ihm ja etwas über ihre Familie gesagt."

„Hat sie denn Ihnen nichts darüber erzählt?"

Ich musste schwer schlucken und mich außerdem ziemlich beherrschen, um die Ungeduld und den Ärger zu zügeln, die in mir aufwallten. „Nein, Sir, weil ich noch nie im Leben mit ihr gesprochen habe."

Wieder lächelte er. „Das ist aber wirklich interessant."

Er stellte Hanna noch ein paar weitere Fragen – über mich, meinen Bruder, ihre Mutter und alle Personen, an die sie sich erinnerte. Es stellte sich dabei heraus, dass es eine Großmutter gab, Trudy Vales Mutter, aber Hanna sagte, die habe sie nur ein einziges Mal gesehen, als sie noch sehr klein gewesen sei. Seit damals waren sie und ihre Mutter aber in so vielen Städten gewesen, dass das Kind sich nicht mehr erinnern konnte, wo die Großmutter damals gelebt hatte.

Sheriff Law notierte sich ein paar Dinge und sah mich dann an. „Und was ist mit Ihrer Mutter?"

Von dieser Frage war ich völlig überrumpelt. „Wie meinen Sie das?"

„Ich meine, ob sie noch lebt und ob sie vielleicht das kleine Mädchen aufnehmen würde, wenn Sie und Ihre Frau beschließen, dass Sie ... äh ... damit einfach nicht fertig werden?"

Wieder hatte ich den unbändigen Wunsch zu protestieren. Wie konnte er nur so einen Vorschlag machen? „Sie hat mit alldem hier absolut nichts zu tun, und außerdem würde ich ihr auch niemals ein Kind anvertrauen."

Er zog fragend eine Augenbraue hoch. „Warum denn nicht? Was ist los mit ihr?"

Ich holte Luft und wünschte, er hätte nicht noch gefragt. Aber ich konnte ihm auch ebenso gut sagen, wie es war. „Das Letzte, was ich von ihr weiß, Sheriff, ist, dass sie bei jeder sich bietenden Gelegenheit betrunken war. Ihr Mann, mein Stiefvater, besitzt eine Kneipe in Albany. Dort floss vor und auch während der Prohibition der Alkohol in Strömen, und er hat vor mir einmal damit angegeben, dass er Lieferquellen kennen würde, von denen die Regierung keine Ahnung hätte. Sein Laden würde jedenfalls nie pleitegehen."

„Und haben Sie das damals den Behörden gemeldet?"

„Nein. Ich hatte keine Beweise, und er stand außerdem ohnehin schon unter staatlicher Aufsicht. Sie haben ihm seinen Laden fast geschlossen, aber man konnte in seinem Lokal auch essen und es gab Unterhaltung, und man hat bei Durchsuchungen keinen Alkohol gefunden. Ich weiß nicht, wie er das immer gemacht hat." Mir schoss kurz der Gedanke durch den Kopf, dass Edward Trudy Vale vielleicht dort in dem Lokal kennengelernt hatte. Wieso hatte ich daran nur nicht früher gedacht? Vielleicht kannten meine Mutter und Jimmy sie ja.

Der Sheriff musterte mich jetzt ziemlich streng. „Ich hatte eigentlich gedacht, dass Sie aus einem christlichen Elternhaus stammen, Wortham, und nun behaupten Sie, Ihre Mutter sei eine Trinkerin und Ihr Vater ein Betrüger."

„Mein Stiefvater, Sir. Mein Vater ist tot."

„Meinen Sie, ich hätte Sie aus der Stadt jagen sollen, als Sie hier ankamen?"

„Dazu hätten Sie keinen Grund gehabt."

Er lächelte. „Na ja, wenigstens werden Sie nicht wütend auf mich. Das muss ich Ihnen zugestehen."

Ich gab ihm Namen und Adresse meines Stiefvaters und meiner Mutter, nur für den Fall, dass sie vielleicht etwas über Trudy Vale wussten, aber ich fragte mich, ob es wirklich hilfreich gewesen war, den Sheriff aufzusuchen. Er hatte ja auch jetzt noch fast keine Anhaltspunkte für eine Suche. Und ich war sicher, dass er mich für ebenso dämlich wie durchtrieben hielt. Meiner Einschätzung nach glaubte er, dass ich versuchte, mich durch Lügen aus der Affäre zu ziehen.

Bevor wir gingen, versprach er Hanna zu versuchen, ihre Großmutter zu finden. Mir versprach er nichts. Und er ließ mir gar keine andere Wahl, als Hanna wieder mit nach Hause zu nehmen. Natürlich war das aus seiner Sicht richtig; aber ich fragte mich, ob das auch für Hanna das Beste war. Je stärker ihre Bindung zu mir und Julia wurde, desto schwerer würde es für sie werden, uns irgendwann wieder zu verlassen.

Ich überquerte die Straße, wobei ich Hanna wieder bei der Hand nahm. Mittlerweile war es drückend heiß. Mein Hemd war schon ganz nass geschwitzt, und ich wünschte, ich hätte Geld in der Tasche gehabt, um dem Kind ein Eis zu kaufen und auch Julia und den anderen etwas mitzubringen.

Wenigstens würde sich Julia nicht aufregen, wenn ich die

Kleine wieder mit nach Hause brachte. Wahrscheinlich würde sie damit rechnen, und ich wusste auch gar nicht, wie ich auf einer anderen Lösung hätte bestehen sollen.

Wir waren beinah schon am Auto, als Hazel Sharpe und ihr Neffe beim Futtermittelladen um die Ecke kamen. Anscheinend waren sie von irgendwoher auf dem Heimweg. Ich stöhnte innerlich auf und hoffte, sie würden uns nicht sehen oder uns wenigstens nicht beachten, aber Hazel steuerte geradewegs auf mich zu, so schnell die Füße sie trugen. Ich wollte ihr heute nicht zuhören. Ich wollte nicht, dass auch sie zu alldem noch ihren Senf dazugab.

„Na, Mr Wortham!", rief sie mir schon von weitem zu. „Wieder mal mit Barrets Lastwagen unterwegs, was? Ich meine fast, Sie sind mehr damit unterwegs als er selbst. Zahlen Sie ihm eigentlich was dafür?"

„Ich helfe ihm dafür auf der Farm, wenn er Hilfe braucht, Miss Sharpe", entgegnete ich mit einem Seufzer. „So ist unsere Übereinkunft."

„Ach, das ist doch weder Fisch noch Fleisch", stichelte sie weiter. „Aber ich sag Ihnen jetzt mal, was Ella Cole mir erzählt hat. Sie sagt, dass die Frau von unserm Pastor auf die Schnapsidee gekommen ist, dass Ihre Julia einen Kirchenchor gründen soll. Und sie hat es nicht mal nötig gehabt, vorher zu mir zu kommen und mich zu fragen. Mich, die Klavierspielerin!"

„Ich bin ganz sicher, dass sie vorher ihren Mann gefragt hat, Miss Hazel." Ich konnte mir dabei ein Lächeln über ihren lächerlichen Dünkel nicht verkneifen. Als dürfe niemand etwas tun, ohne sie erst um Erlaubnis zu fragen.

Ungeduldig verschränkte sie ihre Arme vor der Brust. „Ich will, dass Sie Ihrer Frau sagen, dass unsre Kirche seit vierzig Jahren keinen Chor mehr hat, und falls es wieder einen geben soll, geht das nicht ohne meine Hilfe! Sonst brauchen sie damit gar nicht erst anzufangen. Loretta Crenshew hat mir auf dem Sterbebett die Musik in der Kirche übertragen, und ich bin auch die Einzige, die sich damit auskennt."

„Soweit ich weiß, weiß Juli bis jetzt noch gar nichts von diesem Plan."

„Deshalb erzähle ich es Ihnen ja jetzt! Hören Sie eigentlich nicht zu? Sagen Sie ihr, sie soll sich sofort mit mir in Verbindung setzen, wenn Juanita Jones zu ihr kommt. Wie wollen die denn einen Chor ohne Klavier machen? So was hab ich ja noch nie gehört!"

Ich lächelte sie an. „Sind Pastor Jones und seine Frau zu Hause? Vielleicht sollten Sie es selbst mit ihnen besprechen."

„Wenn die nicht so viel Anstand hat, zu mir zu kommen, dann gehe ich auch ganz bestimmt nicht zu ihr!", schnaubte Miss Hazel empört. „Das ist doch nicht meine Aufgabe, jedes Mal zu ihnen zu rennen, wenn die was nicht richtig überlegt haben! Sagen Sie einfach Julia, dass sie nicht herumlaufen und den Leuten auf die Zehen treten darf. In einer Kirchengemeinde muss alles seine Ordnung haben. Wenn für die Musik schon gesorgt ist, dann schiebt man das nicht einfach beiseite und fängt was Neues an mit jemandem, der gar keine Ahnung hat. Und Julia hat ganz bestimmt keine Ahnung! Sie hat doch noch nie einen Chor geleitet, oder?"

„Nein, Madam, das hat sie nicht", sagte ich und versuchte dabei, mich an ihr vorbeizudrücken und zum Wagen zu gelangen.

„Sehen Sie, was ich meine. Das ist das Verrückteste, das ich jemals gehört habe! Was denkt sich diese Juanita überhaupt?"

Ich tippte an meine Hutkrempe. „Miss Hazel, ich muss jetzt wirklich weiter, aber ich werde alles meiner Frau ausrichten."

Ich fragte mich, was Juli davon wohl halten würde. Wahrscheinlich würde sie mit den Schultern zucken und einfach lächeln und schweigen. Sie kannte Miss Hazel besser als ich und konnte besser mit ihr umgehen als alle anderen. Seit Emma Graham jedenfalls.

„Das will ich hoffen, dass Sie es ihr ausrichten. Vergessen Sie es bloß nicht." Und dann hielt sie ganz plötzlich inne und starrte auf Hanna hinunter. „Na, was ist denn das hier? Das ist doch keine von George Hammond."

Ich wand mich innerlich. „Nein, Madam."

„Und Ihre Sarah ist es auch nicht. Die würde ich erkennen, weil sie wie ihre Mama aussieht. Wer bist du also, Kind? Raus mit der Sprache! Wie heißt du?"

Völlig überrumpelt trat Hanna einen Schritt zurück und drückte meine Hand noch fester. Ich konnte ihr nicht verübeln, dass sie sich fürchtete. Diese gebeugte alte Frau war furchterregend, sogar für Erwachsene. Es gelang dem Kind aber doch, so schnell die Fassung wiederzugewinnen, dass es seinen Namen flüstern konnte. „Hanna. Hanna Wortham."

„Wortham sagst du?" Hazels Kopf schoss förmlich hoch. „Zu wem gehört sie denn?", fragte sie fordernd nach. „Die haben Sie noch nie erwähnt!"

Ich hätte ihr am liebsten erzählt, dass Hanna die Tochter meines Bruders war, oder mir etwas ausgedacht, aber ich konnte nicht lügen. Und einfach zu sagen, dass mein Bruder sie zu uns gebracht und dagelassen hatte, hätte sicher nicht genügt. Ich seufzte und dachte daran, wie viele Leute es jetzt wohl erfahren würden und wie Miss Hazel mir das Wort im Mund verdrehen würde. „Ich weiß gar nicht sicher, ob sie überhaupt mit uns verwandt ist, Miss Hazel. Wir hoffen aber, dass wir es bald in Erfahrung bringen."

„Was für ein Rätsel soll denn das nun wieder sein? Weiß man denn nicht, wenn man mit jemandem verwandt ist? Also, normale Leute wissen das jedenfalls!"

Wieder konnte ich nur seufzen. „Wir müssen jetzt aber wirklich los."

Doch so einfach ließ Hazel mich nicht davonkommen. „Sie haben doch was zu verbergen! So wahr ich hier stehe!" Sie packte Hanna am Arm, sodass das Kind einen Satz machte. „Wer ist dein Papa, Mädchen? Du kannst es mir sagen. Du musst doch wissen, wer deine Leute sind. Wer ist dein Papa, Mädchen?"

Die kleine Hanna zitterte am ganzen Leib und ihre Augen füllten sich mit Tränen. Sie sah mich völlig verängstigt an und die Tränen liefen ihr die Wangen hinunter. „Ich weiß es nicht."

„Du weißt es nicht!", rief Miss Hazel aus. „Ach du gute Güte! Was soll denn das nun wieder heißen ...?"

„Es reicht jetzt!", sagte ich und war selbst überrascht, dass ich so energisch und direkt war. Aber es stand Miss Hazel absolut nicht zu, so mit einem Kind zu sprechen.

Was auch immer sie jetzt über mich denken mochte, so etwas ließ ich mir auch von ihr nicht gefallen. Ich nahm Hanna auf den Arm, damit sie außerhalb von Miss Hazels Reichweite und Zugriff war, und sagte dann: „Sie wohnt eine Weile bei uns, bis wir ihre Familie gefunden haben. Mehr gibt es dazu nicht zu sagen. Ich werde meiner Frau ausrichten, was Sie gesagt haben."

Ich setzte Hanna ins Auto und Miss Hazel stand einfach nur da und schaute mir zu, wie ich ebenfalls einstieg. Herman nickte mir schüchtern zu. Ich fragte mich immer, was er wohl von dem üblen Gerede seiner Tante hielt.

„Irgendetwas stimmt an der ganzen Geschichte nicht", erklärte Hazel.

„Mag sein", entgegnete ich. „Aber wenn ein Kind zu Ihnen gebracht würde, dann würden Sie doch auch helfen, oder? Genau das tun wir, und wir tun es, so gut wir können", und mit diesen Worten ließ ich den Wagen an.

„Sie sind schon ein seltsamer Kerl, Sam Wortham."

Ich tippte mir noch einmal zum Gruß an die Hutkrempe. „Einen schönen Tag noch." Dann setzte ich rückwärts vom Gehweg zurück und fuhr los. Julia sagte immer, die beste Art, mit Miss Hazel umzugehen, sei, so freundlich und höflich wie möglich zu sein. Ich war wahrscheinlich nicht gerade überaus freundlich gewesen, aber wenigstens hatte ich die Form gewahrt.

Vom Telefon bei Charlie Hunters Tankstelle aus rief ich in dem Mietshaus an, in dem meine Mutter wohnte. Ich wusste gar nicht, was ich über all das hier sagen sollte, aber ich musste sie unbedingt persönlich fragen, ob sie oder Jimmy etwas über Trudy Vale wussten, und ihnen mitteilen, dass der Sheriff sie möglicherweise dasselbe fragen würde.

Ich musste sehr lange warten, während der Mann, der unten wohnte und eine Art Hausmeisterposten hatte, nach oben ging, um nachzuschauen, ob sie zu Hause war. Als meine Mutter dann endlich an den Apparat kam, klang sie ganz furchtbar. Sie sagte, sie wisse gar nicht, worüber ich da rede und was ich wolle, und es sei nicht richtig, dass ich dem Sheriff ihre Namen gegeben hätte. Wir redeten nicht lange. Das taten wir nie. Charlie berechnete mir nichts für das Telefongespräch.

Die Sonne stand jetzt hoch am Himmel, aber Hanna hatte keinen Hunger und ich auch nicht. Also tauschte ich Julis Muffins mit Charlie gegen ein bisschen Benzin. Vielleicht würde Barrett ja Hazel eines Tages erzählen, dass ich ihm seinen Wagen nicht mit leerem Tank zurückgebracht hatte.

7

Julia

Sarah und ich schnippelten Bohnen für das Abendessen, als wir von der Landstraße her ein Motorengeräusch hörten. Ich hoffte, dass es Samuel war, und erwartete sonst auch niemanden, aber als ich aufblickte, sah ich Edwards altes verdeckloses Auto den Weg zur Farm herauffahren. Fast hätte ich vor Schreck die Bohnenschüssel fallen gelassen. Ich hätte auf Samuels Bedenken hören sollen. Was sollte ich jetzt nur tun?

Ich stand auf, als er den Wagen gegenüber von Emmas goldenen Iris parkte. Er sprang heraus und winkte mir zu, als müsse ich begeistert sein, ihn zu sehen.

„Ist Samuel zu Hause?"

„Nein. Aber er ist sicher bald zurück."

Er kam auf mich zu. „Ich wollte euch gestern Abend wirklich keine Schwierigkeiten machen."

Darauf sagte ich nichts. Ich konnte mir nicht erklären, weshalb er noch einmal zurückgekommen war. Eigentlich hätte er doch froh sein müssen, von uns wegzukommen, nachdem er Hanna bei uns abgeliefert und gleichzeitig die Chance genutzt hatte, dafür zu sorgen, dass es Samuel richtig schlecht ging.

„Hast du wohl etwas für mich zu trinken übrig? Hab einen mächtig trocknen Hals gekriegt auf der staubigen Straße."

Ich reichte Sarah meine Bohnenschüssel und trug ihr auf, sie ins Haus zu bringen und dort auch erst einmal zu bleiben.

„Ich hoffe, dass Ihnen Brunnenwasser recht ist", sagte ich und ging zum Eimer am Brunnen.

„Habt ihr etwa immer noch keine Limonade da?", fragte er grinsend.

„Nein. Und auch nichts anderes, es sei denn, Sie mögen Erdbeerblättertee oder wieder Kaffee, obwohl davon auch fast nichts mehr da ist."

„Ich habe noch nie von Erdbeerblättertee gehört", sagte er und kam dabei näher. „Machst du den selbst?"

„Ja. Möchten Sie welchen?" Ich wollte niemandem etwas zu trinken verweigern. Das wäre einfach nicht richtig gewesen, aber seine Anwesenheit bereitete mir immer mehr Unbehagen –

schon allein, wie er mich ansah und dabei immer näher kam. Ich wünschte, Samuel wäre zu Hause gewesen, oder auch nur Robert oder einer von Georges großen Jungen.

„Ich nehme Wasser, danke", sagte er. „Von dem Blätterzeugs hab ich noch nie was gehört." Er lachte. „Solche Zaubertränke benutzen wir nicht."

Ich ging schnell zum Brunnen und zog einen Eimer frisches, kühles Wasser herauf. Als ich damit fertig war, stand er bereits neben mir, und ich reichte ihm die gefüllte Kelle.

Er trank schnell und füllte die Kelle noch zweimal nach. „Aaah! Das tut wirklich gut!" Eine Kelle voll schüttete er sich über den Kopf, schüttelte sich wie ein nasser Hund und lachte dann, als ich vor den Tropfen zurückwich. „Du weißt nicht, was du von mir halten sollst, nicht wahr? Ach, Mrs Wortham, ich weiß ja nicht, was Sammy dir erzählt hat, aber ich liebe nun mal die ganz einfachen Dinge, eine Frau wie dich zum Beispiel."

„Warum sind Sie noch mal hergekommen?"

„Ich brauchte etwas zu trinken, genau wie ich gesagt habe. Und ich kenne hier doch sonst niemanden in der Gegend."

„Hier würde Ihnen jeder etwas zu trinken geben. Das gehört hier einfach zum Anstand. Niemand hätte Sie abgewiesen."

„Ja, aber ... wir sind doch eine Familie, weißt du. Ich hatte ja noch nie Gelegenheit, dich näher kennenzulernen."

Ich ging jetzt in Richtung Garten, weil ich es für das Beste hielt, ihm zu signalisieren, dass ich zu tun hatte.

„Wie geht es mit Hanna? Ich hab sie gar nicht gesehen, als ich gekommen bin. Sammy liefert sie doch hoffentlich nicht bei irgendwelchen Behördenleuten ab, oder?"

Ich fing an, Rüben zu verziehen, damit die verbleibenden Pflanzen genügend Platz zum Weiterwachsen hatten.

„Muss schwer sein für dich zu erfahren, was Sammy so alles angestellt hat."

Und damit war das Maß voll. Ich konnte seine Anwesenheit ertragen, wenn es unbedingt sein musste. Ich konnte mir einiges gefallen lassen, aber nicht solche hässlichen und gemeinen Verleumdungen. „Samuel hat gar nichts angestellt, außer ein guter Vater zu sein! Wenn Sie mir etwas anderes weismachen wollen, dann sparen Sie sich besser Ihren Atem, denn ich glaube Ihnen sowieso nicht."

Darüber lachte er wieder nur. „Das ist aber ziemlich naiv, findest du nicht auch?" Er hockte sich in der ersten Rübenreihe vor mich hin.

Ich raffte alle Rüben, die ich schon gezogen hatte, zusammen und drehte mich in Richtung Brunnen um.

„Ich habe gehört, dass du sehr nett sein sollst", hörte ich ihn zu meinem Rücken sagen. „Aber im Augenblick finde ich dich nicht so besonders nett."

Ich blieb stehen und drehte mich zu ihm um. „Was erwarten Sie denn von mir? Sie kommen noch einmal hierher und geben nichts als übles Gerede von sich. Was wollen Sie eigentlich? Er hat Ihnen nichts getan. Dem Bruder nach langer Zeit einen Besuch abzustatten ist das eine, aber das hier ist etwas ganz anderes!"

„Aber das ist ein Besuch beim Bruder. Die erste Gelegenheit, die ich dazu habe." Er schüttelte den Kopf. „Weißt du, ich wollte es ja auch erst gar nicht glauben, aber was sollten wir denn sonst machen? Kannst du mir vielleicht sagen, woher eine Barsängerin seinen Namen kennen sollte? Woher sollte sie wohl wissen, in welchem Bundesstaat er damals gelebt hat, wenn er sie wirklich nicht gekannt hat?"

Ich sah hinunter auf meine Rüben. „Es muss sich um eine Verwechslung handeln."

„Mit demselben Namen? Und dann soll er auch noch genauso aussehen wie Sammy, hä? Sie hat ihn mir beschrieben und du brauchst dir das kleine Mädchen doch nur selbst anzuschauen!"

Ich erinnerte mich jetzt daran, was Samuel mich gefragt hatte – *Warum hat Edward wohl solchen Spaß an so etwas?* Ich wusste es auch nicht, aber es führte dazu, dass in meinem Kopf alles durcheinanderging und mir das Herz wehtat.

„Warum sind Sie hergekommen? Einfach um zu sehen, wie er darauf reagiert? Warum lachen Sie darüber?"

Einen Moment lang wurde sein Blick eiskalt und ich wünschte, ich hätte nicht gefragt. Ich kannte diesen Mann ja gar nicht. Er war nicht wie Samuel. Er war wirklich unberechenbar.

Schließlich antwortete er und wirkte dabei wie abwesend, und seine Worte waren voller Bitterkeit. „Sammy ist ein guter Junge. Das habe ich immer und immer wieder zu hören bekommen, weißt du. Aber er war nichts als ein kleiner Angsthase, der jedes Mal weggerannt ist und sich versteckt hat, wenn seine Mutter wieder mal betrunken war. Ich habe mich um ihn gekümmert. Ich bin losgezogen und habe geklaut, damit er was zu essen hatte, und ich war deshalb immer der Böse. Ich bin sicher, dass du das auch schon über mich gehört hast. Ich bin der, der immer nur Schwierigkeiten macht, und er ist der fromme Christ, nicht wahr? Vielleicht bin ich nur hergekommen, um euch eine Lektion zu erteilen. Eigentlich ist er nämlich gar nicht so gut. Er und ich, wir sind aus demselben Holz geschnitzt. Nur, dass er mit einer großen Lüge lebt."

Mein Herz klopfte wie wild. „Wenn Sie ihn wirklich kennen würden, würden Sie so etwas nicht sagen."

„Ich kenne ihn besser als jeder andere."

„Nein, Sie haben ihn doch seit ..."

„... fünfzehn Jahren nicht gesehen."

„Dann müssten Sie ja eigentlich wissen, dass in einer so langen Zeit viel passiert."

Er machte einen Schritt auf mich zu. „Ja – du bist passiert."

Blitzschnell legte er seine Hand auf meinen Arm. Zuerst wusste ich nicht, was ich tun sollte, aber dann riss ich mich, ohne noch weiter nachzudenken, los, ließ die Rüben am Brunnen einfach fallen und griff nach der Kelle.

„Ach, ich mache dich wohl nervös, kleine Frau, was?"

„Sie sollten sich lieber in den Schatten unter einen Baum setzen", sagte ich zu ihm. „Setzen Sie sich und warten Sie. Samuel wird sicher bald wieder da sein."

„Du meinst wohl, dass du das hoffst."

„Natürlich hoffe ich das! Sein Bruder ist hier und muss wohl noch das eine oder andere über gute Manieren beigebracht bekommen!"

Er lachte. „Du bist hübsch. Sogar noch hübscher, wenn du wütend bist. Sammy hat wirklich Glück. Du denkst nicht daran, dich an jemand anderen zu binden, oder?"

Einen Augenblick starrte ich ihn einfach nur an! Normalerweise konnte ich wirklich zu jedem liebenswürdig sein, aber Edward Wortham hatte an dieser Stelle die Grenze überschritten. Ohne ein weiteres Wort füllte ich die Kelle mit kaltem Wasser und klatschte es ihm ins Gesicht.

Überrascht trat er einen Schritt zurück und schüttelte dann seinen struppigen Kopf, wie er es schon zuvor getan hatte. Aus dem Augenwinkel sah ich, dass sich bei der Scheune etwas regte.

Der kleine Franky kam mit dem Hammer in der Hand aus der Scheune. Gott sei Dank.

„Mrs Wortham!“, rief der kleine Junge. „Woll'n Se mal den Stuhl sehn, den ich grade mach? Ich glaub, der wird ganz gut.“ Er blieb kurz stehen und sah den großen, nassen Fremden an. Ich war sicher, dass er sich noch an Samuels Bruder erinnerte, aber ich erkannte trotzdem das Misstrauen in seinem Blick.

„Ja, Franky, das schaue ich mir gern an“, sagte ich zu ihm. „Ich bin sofort bei dir.“

Ich wusste nicht, ob Edward mir folgen oder wieder wegfahren würde oder ob er vielleicht sogar im Schatten des Baumes warten würde, wie ich es vorgeschlagen hatte. Aber er tat nichts von alledem. Als ich mich zur Scheune wandte, ging er in Richtung des Hauses. Franky bemerkte es sofort.

„Wohin woll'n Se denn?“, fragte er.

„Ach, ich dachte, ich bedien mich einfach selbst ...“

„Nee“, unterbrach Franky ihn. „Wenn Se was woll'n, dann müssen Se höflich fragen. Sonst hätten Se gar nich' komm' brauch'n, besonders nich' in ein Haus gehen oder Mrs Wortham belästigen, wenn Mr Wortham nich' da is'.“

Edward sah mich an. „Wer ist denn dieser feurige Knabe?“

„Das ist Franky.“ Ich legte meine Hand auf die Schulter des Jungen.

Und Edward sah ihm direkt in die Augen. „Ich wollte ja gar nicht unfreundlich sein. Ich wollte mir nur einen Happen zu essen holen.“

„Haben Se denn gefragt?“ Franky schaute zu mir auf, als ob er Edwards Antwort misstraute.

„Nein, ich habe nicht gefragt“, antwortete Edward ungeduldig. „Wäre es nicht eure Aufgabe gewesen, mir was anzubieten?“

Franky verschränkte seine dünnen Arme vor der Brust, wobei er den Hammer in der Hand behielt. „Ich weiß nich', Mrs Wortham – sollen wir ihm was geben?“

Ich wollte das nicht, aber Emma hatte sogar jedem Landstreicher etwas zu essen angeboten. Und letztendlich war ja dieser Mensch auch der Bruder meines Mannes.

Also ließ ich ihn noch einmal an unserem Tisch Platz nehmen. Ich hatte weder etwas vorbereitet, noch war der Herd an, dass ich etwas kochen konnte, aber ich öffnete das letzte Glas

Pfirsiche und er aß sie alle mit einem großen Stück frischem Brot und einem Streifen Speck.

„Du tischst mir da aber wirklich merkwürdige Sachen auf, Mrs Wortham. Ich hatte eigentlich angenommen, dass die Leute hier auf dem Land üppigere Mahlzeiten zubereiten."

„Nicht um diese Tageszeit." Ich wollte auf keinen Fall, dass er noch länger blieb.

Sarah spielte oben in ihrem Zimmer, aber Franky stand da und beobachtete Edward die ganze Zeit beim Essen. Ich rechnete damit, dass Samuel jetzt jeden Augenblick hereinkommen würde, denn es war inzwischen Mittagszeit. Ich wusste, dass ich draußen in der Kochstelle langsam Feuer machen musste. Ich musste die kleinen zarten Rübchen und die grünen Bohnen in einem abgedeckten Topf zum Kochen bringen, aber ich wollte nicht, dass dieser Mann das als Einladung auffasste. Wie wohl Samuel reagieren würde, wenn er herausfand, was sein Bruder sich mir gegenüber herausgenommen hatte? Vielleicht sollte ich ihm lieber gar nichts davon sagen.

Schließlich stand Edward vom Tisch auf und reckte und streckte sich. Franky stand ebenfalls auf, und Edward schüttelte den Kopf über ihn. „Du solltest lieber den Hammer in der Scheune lassen, wenn du rauskommst, um fremde Leute zu begrüßen. Es ist nicht richtig, Leute zu verscheuchen."

„Manche Leute müssen verscheucht werden, nehm ich mal an", entgegnete Franky mit ernster Miene.

Edward lachte nur. „Was glaubst du denn, was ich mache? Mit Mrs Wortham auf und davon gehen?" Er lachte in sich hinein. „Dummer, mutiger Kerl."

„Reden Sie nicht so mit ihm", sagte ich. „Franky ist ein sensibles Kind und ich mag und schätze ihn sehr."

Edward sah mich an. Seine dunklen Augen waren so anders als die von Samuel und seltsamerweise dann plötzlich doch wieder ganz ähnlich.

„Wenn ich wirklich Ärger machen wollte, meine Gute, dann könnte ich das auch. Ich bin gar nicht so schlimm, wie du glaubst. Ich würde dir ganz sicher nicht wehtun, ob du das glaubst oder nicht."

Er ging nach draußen und ich beobachtete von der Tür aus, wie er über den Hof zu seinem Auto ging. Er stieg ein und ließ den Motor an. Dann sah er noch einmal zu mir herüber. „Ach, fast hätte ich es vergessen!", schrie er und warf eine kleine blaue Tasche aus dem Auto. Dann trat er aufs Gas und brauste davon.

Hannas Sachen. Ich wusste nicht, was ich von ihm halten sollte. Ich fragte mich, ob er vielleicht nur deshalb hergekommen war. Er war mir wirklich ein Rätsel. Warum er sich so aufführte, überstieg meinen Verstand. Aber vielleicht versuchte er ja, das Richtige zu tun, wenigstens, was Hanna anging.

Als Samuel schließlich zurückkam, hatte Edwards Besuch in meinem Kopf ein einziges Durcheinander hinterlassen. *Vielleicht sollte ich darüber lieber gar nicht reden. Samuel hat sich auch so schon genug aufgeregt. Er muss es ja nicht unbedingt erfahren.* Aber wie sollte ich erklären, woher Hannas Tasche plötzlich kam?

Samuel gab mir einen Kuss auf die Wange, als er aus dem Lastwagen ausgestiegen war. Hanna saß da und schaute mich an, als fürchtete sie sich vor dem, was ich jetzt sagen würde. „*Man kann ihn in ihrem Gesicht sehen*", hatte Edward gesagt, aber ich schüttelte diesen Gedanken ab.

„Ich bin froh, dass du sie wieder mitgebracht hast", sagte ich zu Samuel. „Ich habe gehört, dass manche Kinderheime nicht gerade schön sind."

„Der Sheriff hat mir gar keine Wahl gelassen. Er glaubt Edward offenbar eher als mir. Das kann passieren, wenn man nach dem äußeren Schein urteilt."

Er sah mich an, als könnte er meine Gedanken lesen, und ich fühlte mich bis ins Innerste durchschaut. *Oh Samuel! Gott, hilf mir, dass ich nicht an ihm zweifle.*

„Ist alles in Ordnung?"

Jetzt kam Franky von der Scheune auf den Hof. Er würde alles erzählen, da war ich mir ganz sicher, zumindest alles, was er gesehen hatte. „Sammy, Edward war noch mal hier. Er ... er hat Hannas Tasche gebracht."

„Ist das alles? Was ist denn hier eigentlich los?"

Samuel war schon jetzt aufgebracht und ich wollte es nicht noch schlimmer machen. „Ich habe ihm etwas zu essen gegeben. Er war nicht lange hier."

„Wo ist denn meine Tasche?", fragte Hanna.

„In der Küche, Schätzchen."

„Kann ich sie haben?“ Sie hatte sich immer noch nicht vom Fleck gerührt.

„Aber natürlich. Sarah möchte ganz bestimmt auch gerne deine Papierpüppchen sehen.“

Sie kletterte aus dem Lastwagen und ging zum Haus, aber Samuel stand einfach nur da und sah mich an.

„Ich find nich’, dass Ihr Bruder beson’ers nett war“, meldete sich Franky plötzlich zu Wort. „Es sah ganz so aus, als wollte er mit Mrs Wortham am Brunnen über irgendwas streiten, und dann hat er se festgehalten. Se hat ihm Wasser ins Gesicht geschüttet, und ich war so stolz auf se.“

Ich sah, wie alle Farbe aus Samuels Gesicht wich. „Juli ...“

„Also – so schlimm war es nun auch wieder nicht. Er hat mich nicht richtig gepackt. Nur meinen Arm berührt.“

„Ich hätte dich hier nicht allein lassen dürfen.“

„Wie hättest du denn wissen sollen, dass er noch mal wiederkommt? Und er hat ja auch nichts Schlimmes getan. Man kann doch nicht einfach alles stehen und liegen lassen, nur weil er vielleicht kommen könnte. Vielleicht kommt er – vielleicht auch nicht. Ich bin nicht bereit, mein Leben davon bestimmen zu lassen.“

Er streckte seine Hand aus, und ich spürte die Wärme direkt unterhalb meines Schulterblattes. Ich hätte mich von ihm umarmen lassen sollen. Ich hätte mich in diesem Augenblick über seine wartenden Arme freuen sollen, aber ich drehte mich weg und ging in die Scheune, einfach um irgendwohin zu gehen. Ich würde nach Lula Bell sehen, unserer guten alten Kuh, an der wir alle sehr hingen.

Ich hörte Samuel schon, bevor er bei mir war. Erst das Knarren der Scheunentür, dann das rhythmische Geräusch seiner Stiefel auf dem mit Stroh gestreuten Scheunenboden, und schließlich stand er hinter mir. Er berührte mich dieses Mal nicht, sondern stand einfach nur da und wartete.

„Ich glaube, du hast Recht“, brachte ich heraus. „Lula Bell geht es wirklich schlechter.“ Sie drehte den Kopf und sah mich an, und ich beugte mich über das Gatter und legte eine Hand auf ihre Flanke.

„Liebling ...“, sagte er.

„Sammy, ich habe doch schon gesagt, dass er mir nichts getan hat.“

„Was hat er denn dann gemacht?“

„Dich beleidigt, mich ausgelacht, weil ich dir glaube, und Franky ausgelacht, weil er mit dem Hammer in der Hand dagestanden hat.“ Ich lächelte. „Du hättest Franky sehen sollen. Edward wusste gar nicht, was er von dem mutigen kleinen Kerl halten sollte ...“

Ganz langsam und sanft zog Samuel mich von Lula Bells Box weg, sodass ich ihn ansehen musste. „Es tut mir leid. Ich hätte wissen müssen, dass er vielleicht ...“

„Das hast du doch.“ Diese Worte hingen in der Luft, und es tat mir auf der Stelle leid, dass ich sie ausgesprochen hatte. Ich wollte ihm für gar nichts die Schuld geben. Die Begegnung mit Edward war meine eigene Schuld gewesen, denn ich hätte ja auf Samuel hören und mit in die Stadt fahren können, wie er es vorgeschlagen hatte.

Samuel umschloss mich mit seinen Armen, aber mir war dabei seltsam kalt. Was stimmte mit mir nicht? Er war doch immer noch derselbe warmherzige, zärtliche Mann.

„Ich weiß nicht, ob ich ihn noch kenne“, sagte Samuel. „Ich weiß nicht, auf was ich bei ihm gefasst sein muss.“ Er sah mich intensiv an und versuchte, in meiner Miene das zu lesen, was ich nicht sagte. „Hat er dich bedroht, Juli? Ich muss einfach wissen, was passiert ist.“

„Es war nicht direkt eine Drohung“, antwortete ich. „Es war eher so, als wollte er mich testen, um herauszufinden, wie ich reagiere. Er hat mir gesagt, dass Hannas Mutter dich beschrieben hat und dass du eine Lüge lebst.“

Zunächst sagte Samuel gar nichts, sondern sah nur zu Boden, seine Hände immer noch um meine Taille gelegt. Warum umarmte ich ihn nicht zurück, wie ich es sonst tat?

„Was denkst du, Juli? Ist es zu viel verlangt, mir zu glauben?“ Für einen kurzen Augenblick nahm er meine Hände in die seinen. „Du kannst jetzt auch ebenso gut noch erfahren, dass Hanna meinen Namen schon kannte, bevor sie Edward kennengelernt hat. Ich weiß nicht, wie das möglich ist, aber sie hat gesagt, dass ihre Mutter es ihr schon lange vorher gesagt hat, und sie hat ihr sogar ein Bild gezeigt.“

Ich spürte, wie meine Hände zitterten. „Wie denn das?“

„Ich weiß es nicht, Juli. Ich weiß es einfach nicht.“ Er wandte sich ab. „Es gibt viel zum Nachdenken. Aber ich dachte ... du hast gesagt, dass es noch einen anderen Mann mit meinem Namen geben muss." Er drehte sich wieder zu mir um mit dem hoffnungsvollen Ausdruck, dass ich meinen Standpunkt vielleicht noch einmal bekräftigen würde.

„Vielleicht", sagte ich. „Das wäre möglich."

Aber er wusste, dass ich am Abend zuvor etwas anderes gesagt hatte. Ich sah die Veränderung, die in ihm vorging; sein Blick wurde unruhig, sein Gesicht angespannt. Er sah jetzt Edward ähnlicher. Verloren sah er aus. Und einsam.

„Samuel ..."

„Bitte sag mir einfach, warum er dich angefasst hat. Wenn er dir etwas tun wollte, dann werde ich das dem Sheriff sagen ..."

„Nein. Ich ... ich glaube nicht, dass er das wollte. Er ... er kennt uns doch auch nicht. Er weiß nicht, wie sich ein gottesfürchtiger Mensch benimmt. Vielleicht hat er gedacht, dass ich dich verachten würde. Ich weiß es nicht."

„Es wird nicht wieder vorkommen. Ich lasse dich nicht wieder allein hier."

„Aber du kannst dich doch nicht von ihm beherrschen ..."

Aber er ging schon weg. „Ich muss auf meine Familie aufpassen und sie beschützen."

Ich wollte ihn aufhalten, ihm sagen, dass alles in Ordnung sei, dass ich keinen Augenblick an ihm gezweifelt hätte. Und das hätte ich auch tun sollen, aber er ging mit hängenden Schultern zum Haus zurück.

Wir versuchten den Rest des Tages ganz normal zu verbringen, soweit das eben möglich war. Zuerst Mittagessen, Rübchen und grüne Bohnen, ohne den Fisch, den Robert eigentlich zu fangen gehofft hatte. Danach ging Samuel aufs Feld zu George, um ihm wie versprochen zu helfen, und vielleicht auch, weil er nicht wusste, was er sonst tun sollte. Aber er ließ Robert bei mir zu Hause und sagte, ich solle sofort Franky zu ihm schicken, falls Edward wieder auftauche, womit ich allerdings nicht rechnete. Er hatte ja auch nichts mehr, was er noch hätte abgeben können.

Ich ließ die Mädchen fast den ganzen Nachmittag spielen. Sarah liebte Hannas Papierpüppchen, genau wie ich vermutet hatte. Natürlich hatte sie schon zuvor welche gesehen, aber jetzt wollte sie auch selbst ein paar davon haben.

„Haben wir denn keine Zeitschrift, Mama?", fragte sie.

„Nein, Schätzchen. Aber vielleicht finde ich ja irgendwo einen Katalog ..."

„Aber die müssen doch farbig sein, Mama."

„Dann kann ich dir leider nicht helfen. Vielleicht hat ja Louise Post eine Zeitschrift. Ich glaube, ich habe bei ihr schon mal welche gesehen."

Das hätte ich wahrscheinlich lieber nicht sagen sollen.

„Können wir sie nicht fragen?"

„Nein, jetzt nicht. Warum holst du nicht deine Buntstifte und bastelst dir selbst welche?"

Sarah war von der Idee nicht besonders begeistert, dafür aber Hanna umso mehr. Auf jeden Fall waren sie jetzt wenigstens so lange beschäftigt, bis ich den Salat gejätet hatte, das Gemüse in den anderen Beeten verzogen und mich dann noch nach etwas Essbarem für das Abendessen umgeschaut hatte. Ich pflückte gerade Sauerampfer und Feldsalat, als Franky wieder aus der Scheune kam.

„Ich bin fertig. Woll'n Se mal sehn?"

„Den Stuhl? Jetzt schon?"

„Ja, is ja nur 'n kleiner."

Robert hörte auf, Brennholz zu hacken und kam mit mir, um den Stuhl anzusehen. Es war ein kleiner Stuhl, sehr klein, aber genau richtig für eine vierzehn Monate alte kleine Schwester. Er hatte sogar Armlehnen und eine geschwungene Rückenlehne.

„Der ist aber schön geworden, Franky", sagte ich.

„Ja", pflichtete Robert mir bei. „Gut gemacht."

Ich freute mich besonders über Roberts Lob. Für Franky war es eher ungewohnt, von anderen Jungen gelobt und nicht verspottet zu werden. Deshalb strahlte er jetzt auch. „Glauben Se, dass er Mr Wortham auch gefällt?"

„Natürlich gefällt er ihm!", sagte Robert sofort. „Wieso denn nicht?"

Aber Frankys Frage beunruhigte mich auch ein wenig. Ob er sich wohl auch fragte, was sein eigener Vater von seinem Werk halten würde? Er fragte jedenfalls nicht danach. „Ich glaube, dein Vater wird auch stolz sein", sagte ich deshalb und hoffte, er würde mir glauben.

Franky zuckte nur mit den Achseln. „Jedenfalls kann er sich nich' beklagen. Jedenfalls wenn ich die Kanten gut abschmirgele. Ich will ja nich', dass Emma sich n' Splitter holt."

Beklagte sich George wirklich so viel über ihn? Er schalt hin und wieder alle seine Kinder, aber leider Franky besonders viel. „Er ist schrecklich ungeschickt und tollpatschig", hatte George einmal zu mir gesagt. „Manchmal ist es besser, wenn man ihn nicht zwischen den Füßen hat."

Lizbeth hatte mir auch schon Ähnliches erzählt. Sie hatte gesagt, dass, wenn irgendjemand von ihnen einen Eimer umstieße oder etwas verschüttete, das mit großer Wahrscheinlichkeit Franky war. Wenn er bei uns war, passierte so etwas aber nie.

„Meinst du, dass diese Form auch für große Stühle funktionieren würde?", fragte Franky Robert ganz ernst.

„Ich weiß es nicht. Hast du den Stuhl denn schon mal mit Gewicht belastet?"

„Noch nicht."

Robert stellte seinen Fuß auf den Sitz von Frankys Stuhl und ich hielt den Atem an, weil ich nicht mit ansehen wollte, wie sein sorgfältig gebautes Projekt vor meinen Augen zerbrach, aber der kleine Stuhl hielt auch unter Roberts Gewicht, und beide Jungen lächelten.

„Ich glaube, es funktioniert", sagte Robert.

„Gut. Ich finde, Mr Wortham und ich sollten mehr solche Sachen machen und se dann an der Straße zum Verkauf anbieten. Oder irgendwo in *Dearing*, wenn jemand uns lässt. Wir könnten damit Geld verdienen."

„Da bin ich mir nicht so sicher", sagte Robert. „Wenn andere Leute genauso viel kaufen wie wir, dann würdet ihr bestimmt nichts verkaufen."

„Ich will trotzdem noch ein paar mehr davon machen", kündigte Franky an. „Willste mir helfen?"

Obwohl Robert älter war als Franky, war er dem Vorschlag nicht abgeneigt. Er schien irgendwie zwischen den Stühlen zu stehen. Er war zwar der beste Freund von dem manchmal wirklich gedankenlosen Willy, konnte aber dann doch mit Franky besser umgehen als alle anderen.

Ich ließ die beiden allein und ging wieder hinaus, um Kräuter zu sammeln. Es kochte alles so sehr zusammen, dass ich dreimal so viel brauchte, wie ich gedacht hatte. Die Familie hatte sich mittlerweile an diese Art „Grünfutter" gewöhnt, weil es das so häufig bei uns gab.

George erlaubte Franky, bei uns zu übernachten, wahrscheinlich weil er sowieso schon bei uns war, aber er schickte auch noch Rorey zu uns, weil sie nicht mehr zu halten gewesen war, als sie erfahren hatte, dass bei uns ein neues Mädchen war. Samuel kam still, verschwitzt und müde nach Hause und sprach nicht viel. Nach dem Abendessen setzte er sich und spielte mit Robert Dame. Mehr als einmal beobachtete ich jedoch, dass er die beiden Mädchen ansah, die zusammen in der Ecke spielten. Ich wusste, dass er sich um Hanna in dieser merkwürdigen Situation Sorgen machte, und diese Sorgen waren auch mehr als berechtigt. Sie konnte für all das am allerwenigsten.

Franky half mir beim Geschirrspülen und gerade als wir damit fertig waren, hörten wir draußen Donnergrollen. Es würde wahrscheinlich ein Gewitter geben, und ich war froh darüber. Vielleicht gab es dadurch ein wenig Abkühlung, und wir brauchten wirklich dringend Regen.

Als es Schlafenszeit für die Kinder war, wollte Sarah nicht nach oben gehen. So war sie bei Gewitter immer. Sie wollte dann so nah wie möglich bei ihren Eltern sein. Und auch Hanna wurde unruhig – vielleicht sogar noch mehr. Deshalb erlaubte Samuel ihnen, ihr Lager unten aufzuschlagen, und ich half ihnen, Decken und Kissen auszubreiten.

Ich wusste, dass das Gewitter keinem der Jungen etwas ausmachte und Rorey ebenfalls nicht, aber ihnen allen gefiel offenbar die Idee, im Wohnzimmer zu campieren. Robert und Franky ließen sich sofort auf das Lager fallen, aber die kleinen Mädchen nahmen sich viel Zeit, sorgfältig ihre Garnpüppchen und die Papierpuppen sowie Roreys und Sarahs Stoffpuppen neben ihre Kopfkissen zu betten. Ich hoffte, dass sie sich dabei reich fühlten.

„Wo sin' denn eigentlich deine Leute?", fragte Rorey Hanna zu meinem Entsetzen.

„Das weiß ich nicht", antwortete das kleine Mädchen schnell. „Hast du denn eine richtige Familie?"

„Klar“, antwortete Rorey. „Wir ham unsern Pa zu Hause. Aber unsre Mama fehlt uns, weil se nämlich tot is’.“

„Ach, das ist ja fast eine richtige Familie.“

„Wir sind hier nur zu Besuch“, sagte Rorey. „Dauernd eigentlich.“

„Wir sind so was wie zwei Familien zu einer vermischt“, erklärte Sarah. „Und mir gefällt das so.“

„So, jetzt ist es aber Zeit zum Schlafen, Mädchen“, sagte ich zu ihnen und hoffte, dass sie trotz des drohenden Gewitters schnell einschlafen würden. Ich wünschte mir einfach ein bisschen Zeit allein mit Samuel. Er hatte kaum mit mir gesprochen, seit er wieder zu Hause war.

Es regnete nicht, aber der Wind frischte auf und am Horizont konnte man Wetterleuchten sehen, dabei nahm das Donnergrollen immer mehr zu. Die Mädchen taten, was ich ihnen gesagt hatte, und verhielten sich wirklich ruhig, aber selbst in dem dämmrigen Licht konnte ich erkennen, dass sie mit offenen Augen dalagen. Hanna starrte zur Decke und ich konnte eine Träne auf ihrer Wange glänzen sehen. Sie wischte sie weg, aber ich wusste, dass Samuel sie auch gesehen hatte.

„Wollt ihr eine Geschichte hören?“, fragte er die Kinder.

„Jaaa!“, rief Sarah begeistert.

„Du kannst ruhig schon gehen, wenn du willst“, flüsterte er mir zu. „Schlaf ein bisschen.“ Dann setzte er sich im Schneidersitz auf den Boden neben die ausgebreiteten Decken.

Ich setzte mich ebenfalls, weil ich zuhören wollte. Es sah Samuel wirklich ähnlich, den Kindern das Einschlafen in der ungewohnten Umgebung zu erleichtern, indem er sie auf andere Gedanken brachte. Das hatte er schon für unsere beiden eigenen Kinder immer getan, dann für die Hammonds und jetzt auch für Hanna.

„Und was ist mit dir?“, fragte er das Mädchen sanft. „Möchtest du auch eine Geschichte hören?“

Sie drehte den Kopf nur ein ganz klein wenig zu ihm hin, und ich dachte an ihre Tränen in der vergangenen Nacht. *Möge die Nacht heute friedlich sein*, betete ich. *Auch für Samuel.*

„Es war einmal eine Prinzessin“, begann Samuel.

„Eine Prinzessin?“, fragte Rorey in beinah empörtem Tonfall. „Ich dachte, all Ihre Geschichten handeln von Tieren.“

„Pssst“, flüsterte Sarah. „Ich mag Prinzessinnen.“

„Du weißt doch gar nich', ob es ein Tier is' oder nich'", fügte Franky vom anderen Ende des Raumes noch hinzu. „Er hat doch gar nich' gesagt, was für 'ne Prinzessin."

Ich holte tief Luft und fragte mich, wie Samuel bei so vielen Helfern überhaupt eine Geschichte erzählen konnte. Aber es schien ihm nichts auszumachen.

„Also gut, eine Bienenprinzessin." Er schaute in meine Richtung, aber ich konnte seine Miene nicht recht deuten.

„Eines Tages flog die Bienenprinzessin bei wunderschönem Wetter von ihrem Bienenstock los. Sie wusste gar nicht, wie es passiert war, aber plötzlich hatte sie sich ganz und gar verirrt."

„Könn' Bienen sich denn verirrn?", unterbrach Rorey ihn schon wieder.

„Bei dieser war es jedenfalls so", antwortete Samuel. „Sie war ziemlich klein, und sie war ganz, ganz weit geflogen."

„Dann hätt die Königin vielleicht lieber mit ihr komm'n soll'n", erklärte Rorey.

„Königinnen verlassen ihr'n Bienenstaat nich'", erklärte Franky ihr. „Außer wenn se schwärmen, und das kommt in dieser Geschichte ja nich' vor."

„Genau", fuhr Samuel fort. „Jedenfalls war die kleine Bienenprinzessin ganz allein und weit weg von zu Hause, und sie wusste gar nicht, was sie jetzt tun sollte."

„Hat sie geweint?", fragte Sarah.

„Ein kleines bisschen schon, aber sie war sehr tapfer. Sie flog direkt nach unten auf einen perfekten Flecken mit Blumen und setzte sich auf das schönste kleine Gänseblümchen, weil sie wusste, dass manchmal auch noch andere Bienen unterwegs waren und diese Blumen fanden."

Ich fragte mich, ob Samuel von Anfang an vorgehabt hatte, gerade diese Geschichte zu erzählen, und ob er überhaupt eine Idee gehabt hatte. Vielleicht hatte er die Geschichte einfach kommen lassen, so wie Großmutter Pearl immer Gemüsesuppe gekocht hatte mit allem, was gerade da war.

„Sie wartete dort sehr lange", fuhr Samuel fort. „Es fing an zu regnen, aber die Prinzessin rührte sich trotzdem kaum vom Fleck. Sie schlüpfte nur unter ein Blütenblatt und wartete dort ganz allein weiter."

Ich hörte Hanna schniefen. Vielleicht wusste sie, wie sich das anfühlte.

„Endlich, nach einer sehr langen Zeit, kam die Sonne wieder hervor und ein paar andere Bienen flogen umher und hielten nach den besten Blüten Ausschau, um Honig zu sammeln. Und so fanden sie auch die kleine Prinzessin, die gerade auf einem Gänseblümchenblütenblatt saß und sich von der Sonne trocknen ließ."

„Waren das ihre Bienen?", fragte Sarah. „Von ihrem eigenen Volk?"

„Nein. Aber sie waren trotzdem sehr freundlich zu ihr. Sie nahmen sie mit nach Hause und fütterten sie mit Pollen und sie schlief lange und fest in einem der kleinen Bienenzimmer."

„Und wie is' se wieder nach Hause gekommen?", fragte Rorey nach.

„Moment mal", sagte Samuel zu ihr. „Dazu komme ich gleich noch. Es wurde Nacht und all die Bienen wimmelten umher und versuchten herauszubekommen, woher die kleine Prinzessin kam. Aber auch als sie wieder aufwachte, konnte sie es ihnen nicht sagen. Sie wusste nicht einmal, aus welcher Richtung sie gekommen war, weil sie so oft um die Ecke geflogen war und auch so weit."

Wieder schaute er zu mir her und ich hörte ihn seufzen. Lieber Samuel. Er hatte so viel zu tragen.

„Viele Tage schickte die Königin des Volkes alle ihre Arbeiterinnen in alle Richtungen, um nach dem Volk Ausschau zu halten, aus dem die kleine Prinzessin kam. Und auch das Volk, aus dem die kleine Prinzessin kam, schickte jeden Tag Arbeiterinnen aus, um nach ihr zu suchen. Und schließlich trafen sich ganz oben auf der großen gelben Blüte einer Sonnenblume zwei Bienen und fragten sich gegenseitig, was sie denn da täten. ‚Ich suche nach dem Bienenvolk der kleinen Prinzessin', sagte die erste. ‚Und ich suche nach der Prinzessin', sagte die andere. ‚Sie ist nämlich nicht nach Hause gekommen.'

Und da wussten sie beide, dass sie gefunden hatten, wonach sie auf der Suche waren. Sie flogen den ganzen Weg zu dem Volk, wo die Prinzessin mit anderen kleinen Bienen in ihrem Alter spielte. Und die Biene, die nach ihr gesucht hatte, brachte sie den weiten Weg nach Hause zurück."

Er sah zu Franky hin, der mit aufgestützten Ellenbogen auf dem Bauch lag, und dann zu Hanna, die wieder an die Decke starrte. „Aber sie machten sich nicht allein auf den Weg", erzählte er weiter. „Die Hälfte der Bienen aus dem neuen Volk kamen mit ihnen, einfach um sie zu besuchen. Und danach besuchten sich die Bienen aus beiden Völkern jeden Sommer immer abwechselnd, weil sie für immer Freunde blieben. So sehr, dass die kleinen Bienen manchmal gar nicht mehr so genau wussten, wer eigentlich zu welchem Volk gehörte. Und als die Prinzessin Königin wurde, schwärmte sie direkt über dem Flecken mit Gänseblümchen, damit sie die Gänseblümchen immer vor Augen hatte."

„Warum wollte se denn unbedingt die Gänseblümchen sehn?", wollte Rorey wissen.

„Weil sie dort zum ersten Mal ihre neuen Freunde getroffen hatte. Als sie ganz und gar allein war, hatte Gott ihr Bienen geschickt, die sie vorher gar nicht gekannt hatte, und am Ende hatte sie doppelt so viele Freunde, denen sie wirklich etwas bedeutete."

„Das ist wie bei unseren Familien", sagte Sarah. „Nur dass wir nicht allein auf einer Blume gesessen haben."

Ich sah, wie Franky zu Hanna hinüberschaute, und ich wusste, was er dachte. Hanna hatte sich auch verirrt, genau wie die Biene. Ich war überrascht, dass Samuel einen so direkten Bezug herstellte.

„Ich wette, die Königin war froh, die Prinzessin wiederzusehen", sagte Rorey.

Oh, das war wieder so ungeschickt. Wie würde sich Hanna wohl fühlen? Was, wenn sie an ihre Mutter dachte, die ja offenbar nicht so besonders froh gewesen war über ihre Tochter?

Hanna sah niemanden von uns an. Sie starrte einfach weiter zur Decke hinauf und rührte sich nicht. „Haben Bienen auch Papas?", fragte sie schließlich.

Samuel saß einen Moment schweigend da, schaute zu Boden und dann auf das kleine Mädchen vor sich und sagte: „Ich nehme an, das müssen sie wohl."

„Aber se kennen se nich'", fügte Franky hinzu. „Se kennen nur die Königin. Es gibt auch Männerbienen, die die Väter sind, aber se wissen nich', welcher von ihnen. Das haben wir in der Schule gelernt."

„Also", sagte Rorey, „das nächste Mal, wenn ich die Lehrerin seh, dann sag ich ihr, dass du gar nich' dumm bist, wenigstens nich' bei Bienen."

Samuel beachtete Franky und Rorey jetzt kein bisschen. Die Hand der kleinen Hanna rutschte immer weiter hin zu seiner und legte sich schließlich hinein.

„Ich wünschte, du wärest wirklich mein Papa", flüsterte sie. „Vielleicht kannst du das ja sein."

„Tut mir leid, das geht nicht", flüsterte er zurück. „Aber ich kann dein Freund sein. Genau wie bei den Bienen."

Samuel blieb im Wohnzimmer, bis alle eingeschlafen waren, und stand dann leise auf und kam in unser Bett. Ich ging hinterher und setzte mich neben ihn in der Hoffnung, dass er reden wollte.

„Ich liebe dich", flüsterte ich.

„Danke." Er klang so weit weg.

Ich wusste, es hatte ihn verletzt, dass ich nicht wusste, ob ich ihm glauben sollte. Was auch passierte, ich sollte ihm glauben. Was war nur los mit mir?

„Ach, ich habe ganz vergessen, dir zu sagen, dass ich Miss Hazel heute in der Stadt getroffen habe", sagte er plötzlich. „Sie hat gesagt, die Frau des Pastors will mit dir darüber reden, einen Kirchenchor zu gründen. Miss Sharpe war darüber ziemlich empört."

„Ich glaube, sie braucht es einfach, sich über irgendetwas aufzuregen", sagte ich.

Er lag da, hatte wegen der Hitze im Haus das Hemd ausgezogen, und der Wind blies kühlere Luft durch das immer noch geöffnete Fenster. Er starrte zur Decke hinauf, offenbar tief in Gedanken versunken – und er antwortete mir nicht.

Samuel und ich hatten so viele Gemeinsamkeiten. Das Wunder zweier Kinder, die Trauer um Emma, aber ganz besonders eine Liebe, wie ich sie nie zuvor erlebt hatte. Ich hätte mich bei ihm entschuldigen sollen. Ich hätte sagen sollen, dass sein Wort mehr für mich zählte als alle Beweise der Welt, mehr als Namen oder Bilder oder etwas, das irgendjemand sagte, aber genau in dem Augenblick, als ich anfangen wollte zu reden, meinte ich zu hören, dass sich im Wohnzimmer etwas rührte, ein Schluchzen und Bewegung.

Samuel wollte schon aufstehen, aber ich hielt ihn zurück. „Bleib hier und ruh dich aus. Ich schau nach."

Ich ging rasch, weil ich wusste, dass es Hanna war, die wach geworden war. Sie hatte ihren Kopf in der Ecke direkt neben Sarah an die Wand gelehnt und weinte kaum hörbar vor sich hin. Die anderen schliefen alle noch, und ich fragte mich, ob Hanna wirklich wach war. Als ich dann aber näher kam, drückte sie sich ganz fest an mich und atmete hastig. Das arme Kind war völlig verängstigt. Es fürchtete sich einfach in der Dunkelheit und bei dem Donnergrollen hier in unserem Haus, das ihr immer noch völlig fremd war. Ich hielt sie im Arm und sie klammerte sich an mich und weinte mir still und leise auf meine Bluse.

Nach einer Weile hörte ich, wie es anfing zu regnen, und dann, wie Samuel aufstand, das Schlafzimmerfenster und auch alle anderen Fenster im Haus schloss. Schließlich stand er in der Tür und schaute zu uns herein, aber er sagte nichts, bevor er dann wieder in unser Schlafzimmer zurückging.

Ich blieb einfach, wo ich war, bis Hanna endlich wieder eingeschlafen war. Dann holte ich ein Kissen und legte sie vorsichtig auf die Decke direkt neben Sarah. Auf Zehenspitzen ging ich ins Bett zurück und hoffte, dass Samuel noch wach sein würde. Ich brauchte das Gespräch, das wir eigentlich schon viel früher hätten führen sollen, seine starken, sanften Arme, in denen ich mich schon vorhin in der Scheune hätte bergen sollen, aber Samuel lag da und hatte seinen einen Arm quer über seinem Gesicht liegen, immer noch in seiner Arbeitshose, tief und fest eingeschlafen.

8

Samuel

Mutters Schnapsflaschen waren auf der Kommode verstreut, die meisten leer, ein paar auch umgefallen, und in einigen von ihnen war noch ein bisschen von dem Gift, das sie enthalten hatten. Mutter selbst lag auf dem Fußboden neben dem Bett, wo sie am Abend zuvor einfach mit dem Gesicht voran umgekippt war.

Mein Vater lag im Wohnzimmer auf der Couch; ein ungebetener Gast, nachdem er fast ein Jahr lang nichts von sich hatte hören lassen. Edward war wieder einmal nicht zu Hause. Ich war nicht sicher, ob er am Abend zuvor überhaupt irgendwann gekommen war.

Ich nahm meine Bücher vom Tisch in der Ecke und meinen Pullover von einem Haufen Kleidungsstücke, die auf dem Fußboden lagen. Ich konnte es zur Schule schaffen, wenn es mir gelang, mich aus der Wohnung zu schleichen, ohne jemanden zu wecken.

So schlafend auf dem Sofa sah mein Vater gar nicht viel älter aus als Edward. Mutter nannte ihn „jungen Hüpfer", aber sie verabscheute ihn genauso sehr wie er sie.

Ich dachte an Frühstück, an ein Schulbrot, aber ich machte mir gar nicht erst die Mühe, in der Küche nachzuschauen, ob etwas zu essen da war. Die Speisekammer war zwar voll, aber nur mit leeren Schnapsflaschen. Ich fragte mich oft, wieso die Flaschen meiner Mutter so viel wert waren, dass sie sie nie wegwarf. Das tat meist Edward irgendwann. Er sammelte sie dann alle in Jutesäcken und warf sie irgendwo bei der Schule an eine Straßenlaterne oder vor ein Fenster des *Calding's Corner Store*.

Ich hatte es fast hinausgeschafft. Nur noch wenige Schritte bis zur Wohnungstür, als mein Vater sich aufsetzte und mich mit seinem Rufen kalt erwischte. „Samuel!"

Sein Gesicht war weiß, kreideweiß, und seine dunklen Augen sahen furchterregend aus. Er packte mich und warf meine Bücher quer durch den Raum.

Ich schlug in der Dunkelheit die Augen auf. Ich träumte also wieder. Eine beunruhigende Gewohnheit, die sich erneut eingestellt hatte.

Es war heiß. Zu heiß, um neben der warmen Julia im Bett liegen zu bleiben, zumindest, bis ich eine Möglichkeit gefunden hatte, mich ein bisschen abzukühlen. Ich ging in die Küche und dann nach draußen ins Freie. Ich fragte mich, wie spät es wohl sein mochte. Unser Hahn Buckley hatte noch nicht gekräht und auch die Sonne ließ sich noch nicht blicken.

Ich ging zum Brunnen und schöpfte mir Wasser über den Kopf. Das Gewitter war vorbei, aber es hatte nur wenig geregnet und deshalb hatte es sich auch kaum abgekühlt. Es würde ein schwüler Tag werden, und es war schon jetzt vor Tagesanbruch sehr heiß.

Ich saß auf dem Rand des Brunnenpodestes, ließ mir das kühle Wasser auf die Schultern und den Rücken tropfen und dachte daran, dass meine Mutter mir an schneereichen Abenden auch tatsächlich hin und wieder eine Geschichte vorgelesen oder mir einen Kuss auf die Stirn gedrückt und mich zugedeckt hatte. Solche Momente waren zwar selten gewesen, aber es hatte sie gegeben, und wenn ich daran dachte, brachte mich das umso mehr dazu, für sie zu beten. Sie hatte auch Güte in sich, aber sie war unter all dem Müll verschüttet, an den sie versklavt war. Dasselbe galt auch für meinen Vater, doch bei ihm war all das Gute noch stärker verschüttet. Nur ein einziges Mal hatte ich erlebt, wie es kurz aufblitzte.

„Samuel ist ein starker Name", hatte er damals zu mir gesagt, als ich acht Jahre alt gewesen war. „Mir hat er schon immer gefallen. Ich habe dir einen starken, anständigen Namen gegeben, damit du den auch dann noch hast, wenn dir sonst nichts mehr geblieben ist."

Das war das letzte Mal gewesen, dass ich ihn gesehen hatte. Er war so lange immer wieder völlig unerwartet bei uns hereingeschneit, manchmal lagen Monate oder gar Jahre zwischen seinen Besuchen, aber nach diesem einen Mal war er nie mehr zurückgekommen. Und als ich dann so alt gewesen war wie Robert jetzt, hatte Mutter uns gesagt, er sei tot. Irgendwo in einem Fluss ertrunken.

Whiskers kam zu mir herübergeschlendert und schob seine Nase unter meine Hand. Ich streichelte ihn, weil ich mich dazu verpflichtet fühlte. Es kam nicht häufig vor, dass er so hartnäckig Streicheleinheiten einforderte.

„Verrückter Hund", schalt ich ihn. „Wieso bist du eigentlich so früh schon wach?"

Drüben im Wald konnte ich die Frösche quaken hören. Mit einer sanften Brise kam Geheul zu mir hergeweht – vielleicht Kojoten. Auch Whiskers hatte es gehört. Seine Nackenhaare sträubten sich und er sah zum Feld hinüber.

„Entspann dich“, sagte ich. „Die tun dir schon nichts. Du bist doch viel größer als die.“

Aber er winselte ein wenig und lief unruhig hin und her. Vielleicht hatte er ja auch geträumt.

Ich stand auf, reckte mich und dachte, ich könnte bis zum Tagesanbruch noch ein bisschen schlafen, aber da begann Sukey in der Scheune zu muhen. Ich weiß nicht, ob sie mich gehört hatte oder nicht, aber normalerweise machte sie keinen Lärm. Ich ging ins Haus zurück, um eine Laterne zu holen, damit ich nach ihr und Lula Bell schauen und mich vergewissern konnte, dass alles in Ordnung war.

Sukey muhte immer noch, als ich in die Scheune kam. Ihr Kalb lag schlafend im Stroh. Das Heulen, das ich gehört hatte, schien inzwischen näher gekommen zu sein, aber so etwas hatte sie noch nie zuvor gestört. Ich tätschelte ihre Nase und redete ihr beruhigend zu. Dann ging ich, um nach Lula zu schauen, die zwei Boxen weiter untergebracht war.

Normalerweise fand ich sie immer stehend in ihrer Box vor. Sie war fast immer auf den Beinen, egal, ob sie schlief oder wach war, aber jetzt lag sie. Ich dachte, sie schliefe, und tätschelte ihr den Hals, rechnete fest damit, das stetige Pulsieren des Lebens unter dem warmen, weichen Fell zu spüren, aber sie war eiskalt und starr.

Zuerst war ich völlig durcheinander. Sie musste irgendwann nach dem Abendessen gestorben sein, nachdem ich Sukey gemolken und nach ihr gesehen hatte. Sie hatte gestanden und eigentlich gewirkt wie sonst auch. Es musste aber schon kurz danach passiert sein, sonst wäre sie noch nicht so kalt und steif gewesen. Jetzt konnten wir nicht einmal mehr das Fleisch verwenden. Bei dieser Hitze konnte man das einfach nicht riskieren.

Außerdem schwirrten schon jetzt überall Fliegen um sie herum. Ich nahm die Laterne und verließ die Scheune, und genau in dem Augenblick stimmte Buckley sein erstes Morgenkrähen an. Er krähte zweimal und ich stand einfach da und starrte auf den Hof hinaus. George hatte im vergangenen Jahr eine Kuh verloren und drei Schweine im Laufe des Winters. Vielleicht war das einfach der Lauf der Dinge und gehörte zum ganz normalen Leben auf einer Farm dazu. Die Schweine waren noch ganz kleine Ferkel gewesen und gestorben, weil sie in der kalten Jahreszeit geboren worden waren. Die Kuh dagegen war jünger als Lula Bell gewesen. Sie war ganz plötzlich krank geworden.

Ich machte mir jetzt Sorgen um Sukey und Georges übrige Kühe. Vielleicht war es ja bei Lula Bell dieselbe Krankheit gewesen und gar nicht ihr Alter. Vor drei Tagen war sie mir noch so munter und kräftig vorgekommen, dass ich fest überzeugt gewesen war, sie würde es nicht nur bis zum Herbst, sondern noch länger schaffen. Vor zwei Wochen hatten wir sogar darüber gesprochen, sie vielleicht noch einmal kalben zu lassen, damit sie wieder mehr Milch gab. Sicher, für eine Kuh war sie ziemlich alt geworden, aber das hier war einfach zu schnell gegangen.

Der Gedanke daran, den Kadaver beseitigen zu müssen, bereitete mir Bauchschmerzen und auch der Verlust des Fleisches war ein schwerer Schlag. Ich wusste, dass ich Juli Bescheid sagen und dann zu George hinübergehen musste. Ich würde seine Hilfe brauchen, denn Lula Bell war zu groß und zu schwer, als dass ich sie alleine hätte fortschaffen und vergraben können, selbst wenn Juli und Robert mir halfen.

Leise ging ich ins Haus und nahm die Laterne mit in unser Schlafzimmer, wo Juli sich gerade im Bett regte. Einen Augenblick lang beobachtete ich sie und musste noch einmal an gestern denken, als sie Lula Bell tröstend berührt, meinen Trost und meine Berührung jedoch abgelehnt hatte. Ich hätte mir nie träumen lassen, dass Juli mich einmal so anschauen würde, wie sie es in diesem Augenblick getan hatte. Das wollte ich nie wieder erleben.

„Samuel?“ Sie sah in meine Richtung und streckte dann ihre Hand nach meiner aus.

Ich ergriff sie nicht. Ich stand nur einfach da mit der Laterne in der Hand und fühlte mich kalt und verloren. „Lula Bell ist tot, Juli. Ich muss rüber zu George und ihm Bescheid sagen.“

Sie setzte sich auf. „Oh nein“, sagte sie und schwieg dann wieder. Noch einmal versuchte sie, mir ihre Hand zu reichen. „Samuel, bitte setz dich doch einen Augenblick zu mir.“

„Nein. Ich will das lieber nicht aufschieben. Ich bin zurück, so schnell ich kann.“

Sie stand auf, aber so lange hielt ich mich nicht mehr im Zimmer auf. Die Laterne stellte ich auf den Küchentisch, als ich die Küche durchquerte, weil ich wusste, dass ich sie draußen jetzt nicht mehr brauchen würde. Und tatsächlich, als ich durch das Wäldchen ging, war im Osten der erste rosa Morgenschimmer am Horizont zu erkennen. Buckley krähte wieder und ich hörte in der Ferne außer Whiskers noch ein paar andere Hunde bellen.

Ich ging schnell, und mir war es dabei genauso wichtig, einen Abstand zwischen Juli und mich zu legen, wie zu George zu gelangen. Vielleicht würde der Tag ja ganz und gar ausgefüllt sein. Vielleicht würde sie so beschäftigt sein mit Hanna, Sarah und all dem, was es in unserer Welt sonst noch zu tun gab, dass wir gar keine Zeit zum Reden haben würden. Vielleicht würde auch ich so sehr damit beschäftigt sein, mich um alles andere zu kümmern, dass ich die Zweifel in ihrem Blick an diesem Tag gar nicht mehr würde sehen müssen.

9

Julia

Mir war schlecht. Wegen Lula Bell, aber mehr noch, weil Samuel aufgestanden und gegangen war, bevor ich Gelegenheit gehabt hatte, ihm zu sagen, wie leid mir alles tat. Er hatte so schrecklich müde ausgesehen.

Ich hatte jedoch kaum Zeit, mir darüber Gedanken zu machen. Robert war immer schon bei Sonnenaufgang wach, und ich sagte ihm, er solle Sukey melken und sie und ihr Kalb zum Grasen auf die Weide bringen. Lula Bell solle er aber in ihrer Box in Ruhe lassen. Er wusste, was ich meinte, und ich sah, wie sich sein Gesicht sorgenvoll bewölkte.

„Ich habe gebetet, dass es ihr wieder besser geht, Mama. Ich habe gedacht, wenn sie wieder Milch gibt, könnten wir etwas davon verkaufen und hätten immer noch genug übrig, um Butter und Käse zu machen."

„Ich weiß, Robert, aber Sukey ist ja gesund und gibt gute Milch. Es wird schon reichen."

„Wir schaffen es zwar immer irgendwie, Mama, aber wir kommen auch nicht weiter."

„Genau wie alle anderen, die wir kennen", sagte ich zu ihm.

„Wir können dankbar sein, dass wir jeden Tag etwas zu essen auf dem Tisch haben."

Aber er blickte finster drein. „Im vergangenen Winter hatten wir nicht genug. Ein paar Mal hatten wir gar nichts mehr, aber du hast so getan, als ob alles in bester Ordnung wäre und du eigentlich auch gar nicht viel Hunger hättest. Pa hat in der Zeit bestimmt zehn Pfund abgenommen. Es macht mir irgendwie Angst, wenn ich an den nächsten Winter denke. Was ist, wenn es wieder hinten und vorne nicht reicht?"

„Ach Robert, du bist viel zu jung, um dir so viele Gedanken zu machen."

„Bei den Hammonds ist es dasselbe. Sie müssen viel schlachten, damit sie genug haben, und was machen sie dann nächstes Jahr?"

„Der Herr wird schon für alles sorgen."

Er nahm den Melkeimer. „Gestern hat er uns nur zwei Fische gegeben, aber dafür noch einen Mund mehr zu füttern. Dann müssen wir wahrscheinlich jetzt ein Wunder tun."

Er ging hinaus, bevor ich noch etwas sagen konnte, und am liebsten hätte ich losgeweint.

Franky stand als Nächster auf und erklärte sich freiwillig bereit, die Eier einzusammeln. Danach kamen auch Sarah, Hanna und Rorey in die Küche. Sie hielten sich alle drei bei den Händen.

„Können wir heute bei Mrs Post eine Zeitschrift holen?", fragte Sarah als Erstes.

„Nein. Jedenfalls noch nicht. Wir haben erst noch ganz viel anderes zu tun."

„Was denn?"

„Mach dir darüber mal keine Gedanken. Es gibt immer genug zu tun."

„Vielleicht bald, oder?", sagte sie bereitwillig.

„Das ist in Ordnung."

Sie war wirklich einfach zufrieden zu stellen und oft auch leicht zu begeistern, ohne sich über irgendetwas Sorgen zu machen. Ich fragte mich manchmal, warum Robert nicht so war. Gott sagt, dass wir sein sollen wie die Kinder, genauso vertrauensvoll. Ich überlegte, was das eigentlich bedeutete. Robert hatte schon in Sarahs Alter dazu geneigt, sich über alles Mögliche Gedanken zu machen. Ich fing an zu überlegen, wie Sarah wohl reagieren würde, wenn sie erfuhr, dass ihre Lieblingskuh gestorben war. Wahrscheinlich war es am besten, sie abzulenken oder mit den Mädchen die restlichen Himbeeren pflücken zu schicken, damit sie nicht mit ansehen mussten, wie die Männer den Kadaver beseitigten, der bei der Hitze bereits anfing zu verwesen.

Ich ließ die Mädchen Stöcke sammeln, machte an unserer Feuerstelle draußen zwischen den Steinen ein Feuer und setzte einen Topf Wasser zum Kochen auf. Franky brachte mir neun Eier, die er eingesammelt hatte, wobei ihm der alte Hahn auf dem Fuße gefolgt war. Alle Eier außer einem wanderten in den Wassertopf zum Kochen, das letzte brauchte ich für Maisbrot.

Robert hatte keinen Hunger und Franky und die Mädchen auch nicht. Ich hatte deshalb viel für Samuel übrig, als er zurückkam, doch auch er hatte keinen Appetit.

Er kam mit George und Joe auf dem Pferdefuhrwerk und Robert und Franky folgten ihnen zur Scheune. Ich schnitt im Garten einen Armvoll Rhabarber und nahm die Mädchen wieder mit ins Haus. Sie konnten mir helfen, einen Kuchenteig anzurühren. Ich beschloss auch, unsere letzten alten Kartoffeln ins Feuer zu legen, damit schon etwas fürs Mittagessen vorbereitet war.

Vielleicht waren Roberts Sorgen ja berechtigt. Die neuen Kartoffeln waren noch nicht so weit. So vieles im Garten brauchte eigentlich mehr Zeit, und der Ertrag war nicht so üppig, wie ich gehofft hatte. In der Speisekammer waren fast keine Vorräte mehr, und Geld, um etwas Essbares zu kaufen, hatten wir auch nicht. Ich wusste, dass George darüber diskutieren würde, ob wir das Fleisch nicht doch noch verwenden konnten.

Schließlich kam Samuel zum Haus und sah sehr ernst aus. Er schickte die Mädchen ins andere Zimmer und trug ihnen auf, die Betten zu machen und alle Decken ordentlich zu falten.

„Wir bringen sie aufs Feld und graben dort am Rand ein Loch“, sagte Samuel zu mir. „Wir können mit dem Fleisch kein Risiko eingehen. Wir wissen ja nicht, woran sie gestorben ist.“

Ich nickte und wusste jetzt, dass wir damit für den Winter kein Fleisch würden einlagern können. Außer den Hühnern oder Sukeys Kalb, das wir eigentlich noch hatten großziehen wollen.

Samuel drehte sich um, und der Anblick seiner müden, hängenden Schultern schmerzte mich.

„Samuel – können wir nicht einen Moment reden?"

„Ich kann George nicht warten lassen."

„Warum nicht? Wir haben auch schon oft genug auf ihn gewartet."

Er drehte sich nur einen kurzen Moment zu mir um. „Ich werde ihn nicht warten lassen. Ich will das hinter mich bringen. Halte die kleinen Mädchen fern, ja?"

Ich wusste kaum, wie ich reagieren sollte, so kurz angebunden war er.

„Ich geh mit ihnen ins Wäldchen", sagte ich schnell. „Wir müssen die letzten Himbeeren ernten und auch noch schauen, wie weit die Blaubeeren sind. Wir werden alles brauchen, was wir finden können."

„Gut."

Das war alles, was er sagte. Dann ging er zu George und den Jungen zurück. Sie hatten die Pferde angeschirrt gelassen und befestigten jetzt hinten am Wagen ein Seil. Mir wurde klar, dass sie den Kadaver damit fortziehen wollten. So war es natürlich viel einfacher, ihn von der Stelle zu bewegen. Ich holte vier kleine Eimer, meine Kräutersammeltasche und ein Messer.

„Sarah! Hanna! Rorey!"

Sie streckten ihre kleinen Köpfe zur Wohnzimmertür heraus, wo sie gespielt hatten, dass die Papierpuppen auf einem Ball tanzten.

„Kommt, wir gehen Beeren sammeln. Wir pflücken die Beeren, die noch da sind, oder was wir sonst noch finden können."

Ich ging mit ihnen zur Vordertür hinaus, die wir sonst nie benutzten. Ich wollte nämlich vermeiden, dass sie mitbekamen, was die Männer hinter dem Haus machten. Sarah fand es lustig, auch einmal auf diesem Weg aus dem Haus zu gehen. Wir mussten einen großen Bogen machen, um zu dem Pfad zum Wäldchen zu gelangen, aber das machte mir nichts aus, denn ich hielt überall nach allem, was essbar war, Ausschau.

„Mama, was macht Papa heute eigentlich?", fragte Sarah mich. „Er bringt doch nicht Hanna wieder in die Stadt, oder?"

„Nein. Heute nicht."

Hanna blickte zu mir auf und versuchte zu lächeln. Ich wusste nicht, wie lange sie noch hier sein würde. Wahrscheinlich so lange, bis Sheriff Law kommen und uns irgendetwas mitteilen würde. Wie lange auch immer das dauern mochte. „*Er glaubt Edward mehr als mir*", hatte Samuel gesagt. Das hatte ich nicht erwartet. Ich hätte nie damit gerechnet, dass jemand Edward glauben oder Samuels Wort anzweifeln würde. Besonders von mir selbst hätte ich das nicht erwartet.

Ich versuchte, an etwas anderes zu denken und diese trüben Gedanken zu verscheuchen. Ich blieb stehen, um ein Büschel Sauerklee zu schneiden, weil man seine Blätter und Blüten roh oder auch gedämpft wie Spinat essen konnte. Ich versuchte, nicht über Hanna nachzudenken, aber sie war hier bei mir und beobachtete mich still wie ein neugeborenes Lämmchen.

Sie hatte Samuels Namen schon gehört, bevor sie Edward kennengelernt hatte. Sie hatte ein Bild gesehen. *Oh Herr, gib, dass das aufhört. Lass es für all das eine plausible und glaubwürdige Erklärung geben.* Was würden die Leute denken? Was dachte ich selbst? Ich wusste es nicht. Ich wollte es auch gar nicht wissen. Ich wollte nur, dass das alles vorbei war.

Wir gingen weiter, jede mit einem Eimer in der Hand und ich mit meiner Tasche, die ich immer benutzte, wenn ich durch das Wäldchen ging und alles erntete, was ich finden konnte. Wahrscheinlich machten alle Frauen hier auf dem Land es genauso. Wahrscheinlich würden sich schon bald viele Leute auf den Weg ins Wäldchen machen und nach Blaubeeren suchen, die in ein paar Wochen reif sein würden, vielleicht sogar noch früher. Die Himbeeren waren ein zusätzliches Geschenk, auch wenn es davon nicht sehr viele gab. Emma hatte mir erzählt, dass die Großmutter ihres Mannes Willard sie gepflanzt hatte, aber inzwischen waren sie schon längst verwildert. Ein paar hatten wir schon gesammelt, aber dieses Jahr würde es nicht viele geben. Ich hoffte, dass es mit den Blaubeeren besser aussah. Heute kam es mir fast überlebenswichtig vor.

„Mama, ich hoffe, dass es achthundert Tonnen Beeren gibt!", rief Sarah aus, als könnte sie meine Gedanken hören.

„Gute Güte, das wäre aber wirklich viel."

„Wir würden sie alle essen. Wir könnten auch Marmelade kochen wie letztes Jahr."

Wir brauchten viele, aber ich wusste, dass ich beim Beerenpflücken wieder an Emma würde denken müssen. Im vergangenen Sommer war sie noch bei uns gewesen und es war eine Freude gewesen, neben ihr zu arbeiten und so viel Marmelade zu kochen, wie wir nur konnten. Sie hatte nicht für den ganzen Winter gereicht, und es wäre sicher gut, dieses Jahr noch mehr zu haben. Trotzdem würde es ohne die weisen Worte von Emma und ihrer bereitwilligen Hilfe nicht dasselbe sein. Ich dachte daran, wie schwer es diesen Sommer für Lizbeth sein musste, wo sie jetzt all das bewältigen musste, was sonst ihre Mutter getan hatte. Es war uns eigentlich gut gelungen, auch ohne sie einigermaßen zurechtzukommen, aber es tat immer noch weh, ohne sie zu sein.

Als ich so an Emma dachte, fragte ich mich, wie sie wohl darauf reagiert hätte, dass Hanna bei uns war. Ach, sie hätte das Mädchen lieb gehabt, daran hatte ich nicht den geringsten Zweifel. Aber was hätte sie mit Edward gemacht? Und was hätte sie zu Samuel gesagt?

Ich konnte mir vorstellen, dass sie uns ein Huhn hätte schlachten lassen, um Edward das bestmögliche Essen aufzutischen, egal, ob er ein Mistkerl war oder nicht. Er war Samuels Bruder, also wäre sie so wohlwollend und großzügig gewesen wie immer. Und wahrscheinlich hätte sie Samuel irgendwann beiseite genommen. Er hätte sie in dem Rollstuhl geschoben, den er ihr gebaut hatte, sodass sie fern von den Kindern und den Problemen miteinander hätten reden können. Wenn Emma noch hier wäre, würde sie ihm sagen, dass Gott die Wahrheit kennt, dass Gott ihn und jeden anderen Menschen liebt, trotz der Fehler, die wir alle machen. Gott vergibt uns unsere Sünden und belohnt uns, wenn wir geduldig falsche Anschuldigen ertragen. Und was von alldem auch immer zutrifft, Gott weiß Bescheid.

Ich hatte gar nicht gemerkt, dass sich meine Augen mit Tränen gefüllt hatten, bis Sarah mich fragte, was das da vor uns für ein Baum sei und ich es ihr nicht sagen konnte.

„Was ist denn los, Mama?"

„Ach Liebling, es ist alles in Ordnung. Ich denke nur zu viel nach."

„Das hab ich ja noch nie gehört", sagte sie und tippte sich mit dem Finger an die Schläfe. „In der Schule sagt uns die Lehrerin jeden Tag, dass wir mehr nachdenken sollen. Noch vor dem Rechnen morgens als Allererstes."

„Da hat sie auch Recht."

„Aber du denkst wahrscheinlich nicht über Rechenaufgaben nach, oder? Worüber denkst du denn nach?"

Das konnte ich ihr unmöglich sagen. An der ganzen Situation störte Sarah nicht das Geringste, und ich wollte, dass es auch so blieb.

„Nicht so wichtig", sagte ich. „Ich muss nur an Beeren und Grünzeug und so was denken."

Sie nickte. „Schade, dass es keine Pilze mehr gibt, nicht?"

„Die essbaren, die hier wachsen, sind Frühlingsessen. Aber es gibt auch ganz viel Sommeressen", tröstete ich sie.

Hanna war ganz still neben uns hergelaufen, und deshalb war ich fast ein bisschen überrascht, als sie sich zu Wort meldete. „Gibt es hier eigentlich gar keine Geschäfte?"

Ich musste über ihre Frage lächeln. „Doch, Schätzchen, aber die sind ziemlich weit weg und wir bauen alles, was wir brauchen, selbst an oder sammeln es in der Natur."

Ich wollte nicht sagen, dass wir arm waren. Ich wollte ihnen nicht sagen, dass wir kein Geld hatten, nicht einmal für die kleinsten Kleinigkeiten. Ich wollte nicht, dass diese Mädchen so bedrückt waren wie Robert. Mir wäre am liebsten gewesen, wenn die Kinder uns so betrachteten, wie Emma es getan hatte – reich an Gnade und reich an Möglichkeiten.

„Ich glaube, in der Stadt gibt es nicht so viel, was man anbauen und sammeln kann", fuhr Hanna fort.

„Nein, wahrscheinlich nicht", stimmte ich ihr zu. „Obwohl es den Menschen dort sicher auch besser ginge, wenn sie einen Garten hätten."

„Wir hatten nie einen", sagte sie traurig. „Schon gar keinen so großen, dass ein ganzer Wald hineinpasst."

Unser kleines Wäldchen musste ihr wie ein riesiger Wald vorkommen, wenn sie noch nie auf dem Land gelebt hatte. „Ich glaube, ich sehe da hinten einen Sassafrasbaum", sagte ich zu den Mädchen.

„Lecker!", erklärte Rorey.

„Was ist denn Sassifass?", fragte Hanna.

„Ein Teebaum. Wir schneiden ein Stück von der Wurzel ab und ein paar frische Blätter und dann machen wir daraus einen schönen Krug Sassafrastee. Die großen Jungen lieben ihn an heißen Tagen.“ *Besonders wenn wir Eis dazu haben*, dachte ich im Stillen. Aber wir konnten ihn ein bisschen im Brunnen abkühlen oder in der Kühlgrube im Keller. Er würde sicher trotzdem gut schmecken.

Ich zog einen Ast herunter und die Mädchen halfen mir, ein paar Zweige und Blätter abzupflücken. Die Wurzel war besser, aber ich traute mich nicht, so viel davon abzuschneiden, denn ich wusste, dass George in den nächsten Tagen auch etwas davon würde ernten wollen, und ich wollte nicht, dass zu viel Ernte dem Baum schadete.

Als wir an den Bach kamen, rannte Rorey direkt hinein, munter gefolgt von Sarah. Hanna dagegen stand in ihren abgenutzten Schnallenschuhen einfach da und sah mich mit kläglicher Miene an.

„Tun die Steine an den Füßen weh?“

„Es sind gar nicht viele Steine in dem Bach“, sagte ich zu ihr. „Bist du schon mal in einem Bach gewatet?“

Sie schüttelte den Kopf

„Ich kann gern deine Schuhe halten, wenn du es mal ausprobieren möchtest. Allen Kindern, die ich kenne, macht es Spaß.“

„Waten Sie denn auch?“

„Ja. Ich auch, weil man auf diesem Weg am schnellsten zu dem alten Räucherhaus kommt, wo die Himbeeren wachsen. Und außerdem macht es mir auch Spaß.“

Sie zog ihre Schuhe aus, gab sie mir und folgte mir dann ganz langsam zum Wasser. Sie steckte behutsam ihre Füße hinein, als hätte sie Angst, der kleine Bach könnte sie beißen. Ich beobachtete ihr Gesicht dabei und wartete auf das Lächeln, von dem ich wusste, dass es kommen würde, was dann auch wirklich ganz schnell der Fall war.

„Schön und kühl“, sagte sie.

Sie blieb ganz dicht bei mir, während Sarah und Rorey sich schon ein Stück vorauswagten. Ich wandte meine Aufmerksamkeit den Sträuchern am Ostufer des Baches zu. Jede Menge Blaubeeren breiteten sich in stacheligen Büschen nördlich und östlich aus. Sie waren ein paar Wochen zuvor ein schöner Anblick gewesen, als alles mit winzigen weißen Blüten übersät gewesen war. Und jetzt, da hier und da die ersten Beeren langsam reif wurden, sah es vielleicht sogar noch hübscher aus. Als ich das letzte Mal hier gewesen war, waren die Beeren alle noch grasgrün und steinhart gewesen. Wenn sie alle reif wurden, hätten wir reichlich. Ich würde dafür sorgen, dass Lizbeth ihren Anteil bekam, und überlegte jetzt, ob ich nicht sogar noch bei ihr vorbeischauen und ihr sagen sollte, wie weit die Blaubeeren waren. Sie hatte so viel mit Harry, Berty und Emmie Grace zu tun, dass ich bezweifelte, ob sie schon die Zeit gehabt hatte, selbst nachzuschauen.

„Du hast Recht, Mama. Sie sind noch nicht reif", sagte Sarah.

„Vielleicht morgen", sagte Rorey und spritzte ganz unvermittelt Sarah nass.

„Hör auf damit!", rief Sarah.

„Warum? Fühlt es sich nich' gut an?"

„Rorey, bitte spritze niemanden nass, wenn er das nicht will. Manche Leute mögen es nicht."

„Ich versteh aber nich', wieso nich'? Es kühlt doch nur."

„Ich will aber nicht abgekühlt werden, das mach ich lieber selbst", sagte Sarah in einem ziemlich beleidigten Tonfall und kühlte sich dann ihren einen Arm, indem sie mit der anderen Hand Wasser darüberschöpfte.

„Lasst uns nicht streiten, Mädchen. Wir sind gekommen, um so viel Essbares wie möglich zu sammeln."

Es dauerte gar nicht lange, bis wir an die Stelle kamen, an der das Räucherhaus von Willards Großvater gestanden hatte. Ich hatte Emma nie gefragt, wieso sie es damals so tief im Wald gebaut hatten und nicht näher am Haus. Vielleicht hatten sie an dieser Stelle auch noch ein Haus oder eine Hütte gehabt. Ich wusste nur, was sie mir darüber erzählt hatte, dass nämlich ein heftiger Sturm es zum Einsturz gebracht hatte, als sie noch ein kleines Mädchen gewesen war. Dabei war aber den Himbeeren, die dahinter wuchsen, nichts passiert und es gab sie immer noch.

„Da sind sie", sagte ich und stieg aus dem Bach. Mit dem Finger zeigte ich auf die kleinen roten Punkte in dem Grün.

„Oooh!", rief Hanna aus. „Echte Beeren. Kann ich welche pflücken?"

„Sicher. Pass nur mit den Stacheln auf."

Sie folgte mir ans Ufer, ohne nach ihren Schuhen zu fragen. Sarah trödelte noch eine Weile herum und kam dann hinter uns her, aber Rorey blieb im Wasser. Hanna arbeitete sich sehr vorsichtig voran und untersuchte alles Grüne erst auf Dornen. Schließlich war sie direkt zu meiner Linken in Reichweite von ein paar wenigen verstreuten Beeren. Sie lächelte zu mir auf.

„Sie gehen ganz leicht ab, als ob sie gern gepflückt werden wollen“, erklärte sie.

„Ich nehme an, das wollen sie auch. Wenn sie erst einmal reif sind, dann möchten sie nichts lieber als irgendwo hinfallen und Samen auf den Boden bringen. Aber wenn sie noch nicht reif sind, dann halten sie sich am Zweig ganz fest, weil sie wissen, dass es noch nicht Zeit ist für sie.“

Sie zupfte an einer grünen Beere und lachte leise. „Sie haben Recht. Diese hier lässt nicht los.“

Sarah hatte angefangen, ihr gegenüber zu pflücken.

„Können wir auch ein paar essen, Mama?“

„Das könnt ihr. In der Bibel steht, dass man einem Ochsen, der das Korn drischt, nicht das Maul verbinden soll. Also wer arbeitet, soll auch seinen Teil zu essen bekommen. Aber ihr müsst schon noch ein paar übrig lassen, wenn ihr auch später noch welche haben wollt.“

Sarah lächelte und schob sich sofort drei Beeren in den Mund. Hanna probierte auch eine, aber sie war dabei viel vorsichtiger. Ich wartete auf einen Kommentar, aber sie sagte nichts.

„Manchmal zuckern wir sie zu Hause ein bisschen“, sagte ich zu ihr. „Wenn es nötig ist.“

Sie nickte und pflückte weiter, ohne sich zu beklagen, aber für kleine Leute waren nicht viele der Beeren zu erreichen, und Rorey rief die beiden, doch zu ihr zurück in den Bach zu kommen.

„Dürfen wir noch ein bisschen im Bach waten?“, fragte Sarah mich.

Ich nickte zustimmend. Die restlichen Beeren konnte ich erreichen, indem ich mich ein bisschen streckte.

Mehr zu pflücken würde es erst geben, wenn die Blaubeeren reif waren. Für den Augenblick hatte ich nichts dagegen, wenn die Mädchen spielten.

„Können wir ein bisschen Lehm aus dem Bach holen?“, fragte Sarah. „Ich könnte Hanna zeigen, wie man eine Schüssel macht.“

Sarahs Lehmschüsseln waren meistens ziemlich schief und krumm und ich konnte nicht töpfern, um den Mädchen zu zeigen, wie man es besser machen konnte. Ich war aber trotzdem dankbar für ihre Liebe zu dem blaugrauen Material, das so schön geschmeidig und kühl war. Der Lehm war ein Naturmaterial, und ich war ganz sicher, dass die Indianer ihn vor langer Zeit auch verwendet hatten. Wir hatten ihn eines Tages zufällig unter den sandigen Kieseln am Westufer des Baches verborgen entdeckt. Und jetzt nahm Sarah jedes Mal, wenn sich die Gelegenheit ergab, etwas davon mit nach Hause.

„Ich mache euch einen Vorschlag", sagte ich zu den Mädchen. „Es ist von hier aus gar nicht weit zu der Lehmstelle. Nehmt ihr doch einen von den Eimern und holt etwas Lehm, und ich bleibe hier und pflücke noch die restlichen Himbeeren."

„Ja!", rief Sarah und schüttete ihre paar Beeren in Hannas Eimer. „Komm, Hanna! Wir holen ganz viel. Wir können Menschen und Hunde und alles, was du willst, daraus kneten."

„Lehm?", fragte Hanna und sah mich dabei fragend an.

Vielleicht hatte sie noch nie Lehm gesehen. Das wäre nicht weiter verwunderlich gewesen, aber ich fragte mich jetzt doch, was für einen Hintergrund sie wohl haben mochte. War sie zur Schule gegangen? Hatte ihre Mutter gekocht, genäht und all die anderen ganz normalen Dinge getan, die die meisten Mädchen in ihrem Alter zu lernen begannen? Sie hatte nicht gewusst, wie man Wäsche wäscht oder welche grünen Bohnen schon groß genug zum Pflücken waren. Ich dachte daran, dass sie Hilfe dabei brauchen würde, die ganz normalen Dinge des Alltags zu lernen.

„Geh nur mit Sarah", sagte ich zu ihr. „Lass deinen Eimer einfach hier. Sarah zeigt dir, wo der Lehm ist. Du kannst ihr ja helfen, ihn am Ufer auszugraben. Dann wascht ihr euch die Hände im Bach und kommt zurück."

„Rorey! Komm schon!", rief Sarah. „Wir gehen Lehm holen."

„Okay! Toll!" Rorey spritzte den ganzen Weg zu uns mit Wasser und war offenbar ebenso begeistert bei der Sache wie Sarah.

„Waten wir jetzt wieder?", fragte Hanna sie.

„Klar", hörte ich Rorey antworten. „So kommt man doch dahin."

Ich beobachtete, wie die drei loszogen. Drei kleine Mädchen, alle drei fast gleich groß, aber Sarah und Hanna blieben wieder beieinander und gingen Hand in Hand. *Oh Samuel*, klagte ich innerlich. *Sie sind sich schon so nah! Aber wie wird es weitergehen?* Ich ging allein zu den Himbeeren zurück. Es waren nicht viele, kaum genug für eine Mahlzeit, aber sie würden bestimmt gut schmecken. Gott sei Dank, dass es sie gab. Wir würden jede Einzelne davon brauchen.

Ich konnte die Mädchen kurz außerhalb meiner Sichtweite an der Biegung des Baches hören. Sarah und Rorey wussten, wo der Lehm war, und ich hätte sie sicher nicht allein gehen lassen, wenn die Stelle weiter weg gewesen wäre. Ich konnte ihre kleinen Stimmen hören, während ich den Eimer mit Beeren füllte, auch wenn ich das meiste von dem, was sie sagten, nicht verstehen konnte. Dann hörte ich sie durch den Bach zurückplanschen. Das Wasser war eigentlich nirgends tiefer als bis zu den Waden, deshalb machte ich mir auch nicht die geringsten Sorgen. Ich nahm an, dass sich Hanna inzwischen beim Waten in dem seichten Wasser wohl fühlte, und trotz all meiner Sorgen war ich froh, dass die drei Spaß miteinander hatten.

Aber dann hörten die Stimmen und das Geplapper urplötzlich auf. Ich hätte sie beinah gerufen, weil ich dachte, dass sie sich vielleicht ans Ufer gesetzt hatten und jetzt dabei waren, aus dem gerade gefundenen Lehm etwas zu formen. Ich ließ meinen Eimer fallen, als ich auch schon meine Tochter hörte.

„Mama! Mama!“, rief Sarah.

„Sarah?“ Ich rannte in ihre Richtung und achtete dabei kaum darauf, ob ich im Wasser lief oder daneben, aber dann hörte ich Rorey lachen. Ich nahm an, dass es wohl Hanna gewesen sein musste, die geschrien hatte.

„Mama!“, rief Sarah wieder.

Ich erreichte sie genau in dem Augenblick, als Hanna ein paar Schritte zurückwich und dann mit einem Platsch ins Wasser fiel. Laut aufschreiend stand sie wieder auf und kam zu mir gerannt, sobald sie mich gesehen hatte. Rorey lachte immer noch, und zwar offenbar über Hanna, obwohl das Mädchen vor Angst aschfahl war. Und Sarah zeigte auf etwas am Ufer des Baches, kaum einen Meter von der Stelle entfernt, an der Hanna gestanden hatte. Zuerst sah ich es nicht, aber als ich es dann erkannte, musste ich lächeln. Sie hatten mich ganz schön aufgeschreckt, und jetzt war ich so froh, dass ich vor Erleichterung seufzte.

„Was ist das? Was ist das denn?“, fragte Hanna mich aufgeregt schluchzend.

„Das ist eine Schnappschildkröte. Keine Angst, die tut dir nichts", erklärte ich Hanna.

„Du hättest sie springen sehen sollen", kreischte Rorey. „Ich dachte schon, sie würd auf'm nächsten Baum landen."

„Du hättest dich auch erschrocken, Rorey, wenn du auf etwas gestoßen wärest, was du noch nie im Leben gesehen hättest. Und vielleicht hat sie das ja nicht."

„Die ist groß, Mama. Ich wusste gar nicht, dass Schildkröten so groß werden können."

„Manche Arten werden sogar noch größer", erklärte ich ihnen. „Aber diese hier ist für eine Schnappschildkröte wirklich ziemlich groß. Die größte, die ich seit einer ganzen Weile gesehen habe."

Ich ging näher heran, aber Hanna packte mich beim Arm. „Beißt die?"

„Ja, das würde sie, wenn ihr jemand den Finger oder den Zeh direkt vor die Nase hielte. Ansonsten würde sie dich niemals zu fassen bekommen. Du bist nämlich zehn Mal so schnell wie sie."

Sie klammerte sich fest an mich, immer noch unsicher. Aber dann kam mir zu meiner eigenen Überraschung der Gedanke, dass ich da eigentlich eine vollständige Mahlzeit vor mir hatte. Ich hatte noch nie Schildkröte zubereitet, aber meine Großmutter Pearl schon und die Hammonds ebenfalls. Ich hatte mitbekommen, wie sie darüber geredet hatten.

Danke, Herr, betete ich. *An einem sonnigen Tag in den Wald zu gehen, kann eine lohnende Erfahrung sein. Danke, dass du uns Fleisch geschenkt hast.*

Es würde gut reichen, um daraus eine Schildkrötensuppe zu kochen. Ich hatte eigentlich immer gedacht, dass die Schildkröten mehr in der Nähe des Teiches bleiben würden, aber vielleicht war diese ja hier, weil wir sie hatten finden sollen.

„Holt mir bitte einen großen stabilen Stock", sagte ich zu den Mädchen.

„Warum?", fragte Rorey.

„Um sie daran zu tragen. Ich will sie lieber nicht anfassen, wenn es nicht sein muss."

Ihre Augen leuchteten auf. „Woll'n wir se fangen? Sind wir jetz' echte Jäger? Mann, da is' Papa aber bestimmt stolz!"

Darüber musste ich lächeln. Es war nicht viel Jagd nötig, um eine Schildkröte aus dem Wasser zu holen.

Sarah kam mit einem schönen, stabilen, noch ziemlich frischen Stock zurück. Ich kniete mich hinunter zu der großen alten Schildkröte und legte den Stock direkt vor ihr in den Sand. Sie tat gar nichts, sondern sah mich nur mit den schlammfarbenen Knopfaugen an, deshalb gab ich ihr mit dem Stock einen kleinen Stups direkt ins Gesicht. Sie biss sich daran fest, genau wie ich gehofft hatte und wie Großmutter Pearl es mir einmal erklärt hatte. Sie biss sich fest und ließ dann nicht mehr los.

Ich hob jetzt den Stock an und musste dazu beide Hände benutzen, eine Hand an jeder Seite der Schildkröte, denn sie war schrecklich schwer. „Also, Mädchen, wir haben sowieso alle Beeren gesammelt, die noch da waren. Wir wollen mal sehen, ob wir unsere Beute zu Lizbeth hinüberbringen können. Ich glaube, sie kann uns sagen, was wir damit machen sollen. Könnt ihr meine Tasche und die Eimer nehmen?"

Sarah rannte los und holte den Eimer und die Tasche mit Sassafras und Sauerklee. Hanna stand da und schaute mich an, als wüsste sie nicht so genau, was sie jetzt tun sollte. Ich muss auch wirklich ein sonderbarer Anblick gewesen sein. Vielleicht fragte sie sich jetzt, an was für seltsame Menschen sie da wohl geraten war.

„Kann ich se tragen?", wollte Rorey wissen.

„Ich glaube nicht, dass du es allein schaffst, aber sie ist so schwer, dass ich gut deine Hilfe brauchen könnte, wenn du meinst, dass du das eine Ende des Stocks auf deiner Schulter tragen kannst." Sie war begeistert, dass sie es versuchen durfte, und ich wusste, dass sie stark und drahtig war. Von den drei Mädchen war sie wahrscheinlich die Einzige, die das schaffen konnte.

„Wo ist denn der Lehm, Hanna?", fragte ich. „Glaubst du, dass du den tragen kannst? Es ist bestimmt einfacher, ihn jetzt gleich mitzunehmen, als später noch mal herzukommen und ihn extra zu holen."

„Ja, das kann ich." Sie ging in die Mitte des Baches, wo sie den Eimer auf einem großen Stein hatten stehen lassen, und nahm ihn vorsichtig hoch, als Sarah mit vollen Händen zurückkam.

Und dann machten wir uns auf den Weg. Rorey und ich mühten uns mit der schweren Schildkröte ab, Sarah ging neben mir und sah völlig begeistert aus und Hanna schlenderte nebenher und passte auf, dass sie dem Tier nicht zu nahe kam.

Wir waren jetzt genauso nah bei den Hammonds, wie wir von

zu Hause entfernt waren, deshalb war es am sinnvollsten, Lizbeth zu fragen, wie sie die Schildkröte zerteilen und zubereiten würde.

„Ist die zum Essen?", fragte Hanna, während wir uns den Weg durchs Gehölz bahnten.

„Wir essen die nicht", hatte Sarah beschlossen. „Aber Roreys Pa und seine ganze Familie. Alle, die davon essen möchten, nehme ich an. Wir teilen das meiste miteinander."

Hanna sah ein bisschen grünlich aus im Gesicht, aber sie sagte nichts mehr. Ich fragte mich, wer ihr wohl beigebracht hatte, auch in Situationen wie dieser so höflich zu bleiben. Die meisten Kinder, meine eigenen nicht ausgenommen, waren ziemlich direkt, wenn es ums Essen ging. Sogar Sarah, die sonst noch die Wohlerzogenste von der ganzen Bande war, hatte nicht die Absicht, Schildkröte zu essen.

Wir gingen schnell, wobei sich die Schildkröte hartnäckig an dem Stock festbiss. Ich fragte mich, was sie sich wohl davon versprach, so in der Luft an einem Stock zu hängen, wo sie doch auch einfach hätte loslassen und wieder frei sein können. Aber vielleicht würde sie sich bei einem solchen Sturz ja verletzen. Vielleicht hielt sie sich deshalb so verbissen fest. Ich wusste nicht, ob sich alle Schildkröten so verhielten wie diese hier, aber ich war froh, dass sie nicht den Zeh von einer von uns zu fassen bekommen hatte.

Meine Arme wurden langsam müde, als wir schließlich bei George Hammonds Farm ankamen, und ich wusste, dass auch Rorey müde sein musste, obwohl ich versucht hatte, den größten Teil der Last zu tragen. Sie war stolz und wollte, dass alle sahen, was wir da mitgebracht hatten, aber ihr Vater und zwei ihrer Brüder waren bei uns auf der Farm, und die übrigen Jungen arbeiteten wahrscheinlich auf dem Feld.

„Hey! Seht mal!", rief sie aber trotzdem schon von weitem.

Harry saß oben in einem Baum und warf kleine Äste hinunter auf den kleinen Bert, der von einem am Kopf getroffen wurde, als er aufhörte herumzuzappeln, um sich umzudrehen und uns anzustarren.

„Schiltöte", sagte er, ohne die Attacke von oben überhaupt zu bemerken.

„Harry, hör mal auf Stöcke herunterzuwerfen!", rief ich nach oben in den Baum. „Du könntest jemandem wehtun."

„Ohhh! Was habt ihr denn da? Könn' wir die behalten?" Er fing an, sich von dem Baum herunterzuhangeln.

„Ich dachte, ich frage mal deine Schwester, ob man aus einer Schildkröte ein anständiges Essen machen kann."

„Kann ich dann den Panzer ham?", fragte er sofort „Wir könn' echte Soldatenhelme draus machen."

„Vielleicht ist es eher dein Bruder, der einen Helm braucht."

„Warum?", fragte Harry unschuldig. „Der mag ja gar nicht Soldat spielen."

Lizbeth kam jetzt mit einem Korb nasser Wäsche um die Hausecke, und die kleine Emmie zottelte neben ihr her. Mit einem Wickelkind und acht anderen Kindern, die versorgt werden mussten, hatte sie immer viel Wäsche zu waschen, aber sie sah lächelnd in meine Richtung.

„Mrs Wortham, ich wusste ja gar nich', dass Se 'n Abendessen jagen wollten. Da wird sich Pa aber freuen."

Sarah hatte also Recht gehabt. George und seine Familie würden sich über die Schildkrötenmahlzeit freuen. Ich überlegte, ob ich ihnen nicht einfach das ganze Tier überlassen sollte.

Harry und Berty kamen näher heran und Rorey ergriff die Gelegenheit, mit unserem Fang zu prahlen. „Fasst sie doch mal an", sagte sie zu ihnen. „Fühlt mal, wie komisch die sich anfühlt. Sogar unten am Bauch ist die ganz hart. Und wir ham se ganz alleine gefangen! Ich könnt se ja auch behalten und einfach nur mit ihr spiel'n, wenn man se nich' essen kann."

Seltsam, ein Mädchen so über eine solche Sache reden zu hören. Normalerweise waren es eher die Jungen, die mir stolz Schildkröten, Käfer, einen toten Waschbären oder was auch immer präsentierten. An Rorey war wirklich ein Junge verloren gegangen, was manchmal auch zu einer Kluft zwischen ihr und Sarah führte.

Ich setzte unsere Schildkröte auf dem Boden ab, woraufhin das sture Tier den Kopf gerade so weit in den Panzer hineinzog, dass es den Stock nicht loslassen musste. Es gab auch manche Menschen, die so stur und verbohrt waren. Gut, dass Sarah mir einen so dicken Stock geholt hatte.

Rorey berührte als Erste den Rückenpanzer der Schildkröte und dann die Fußspitzen. Hanna war anzusehen, wie sehr sie allein schon der Anblick ekelte.

Um den anderen in nichts nachzustehen, versuchte Harry den

versteckten Schwanz des Tieres zu finden, und als ihm das nicht gelang, setzte er sich und drückte gegen eine Seite der Schildkröte.

„Groß!", sagte Berty, sehr zu Roreys Befriedigung.

„Fass se mal an, Sarah!", sagte Harry herausfordernd.

„Ansehen kann ich sie ja", sagte Sarah zu ihm. „Aber ich mag sie nicht anfassen. Das wollte Mama auch nicht."

„Ich helfe dir beim Wäscheaufhängen", sagte ich zu Lizbeth. „Aber wohin jetzt mit ihr, dass die Kinder nicht herankommen?"

„Ich glaube, am besten in den Maisspeicher, da kommt sie nicht heraus. Wir können sie heute Vormittag schlachten und zerschneiden und sie dann in Salzwasser einlegen, bis ich sie zum Abendessen koche. Das ist bestimmt am besten."

Hanna sah jetzt im Gesicht sogar noch grüner aus als vorhin. Das arme Kind.

„Pass bloß auf!", neckte Harry sie. „Sie kann dir deinen dicken Zeh mit einem Happs abbeißen!"

Rorey lachte.

„Lasst sie in Ruhe, ihr beiden", warnte ich die Übeltäter und nahm schweigend Hanna bei der Hand.

„Wissen Sie, wie man sie zubereitet?", fragte Lizbeth mich.

„Nein. Meine Großmutter hat es mir mal erzählt, aber ich habe es noch nie selbst gemacht."

„Ich weiß, wie's geht. Ich hab Mama öfter dabei geholfen. Soll ich's Ihn' zeigen?"

Sie schien bei dieser Vorstellung selbst so begeistert, dass ich Ja sagte. Ich überlegte, dass alles, was ich zusätzlich lernen konnte, auf jeden Fall nützlich für mich war, gerade in schweren Zeiten wie diesen. Ich hatte bisher nur einmal Schildkröte gegessen und es hatte mir nicht besonders gut geschmeckt, aber genau wie Samuel meinen Maisbrei eben aß, weil es sonst nichts gab – wurde eben auch Schildkröte gegessen, wenn sie auf den Tisch kam. Man lernt zu essen, was da ist.

„Wir essen sie am besten mit Zwiebeln", sagte Lizbeth zu mir. „Soll ich ein paar im Garten ziehen oder sollen wir lieber wilde suchen?"

„Wir lassen das, was im Garten wächst, lieber noch größer werden und ernten es dann. Ich hole ein paar wilde", antwortete ich.

„Beeren!", grölte Berty, nachdem er einen Blick in meinen Eimer geworfen und sich ein paar davon stibitzt hatte.

„Sind noch mehr da?", fragte Lizbeth. „Ich wollte eigentlich heute oder morgen nachschauen, wie weit sie sind."

„Nein. Das hier sind wohl die letzten Himbeeren, aber es müsste dieses Jahr reichlich Blaubeeren geben. Mehr als im vergangenen Jahr. Vielleicht können wir ja zusammen pflücken gehen, wenn sie so weit sind."

Sie stimmte erfreut zu. Ich wusste, wie sehr es ihr gefiel, wenn ich zu ihr herüberkam. Einfach als Abwechselung und auch, weil ich ihr half.

Vorsichtig brachte ich die Schildkröte zum Maisspeicher und steckte sie mitsamt dem Stock hinein. Ich war froh, dass sie jetzt außerhalb Harrys Reichweite war, und auch erleichtert, dass ich sie nicht mehr zu tragen brauchte, jedenfalls fürs Erste nicht. Sie war schwerer, als sie aussah.

Dann half ich Lizbeth beim Wäscheaufhängen. Erinnerungen kamen in mir hoch, als ich das gelbe Lätzchen aufhängte, das Emma für die kleine Emma Grace als Geschenk zur Geburt genäht hatte. Natürlich war es damals noch viel zu groß gewesen. Jetzt hing es hier an der Leine, wurde also immer noch benutzt. Und dann war da die Weste, die Wilametta im Herbst als Weihnachtsgeschenk für George gemacht hatte. Das Weihnachtsfest, das sie dann selbst nicht mehr erlebt hatte. Er trug die Weste immer noch und Lizbeth wusch sie so vorsichtig, als wäre sie etwas Heiliges.

Als ich die Handtücher aufhängte, dachte ich daran, wie Emma sich abgemüht hatte, Wilametta bei der Geburt ihres zehnten Kindes zu helfen. Was hatte ich für Angst gehabt, als ich gebeten worden war, ebenfalls dabei zu sein und Emma zu unterstützen. Aber das Baby war gesund gewesen und seitdem kräftig und robust. Viel schlimmer war es gewesen, als ein paar Monate später Wila und Emma beide in derselben Nacht zum Herrn heimgegangen waren und ich für keine von ihnen etwas hatte tun können.

Emmie Grace fing an, mir an meinem Kleid zu zupfen, und mir stieg eindeutig ein unangenehmer Geruch in die Nase.

„Sagt sie inzwischen eigentlich Bescheid?", fragte ich Lizbeth.

Die lugte hinter einem großen Betttuch hervor und schaute mich und ihre kleine Schwester lächelnd an. „Manchmal, aber immer erst, nachdem es passiert ist. Soll ich ihr die Windel wechseln?"

„Ich mach das schon." Ich nahm die Kleine hoch und sie spielte auf dem ganzen Weg ins Haus mit meinem Haar. Ich wusste, wo die Windeln waren. Ich wusste eigentlich, wo hier alles war, genau wie bei mir zu Hause. Und die Hammond-Kinder wussten auch, wo bei uns alles war, weil wir uns so viel bei der jeweils anderen Familie aufhielten.

Ich hätte Emmie im Wohnzimmer frisch wickeln können, aber ich ging und legte sie auf das Bett, in dem sie geboren worden war und in dem jetzt ihr Vater und wahrscheinlich mehrere Kinder schliefen. Manchmal war es merkwürdig, in diesem Zimmer zu sein. Es war, als ob dort Wilametta immer noch mit mir reden könnte. Mit Emma dagegen fühlte ich mich zu Hause oder im Freien mehr verbunden, besonders im Garten, den sie so sehr geliebt hatte.

Die kleine Emma kicherte, als ich ihr die Windel feststeckte. Das hatte keines meiner Kinder jemals getan. Sie hatte struppiges blondes Haar, das immer noch sehr kurz und ganz fein war und rötlich schimmerte, wie das ihrer Mutter. Ich lächelte bei dem Gedanken, dass sie so fröhlich war. Lizbeth hatte ihre Sache wirklich gut gemacht. Es war ihr gelungen, der Kleinen die Mutter zu ersetzen.

Als ich wieder hinaus auf die Veranda trat, sah ich gerade noch, wie Bert hinters Haus rannte und eine der Ziegen jagte.

„Harry!", schrie Lizbeth. „Mach das Tor zu und mach es ja nicht wieder auf. Hast du gehört?"

„Harry hat eine Ziege freigelassen", sagte Sarah zu mir, während sie auf mich zugelaufen kam. „Das habe ich gesehen."

Hanna stand neben dem neuen Verandapfeiler, den Samuel gebaut hatte, als er im vergangenen Frühjahr George bei ein paar dringend notwendigen Reparaturen am Haus geholfen hatte. Sie sah ein bisschen verloren aus, und sie hatte Angst vor so ziemlich allem, was um sie herum geschah.

„Ich verspreche dir, dass wir nicht immer so wild sind“, sagte ich zu ihr. „Würden du und Sarah vielleicht hier auf der Veranda ein bisschen auf Emmie aufpassen? Dann kann ich helfen, die Ziege wieder einzufangen.“

Den beiden Mädchen gefiel es sehr, dass ich ihnen die Verantwortung für das Baby übertrug. Ich rief Berty und sagte ihm, er solle sich setzen und aufhören die Ziege zu jagen. Dann griff ich nach oben und brach mir einen kleinen Zweig von dem nächsten Ahornbaum ab und hielt dann der Ziege den Ast mit den zarten Blättern vor die Nase – gerade so weit weg, dass sie die Blätter nicht erreichen konnte. Auf diese Weise lockte ich sie zurück auf die eingezäunte Weide. Als ich das Tor hinter ihr geschlossen hatte, warf ich den Zweig weit in die Weide hinein. Sie musste noch an zwei anderen Ziegen vorbei, um den Leckerbissen zu erreichen.

Harry beobachtete das Ganze und amüsierte sich köstlich über mich. Deshalb musste er sich auf Lizbeths Befehl hin auf einen Baumstumpf setzen und dort auch erst einmal bleiben. Sie war inzwischen mit der Wäsche fertig und wandte ihre Aufmerksamkeit wieder mir zu.

„Mama hat die Schildkröte manchmal sogar über Nacht in Salz ziehn lassen, aber se hat gesagt, dass se auch gut is’ zum Abendessen, wenn man se am Morgen fängt und se dann den ganzen Tag über ziehn lässt. Wollen Se das so machen?“

„Wie du meinst.“

„Ich wusste noch gar nich’, was ich für uns zum Abendessen machen soll“, gestand sie. „Ich bin so dankbar dafür.“

Ich war froh, dass ich die Schildkröte hergebracht hatte, weil ich wusste, was sie meinte. Ihr Garten konnte sie nicht mit allem versorgen, was sie brauchten, und ihre Speisekammer war wahrscheinlich noch leerer als meine. Wir hatten unsere Arbeit für diesen Sommer getan und alles gesammelt, was wir konnten. Jetzt konnte nur Gott uns noch helfen.

Lizbeth bereitete eine Schüssel mit Salzwasser vor, holte dann die dem Tod geweihte Schildkröte aus dem Maisspeicher und schnitt ihr den Kopf ab.

„Manche Leute stecken se mit'm Kopf und allem in kochendes Wasser, aber das brauchen wir nich' zu tun, wenn wir se in dem Salzwasser ziehn lassen und se dann mit Milch kochen. Das wird 'ne feine Suppe und reicht länger, als wenn ich das Fleisch brate. Obwohl das auch gut schmeckt."

Zuerst schnitt sie den Bauchpanzer ab und löste dann den Rest der Schildkröte vom Panzer. Als Nächstes nahm sie das Tier aus und schnitt das Fleisch in Stücke, die sie sofort in das Salzwasser legte. Sie nahm alles, was sich eben verwenden ließ, sogar das Fleisch von den Beinen. Die Knochen legte sie beiseite.

„Die koch ich, aber nich', wie man's mit Hühnerknochen macht. Mama hat gesagt, dass man aus Schildkröte keine gute Brühe koch'n kann. Deshalb muss man se auch erst in Salzwasser und dann noch in Milch einlegen. Die Knochen kann Ihr Hund kriegen, wenn Se woll'n."

Ich konnte mich nicht erinnern, ob Großmutter Pearl etwas über das Abkochen von Schildkrötenknochen gesagt hatte, also sagte ich gar nichts. Whiskers würde sich jedenfalls über die Reste freuen. Er hatte in letzter Zeit nur sehr spärlich Futter bekommen.

„Wer is' denn das Mädchen, das bei Ihnen is'?", fragte Lizbeth mich plötzlich.

Ich nehme an, ich hatte gedacht, wir könnten einfach eine Weile hier sein, ohne dass Lizbeth das zusätzliche Kind auch nur bemerken würde. Sie hatte weder in Hannas Richtung geschaut noch dem neuen Gesicht irgendeine Form von Aufmerksamkeit geschenkt. Mir war es deshalb gar nicht in den Sinn gekommen, dass sie vielleicht fragen könnte. Und jetzt, da sie es doch getan hatte, wusste ich nicht so genau, was ich antworten sollte.

„Also, das ist Hanna. Eine Verwandte von Samuel. Vielleicht", sagte ich.

„Vielleicht?"

Meine Wangen brannten, und mir war klar, dass ich so etwas niemals hätte sagen sollen. Wie dumm von mir! Jetzt saß ich da und musste irgendeine Erklärung abgeben. „Sein Bruder hat sie hergebracht", sagte ich schnell. „Er sagt, dass sie eine Verwandte ist, aber wir kennen ihre Familie eigentlich gar nicht."

Lizbeth sah mich von der Seite an. „Das is' aber ziemlich sonderbar, Mrs Wortham."

„Ich weiß."

„Wo war se denn dann neulich Nacht, als wir ihn drüben bei Ihnen gesehn haben?"

„Im Auto."

Sie schüttelte den Kopf. „Aber wie kommt es dann, dass er se gut genug kennt, um se zu Ihnen zu bringen, aber se ihre eigene Familie nich' kennt?"

„Ach Lizbeth, ich weiß es doch auch nicht. Er ist schwierig. Und er hat sie einfach dagelassen, ohne all unsere Fragen zu beantworten, und wir wissen ehrlich gesagt auch nicht so genau, was wir tun sollen."

Meine Worte kamen hastig heraus, und einen Augenblick lang sagte sie nichts. Ich wusste, dass ich ihr eigentlich nicht so viel erzählen sollte, mich ihr nicht anvertrauen sollte wie einer Erwachsenen. Was war nur los mit mir? Das arme Kind hatte selbst schon genug Probleme.

„Möchten Se sich 'nen Augenblick setzen?", fragte sie mich. „Die ganze Sache nimmt Se ziemlich mit, das seh ich Ihnen an."

„Nein. Wir sollten jetzt einfach wieder nach Hause gehen und auf dem Rückweg noch ein bisschen sammeln und pflücken. Die Schildkröte könnt ihr haben. Ich bin froh, dass ich sie hergebracht habe."

„Wir danken Ihnen dafür, aber sind Se ganz sicher, dass Se sich nich' 'n bisschen setzen möchten? Die Beeren und was es sonst noch gibt, können doch warten, oder?"

„Nein. Wir sollten jetzt wirklich gehen."

Sie schaute hinüber zur Veranda, wo Rorey sich zu Hanna und Sarah gesellt hatte. Die drei beschäftigten fröhlich die kleine Emma Grace mit einem von den Stoffbällen, die ich den kleinen Jungen zu Weihnachten gemacht hatte.

Weil ich wusste, dass Harry nie lange still sitzen konnte, hatte ich eigentlich erwartet, dass er schon wieder von dem Baumstumpf aufgestanden war, um zu spielen, aber ich konnte ihn nirgends entdecken, und auch Berty war nicht zu sehen.

„Wo sind denn die kleinen Jungen, Lizbeth?"

„Ach, wahrscheinlich in der Scheune", sagte sie ohne einen Hauch von Sorge. „Sie spielen immer irgendwo hier herum. Meistens passiert auch nichts."

„Ich werde lieber mal nachschauen", sagte ich. „Sarah", rief ich in Richtung der Veranda. „Hast du gesehen, wo Harry und Bert hingegangen sind?"

„Nein!", rief sie zurück.

„Die sind hier bestimmt irgendwo in der Nähe", schrie Rorey. „Gerade eben waren sie noch hier."

Ich hatte ein seltsames Gefühl im Bauch, so wie damals, als ich das erste Mal hier gewesen war und bemerkt hatte, wie wenig Wilametta die kleinen Jungen beachtete. Und jetzt hatte Lizbeth so viel zu tun, dass sie es für selbstverständlich hielt, dass ihre kleinen Brüder die Grenzen einhielten, solange sie bei der Arbeit war. Ich hätte viel früher nach ihnen schauen sollen. Bei Harry konnte man nämlich nie wissen.

Ich schaute in der Scheune und auf dem Heuboden nach – nichts. Ich sah im Ziegenpferch, dem Außenklo und dem Hühnerstall nach, fand aber ebenfalls nichts. Sie waren weder auf einen Baum geklettert noch im Garten, und obwohl Harry und Berty niemals freiwillig im Haus spielten, wenn es das Wetter zuließ, schaute ich schließlich auch dort nach, weil ich nicht wusste, was ich sonst noch tun sollte.

„Harry! Bert!", rief Lizbeth, und es klang eher verärgert als besorgt. Aber ich war froh, dass sie jetzt auch suchte. Die beiden Jungen waren schließlich erst vier und knapp sechs Jahre alt. Irgendjemand sollte eigentlich immer wissen, wo sie gerade steckten. Wenn sie zur Vordertür hinausgegangen wären, hätten die kleinen Mädchen sie ja sehen müssen. Deshalb ging ich zur Hintertür und dachte: *Das kann ich jetzt wirklich nicht auch noch gebrauchen. Das kann jetzt keiner von uns gebrauchen. Bitte, Herr, hilf uns die beiden Jungen zu finden.*

Ich war fast bei der Treppe zur Hintertür, als die beiden wie Wildkatzen unter der Veranda hervorgetobt kamen. Sie schrien und tobten, um mich zu erschrecken.

Lizbeth kam um die Hausecke geschossen, um zu schauen, was dort los war, und lächelte nur, als sie die beiden sah. „Oh gut. Se haben se gefunden." Und dann ging sie genauso zurück, wie sie gekommen war.

„Harry! Berty!", schalt ich, als ich wieder zu Atem gekommen war. „Macht so was ja nicht noch einmal! Wenn ihr Verstecken spielen wollt, dann sagt erst jemandem Bescheid. Habt ihr das verstanden?“

Der kleine Berty nickte sofort. Aber Harry sah mich nur an, lachte und drehte sich dann in Richtung Lizbeth um und schrie: „Ich hab Mrs Wortham erschreckt! Se is’ fast umgefall’n vor Schreck!“

Lizbeth war nicht sonderlich beeindruckt. „Eigentlich solltest du was hinter die Ohren bekommen für so was. Hast du uns nicht rufen gehört?“

„Doch, aber ...“

„Ich will kein aber hören. Nächstes Mal, wenn wir dich rufen, dann antwortest du gefälligst sofort oder ich erzähle es Pa! Verstanden?“

Er nickte, kicherte aber immer noch vor sich hin. Ich wusste, dass die Androhung, dass George davon erfahren würde, für ihn nicht besonders abschreckend war.

„Geh und bring den Ziegen Wasser. Und lass nicht wieder eine entwischen.“

Die Jungen rannten davon, und Lizbeth schüttelte den Kopf. „Ich schwör, die beiden sorgen dafür, dass ich mich irgendwann frage, ob ich noch bei Verstand bin, dass ich Lehrerin werden will.“

„Du wirst ganz bestimmt mal eine sehr gute Lehrerin“, versicherte ich ihr. „Und sie sind doch eigentlich meistens ganz normale Jungen. Ich mache mir nur manchmal etwas Sorgen, dass etwas passieren könnte, wenn sie allein unterwegs sind.“

Lizbeth nickte. „Franky hat se neulich Morgen unterwegs zum Teich erwischt, wo se ganz allein schwimmen gehn wollten. Harry würd das ja vielleicht schon könn’, aber Berty kann in dem tiefen Wasser nich’ stehn und schwimmen kann er auch nich’. Wir haben ihnen gesagt, dass, wenn se das noch mal versuchen, se den Hintern versohlt bekomm’. Und ich glaub, das haben se kapiert.“

„Na hoffentlich ...“

Ich ging jetzt zurück vor das Haus, um Hanna und Sarah zu sagen, dass es Zeit sei zu gehen.

„Vielen Dank noch mal für die Schildkröte“, sagte Lizbeth zu mir. „Gott gebraucht Sie, Mrs Wortham. Pa hat gesagt, dass wir eine von den jungen Ziegen schlachten müssen, wenn wir’s durch den Sommer schaffen woll'n. Entweder das oder wir müssen Hühner schlachten. Ich will beides nich', wenn ich dran denke, was wir für den Winter alles brauchen. Joe und Sam haben versucht, was zu jagen, haben aber kein Glück dabei gehabt, genau wie Willy beim Angeln. Und dann kommen Se und bringen uns was, das Se nur mit 'nem Stock erlegt haben."

„Sag ihnen, dass sie weiter auf die Jagd gehen sollen. Versucht es weiter. Und wir tun auch, was wir können."

„Das mit Ihrer Kuh tut mir leid."

„Ja, mir auch."

„Haben Se denn bei sich alles für das Abendessen heute?"

In ihren Augen waren jetzt Anteilnahme und Sorge zu erkennen. Es war ihre Art, immer schon ein bisschen weiter zu denken. Dass sie jetzt nach dem Abendessen fragte, obwohl es noch nicht einmal Mittag war, war typisch für sie, ebenso wie sich jetzt im Juli schon Gedanken über den Winter zu machen. „Ja, Lizbeth, wir haben noch einen Rest Maisbrot, den wir mit Milch essen können. Auf dem Rückweg durch das Wäldchen werde ich alles sammeln, was essbar ist."

Plötzlich dachte ich wieder an die Beeren in meinem Eimer. Es waren nicht viele, aber für dieses junge Mädchen, das mit seinen sonstigen Pflichten zu beschäftigt war, um selbst Beeren sammeln zu können, waren sie bestimmt eine echte Leckerei.

„Lizbeth, ich möchte, dass du auch die Himbeeren behältst."

„Ach Mrs Wortham, das kann ich aber nich' annehm'. Se haben uns doch schon die Schildkröte geschenkt ... und die is' wirklich 'n Geschenk des Himmels."

„Ich möchte aber, dass du die Beeren behältst. Mach ein bisschen Teig für einen Kuchen, dann sind sie noch sättigender."

Sie umarmte mich, und erst als sie mich wieder losließ, sah ich die Tränen in ihren Augen.

„Ich glaub, ich würd verrückt werden, wenn Se nicht da wär'n", sagte sie. „Ich weiß, ich sollte mir keine Sorgen machen, aber irgendwie kann ich nix dafür. Wir essen schon jetzt alles, was der Garten hergibt, und ich hab solche Angst, dass am Ende nix zum Einkochen für'n Winter bleibt. Die Felder sehn auch nich' so gut aus. Es is' zu heiß und es gibt so viele Heuschrecken. Ich weiß, dass Pa sich darüber auch Sorgen macht. Was soll'n wir nur machen, wenn uns das Mehl ausgeht? Wenn wir alles Vieh schlachten, dann haben wir nix, wovon wir im nächsten Jahr leben können."

„Es findet sich bestimmt ein Weg", sagte ich zu ihr und wünschte, dass diese Worte in ihren Ohren nicht einfach nur hohl klangen. „Wir sind jetzt so weit gekommen. Wir schaffen das schon. Der gute Herr sorgt für uns."

„Ich wünscht', ich hätt Ihren Glauben."

Ich wusste nicht, was ich ihr sonst noch sagen sollte. Es war fast, als spräche Emmas Glauben aus mir heraus, oder Gott selbst, um sie zu trösten. Ich empfand meinen Glauben in diesem Augenblick nicht als besonders stark.

„Meinen Se, dass das Mädchen lang bei Ihnen bleibt?", fragte sie mich ziemlich schüchtern.

„Ich weiß es nicht. Solange es nötig ist eben."

„Emma hat die richtigen Leute ausgesucht", sagte Lizbeth. „Sie sin' 'ne Heilige, Mrs Wortham, genau wie sie, Emma. Ich glaube, Se würden jedem im ganzen Land helfen, wenn Se könnten."

Ich wandte mich von ihr ab, weil ich eine plötzliche innere Anspannung empfand. Sie sah es einfach nicht. Sie sah all die Zweifel und den inneren Aufruhr in mir nicht. Ich hatte ein böses Herz, kein heiliges, denn ich zweifelte an meinem eigenen Mann, und ich sagte fromme Worte, die ich selber gar nicht fühlte.

„Komm, Sarah, wir gehen nach Haus!"

Rorey kam ums Haus gefegt und rannte mich fast um. „Ich will mit!! Kann ich nich' wieder mit zu euch nach Hause komm'?"

„Rorey Jeanine, du bis' schon da gewesen", schalt Lizbeth.

„Aber ... aber wenn ich nich' wieder mitkomm", protestierte das Kind, „dann kann ich nich' mit Sarah und Hanna Sachen aus Lehm machen. Das woll'n die nämlich machen, wenn se wieder zu Haus sin'. Und ich will das auch!"

„Ich sollte lieber die kleinen Jungen mitnehmen", sagte ich zu Lizbeth. „Oder Emma Grace, damit du auch mal eine Pause hast." Dabei klang ich wahrscheinlich wieder wie eine Heilige. In Wirklichkeit war ich das alles einfach nur leid und wollte heute eigentlich kein einziges zusätzliches Kind hüten.

Vielleicht merkte sie das. Oder vielleicht wollte sie auch einfach nur nett zu mir sein.

„Nein, Se haben auch ohne die Kleinsten genug zu tun. Wenn's Ihnen nix ausmacht, dass Rorey mitkommt und einen Topf aus Lehm macht oder sonst was, aber ich möcht, dass se zum Abendessen zurück is'."

„Ach neee...", begann Rorey zu protestieren.

„Willst du denn heut Abend nich' allen erzählen, dass du geholfen hast, die Schildkröte zu fangen?", fragte Lizbeth. „Und auch etwas davon essen?"

„Na gut", gab das Mädchen nach.

„Se könn' auch gern alle zum Essen komm'", sagte Lizbeth zu mir. „Ich kann die Suppe einfach strecken, damit kenn ich mich aus. Fragen Se doch Mr Wortham, was er dazu sagt."

Sarah half Emmie die Treppe hinunter in Lizbeths Richtung. „Gehen wir jetzt?" Sie ließ die Hand der Kleinen los, als sie das struppige Gras erreichten und sich umdrehten, um den Eimer mit Lehm zu holen, der immer noch dastand. Aber Hanna stand einfach nur am Fuße der Verandatreppe und sah mich an. Mir wurde klar, dass ich nur Sarah und nicht sie gerufen hatte.

„Komm, Hanna", sagte ich schnell. „Es ist Zeit, nach Hause zu gehen." Das war vielleicht eine etwas unglückliche Wortwahl, denn es war ja nicht Hannas Zuhause. Wenigstens bestimmt nicht für lange.

Ich griff nach meiner Tasche und den beiden leeren Eimern, deren Inhalt ich Lizbeth überlassen hatte. Vielleicht würden wir ja wirklich am Abend noch mal kommen. Es war ja ebenso meine Mahlzeit wie die der Hammonds.

10

Samuel

George fiel fast um vor Erschöpfung, als wir Lula Bell endlich unter der Erde hatten, und der Schweiß lief ihm in Strömen die Wangen hinunter. Trotz des bisschen Regens, den wir gehabt hatten, war der Boden steinhart und schon wieder fast ganz ausgetrocknet.

Ich schickte George zusammen mit Robert und Franky in den Schatten, damit sie sich ein wenig ausruhten. Joe schaufelte immer noch kraftvoll neben mir weiter.

„Du solltest auch mal 'ne Pause machen, Samuel!", rief George mir zu. „Es is' schrecklich heiß. Sogar für'n Juli."

„Aber die Grube hier schüttet sich nicht von allein zu."

„Wir schaffen das schon", behauptete er. „Hat doch auch kein' Sinn, sich deshalb kaputt zu machen."

Ich hielt gerade lange genug inne, um mein Taschentuch aus der Tasche zu ziehen und mir den Schweiß von der Stirn zu wischen. So merkwürdig es klingen mag, aber ich dachte in diesem Augenblick daran, dass Juli sich immer die Mühe machte, meine Taschentücher ordentlich zu bügeln und zu falten. Sie steckte sie mir sogar frisch in die Tasche, wenn ich eins brauchte. Immer, wenn ich eine frische Hose anzog, war in der Hosentasche bereits ein sauberes Taschentuch. Sommer wie Winter. Frühling wie Herbst. So war sie schon immer gewesen. Ein Taschentuch in meiner Hosentasche und ein Lächeln für mich in ihren Augen.

„Irgendwas is' heut anders mit dir", sagte George. „Was macht dir zu schaffen?"

„Ich hab gerade eine Kuh verloren. Oder was glaubst du, was mir zusetzt."

„Weiß nich'. Mehr als die olle Lula Bell jedenfalls. Hat wohl eher mit dem klein' Mädchen zu tun, das dein Bruder hiergelassen hat. Ich frag mich, wie du die auch noch durchfüttern willst."

„Ich könnte mich genauso fragen, wie du all deine Kinder satt bekommen willst, George."

Er nahm den Hut vom Kopf und schlug ihn sich gegen das Knie. Winzige Schweißtröpfchen setzten sich auf Frankys Rücken. „Ja, daran müssen wir denken, da hast du Recht." Einen Augenblick lang sah er nacheinander die Jungen an und sagte dann: „Hör mal, Joe, du siehst auch müde aus. Wieso gehst du nich' mal zum Brunnen und holst dir was zu trinken?"

„Mir geht es noch ganz gut, Pa." Joe blickte kaum auf. Er brachte immer gern zu Ende, was er angefangen hatte.

„Es bringt aber auch nix, wenn du dich übernimmst", entgegnete George hartnäckig und stand jetzt auf. „Geht alle mal rüber zum Brunnen, Jungs. Und dann sorgt dafür, dass die Tiere auch

Wasser kriegen. Bei dem Wetter muss man öfter mal nach ihn' sehn. Samuel und ich machen das hier fertig. Das Schwerste haben wir ja schon geschafft."

„Bist du sicher, Pa?", fragte Joe noch einmal nach.

Robert war ebenfalls aufgestanden und sah mich an.

„Klar bin ich sicher. Nun geht schon."

Ich sagte nichts weiter, was Robert nur zu gern als Zustimmung verstand, also legten er, Franky und Joe ihre Schaufeln auf Georges Fuhrwerk und gingen in Richtung Brunnen.

„Julia kommt mir auch verändert vor", sagte George, sobald wir allein waren.

Ich stieß meine Schaufel, so fest ich konnte, in den Erdhaufen.

„Du kannst es mir ruhig erzähl'n, weißt du. Ich wüsst nich', wieso nich'."

„Es gibt nichts zu erzählen."

„Natürlich gibt's das. Das weiß ich doch schon allein von dem, was Sam mir erzählt hat. Schon merkwürdig, dass dein Bruder so spät am Abend zu Besuch kommt und nich' mal über Nacht hierbleibt."

„Das ist doch wohl seine Sache, oder?"

„Und deine. Und wem gehört eigentlich das Kind, das er da mitgebracht hat? Soweit ich das verstanden hab, is' se nich' seine Tochter."

Ich sagte nichts und hoffte, dass er einfach den Mund halten und weiterarbeiten würde. Ich schaufelte eine weitere Ladung Erde in Lula Bells flaches Grab. Und er stand einfach nur da und beobachtete mich.

„Is' se dein Kind?"

Ich hielt im Schaufeln inne und sah ihn an. „Nein", sagte ich einfach und fühlte mich nicht zu weiteren Erklärungen verpflichtet.

„Tschuldige, dass ich frag, aber se sieht dir ziemlich ähnlich, weißte. Und se hat mir selbst gesagt, dass se Wortham heißt. Das und auch, dass du so angespannt bist. Aber ich komm einfach nich' dahinter ..."

„Es ist auch nicht deine Aufgabe, hinter irgendwas zu kommen", platzte es aus mir heraus. „Ich hab dir doch schon gesagt, sie ist nicht mein Kind."

George hob ein bisschen den Kopf. „Ich wollt dich nich' beleidigen. Ich kenn dich inzwischen ziemlich gut, Samuel. Du bist ein zu guter Christ, dass du deine Frau betrügen würdest, aber das is', was jetzt is'. Wir ham doch alle in unsrer Vergangenheit Sachen gemacht, auf die wir nich' grade stolz sin'."

Ich spürte wieder eine Art stechender Hitze meine Wirbelsäule hinaufkriechen. „Ich habe bestimmt auch solche Sachen gemacht, aber das nicht."

„Ich sag ja auch nur, dass du es mir ruhig sagen kannst, wenn es so is', auch wenn du es niemand sonst erzählen kannst. Ich würd das verstehn. Wir machen alle Fehler. Bei mir war's das Trinken. Aber das weißt du ja. Jeder hat da irgendwas."

Ich stand einfach da und lodernder Zorn machte sich in mir breit. Wie konnte er nur so schnell über mich urteilen, wo er noch nicht einmal die Hälfte von dem gehört hatte, was vorgefallen war? Bei Ben Law hätte es mich eigentlich nicht zu wundern brauchen, besonders nachdem ich ihm berichtet hatte, was Edward und Hanna gesagt hatten. Aber George? Von ihm hätte ich das nicht erwartet. Von der hochnäsigen Miss Hazel vielleicht auch, aber nicht von ihm.

George bearbeitete seinen Hut, den er in beiden Händen hielt, und sah dabei ein bisschen einfältig aus. „Ich kann mir nich' vorstell'n, warum er se sonst hiergelassen hat, weißt du ..."

„Weil wir schwere Zeiten haben!", sagte ich zu belehrend und zu laut. „Weil ihre Mama sie nicht mehr durchfüttern wollte oder das Kind ihr einfach lästig war und sie es los sein wollte, wenn sie herumtingelt und an einem verrufenen Ort nach dem anderen singt! Und mein Bruder war dumm genug zu glauben, dass sie mein Kind ist, ohne dafür Beweise zu haben und sich zu vergewissern, weil sie meinen Nachnamen trägt. Weil irgendjemand es gesagt hat und es jetzt anscheinend einfach für Tatsache gehalten wird. Wir behalten sie so lange, bis jemand anderer sie nimmt, weil sie ja bei irgendjemandem bleiben muss! Und wenn du glaubst, dass Julia und ich uns irgendwie anders verhalten, dann überleg dir doch mal, wie du dich fühlen würdest, wenn jemand einfach so bei dir vorbeikäme und dir noch ein Kind daließe!"

„Äh ja, ich versteh, was du meinst. Noch eins mehr wär wirklich 'ne harte Prüfung, wenn man bedenkt, dass ich schon zehn hab. Und du hast ja auch noch die Hälfte von meinen ständig da und sorgst für se. Ich versteh also gut, dass du schon genug am Hals hast ..."

Ich schaufelte wieder und war ungeduldig über sein Gerede. „Willst du mir jetzt hier beim Schaufeln helfen oder nicht?“

„Du hast heut aber wirklich ’ne kurze Lunte, was?“ Er griff nach seinem zerknitterten, schmutzigen Taschentuch in der Hintertasche und wischte sich damit über die Stirn, was eine lange Schmutzschliere hinterließ.

Ich wollte nicht böse auf ihn sein. Er war einfach nur neugierig. Er fragte jeden alles und war dabei absolut nicht bösartig. Ich holte tief Luft, schaufelte ein wenig weiter und erinnerte mich noch einmal daran, wie sehr er zu kämpfen gehabt hatte, als seine Frau gestorben war. Wir waren seitdem wie Brüder geworden. Er wollte einfach nur wissen, was mit uns los war, mehr nicht. Vielleicht hätte ich an seiner Stelle genau dieselben Fragen gestellt.

Ich dachte wieder an Juli, an ihre klaren grünen Augen, die jetzt so sorgenvoll dreinblickten. Wie konnte ich ihr helfen, sich meiner wieder sicher zu sein?

„Also is’ das kleine Mädchen irgendwie mit euch verwandt?“, fragte George hartnäckig weiter.

„Ich weiß es nicht“, seufzte ich. „Wahrscheinlich. Sheriff Law versucht mir zu helfen, ihre Familie zu finden. Wir wissen sicher bald mehr. Nehme ich wenigstens an.“

„Und was is’ mit deinem Bruder? Weiß der denn nix?“

Ich fragte mich, ob mich die Hälfte der Bevölkerung der Gegend dasselbe fragen würde, bevor das alles vorbei war. „Nein. Er hat auch nur voreilige Schlüsse gezogen – so wie bisher alle.“

George sah mich sehr lange direkt an. „Er denkt, dass se deine Tochter is’?“

„Das denkst du doch auch.“

Er schüttelte den Kopf. „Aber er muss doch irgendwas davon gewusst haben, woher se kommt, dass er se auf so ’ne lange Reise mitnimmt ...“

„Er hat ihre Mutter kennengelernt. In Albany.“

Und plötzlich war da noch etwas anderes, etwas Seltsames in Georges Blick zu erkennen, und ich wusste sofort, was es war. Eine Mutter wusste doch, wer der Vater ihres Kindes war. Natürlich wusste sie das. Und was Edward gesagt hatte, musste doch richtig sein, denn er hatte schließlich mit ihr gesprochen. Warum also sollte irgendjemand mir glauben?

Ich versenkte den Spaten ein weiteres Mal in dem Erdhaufen

und hatte ein fast taubes Gefühl in den Füßen. „Glaub, was du willst, George“, sagte ich. „Ich habe dir jedenfalls die Wahrheit gesagt.“

„Also, ich hab dir nie vorgeworf'n, dass du lügst“, sagte er schnell. „Das is' nur alles ziemlich seltsam. Wo is' denn dein Bruder jetz' hin? Hat er das gesagt?“

„Nein. Vielleicht ist er inzwischen schon auf dem Rückweg nach New Jersey.“

„Lange Fahrt für so'n kurzen Besuch.“

„Es ging doch gar nicht ums Besuchen.“

George kratzte sich am Kopf und setzte sich den Hut wieder auf. „Er is' aber gekommen, oder?“

„Ja.“ Ich holte noch einmal tief Luft. „Er ist gekommen.“

„So 'ne lange Reise. Worum ging es denn dann?“

Wir gruben das Loch zu Ende zu und ebneten danach ziemlich schnell den Boden. George sagte nichts mehr, bis ich gerade den Spaten auf den Wagen werfen wollte.

„Also lebt dein Bruder in Albany?“

„Das nehme ich mal an.“

„Du weißt das also gar nich' genau?“

„Er ist erst im März aus dem Gefängnis entlassen worden. Ich weiß nicht, ob er sich inzwischen schon irgendwo niedergelassen hat.“

„Ach so.“ George schwieg wieder und legte auch seine eigene Schaufel hinten auf den Wagen. Dann schaute er lange in den Himmel.

„Also“, sagte er schließlich und sah mich dabei an. „Ich frag mich, warum du nie von deiner Familie erzählst. Is' nich' so schön, nehm' ich mal an, oder?“

„Nein, nicht besonders.“

Ich machte mich auf den Rückweg zum Haus und ging zum Brunnen. Es blieb immer noch viel zu tun. Lula Bells Stall musste gründlich sauber gemacht werden und Sukeys auch, um ganz sicherzugehen. Wir mussten all den Mist wegschaufeln und das alte Stroh und Heu und dann alles mit sauberem Wasser schrubben, bevor wir Sukey und ihr Kalb wieder hineinließen. Auf diese Weise konnten wir vielleicht die Ausbreitung einer Krankheit verhindern, falls es überhaupt eine war.

Ich war am Brunnen und trank noch eine Kelle Wasser, als ich unten an der Straße ein Auto hörte. Ich erkannte das Geräusch sofort, aber ich versuchte mir einzureden, dass es jemand anderer war. Vielleicht Sheriff Law mit guten Neuigkeiten.

Ich war dann aber auch nicht weiter überrascht, als ich das Auto meines Bruders erkannte. Zum ersten Mal spürte ich, wie eine neue, bittere Frage in mir hochkam. *Er macht nur Ärger, Herr. Das war schon immer so. Er hat es noch nie auch nur einen Tag mit ehrlicher Arbeit probiert. Wieso hat er ein Auto? Wieso beschenkst du ihn so sehr?*

Aber dann wurden diese Gedanken von etwas anderem verdrängt – wieder Zorn. Wieso war er hier? Wieso kam er noch einmal zurück? Wollte er noch mal Juli sehen und sie ein bisschen belästigen? Ich wünschte, George und seine Jungen und auch Robert würden gehen, weil ich nicht sicher war, was Edward vorhatte und wie ich darauf reagieren würde.

Er winkte uns zu, wie ein lange verlorener Sohn.

„Das is' er doch, oder?", fragte mich George.

„Ja. Das ist er."

„Also, ich für mein' Teil freu mich, ihn kenn'zulern'."

Dazu sagte ich nichts. Ich ging nur direkt auf Edwards Auto zu, als er vorgefahren kam, denn ich wollte als Erster hören, was auch immer er zu sagen hatte. Alle drei Jungen kamen aus der Scheune heraus und beobachteten uns. Man bekam hier nicht alle Tage Besuch, so viel stand fest, aber es wäre trotzdem nett gewesen, wenn sie gewusst hätten, dass sie wegen Edward nicht alles hätten stehen und liegen lassen mussten. Vielleicht wollte Edward ja genau das erreichen. Vielleicht wollte er unser Leben immer wieder durcheinanderbringen, indem er plötzlich bei uns auftauchte und versuchte, alle Aufmerksamkeit auf sich zu ziehen, wo wir auch so schon reichlich genug zu tun hatten.

„Endlich treff ich dich mal zu Hause an!", rief er freudig. „Da bin ich aber froh. Hast du ein bisschen frisches Wasser für mich?"

„Das hättest du auch an jedem anderen Brunnen im Bundesstaat haben können", sagte ich und wusste, dass es unfreundlich und nicht besonders fürsorglich klang. George sah mich ein bisschen verdutzt an, aber das war mir jetzt auch egal.

„Sicher", sagte Edward lächelnd. „Aber nicht jeder Brunnen wird von meinem kleinen Bruder bewacht und von seiner resoluten kleinen Frau. Freut mich, dich zu sehen. Krieg ich jetzt was zu trinken oder nicht?" Er stieg aus dem Auto.

„Bedien dich."

Er ging zu George und reichte ihm schnell die Hand.

„Edward Wortham, Sir. Freut mich, Sie kennenzulernen."

George sah mich an. Dann schaute er hinüber zu den Jungen bei der Scheune, die wie die Orgelpfeifen aufgereiht dastanden, mit Robert in der Mitte.

„Da kann man sofort sehen, welcher ein Wortham ist", sagte Edward.

„Gebaut wie sein Vater." Er sah George an. „Die anderen beiden müssen also Ihre sein. Hübsche Jungs."

George lächelte. „George Hammond. Ich bin der nächste Nachbar. Freut mich ebenfalls." Er ging mit Edward zusammen zum Brunnen. „Ham Se vor, noch länger inner Gegend zu bleiben?"

„Weiß noch nicht, was ich mache. Habe bis jetzt noch keinen Platz, wo ich bleiben kann. Habe bis jetzt im Auto übernachtet."

„Hat Samuel Se denn nich' eingeladen?"

Sie schauten beide zu mir herüber.

„Nee." Edward lächelte in meine Richtung. „Ich glaube, er ist ein bisschen sauer – wegen Hanna."

George nickte wissend. „Schon seltsam, wenn ich das so sagen darf, dass einer plötzlich so was gesagt kriegt. 'n Mädchen, das er noch nie gesehn hat."

„Na, aber 'ne Ahnung wird er doch wenigstens gehabt haben – irgendwo im Hinterkopf", verteidigte sich Edward. „Und was sollte ich denn machen? Das Kind einfach allein an der Straße stehen lassen?"

Ich sah, wie die beiden miteinander redeten, als würden sie sich schon viel länger als gerade eben zwei Minuten kennen. Vielleicht war George neugierig. Vielleicht machte er sich auch gar keine Gedanken über das alles, aber Edward machte diese Sache schon wieder richtig Spaß, so viel war mir klar.

„Ihr beide könnt so viel quatschen, wie ihr wollt", sagte ich zu ihnen. „Es gibt hier noch ziemlich viel zu tun, und irgendjemand muss es machen. Ich habe euch beiden die Wahrheit gesagt. Denkt von mir, was ihr wollte. Ich mach jetzt jedenfalls den Stall sauber."

George wandte ein: „Aber dein Bruder is' doch grade ers' gekommen ..."

„Er hat nicht gesagt, dass er mich noch für irgendetwas braucht, außer für einen Schluck Wasser."

George schüttelte den Kopf über mich, und Edward lachte. „Erwarten Sie nicht von ihm, dass er freundlich ist", sagte er. „Ich habe Ihnen ja gesagt, dass er sauer ist. Und das, obwohl ich doch nur helfen wollte."

„Helfen?" Wieder wallte Zorn in mir auf, wie ein Sturm, und es fiel mir schwer, mich zu beherrschen. „Sie hat gesagt, dass du sie geschlagen hast, Edward. Ein völlig verängstigtes, kleines Mädchen von sechs Jahren. Was soll denn das für eine Hilfe sein?"

Jetzt wurde sein Grinsen breiter als je zuvor. „Na, wenn das nicht nach der Stimme eines Vaters klingt?"

Ich hätte ihn fast geschlagen. Und ehrlich gesagt, weiß ich auch nicht, weshalb ich es nicht tat. Vielleicht, weil George dabeistand und die Jungen. „Es tut gar nichts zur Sache, wie es klingt. Warum hast du sie geschlagen? Welche Erklärung hast du dafür?"

Einen Augenblick lang schaute er nach oben, hinauf in die Wipfel der Bäume. „Ich kann dir keine geben. Ich weiß, dass es nicht richtig war. Aber weißt du, es war eine schrecklich lange Fahrt. Und sie wollte einfach nicht den Mund halten. In der einen Minute quengelte sie herum und in der nächsten redete sie wie ein Wasserfall. Ich habe einfach die Nerven verloren." Er sah zu George hin. „Wissen Sie, was ich meine?"

„Wirklich ...", antwortete George. „Es gibt Zeiten, da is' 'n bisschen Ruhe schwerer zu finden als 'n Penny bei Neumond. Also das kann ich verstehn. Aber ich würd nie 'n Kind schlagen, das nich' mein eigenes is', und dann auch nur einen oder zwei Klapse auf den Po, damit es seine Lektion lernt. Verstehn Se?"

„Aber klar", sagte Edward. „Ich nehme an, dann werde ich mich wohl entschuldigen müssen, oder?"

Diese Aussage beunruhigte mich sofort wieder, weil sie für mich wie ein Grund oder Vorwand wirkte, noch weiter bei uns herumzulungern.

„Ja genau", antwortete George, bevor ich ein Wort herausgebracht hatte. „Es ist richtig, so was wieder in Ordnung zu bringen."

„Aber das versuche ich ja auch", sagte er, wobei er wieder

mich ansah. „Schon seit ich wieder draußen bin. Ob mir die Leute glauben oder nicht."

„Na ja, da ham Se ja jetzt mal 'n guten Anfang gemacht", fuhr George fort. „Er gibt einfach zu, dass er 'n Fehler gemacht hat. Findest du nich' auch, Samuel?"

„Wenn er das denn wirklich gemacht hat."

Wieder sah George mich fragend an. „Wie lange is' es eigentlich her, dass ihr beiden Brüder euch gesehn habt?"

„Fünfzehn Jahre", sagte Edward sofort, ohne lange überlegen zu müssen.

„Habt ihr euch geschrieben?"

Wir schüttelten beide den Kopf.

„Na, dann wisst ihr ja nich' grade viel voneinander. Wär' doch 'ne Schande, wenn das so bleiben würd, wenn ihr dann wieder so weit voneinander weg lebt. Schätze, es ist das Beste, wenn ihr euch zusammensetzt und mal miteinander redet. Ich mach inzwischen den Stall sauber und hol mir die Jungs zur Hilfe." Er sah uns beide an. „Meint ihr, das geht?"

Ich gab ihm darauf keine Antwort.

Auch Edward sah mich jetzt an. „Ich glaube nicht, dass er das kann. Es geht ihm gar nicht darum, dass ich Hanna geschlagen habe, sondern dass ich sie hergebracht habe, regt ihn so auf, weil jetzt nämlich jeder weiß, was für ein Heuchler und Betrüger er ist."

„Das ist es doch, worum es dir geht, oder?", fragte ich. „Du willst deine Lügen hier verbreiten und sehen, welche Schwierigkeiten du mir damit machen kannst. Du bist den ganzen Weg hierhergekommen, um dich daran zu freuen, stimmt's? Aber warum? Was habe ich dir eigentlich getan?"

Er lachte. Lange.

Ich drehte ihm den Rücken zu.

„Er kann es nicht", sagte Edward. „Er kann sich nicht mit mir zusammensetzen. Ich wusste schon, als ich herkam, dass er das nicht kann."

Ich ging zur Scheune hinüber und ließ ihn und George einfach stehen. Mir war klar, dass ich mich vielleicht schlecht benahm, und vielleicht würden George und die Jungen jetzt viel schlechter über mich denken als zuvor, aber wenn ich blieb, würde alles nur noch schlimmer werden. Edward wollte sich nicht versöhnen. Er schien mich nur aus der Fassung bringen zu wollen. Vielleicht wollte er erreichen, dass ich mich mit ihm prügelte. Ich wusste es nicht.

Ich schnappte mir die größte Schaufel und ging zu Lula Bells Box. Das heute war schwere Arbeit bei großer Hitze, und ich war absolut nicht in der Stimmung, mich von Edward lächerlich machen zu lassen. Insgeheim hoffte ich, dass Julia und die Mädchen hinüber zu Lizbeth gehen und dort zu Mittag essen würden und dass Edward schon wieder verschwunden wäre, wenn sie zurückkamen.

Robert kam, um mir zu helfen, dicht gefolgt von Franky.

„Warum muss er eigentlich so sein?“, fragte Robert mich.

„Ich weiß es auch nicht. Vielleicht findet er das komisch.“

„Er will bleiben, bis die kleine Hanna zurück ist“, sagte Franky. „Pa hat ihm gesagt, dass se mit Mrs Wortham Beeren pflücken is’, deshalb will er hier auf se warten und sich dann bei Hanna entschuldigen.“

„Ich brauche den Schubkarren. Kannst du ihn für mich holen, Franky? Er ist da hinten im Mittelteil, wo auch die Heugabeln stehen.“

„Ich hole ihn“, sagte er schnell und verschwand.

„Robert, ich möchte, dass du Ausschau nach deiner Mutter hältst. Wenn du siehst, dass sie kommt, dann holst du mich sofort, ja? Edward hat sie gestern belästigt, und ich möchte nicht, dass das heute noch mal passiert.“

„Wieso jagst du ihn dann nicht weg? Er macht doch nichts anderes, als dich auszulachen.“

Ich sah meinen Sohn an und hätte ihn am liebsten auf der Stelle umarmt. Er, und vielleicht er als Einziger, schien zu verstehen.

„Was glaubst du, was er sagt?“

„Dass er sich entschuldigen will. Und vielleicht an seinem Wagen arbeiten, solange er warten muss. Aber ich weiß nicht, Vater. Wenn ich so mit dir reden würde wie er, dann hätte das doch bestimmt Folgen.“

„Weißt du, was es bedeutet, wenn etwas persönlich ist?“

„Ja. Dass es nur meine eigene Sache ist und niemand anderen was angeht.“

„Ja, die Art, wie Edward mit mir redet, ist eine andere Art von persönlich. Er hat etwas gegen mich und das weckt den Wunsch in ihm, mir irgendwie wehzutun. Das ist die einzige Art, wie ich es erklären kann.“

„Aber was hast du ihm getan? Du hast ihn doch nicht dauernd geärgert, als du noch klein warst, oder?"

„Nein. Das hätte ich gar nicht gewagt."

Er sah mich jetzt ernst an. Dann kam Franky zurück, schob vorsichtig den schweren hölzernen Schubkarren vor sich her und hatte Mühe, damit das Gleichgewicht zu halten.

Wieso jagte ich meinen Bruder nicht einfach davon? Das war eine ehrliche Frage gewesen, auf die ich aber keine Antwort wusste. Ich würde ihn nicht bitten zu bleiben, trotz Georges Appell, aber ich würde wohl zulassen, dass er in meinem Hof an seinem Wagen arbeitete, wenn er wollte. Und vielleicht würde ich auch zulassen, dass er sich entschuldigte, wenn er es wirklich ernst meinte, denn er war offenbar wirklich davon überzeugt, die Wahrheit zu sagen, genau wie Hanna. Ich musste ihm wie ein Betrüger vorkommen, wenn er wirklich all das glaubte, was er gehört hatte. Das war nicht seine Schuld. Vielleicht gab es ja eine Möglichkeit, sich wenigstens mit ein bisschen mehr Verständnis wieder zu trennen.

Ich legte die Schaufel hin und überlegte, dass es wohl besser sei, es noch einmal zu versuchen. „Könnt ihr hier ein bisschen weitermachen, Jungs?", fragte ich.

Sie sahen mich beide fragend an, aber dann kam Joe mit einer Schaufel in der Hand.

„Ja", antwortete Franky. „Se könn' sich auf uns verlassen."

„Pa hat gesagt, wir sollen hierbleiben und helfen", sagte Joe zu mir. „Aber es is' bald Mittag, und er will sich gleich auf'n Weg nach Hause machen, um zu sehn, was Sam und Kirk und die andern geschafft haben."

Ich nickte und ging hinaus ins Freie. Edward hatte wieder das Verdeck seines Autos geöffnet und George stand immer noch bei ihm und redete mit ihm. Ich wäre zu ihm hingegangen und hätte ihm meine Hilfe angeboten, was immer auch das Problem mit seinem Wagen sein mochte. Derweil hätte ich mit ihm reden und zu irgendeinem Schluss kommen können, aber genau in dem Augenblick hörte ich helle Stimmen aus dem Gehölz. Es klang wie Sarah oder ein anderes Kind. Wahrscheinlich waren die drei kleinen Mädchen zusammen mit Julia auf dem Heimweg. George blickte auf und Edward ebenfalls, und zwar genau in dem Augenblick, als sie zwischen den Bäumen hervorkamen.

Juli! Ich hätte besser vorbereitet sein müssen. Ich wusste nicht, wie ich ihr erklären sollte, dass Edward schon wieder hier war und wie lange er bleiben würde. Es musste ihr wie ein Verrat vorkommen, dass er so friedlich dastand.

Selbst aus der großen Entfernung konnte ich erkennen, dass sie immer langsamer wurde. Sie würde so viele Fragen im Blick haben, das wusste ich schon jetzt. Sie würde ihn ansehen und dann mich, und zwar auf eine Weise, wie ich es von ihr nicht gewohnt war. Voller Misstrauen und Entsetzen. Wieso war er wieder da? Wieso ließ ich es zu?

Und Edward gefiel das offensichtlich alles sehr, denn er grinste schon wieder.

11

Julia

„Guck mal", flüsterte Sarah, „ist das nicht Onkel Edward da hinten?"

„Ja." Mehr sagte ich nicht, sondern nahm nur schweigend ihre Hand und drückte sie aufmunternd.

Hanna griff von sich aus nach meiner anderen Hand. „Ist er zurückgekommen, weil er mich wieder mitnehmen will?"

„Nein", versicherte ich ihr. „Er nimmt dich nirgends mit hin."

Rorey lief, wild wie sie manchmal war, einfach voraus und kreischte ihrem Vater schon etwas von der Schildkröte entgegen, die wir gefangen hatten. Die Anwesenheit eines Fremden irritierte sie dabei nicht im Geringsten. Ich sollte mir deshalb auch keine weiteren Gedanken machen, beschloss ich, aber ich ging sehr langsam auf unseren Hof zu und war froh, dass Samuel uns bereits entgegenkam, um uns zu begrüßen.

„Er ist noch nicht lange hier", sagte er zu mir, als er nah genug herangekommen war. „Er sagt, er will sich nur bei Hanna entschuldigen."

Ich weiß auch nicht, warum, aber ich blieb einfach stehen und starrte ihn an. „Sprichst du jetzt etwa auch für ihn?"

Samuel schaute zu Boden. „Nein, ich wollte nur, dass ihr

beide ... vorbereitet seid. Du brauchst gar nicht mit ihm zu reden, wenn du nicht willst."

„Ich will nicht", sagte Hanna sofort. „Er hat gesagt, dass er mich mitnimmt, wenn du sagst, ich bin nicht dein Kind, und dass wir dann mit einem Zirkus mitziehen."

„Das kann er gar nicht entscheiden."

Sie richtete ihre großen, dunklen Augen auf Samuel. „Kannst du das denn entscheiden?"

„Nur zum Teil. Solange, wie Ben Law dich bei uns lässt."

Das kleine Mädchen fasste meine Hand fester und tat mir in diesem Augenblick unendlich leid. Samuel gab ihr nicht gerade viel Sicherheit in Bezug auf ihre Zukunft. Natürlich konnte auch er nichts dafür. Er war einfach nur ehrlich. Aber nachdem er sich so geäußert hatte, sah sie ziemlich niedergeschlagen aus. Und mir wurde klar, dass sie immer noch hoffte, Samuel würde sie als seine Tochter anerkennen. Ich blickte auf das Kind hinunter, das sich weiterhin fest an mich klammerte. Sie hatte nicht aufgegeben. Sie wollte ihren Vater, und anscheinend gab es nichts, was ich dazu sagen konnte.

„Mama", flüsterte Sarah. „Ich hab Hunger."

„Ja, ich weiß", antwortete ich ihr. Deswegen waren wir überhaupt so schnell zurückgegangen. Keiner von uns hatte viel gefrühstückt, deshalb hatte ich mir überlegt, ein frühes Mittagessen zu machen.

Ich sah zu dem großen Mann neben George hinüber, der seine Hände an einem Lappen abwischte. Vielleicht würde er jetzt einfach immer wieder bei uns auftauchen und ein kühles Getränk und eine warme Mahlzeit erwarten. Ich dachte an den Sauerklee in meiner Sammeltasche. Ich würde ihn mit unserem Salat aus dem Garten vermischen und etwas Feldsalat und das alles dann mit ein paar Kartoffeln und dem Rhabarberkuchen servieren, den ich vergessen und im Feuer stehen gelassen hatte. Wenn er die Mahlzeit von gestern schon seltsam gefunden hatte, dann würde er diese vielleicht noch merkwürdiger finden.

Ich fragte mich, wieso er sich nicht einfach in der Stadt mit Essen versorgte. Wenn er das Geld hatte, um Benzin zu kaufen und zu uns herauszufahren, dann musste doch wohl auch genug da sein, um sich den einen oder anderen Happen zu essen zu kaufen.

Mir war fast danach, ihm zu sagen, dass wir es uns nicht leisten konnten, noch eine weitere Person zu beköstigen. Hanna reichte schon.

Aber dann erinnerte ich mich wieder daran, was ich im Wald über Emma gedacht hatte. Sie hätte ihn mit einem Lächeln beköstigt. Sie hätte ein Huhn geschlachtet, es gerupft und in null Komma nichts zubereitet. Und sie hätte ihm noch während der Zubereitung der Mahlzeit gesagt, wie sehr Gott ihn liebe. Mir traten Tränen in die Augen. Ich konnte ihr nicht das Wasser reichen. Ich schaffte es einfach nicht.

„Juli ..." Samuel reichte mir seine Hand, aber ich ließ keines der beiden Mädchen los.

„Mir geht es gut", sagte ich schnell zu ihm, bevor er noch etwas sagen konnte.

„Mach dir keine Gedanken wegen des Mittagessens, wir können warten. Es ist noch ziemlich früh."

„Ich werde ein Huhn schlachten", sagte ich so leise, dass ich es selbst kaum hören konnte, und war selbst erstaunt über meine Worte. Ein Huhn schlachten? Eine unserer kostbaren Legehennen? Für Edward? Oh, Emma. Oh, Jesus. Muss ich wirklich?

„Was sagst du?", fragte Samuel nach.

„Ich werde ein Huhn schlachten", wiederholte ich und versuchte, mich erst einmal selbst an den Gedanken zu gewöhnen.

„Und wir bekommen es zu essen?", fragte Sarah. Der Schock darüber stand ihr ins Gesicht geschrieben. Ein Huhn zu schlachten will gründlich überlegt sein, hatte ich meinen beiden Kindern immer wieder gesagt. Wir dürfen nämlich nicht unsere Zukunft aufs Spiel setzen, indem wir nur an das Heute denken.

„Bist du sicher?", fragte Samuel noch einmal nach. „Wir können uns auch mit etwas anderem behelfen."

„Nein", entgegnete ich. „Wir haben einen Gast, und bisher haben wir ihn nicht so behandelt. Vielleicht ändert sich ja dadurch etwas. Das können wir nur hoffen."

Er sah mich an, als hätte ich den Verstand verloren. „Ich dachte, du wolltest sie für den Winter behalten ..."

„Die Dinge ändern sich eben", sagte ich nur schnell. „Manchmal kommt etwas dazwischen."

Ich ging rasch zum Haus, weil ich die Sache hinter mich bringen wollte, bevor ich meine Meinung änderte. Wir hatten nur noch sechs Kartoffeln. Das würde nicht reichen, wenn die Hammond-Kinder zum Essen blieben. Ich konnte zwar noch die Eier, die vom Frühstück übrig geblieben waren, füllen, aber das waren auch nicht viele. Wenn ich wirklich ein Festmahl zubereiten wollte; musste ich mir jetzt schnell etwas einfallen lassen. Grüne Bohnen hatten wir gestern gehabt, deshalb wusste ich, dass noch nicht wieder genügend da sein würden, und die Tomaten waren noch nicht reif.

„Sarah, du und Hanna, ihr nehmt einen von den beiden Eimern mit nach unten zur Straße und sammelt alle ungeöffneten Taglilienknospen, die ihr finden könnt."

„Sollen wir die auch essen?", fragte Sarah. So ganz neu war das für sie nicht, denn wir hatten auch im vergangenen Sommer schon ein paar Mal solche Knospen gegessen.

„Ja. Und weil wir heute so viel Besuch haben, brauchen wir eine ganze Menge davon."

Gemeinsam rannten die beiden Mädchen los.

Samuel griff nach meiner Hand. „Julia ..."

„Versuch jetzt bloß nicht, es mir auszureden. Er ist dein Bruder. Was glaubst du, was Emma wohl getan hätte? Sie hätte ihm die bestmögliche Mahlzeit serviert."

Er beugte sich vor und küsste mich – und zwar mitten auf den Mund, während ich noch sprach. Und es schien ihm absolut nichts auszumachen, dass alle uns dabei zuschauen konnten.

„Ich liebe dich", sagte er. „Du hast ein so viel größeres Herz als ich."

Ich spürte, wie Tränen in mir aufstiegen, und ich tat mein Bestes, um sie zu unterdrücken. „Nein. Ich bin bitter und böse, und ich tue das hier nur, weil es richtig ist. Ich habe nicht gesagt, dass ich es gern mache."

Er lächelte. „Ich liebe dich trotzdem. Ich glaube nicht, dass du schon jemals böse gewesen bist."

„Na, dann pass nur auf", sagte ich. „Vielleicht passiert es ja noch." Ich eilte den Rest des Weges zum Haus und wusste, dass jetzt nicht nur Samuels Blicke mir folgten. Ich holte einen Suppentopf aus der Küche und kam wieder heraus. Samuel wartete auf der Veranda auf mich.

„Bitte füll den mit Wasser", bat ich ihn und gab ihm den Topf. „Ich muss das Feuer erst noch wieder in Gang bringen."

Samuel sorgte dafür, dass neben der Außenkochstelle immer ein Stapel Holz bereitlag. Ich zog meine Kuchenform aus der Asche hervor, stocherte in der restlichen Glut und gab kleine

Zweige hinzu, um wieder eine Flamme zu entfachen. Als Samuel dann mit dem Wasser kam, brannte das Feuer schon. Er setzte den Topf für mich aufs Feuer, während ich mir den Kuchen etwas genauer anschaute. Auf der einen Seite war er angebrannt und auf der anderen noch nicht ganz durch. Das passiert eben, wenn man etwas sich selbst überlässt und sich nicht darum kümmert. Ich stellte die Kuchenform auf einen Stein mit der Unterseite zum Feuer hin und ging dann zum Hühnerstall. Emmas Hühnerfänger war genau so konstruiert wie Großmutter Pearls damals. Es war ein Holzgriff an einem langen steifen Draht mit einer Schlinge am Ende. Ich nahm ihn vom Nagel an der Wand.

„Soll ich das nicht machen?", fragte Samuel.

Ich hatte gar nicht bemerkt, dass er mir gefolgt war. „Nein", sagte ich schnell. Ich wusste, dass ich es selbst tun musste. Ich musste dazu in der Lage sein, gar nicht so sehr um Edwards, als um Emmas und unseres barmherzigen Gottes willen.

„Pass nur einfach am Tor auf", sagte ich zu ihm. „Sorg dafür, dass keins hinausläuft."

Ich fasste den Hühnerfänger am Holzgriff und ging damit in den Stall. Die Hühner wussten sofort, was ich im Sinn hatte, denn sie verschwanden alle durch die Hühnerluke ins Außengehege und machten dabei ein gewaltiges Spektakel. Ich versuchte verzweifelt, das letzte von ihnen, die faule Susi, wie wir sie nannten, noch im Stall zu fassen zu bekommen, aber sogar sie war zu schnell für mich.

Ich kam wieder aus dem Hühnerstall heraus und strich mir das Haar aus dem Gesicht. Alle Hühner hatten sich in einer Ecke des Geheges verkrochen, und zwar genau gegenüber von Samuel, der am Tor stand. Wahrscheinlich glaubten sie, dass auch er an diesem Angriff beteiligt war. Ich wusste, dass es keinen Zweck hatte, sich anzuschleichen, und rannte deshalb einfach auf sie zu, als sie anfingen auseinanderzuflattern. Ich schwang das Ende des Hühnerfängers mitten in das Hühnerdurcheinander hinein, traf eines von ihnen und zog fest an der Schlinge.

Es war Wingy, so nannte Sarah dieses Huhn. Sarah hatte allen Hühnern Namen gegeben. Wenigstens war Wingy nicht meine beste Legehenne. Ich zog das Huhn näher zu mir heran, bekam es schließlich an einem Bein zu fassen und mühte mich jetzt damit ab, an den flatternden Flügeln vorbeizugreifen, um auch das andere Bein zu fassen zu bekommen und das Huhn kopfüber festzuhalten.

„Na, das ist ja ein schönes Stück Arbeit", bemerkte Edward, der jetzt neben dem Zaun stand. Ich hatte gar nicht bemerkt, dass er so nah herangekommen war.

„Kein Wunder, dass Samuel dich geheiratet hat. Ich wette, du versorgst ihn wirklich gut."

Ich habe noch nie zugegeben, dass ich einen Menschen gehasst habe. Vielleicht würde ich das auch nie tun, aber diese Worte und vor allem seine ganze Haltung dabei waren mir wirklich verhasst. Er stand einfach da und demütigte meinen Mann vor meinen Augen. Samuel sagte kein Wort dazu, aber ich brachte es in diesem Augenblick nicht fertig, so unterwürfig zu sein.

„Er versorgt uns gut", sagte ich. „*Er* versorgt *mich*."

Der Rest der Hühner war wieder in den Stall geflüchtet und der alte Hahn stolzierte davor auf und ab und beäugte mich misstrauisch.

„Aha", spottete Edward. „Ich nehme nicht an, dass er einen Job gehabt hat, seit er den in Pennsylvania verloren hat, oder, Samuel?"

Mein stiller Mann öffnete das Tor für mich und ignorierte seinen Bruder völlig. „Das Beil ist schon geschärft", sagte er. „Lass es mich wenigstens für dich töten."

Einen Augenblick lang trafen sich unsere Blicke und ich sah etwas in seinen Augen, das ich dort nicht erwartet hatte. Er war wütend. Traurig und wütend. Und er bemühte sich genauso angestrengt wie ich, nicht die Beherrschung zu verlieren. Ich reichte ihm das Huhn. *Es ist ein Opfer, Herr*, dachte ich plötzlich. *Bitte nimm es von uns an.*

Ich hatte George Hammond gar nicht bemerkt, aber plötzlich stand er neben uns und sagte, er müsse nach Hause.

„Ihr habt ja jetz' Besuch", sagte er. „Un' ich hab auch noch viel zu tun drüben bei mir. Mach dir keine Gedanken wegen dem Feld heut Nachmittag, Samuel. Ich weiß, du hast hier genug zu tun." Er sah seitlich zu Edward hin. „Vielleicht wissen manche Leute gar nich', dass Farmarbeit schwere Arbeit is'. Viele Stunden, tagaus, tagein. Man muss nich' inner Fabrik stehn un' sich tot arbeiten, so viel steht fest."

Ich lächelte.

„Ich lass Joe un' Franky hier, dass se den Stall fertig machen könn', wenn es Ihn' nix ausmacht, dass se mit hier essen, Mrs Wortham."

„Nein", sagte ich und dachte an den Rest der Mahlzeit, den ich noch irgendwie zusammenbekommen musste. „Es ist mir recht, wenn sie bleiben. Vielen Dank."

„Ja", wiederholte Samuel, „vielen Dank", und ging mit dem Huhn zum Schuppen. Ich dachte daran, wie stark er sein musste, dem Sheriff gegenüberzutreten und seinem Bruder und sogar der kleinen Hanna sowie allen anderen und ihnen allen dasselbe zu sagen, nämlich die Wahrheit. Warum hatte ich ihm nicht einfach fraglos glauben können, als er das am dringendsten gebraucht hätte? Und jetzt musste er sich an demselben Tag, an dem er unsere Kuh begraben musste, auch noch von Edward verspotten lassen. Wie ihm dabei wohl innerlich zu Mute war?

Ich warf einen Blick zu Edward hinüber, der uns immer noch mit seinem aufreizend überheblichen Grinsen beobachtete. Wie konnten zwei Brüder nur so unterschiedlich sein?

Ich folgte Samuel und Edward sprach mich an, bevor ich außer Hörweite war. „Du hältst sicher zu ihm, was auch passiert, oder? Vielleicht solltest du lieber mal anfangen nachzudenken."

Samuel griff nach dem alten langstieligen Beil, das er immer sauber und scharf hielt. In der Pflege seines Werkzeugs war er richtig gut, wie in so vielem anderen auch.

Auf einer Seite des Schuppens stand ein Haublock, auf dem wir auch im vergangenen Jahr schon die Hühner getötet hatten. Emma hatte damals noch gelebt, und eines Tages im Vorfrühling hatten wir das Fleisch dann gebraucht.

Wingy an den Beinen über Kopf haltend, legte Samuel sie quer auf den alten Haublock und schlug ihr mit einem schnellen, gezielten Schlag den Kopf ab.

Plötzlich kam es mir einfach schrecklich vor, das Huhn zu töten, wo doch auch Lula Bell gestorben war und wir zuvor schon eine schöne, gesunde Schildkröte getötet hatten. So war das Leben auf der Farm nun einmal, das wusste ich ja. Es ging darum zu überleben, aber in diesem Augenblick gefiel es mir kein bisschen, weil es unsere Not so deutlich machte. *Oh Herr, bitte hilf uns.*

„Und jetzt rupft ihr es?“, fragte Edward uns.

Ich beobachtete immer noch, wie Samuel das nun kopflose Huhn an den Beinen hielt. Blut tropfte zu Boden und noch immer flatterte es ein bisschen mit den Flügeln. „Wollen Sie es machen?“, fragte ich Edward sofort zurück.

„Ich habe nicht die leiseste Ahnung, wie das geht.“

„Vielleicht sollten Sie es dann lernen“, sagte ich. „Es ist sehr nützlich, es zu können. Vielleicht wollen Sie sich ja irgendwann einmal niederlassen und für sich selbst sorgen.“

Samuel sah mich mit einem seltsamen Blick an. Edward antwortete nicht, aber auch sein Blick hatte sich verändert. Ich wusste, dass es falsch war, aus der Verbitterung heraus so zu reden, und ich wusste auch, was Emma getan hätte. Ich musste schlucken und sammelte all meinen Mut zusammen.

„Gott liebt Sie, Edward Wortham“, sagte ich. „Es gefällt ihm vielleicht nicht, wie Sie sich gerade verhalten, aber er liebt Sie trotzdem.“

Edward sah mich nur schweigend an, schaute dann zu Samuel hinüber und dann wieder zu mir, und in seinem Blick lag etwas Unstetes. Was es auch immer gewesen sein mochte, es war ganz schnell wieder verschwunden, und er lachte laut und gehässig auf.

„Mutter hat mir schon von dir erzählt! Sie hat gesagt, dass du und Samuel kaum noch zwei Sätze reden könnt, ohne dass was Frommes drin vorkommt! Willst du jetzt etwa zum Prediger werden, hä? Du kannst dir ja hier draußen irgendwo ’ne Kirche bauen. Vielleicht direkt neben dem Klohäuschen und dann könntest du den Hühnern und den Nachbarskindern predigen und jedem, der kommen und zuhören will.“

„Wir gehen nach *Dearing* in die Kirche“, sagte Samuel. „Das reicht uns.“

„Du hältst dich für was Besseres, das ist es“, fuhr Edward fort und sprach jetzt Samuel direkt an. „Genau das habe ich gemeint. Du tust so, als wärst du was Besseres, aber das bist du nicht.“

„Besser als wer?“, fragte Samuel und seine Augen sahen ganz sanft aus.

Edward zögerte keinen Augenblick. „Als ich."

Ich wünschte um Gottes willen, dass Edward jetzt wenigstens so lange den Mund halten würde, dass Samuel ihm darauf antworten konnte. Vielleicht hätte sich dadurch für beide etwas verändert, aber Edward wetterte sofort weiter und ließ Samuel nicht die geringste Chance, auch nur ein Wort zu sagen.

„Ohne deine Frau hier wärst du gar nichts, und das weißt du auch ganz genau! Du hast doch keine Ahnung, was auf so einer Farm alles zu tun ist. Du bist ein Stadtkind. Nicht mal in der Fabrik hast du es geschafft. Und jetzt hältst du dich plötzlich für einen gottgefälligen Oberfrommen! Findest du nicht, dass du dich wenigstens bei deiner Frau entschuldigen solltest ...?"

„Nein", unterbrach ich ihn. „Er schuldet mir absolut gar nichts, aber du schuldest mir eine Entschuldigung dafür, dass du einfach hierherkommst und ihn niedermachst. Ich will es nicht hören."

Samuel ging jetzt zum Feuer und zu dem Wasser, das inzwischen hoffentlich heiß genug war.

Ich folgte ihm und Edward kam ebenfalls kopfschüttelnd hinterher.

„Mein Gott, Frau, du musst ja wirklich schwer verliebt sein."

„Natürlich bin ich verliebt", antwortete ich. „Und das wird auch immer so bleiben."

Samuel tauchte das tote Huhn in das kochende Wasser und zog es gleich wieder heraus. Ich blickte zu ihm auf, froh, dass er mich gehört hatte. Vielleicht konnte ich ja dadurch bei ihm etwas wiedergutmachen.

„Ich kenne Samuel gut", sprach ich jetzt wieder Edward an. „Besser als du jedenfalls. Deshalb glaube ich nicht, was du über ihn sagst. Nichts davon. Weder über Trudy Vale noch über sonst etwas. Und er ist in der Fabrik sehr gut vorangekommen. Er ist drei Mal befördert worden, und es war nicht seine Schuld, dass die Fabrik geschlossen wurde. Alle haben damals am selben Tag ihren Job verloren. Das hatte gar nichts mit ihm zu tun."

Samuel legte das Huhn auf einen der Steine an der Feuerstelle und fing an es zu rupfen. Ich nahm einen Stock, schob damit die garen Kartoffeln weiter weg von der Glut an den Rand und fing dann an, ihm zu helfen.

„Du bist ziemlich großzügig", bemerkte Edward wiederum kopfschüttelnd. „Julia Wortham, ein ziemliches Wunder."

„Samuel Wortham ist das Wunder“, widersprach ich. „Wenn Sie an seiner Stelle wären und er Sie einfach so in Ihrem Zuhause überfallen würde, glauben Sie dann, dass Sie ihm stillschweigend ein Huhn rupfen würden? Würden Sie ihn nicht eher auf und davon jagen?“

„Na ja, die Gastfreundschaft hat sich hier jedenfalls ein bisschen verbessert.“

„Und das ist so, weil Gott Sie liebt“, sagte ich wieder und holte tief Luft. „Und wir versuchen das auch. Wir versuchen sogar es zu zeigen, obwohl Sie so schlecht über uns denken und reden.“

„Du bist wirklich unverbesserlich“, sagte er, aber dann wurde er ziemlich still. Er sah uns beide an und dann an uns vorbei zur Straße hinüber, wo die Mädchen immer noch Knospen sammelten.

„Ich werde mal weiter an dem Wagen arbeiten, während ihr das Essen macht“, sagte er. „Hat irgendwie komische Geräusche gemacht, als ich diesmal hergefahren bin.“

„Nicht schlimm“, wagte sich Samuel vor. „Nur ein leichtes Klopfen.“

„Was verstehst du denn schon davon?“, fragte Edward ihn, aber nicht mehr mit der gewohnten Boshaftigkeit im Tonfall.

„Lässt du mich helfen?“, fragte Samuel. „Nur mal so zum Anschauen?“

Edward antwortete nichts, sondern drehte sich nur einfach um und ging zum Wagen.

Ich nahm Samuel das Huhn aus der Hand und er beugte sich vor und küsste mich noch einmal. „Danke“, flüsterte er und ging dann hinter Edward her.

Es war seltsam, sie so zusammen zu sehen, beide den Kopf unter die Motorhaube gebeugt. Von hinten sahen sie wirklich wie Brüder aus. Und wie sie da jetzt so zusammen arbeiteten, hätten sie sogar Freunde sein können.

Ich musste ins Haus laufen, um ein Messer zu holen, eine Pfanne und einen Eimer für die Abfälle. Dann zerschnitt ich rasch das Huhn, während die Pfanne heiß wurde. Sarah kam mit einem Eimer voller Taglilienknospen angerannt und einer Hand voll Blumen.

„Hier, für dich, Mama."

Vielleicht spürte sie genau, dass ich eine solche Geste gerade dringend gebraucht hatte. Ich umarmte sie, dankte ihr und schickte sie dann hinein, um eine Vase zu holen und eine Schüssel Mehl für das Huhn.

„Kriegen wir auch Hühnchen?", fragte sie, als sie wieder zurückkam.

„Ihr bekommt auch was. Ich mache ein paar Stücke mehr aus dem Huhn als sonst. Das heißt, dass die Stücke kleiner werden, aber ihr bekommt zuerst, bevor Edward zuschlägt und den Rest nimmt."

„Wir dürfen uns kein zweites Mal nehmen?"

„Nein, diesmal nicht, Schätzchen. Jedenfalls nicht, bevor Edward nicht fertig ist. Nachdem ihr alle ein Stück gehabt habt, möchte ich, dass ihr ihm vom Rest so viel überlasst, wie er haben möchte, und das gilt für alles, was es zu essen gibt, auch wenn er alles aufisst."

„Ist gut", sagte sie. „Aber warum?"

„Weil es ein Festessen für ihn sein soll. Wir wollen feiern, dass der Bruder deines Papas hier ist, und beten, dass er den Herrn kennenlernt, Schätzchen."

„Ach, er kennt Jesus gar nicht?"

„Nein, nicht besonders gut jedenfalls, glaube ich."

„Soll ich ihm was erzählen? Oder Franky könnte das doch auch machen. Aber der ist ja jetzt gerade in der Scheune."

„Das könntet ihr sicher beide. Und ich glaube, ihr könnt das ganz großartig. Aber wartet damit noch ein bisschen, ja? Vielleicht bis nach dem Essen."

Ich sah hinüber zu den Männern, die an dem Auto schweigend vor sich hin arbeiteten. Soweit ich es erkennen konnte, hatten sie kaum mehr als zwei Sätze miteinander gewechselt. Warum redeten sie nicht? Warum konnte Edward sich nicht einfach vernünftige Argumente anhören? Es musste auf die Frage nach Hannas Herkunft doch eine schlüssige Antwort geben. Vielleicht kamen sie ja zu zweit darauf. Vielleicht hatte Hannas Mutter einmal irgendwelche Verwandte erwähnt. Wenn Edward vernünftigen Argumenten gegenüber zugänglich wäre, vielleicht würde er dann wieder gehen und uns in Ruhe lassen.

Und vielleicht konnte Sheriff Law Hanna in einen Zug zu ihrer Familie setzen und alles wäre wieder normal und wie früher. Ich sah zum Hof hinüber, wo Rorey und Hanna mit Whiskers spielten. Wir könnten ihr dann schreiben. Es wäre sicher schön für Sarah, eine Brieffreundin zu haben.

„Kann ich das Huhn in Mehl wenden, Mama?"

„Ja, du kannst mir dabei helfen. Wir haben noch viel zu tun."

Als das Hühnchen briet, schickte ich Sarah, um die Knospen, die sie und Hanna gepflückt hatten, am Brunnen abzuspülen, und ich ging in den Garten und schnitt alles Grün von einer halben Reihe Rüben ab. Ich nahm den großen, alten Suppentopf dafür und zog außerdem ein paar Möhren und Zwiebeln heraus, beides noch kleiner, als mir lieb war. Zu schade, dass der Süßmais noch nicht reif war, und zu schade auch, dass die paar Erbsen, die wir gehabt hatten, bereits in der Sommersonne verdorrt waren.

Ich zerschnitt die Möhren und Zwiebeln und gab sie zu den Knospen. Ich würde sie mit etwas Salz und dem Sauerklee aus meiner Sammeltasche würzen. Ich wusste nicht, ob so ein Gemüse Edward schmecken würde, ja nicht einmal, ob er es überhaupt probieren würde, aber meine Familie hatte gelernt, so ziemlich alles zu essen, was auf den Tisch kam. Ich pellte eine der in der Asche gegarten Kartoffeln und stellte fest, dass das Äußere knusprig und das Innere weich und weiß war. Die würden gut schmecken, obwohl ich mich gar nicht um sie gekümmert hatte. Ich war heute Morgen wirklich so zerstreut und durcheinander gewesen, dass ich weder an die Kartoffeln noch an den Kuchen im Feuer gedacht hatte. Es war eigentlich gar nicht meine Art, in solchen Dingen nachlässig zu sein und nicht einmal Samuel oder Robert zu bitten, danach zu schauen. Na gut, immerhin waren die Kartoffeln jetzt genau richtig geworden.

Nachdem ich das Hühnchenfleisch gewendet hatte, eilte ich wieder zum Haus, um Zucker und Vanille für die Kuchenglasur zu holen. Edward würde die bessere Seite bekommen. Ich fragte mich, ob er wohl schon jemals Rhabarber gegessen hatte. Samuel hatte ihn jedenfalls noch nicht gekannt, als wir uns kennenlernten.

Dann erinnerte ich mich wieder an die Eier. Vom Frühstück waren noch fünf gekochte Eier übrig. Ich hatte sie in die Kühlgrube gelegt, wo außerdem auch noch der Rest der Milch vom Morgen lagerte. Als ich wieder aus dem Keller heraufkam, waren Sarah und Hanna beide ins Haus gekommen. Sie halfen mir die Eier zu pellen und zu halbieren. Dann ließ ich sie die Eigelbe herauslösen und das Eigelb zerdrücken, während ich unser vorletztes Glas mit sauren Gurken öffnete. Wir schlugen ein bisschen Sahne, gaben zerkleinerte Gurken, ein bisschen Zucker und Paprika zu den Eigelben und füllten dann die Mischung wieder ordentlich in die Vertiefungen der Eihälften.

Hanna sagte, sie hätte noch nie zuvor gefüllte Eier gesehen, was mich ein wenig überraschte, aber vielleicht meinte sie einfach, dass sie noch nie solche gefüllten Eier gesehen hatte.

Als die Eier fertig waren, gingen wir mit der Eierplatte, dem Rest Gurken und einer Decke, die groß genug war, dass wir alle darauf Platz hatten, wieder nach draußen und breiteten die Decke auf dem Boden aus. Mir fiel ein, dass ich noch gar nichts mit dem Sassafras gemacht hatte, also füllte ich eine Kaffeekanne mit Wasser, tat den Sassafras hinein und stellte die Kanne aufs Feuer. Auch das Brot hatte ich vergessen, also musste ich noch einmal zurück ins Haus laufen, um einen Laib von dem Sodabrot zu holen, das ich am Morgen gebacken hatte. Dann waren wir endlich so weit, dass wir essen konnten.

Ich rief die Jungen aus der Scheune – sie waren von der Arbeit völlig verdreckt, aber sie brauchten nicht lange, um sich einigermaßen sauber zu machen. Sie hatten wirklich schwer gearbeitet, und ich freute mich, dass ich ihnen jetzt ein so gutes Essen vorsetzen konnte und sie eine Weile Pause hatten.

Whiskers wurde ganz aufgeregt, als ihm der Hühnchenduft in die Nase stieg. Der arme Hund. Ich hatte die Schildkrötenknochen bei Lizbeth vergessen, aber schon bald würde ich ja reichlich Hühnchenknochen haben. Robert sperrte den Hund fürs Erste in die Scheune, um ihn von unseren Tellern fernzuhalten.

Samuel und Edward kamen schweigend vom Auto zum Essplatz, als ich gerade das letzte Essen in die Mitte der Decke stellte.

„Irgendwas riecht hier aber mächtig gut“, sagte Edward und nahm sich einen Teller. Bevor er sich jedoch bedienen konnte, meldete sich Sarah zu Wort.

„Erst müssen wir noch beten.“

Ich konnte sehen, wie sich Edwards unruhiger Blick auf Samuel richtete, aber Samuel wartete nur einen Augenblick lang, bis alle Kinder ruhig waren, und dann betete er.

„Himmlischer Vater, wir danken dir für das gute Essen, mit dem du uns versorgst. Wir danken dir für unsere Familien, dass wir sie lieben und ehren. Leite uns in deinem Willen, Herr, dass wir dir gefallen."

Sobald er das Gebet beendet hatte, langten die Jungen ordentlich zu und nahmen sich, so viel sie bekommen konnten, besonders vom Hühnchen, und ich fand, dass ihnen das auch zustand.

„Wir haben jetzt eine neue Sitte", sagte ich deshalb schnell. „Die Kinder nehmen sich zuerst ein Stück."

Samuel sah zu mir herüber, aber ich lächelte nur und reichte dann den Teller mit Hühnchen Sarah und Hanna. Als beide sich ein Stück genommen hatten, ließ ich Edward nehmen, was er wollte. Samuel bekam einen Flügel. Den Rest nahm sich Edward.

Natürlich waren nicht so viele Kartoffeln da, dass jeder eine bekommen konnte, aber ich teilte eine für Rorey und Hanna und den Rest bekamen die Männer und die Jungen. Sarah mochte nicht gern Kartoffeln, die so zubereitet waren, deshalb wollte sie keine. Ich füllte meinen Teller mit Rübengrün und der Lilienknospenmischung, setzte mich zurück und sah den anderen beim Essen zu.

„Das is' aber mächtig gut", sagte Joe zufrieden. „So 'n Essen hab' ich seit Ostern nich' mehr gehabt."

„Gut, das Hühnchen", pflichtete Edward mit vollem Mund bei. „Gute Gurken."

Mein Blick begegnete Samuels, als er die Eier herumreichte. Er sagte kein Wort, aber dieser Blick genügte mir. Ich wusste, dass ich das Richtige getan hatte.

„Willst du auch von den Blüten?", fragte Sarah ihren Onkel freundlich. „Ich hab sie mitgesammelt."

„Was ist das denn?", fragte er ein wenig unsicher nach.

„Taglilien. Wenn man sie nicht abpflückt, dann blühen sie mit großen orangefarbigen Blüten."

„Ach, wir essen also Blumen?"

Sarah lächelte unschuldig. „Blumen schmecken gut. Ich mag auch die kleinen Veilchen, die im Garten blühen, und Klee."

Edward sah in die Gesichter in der Runde. „Esst ihr immer so?"

„Nein, ganz und gar nicht", antwortete Robert. „Das hier ist das größte und tollste Essen seit Wochen. Und dabei ist noch nicht mal ein Feiertag."

Einen Moment lang dachte ich, Edward würde jetzt aufhören zu essen. Er sah ein bisschen überrascht aus und ziemlich ernst. Vielleicht hatte er gedacht, dass wir mehr Nahrungsmittel kaufen würden, ich weiß es nicht. Vielleicht dachte er auch, dass er niemals so leben könnte, nie im Leben.

Plötzlich strahlte Sarah. „Es ist ein Jesus-Feiertag", erklärte sie. „Es ist ein Feiertag für Papas Bruder und für Jesus."

Edwards Stirn legte sich in Falten und er biss in sein Hühnchen, aber Sarah war nicht zu bremsen. „Wusstest du denn gar nicht, dass Jesus dich lieb hat? Er ist vor langer Zeit getötet worden, und dann ist er wieder lebendig geworden und uns ist vergeben."

„Das macht aber doch nicht viel Sinn", entgegnete er ihr. „Sogar, wenn du es mir erzählst, Schätzchen."

„Se müssen auch wissen, warum er gestorben is'", fügte Franky hinzu. „Er is' an unsrer Stelle bestraft worden. Darum is' uns vergeben. Wir sind nich' mehr schuldig, wenn schon einer dafür bezahlt hat. Is' dann alles weggewischt, wissen Se?"

Edward sah zu ihm hinüber und kaute heftig und schweigend. Schließlich redete er. „Was passiert ist, ist passiert. Das kann man nicht mehr rückgängig machen."

Und dann wollte er nichts mehr davon hören.

Als wir fertig gegessen hatten, räumte ich das Geschirr ab und spülte es. Robert und Joe waren in die Scheune zurückgegangen und die kleinen Mädchen halfen mir ein bisschen, um dann wieder unter dem Fliederstrauch spielen zu gehen. Samuel und Edward waren erneut am Wagen und sprachen immer noch nicht viel. Franky stand neben mir, und ich wusste genau, dass er nachdachte. Schließlich redete er.

„Er versteht's einfach nich'. Wieso will er nich', dass wir ihm noch mehr über Jesus erzähln? Ich glaub, er weiß, dass er gesündigt hat. Er braucht doch auch Vergebung."

„Wir können ihn aber nicht zwingen oder sonst irgendwie dazu bringen, sein Herz zu öffnen", sagte ich zu dem Jungen.

„Ja, aber könn'n wir ihn nich' wenigstens irgendwie zum Nachdenken bringen?"

„Das Einzige, was mir einfällt, ist, ihm so viel wie möglich von der Liebe Gottes zu zeigen. Pastor Jones hat einmal gesagt, dass es die Güte Gottes ist, die die Menschen zu ihm zieht."

Franky schwieg jetzt wieder und schien dann auf einmal munter zu werden.

„Wie wär's denn, wenn ich ihm sein Auto wasche? Es kann wirklich 'ne Wäsche vertragen. Es is' total verstaubt."

„Bist du sicher, dass du das tun möchtest?"

„Ja. Wenn er mich dann fragt, wieso, dann sag ich ihm, weil Jesus ihn lieb hat. Kann ich einen Eimer Wasser haben?"

„Aber sicher", antwortete ich und war so überrascht, dass mir nichts weiter zu sagen einfiel. Franky hatte seinen Eimer rasch gefüllt und machte sich dann gleich an die Arbeit. Ich schaute hinüber, um zu sehen, wie Edward darauf reagierte. Franky sagte etwas, das ich nicht verstehen konnte, und Edward schüttelte nur den Kopf darüber und wandte dann seine Aufmerksamkeit wieder dem Motor zu.

Als ich das nächste Mal aufblickte, redete Samuel, und Edward sah wütend aus. Sie stritten sich. Ich hätte Franky zurückrufen sollen, aber in diesem Augenblick dachte ich nicht daran.

„Du kannst die ganze Gegend an der Nase herumführen, wenn du willst!", schrie Edward. „Aber mich führst du nicht hinters Licht! Du bist ein dreckiger Lügner, mehr nicht!"

Und dann ging alles ganz schnell. Im nächsten Augenblick war er schon in den Wagen gestiegen und hatte ihn gestartet, und ich hörte Samuel so laut aufschreien, dass mir fast das Herz stehen blieb. Der Wagen machte einen Satz rückwärts, Franky schrie und ich ließ die Pfanne fallen und rannte hinüber.

Samuel kniete neben Edwards Auto, wo Franky ganz still dalag. Ich spürte, wie mein Herz raste. Wie hatte das passieren können? Wie konnte Edward nur den Jungen anfahren, wo er ihm doch nur einen Gefallen hatte tun wollen? Wie konnte er nur einfach zurücksetzen und ihn umfahren?

Ich rannte hin und Samuel blickte zu mir auf. Edward stieg nicht einmal aus dem Wagen.

Das Bein des Jungen war halb unter dem Auto. Er hatte die Augen zugekniffen und an seinem Gesicht konnte ich sehen, dass er starke Schmerzen hatte.

„Ist ... ist das Rad über ihn gefahren?“, fragte ich atemlos. Hinter mir hörte ich eines der Mädchen weinen, aber ich drehte mich nicht zu ihnen um.

Samuel nickte und sah am Boden zerstört aus. Er hielt Frankys Kopf und sprach ihn mit seinem Namen an. Der Junge schlug die Augen auf.

„Kannst du dich bewegen?“, fragte Samuel ihn.

Franky warf den Kopf von einer Seite zur anderen. „Es tut weh. Es tut so weh!“ Dann schloss er die Augen wieder. Seine Hände hatte er zu kleinen, festen Fäusten verkrampft.

„Wir müssen ihn in ein Krankenhaus bringen“, sagte Samuel zu mir. „Kannst du etwas holen, um ihn einzupacken, und ihm dann helfen, ruhig zu liegen?“

„Joe!“, schrie Rorey. „Joe! Hol Pa!“

Mein erster Gedanke war Georges Fuhrwerk oder Barrett Posts Lastwagen. Und vielleicht war das auch Edwards erster Gedanke. „Nehmt ihn aus dem Weg“, sagte er. „Ich fahre und hole jemanden.“

„Nein“, sagte Samuel kühl. „Du fährst uns hin.“

Ich blieb gerade lange genug dort stehen, um einen Blick in Edwards blasses Gesicht zu erhaschen.

Dieser Mistkerl! Dieser schreckliche Taugenichts von einem Mistkerl!

Ich rannte zum Haus. Was sollte ich tun, damit Franky auf dem holprigen Weg möglichst wenig bewegt wurde? Er lag jetzt zwar ruhig, aber in einem holpernden Wagen auf holprigen Wegen ... Oh, es würde so wehtun! Ich schnappte mir so viele Kissen und Decken, wie ich tragen konnte.

Ich wollte mit ihm im Auto mitfahren. Ich wollte den kleinen Jungen, den ich so gut kennengelernt hatte, festhalten, ihn streicheln, ihm sagen, dass dies vorbeigehen und alles wieder gut werden würde, aber ich wusste auch, dass ich zu Hause bei den anderen Kindern bleiben musste.

Joe war sofort neben mir, als ich wieder nach draußen kam. Ich hatte ihn nicht so aufgelöst gesehen seit der Nacht im Dezember, als seine Mutter gestorben war.

„Er kommt wieder in Ordnung“, sagte ich, sobald ich nah genug bei ihm war. Aber diese Worte verfolgten mich. Dasselbe hatte ich nämlich damals auch über Wilametta gesagt, und sie hatte nicht einmal die eine Nacht überlebt. Das hier war jedoch etwas anderes. Es waren nur Frankys Beine verletzt, soweit ich es erkennen konnte.

„Wir können auf dem Weg bei deinem Vater vorbeifahren", sagte Samuel und Joe nickte ihm ernst und schweigend zu. „Aber du fährst mit, falls er auf dem Feld ist. Ist das der Fall, können wir nicht auf ihn warten. Dann nehmen wir Lizbeth mit und du kannst nach ihm schicken und dich selbst um die Kleinen kümmern."

„Ja, mach ich."

„Kann ich mitkommen?", fragte Rorey.

Samuel sah zu ihr hin, aber ich antwortete schnell an seiner Stelle.

„Nein. Du bleibst hier bei mir."

Ich ließ alles, was ich trug, neben Franky auf den Boden fallen. Er wimmerte, als ich ihn bewegte. Er presste sich seine dünnen Arme fest an die Brust und biss sich auf die Lippe, um nicht zu weinen, aber er weinte trotzdem.

Ich legte ihm eine Decke um die Beine, so fest ich es eben wagte, und fragte mich, wie wir ihn in das Auto bekommen sollten.

„Hilf mir mit ihm, Joe", sagte Samuel. „Es ist einfacher, wenn ich mich nach hinten setze und ihn einfach festhalte. Dann kannst du um uns herum alles auspolstern, Juli. So dick, wie es geht."

In diesem Moment hörte ich Sarah weinen, aber ich konnte sie nirgends sehen und auch Hanna nicht. Ich fragte mich, wohin sie wohl gegangen sein mochten. Robert war plötzlich bei uns, hielt die Autotür auf und half seinem Vater, Franky zu tragen. Ich legte eine Decke dorthin, wo der Junge liegen sollte. Edward hatte sich immer noch nicht gerührt. *Wie eine sturer, alter Bock*, dachte ich. *Und dabei ist das alles seine Schuld.*

Ich stopfte, so vorsichtig ich konnte, Kissen um Franky herum, gab ihm dann einen Kuss auf die Stirn und nahm seine Hände, während Joe seinen langen, schlaksigen Körper zwischen seinen kleinen Bruder und die Rückenlehne des Vordersitzes klemmte.

„Tu jetzt genau, was ich dir sage", befahl Samuel Edward. „Fahr nicht zu schnell und nicht zu langsam."

„Ich hab ihn doch nicht gesehn", jammerte Edward. „Ich wusste nicht, dass er noch so nah am Auto stand. Dummer Junge ..."

In diesem Moment war mein Zorn auf Edward unbeschreiblich, aber es war dann Samuel, der ihn anschrie: „Jetzt halt endlich den Mund! Es ist mir völlig egal, was du nicht gesehen hast! Halt einfach den Mund und fahr!“

Samuel saß und hielt Frankys Oberkörper und seinen Kopf, und Joe, der über die Kissen gebeugt dasaß, hielt Frankys Beine fest, damit sie nicht hin und her rutschten, und so fuhren sie los. Ich konnte die Tränen auf Frankys Wangen sehen, aber er war ganz still. So still. So tapfer. Er wurde besser mit der ganzen Situation fertig, als ich es gekonnt hätte.

Edward dagegen murmelte etwas vor sich hin, während er den Wagen wendete und dabei direkt über Emmas Irisstaude fuhr. Er grummelte irgendetwas über Samuel vor sich hin und etwas über Hanna.

Am liebsten hätte ich ihn getreten.

12

Samuel

Als wir bei den Hammonds ankamen, stand George gerade im Hof und trieb Ziegen zusammen. Joe fing laut an zu rufen und George und Lizbeth kamen beide angerannt und überließen es Willy, eine der Ziegen aus dem Gemüsegarten zu jagen.

„Mein Gott!“, sagte George, als wir ihm erzählten, was passiert war.

„Mein Gott, ich hätte ihn nich’ bei euch lassen soll’n. Er is’ so’n Träumer ...“

„Es war nicht seine Schuld“, sagte ich schnell, um George deutlich zu machen, dass er es lieber nicht wagen sollte, seinem Sohn die Schuld zu geben. „Wir müssen jetzt fahren. Kommst du mit?“

„Ja, ja, ich komm ja schon.“

„Willst du, dass ich hierbleibe?“, fragte Joe seinen Vater. „Oder soll ich auch mitkommen?“

„Du bleibst besser hier. Lizbeth braucht noch mehr Hilfe.

Die Ziegen müss'n aus'm Garten getrieben wer'n, sons' verliern wir das ganze Gemüse. Die andern großen Jungs sin' auf'm Feld."

„Pa", sagte Lizbeth und fuhr Franky mit der Hand durchs Haar. Franky sah zu ihr auf und weinte ein wenig. Das arme Kind. Ich spürte seine ganze Anspannung, als er so in meinem Arm lag. Ich wusste schon jetzt, dass zumindest ein Bein gebrochen war.

„Du musst hierbleiben, Lizbeth", sagte George. „Du kannst Franky jetz' sowieso nich' weiterhelfen." Er stieg vorn mit ein, während Joe sich hinter dem Vordersitz herausquetschte.

„Pa ...", protestierte Lizbeth noch einmal.

„Wir krieg'n die Ziegen auch allein wieder ins Gehege, Pa", sagte Joe schnell. „Ich kann auch auf die Klein' aufpassen. Wo is' denn Emmie Grace?"

„Die hält grade ihren Mittagschlaf", antwortete Lizbeth.

„Bitte, lass sie mitfahrn, Pa", bettelte Joe. „Vielleicht braucht Franky sie da, weil er doch keine Mama mehr hat."

George sagte nichts mehr, sondern nickte nur ziemlich widerstrebend, und Lizbeth stieg schnell ein und setzte sich an die Stelle, an der vorher Joe gehockt hatte. Dabei sah sie verängstigt und erleichtert zugleich aus.

„Fahrn Se nach *Mcleansboro*", befahl George. „Das is' 'n bisschen näher als *Mount Vernon*."

„Ich habe ihn doch nicht gesehen", fing Edward jetzt schon wieder an. „Ich wusste ja nicht, dass er so nah am Wagen steht."

„Einfach ein Unfall", antwortete George und sah angespannt aus.

„Bieg jetzt bei der nächsten Straße nach Osten ab", wies ich Edward an, weil ich wusste, dass er sich in der Gegend nicht auskannte. Er tat, was ich gesagt hatte, und schwieg weiter.

Ich wunderte mich über die beiden Männer. Über George, der einfach vorn eingestiegen war, ohne sich seinen Sohn auch nur einen Augenblick etwas genauer anzusehen und ohne ein Wort mit ihm zu sprechen. Und auch über Edward, der sich nur dauernd entschuldigte und sich noch kein einziges Mal erkundigt hatte, wie es dem Jungen eigentlich ging. Ich nahm an, dass Edward wohl einfach zu hart und gleichgültig war, um sich Sorgen zu machen. Aber George ... George hätte ganz anders reagiert, wenn sein ältester Sohn betroffen gewesen wäre oder sein jüngster. Vielleicht jedes seiner Kinder – außer Franky.

Bei Franky hatte George sofort gedacht, dass er selbst schuld gewesen sein musste. Er ließ Franky zwar mit seinen anderen Kindern irgendwie mitlaufen, aber er traute ihm nichts zu, und er schien gar nicht zu merken, was sein Sohn alles leistete. Er schüttelte nur ständig den Kopf über Frankys Schulleistungen.

„Ich hab keine Ahnung, weshalb er so dumm ist", hatte er einmal zu mir gesagt. „Wenn man ihn so ansieht, kommt er einem eigentlich gar nicht so dumm vor."

Ich konnte sagen, was ich wollte, an Georges Einstellung Franky gegenüber änderte sich nichts. Und auch auf Julia oder Lizbeth hörte George nicht, wenn es um Franky ging. Er erwähnte nur ab und zu, was die Lehrerin einmal über Franky gesagt hatte: „Er lernt nicht. Ja ich weiß nicht einmal, ob er überhaupt lernen kann."

Einmal, als wir auf dem Weg ins Krankenhaus durch ein Schlagloch fuhren, schrie Franky laut auf und ich hielt ihn noch fester, und auch Lizbeth hielt ihn fest. Ihr standen Tränen in den Augen. Franky fing an zu weinen und gab sich große Mühe, still zu liegen, und ich wusste, dass er starke Schmerzen hatte. Er war wirklich ein zäher kleiner Bursche.

George war der Einzige von uns, der schon einmal in *Mcleansboro* gewesen war, aber das war gewesen, bevor dort 1929 ein Krankenhaus eingerichtet worden war. Es war aber nicht schwer, jemanden zu finden, der uns den Weg sagen konnte, deshalb fanden wir die *Market Street* recht schnell. Ich hätte Edward am liebsten wieder angeschrien, als er mit einer Vollbremsung vor dem Krankenhaus anhielt.

Das Hospital sah aus wie ein normales Wohnhaus, und es war sicher auch einmal eines gewesen, das war noch zu erkennen.

„Kann bitte einer von euch hineingehen und nachschauen, ob es eine fahrbare Bahre gibt?", sagte ich.

Aber Franky schüttelte den Kopf: „Bitte, tragen Sie mich."

Also trug ich ihn. Neun Jahre alt war er und kaum schwerer als Sarah.

Er legte seinen Kopf an meine Schulter, holte tief Luft und sagte dann: „Jesus!"

„Er ist bei dir", versicherte Lizbeth ihm und eilte dann neben mir her. George kam hinterher, das wusste ich, aber Edward stieg gar nicht aus, sondern blieb im Wagen sitzen.

13

Julia

„Wird er wieder gesund?", fragte Sarah mich nun wohl schon zum zehnten Mal, während wir die Teppiche aus dem Haus schleppten.

Ich musste etwas tun, mich beschäftigen, und zwar mit etwas, das mich körperlich, aber nicht geistig forderte. „Natürlich wird er wieder gesund. Vielleicht muss er eine Weile im Bett bleiben, aber er kommt ganz bestimmt wieder in Ordnung."

Ich schüttelte jeden Teppich und Läufer aus, der sich im Haus befand, und die Mädchen schauten mir dabei zu. Ich schickte sie los und sagte, sie sollten irgendetwas aus dem Lehm machen, den wir mitgebracht hatten, bevor er ganz und gar austrocknete. Dann hängte ich die Teppiche über die Wäscheleine und holte Emmas Teppichklopfer aus dem Haus. Sie hatte ihn 1911 neu bekommen, aber inzwischen sah er ganz und gar nicht mehr neu aus.

Ich fragte mich, ob Emma wohl jemals Teppiche ausgeklopft hatte, um eine Entschuldigung dafür zu haben, auf irgendetwas einzuschlagen. Großmutter Pearl hatte mir einmal erzählt, dass sie in solchen Situationen schon mal Blätterteig machte, denn der musste mit einem Holzlöffel oder einem Nudelholz fest geschlagen werden, und zwar so lange man konnte. Diese Methode konnte ich nicht anwenden, denn ich hatte das Rezept in *Pennsylvania* zurückgelassen, aber ich konnte jetzt diese Teppiche ausklopfen, und wenn es mich umbrachte.

Ich schlug und schlug und dabei liefen mir pausenlos Tränen die Wangen hinab. Ich war so wütend, dass es mir selbst Angst machte. Ich konnte mir nicht vorstellen, dass Emma oder meine Großmutter oder sonst eine Frau auf der Welt schon jemals so wütend gewesen sein konnte wie ich jetzt. Nicht einmal bei all dem, was wir bereits durchgemacht hatten.

Ich wusste, dass dies hier anders war, und zwar wegen Edward. Weil er in Samuel etwas auf eine Weise erschütterte, die ich nicht verstand und wodurch auch meine eigene Liebe zu ihm und mein Vertrauen zu ihm ins Wanken geraten waren. Und nun hatte er auch noch einen unschuldigen kleinen Jungen verletzt, ohne auch nur so viel Anstand zu besitzen, seinen Fehler wenigstens einzugestehen und sich zu entschuldigen. Ich hätte ihn genauso gut wie diese Teppiche schlagen können.

Es dauerte einen Augenblick, bis ich merkte, dass ich nicht allein war. Ich hatte angenommen, Robert wäre wieder in die Scheune zurückgegangen und alle drei Mädchen wären unter dem Apfelbaum mit dem Lehm beschäftigt, aber als ich mich umdrehte, weil ich Blicke auf mir spürte, erblickte ich Hanna, die mich fragend ansah.

„Warum machst du das?“, fragte sie und sah ganz ängstlich aus.

„Um den Staub herauszubekommen.“ Ich versetzte dem Teppich, der am nächsten hing, einen weiteren Schlag, jetzt allerdings nicht ganz so heftig.

„Das sieht ja aus, als ob du ihn kaputt schlagen willst.“ Sie sah mich mit großen Augen an, musste sich aber kurz abwenden und husten, weil ich so viel Staub aufwirbelte.

„Teppiche sind stabil“, sagte ich zu ihr. „Sonst würden sie es ja auch gar nicht aushalten, wenn wir darauf herumlaufen. Es schadet ihnen nicht, wenn man sie schlägt. So bekommt man den Schmutz am besten heraus.“

„Mama hat ihren immer nur geschüttelt“, sagte sie nach einer kurzen Pause. „Sie hatte nur einen, und den haben wir immer mitgenommen, aufgerollt ganz unten in Mamas Tasche. Aber die ist in Newark gestohlen worden, mit all den Sachen drin, und Mama hat geweint.“

Ich blieb stehen und sah sie an. „Warum hat denn deine Mama immer einen Teppich mitgenommen, wenn ihr unterwegs wart?“

„Weil ihre Oma den gemacht hat. Sie hat gesagt, es ist ein Andenken.“

Ich fragte mich jetzt wirklich, wie eine Frau ihre eigene Tochter im Stich lassen, aber gleichzeitig dermaßen sentimental sein konnte, wenn es um einen alten Teppich ging. „Die Oma von deiner Mama?", fragte ich. „Hast du sie denn mal kennengelernt?"

„Ich glaub nicht. Nur meine Oma, nicht Mamas."

„Weißt du denn, wie sie heißt?"

Hanna lächelte. „Pearly."

Ich hätte beinah den Teppichklopfer fallen gelassen. Hannas Mutter hatte eine Großmutter Pearly? *Herr, das ist einfach zu viel.* Mit meiner Großmutter Pearl gemeinsam etwas zu machen, hatte in meiner Kindheit mit zum Schönsten gehört. Woher kam dieses Mädchen nur? Einen solchen Zufall zu entdecken, verblüffte und erschreckte mich zugleich.

„Lacey Pearly", fuhr Hanna fort. „Mama hat mir mal erzählt, dass ich eigentlich nach ihr hätte heißen sollen. Lacey Pearly. Ist das nicht hübsch? Aber sie ist schon tot. Deshalb hab ich dem Sheriff auch nicht ihren Namen gesagt. Er würde sie ja doch nicht finden."

Also war der Name doch nicht derselbe. Pearl war der Vorname meiner Großmutter gewesen. Pearl Evan Carlton hatte sie geheißen. Aber ich fragte mich, weshalb diese Großmutter für eine Frau wie Trudy Vale etwas so Besonderes gewesen sein mochte. Wieso wusste Hanna überhaupt von ihr, wo sie doch über die Mutter ihrer Mutter, die hoffentlich noch am Leben war, absolut nichts wusste?

„Hanna, hat deine Mama oft über ihre Großmutter gesprochen?"

„Manchmal. Besonders wenn sie traurig war."

„Also eigentlich müsste der Sheriff das erfahren. Vielleicht hast du ja noch andere Verwandte, die auch Pearly heißen. Wäre es nicht schön, wenn wir die finden würden?"

„Nein."

„Warum denn nicht?"

„Weil Mama gesagt hat, dass niemand von denen sich um sie gekümmert hat." Sie blickte zu mir auf und dann schnell wieder hinunter auf ihre Schuhe.

„Ich will hierbleiben."

Ich lehnte den Teppichklopfer gegen den Wäscheleinenpfahl. „Aber wir wissen doch noch gar nicht, wie lange ..."

„Ich ... ich meine für immer." Sie holte tief Luft und sagte dann ganz schnell all das, was sie unbedingt loswerden musste. „Ich verspreche auch, dass ich jeden Tag ganz brav bin. Ich helfe

Ihnen immer bei allem, Sie müssen mir nur sagen, was ich machen soll. Ich kann auch ganz leise sein, ich verspreche, nur ... nur ..."

„Hanna ..."

Sie sah mich mit flehendem Blick an. „Es tut mir leid, was mit dem kleinen Jungen passiert ist, Mrs Wortham. Ich ... mache auch noch seine Arbeit. Ich helfe Ihnen, ich versprech's. Sie müssen nicht wütend sein. Nicht auf mich oder Mr Wortham, weil ich brav sein werde, das verspreche ich."

Ich sah sie an und war für einen Moment absolut verblüfft. „Aber der Unfall war doch nicht deine Schuld, Schätzchen."

„Ich weiß", sagte sie, und eine Träne rann ihr die Wange hinunter. Sie wischte sie wütend fort.

„Ich bin nicht wütend auf dich. Es ist nur so, dass du ja irgendwo eine Familie haben musst, die sich um dich kümmert ..."

„Das glaub ich nicht. Ich glaub, Sarahs Papa ist der einzige Papa, den ich hab. Es ist genau, wie Mama gesagt hat ... er hat noch zwei andere Kinder. Und ich verspreche, ich mach auch bestimmt nicht mehr Probleme."

Einen Augenblick war ich einfach sprachlos. „Edward hat dir gesagt, dass wir zwei Kinder haben?"

„Ich weiß nicht. Mama hat gesagt, mein Papa hat ihr das erzählt, bevor er das letzte Mal gegangen ist, weil sie ihn gefragt hat, ob er noch irgendwo Familie hat."

Plötzlich raste mein Herz. „Wie alt bist du, Hanna?"

„Sechs. Das hab ich doch schon gesagt."

„Ja. Aber an welchem Tag hast du Geburtstag?"

„Ich bin im Winter sechs geworden. Im Januar."

Sarah war im August sechs geworden. Sie war also noch nicht einmal ein Jahr alt gewesen, als Hanna geboren wurde, aber wir hatten schon zwei Kinder gehabt.

Plötzlich dachte ich an das Bild, das mitsamt der Tasche und wer weiß was sonst noch allem, gestohlen worden war. Mir traten Tränen in die Augen. „Und er sieht wirklich wie dein Papa aus?"

Sie nickte und ich griff mit einer Hand nach der Wäscheleine, weil mir so schwindelig war.

„Bitte, nicht böse sein."

„Das bin ich nicht", brachte ich gerade noch heraus. „Ich bin nicht ... böse."

14

Samuel

Es war nur das eine Bein gebrochen. Das andere war gequetscht und geprellt, aber es wurde kein Bruch festgestellt. Das rechte Bein war direkt unterhalb des Knies gebrochen, was sehr schmerzhaft war. Mehrere Krankenschwestern erzählten uns, wie tapfer Franky sei, dass er nicht geschrien hätte, als sie das Bein hatten anfassen müssen, um den Bruch zu richten.

Er hatte sich an Lizbeth und mir festgeklammert. Zuerst hatten die Ärzte und Pfleger gedacht, ich wäre Frankys Vater, bis wir es richtigstellten. George stand einfach nur da und sah sich alles an.

„Sei einfach stark, Junge", hatte er ein-, zweimal gesagt. „Jammer nich' mehr herum als nötig."

Ich wusste, dass es George berührte, sein Kind leiden zu sehen, das erkannte ich an seinem Blick, aber er machte keinerlei Anstalten, seinen kleinen Sohn zu berühren oder gar zu trösten, ja er versuchte nicht einmal, in dessen Nähe zu sein.

„Wir müssen ihn eine Weile hierbehalten", sagte Dr. Hall. „Ich glaube, wir haben den Bruch ganz gut gerichtet, aber ich möchte den Jungen lieber noch hierbehalten und beobachten, und er darf das Bein auf keinen Fall bewegen."

George umklammerte seinen Hut mit beiden Händen. „Wie lang is' denn 'ne Weile?"

„Wochen. Mindestens drei. Vielleicht kann er dann nach Hause, vorausgesetzt, Sie haben eine geeignete Transportmöglichkeit und er kann zu Hause im Bett bleiben."

Dann verließ uns der Arzt und George ging kopfschüttelnd eine Weile auf dem Gang auf und ab. „Ich mag Ärzte nicht", sagte er schließlich zu mir. „Ich mag auch keine Krankenhäuser. Kann se nich' bezahln. Das weißt du doch auch."

„Ich glaube, im Augenblick hast du gar keine andere Wahl", sagte ich. „Und sie haben ja noch gar nichts von Geld gesagt. Wir finden schon einen Weg."

„Du sagst immer noch wir, Samuel. Meinst du das auch wirklich so?"

„Warum sollte ich das denn nicht meinen? Ich nehme doch an, das tust du auch."

„Wir Hammonds haben euch doch schon mehr Probleme gemacht, als ihr jemals haben werdet."

Es war seltsam, so ein Eingeständnis aus Georges Mund zu hören. Schließlich trat er doch noch an Frankys Bett und berührte die Hand seines Sohnes, aber inzwischen war der Junge durch die Schmerzmedikamente, die man ihm verabreicht hatte, bereits eingeschlafen. Er sah ganz friedlich aus und ähnelte George jetzt mehr, als ich jemals bemerkt hatte.

„Er ist ein guter Junge, George. Und viel klüger, als du denkst."

„Das sagst du ja immer. Er müsste eigentlich dein Junge sein. Wenigstens verstehste ihn."

„Das könntest du auch. Wenn du nur mehr mit ihm reden würdest."

„Ach nee! Hab's ja versucht. Er sagt so Sachen, dass er'n Weizenkorn is' oder so, oder er fragt sich, was passiert, wenn 'ne Gestalt aus seinem Geschichtenbuch bei uns im Garten auftauchen würd."

„Alle Kinder haben viel Phantasie."

„Aber er is' anders! Das weißte doch auch! Er is' tollpatschig und ungeschickt. Er is' einfach nich' normal, starrt in den Himmel un' fragt dann, warum der Himmel blau is' und die Erde nich'. Für mich gibt das alles kein'n Sinn. Neulich hat er mich gefragt, wie die Welt wär, wenn es keine Bäume gäb un' die Kühe nich' größer wär'n als mein Arm, aber er kann nich' melken, ohne dass er dabei 'n Eimer umstößt. Und er kann kein einziges Wort lesen. Das Einzige, was er richtig kann, ist n' bisschen mit dir zusammen mit Holz sägen und hämmern, wenn du Zeit hast. Un' jetzt auch das hier noch! Ich weiß nich', was aus ihm noch werden soll, Samuel. Verstehste das denn nich'? Was is', wenn er nun auch noch 'n Krüppel wird?"

Lizbeth saß die ganze Zeit an Frankys Bett. Sie beobachtete uns, hörte auch, was wir redeten, sagte aber selbst kein Wort.

„Ich sehe, dass er ein Denker ist, George, und mit Holz ist er wirklich richtig gut. Aber er kennt sich mit viel mehr aus als nur damit. Es wird schon irgendwas aus ihm werden. Er wird schon zurechtkommen im Leben."

Darüber schüttelte George jedoch nur den Kopf, und das machte mir Sorgen.

„Ich weiß zufällig, dass du auch nicht lesen kannst", sagte ich ganz leise.

„Aber das is' nich' so, weil ich es nich' lernen kann!", entgegnete George eingeschnappt. „Ich bin nich' zur Schule gegangen wie Franky! Ich bin nur einen einzigen Tag in meinem Leben in der Schule gewesen, also is' das doch wohl ganz was anderes!"

Vielleicht war er ein wenig zu laut geworden, vielleicht waren wir es auch beide. Jedenfalls kam eine Schwester herein, sah uns ziemlich streng an und fragte dann noch einmal, ob einer von uns der Vater des Jungen sei.

„Das bin ich", sagte George und sah plötzlich ganz verschüchtert aus. Die Schwester sagte, wir müssten jetzt bald gehen. Nur Frankys Eltern dürften auch außerhalb der Besuchszeit bei ihm bleiben.

„Unsere Mama lebt nicht mehr", sagte Lizbeth der Frau. „Kann ich nicht an ihrer Stelle hier bei ihm bleiben?"

„Sind Sie seine Schwester?"

„Ja, Madam."

Die Schwester war einverstanden, und ich fragte mich, wie wir jetzt wieder nach Hause kommen sollten. Ich wollte noch am selben Abend zurück, aber Lizbeth und George mussten ja auch irgendwann zurück und schließlich Franky auch, nachdem sie ihn entlassen würden. Barrett Post würde sie sicher abholen kommen, wenn ich irgendwie zu ihm gelangen und ihm Bescheid geben konnte. Wenn aber Edward nicht gewartet hatte, wie sollte ich dann den ganzen Weg zurückkommen? Es würde entweder ein langer Fußmarsch werden, oder ich würde versuchen, per Anhalter hinzukommen, so wie ich mit meiner Familie auch von *Pennsylvania* hierhergekommen war.

Juli würde sich bestimmt fragen, was mit Franky los war, das wusste ich, und sie war sicher auch nicht die Einzige, die in Sorge war. Als es für mich an der Zeit war zu gehen, wollte George mitkommen, aber ich sagte ihm, er solle lieber noch bleiben, weil Franky ihn jetzt dringender bräuchte als die Kinder zu Hause.

„Die meisten kommen gut zurecht, das stimmt“, sagte er. „Aber Emmie Grace kann ohne Lizbeth gar nich’. Un’ das is’ ja auch nich’ alles. Es is’ viel zu tun, mit dem Melken und so ...“

„Damit werden deine Jungs schon ganz gut allein fertig. Aber ich verspreche dir, dass ich bei dir zu Hause nach dem Rechten sehe. Und außerdem müssen sie ja auch erfahren, was mit Franky los ist.“

Ich wusste, dass Lizbeth froh war bleiben zu dürfen und auch froh, dass ihr Vater blieb.

Ich ging hinaus in die Abendsonne und wollte nach jemandem Ausschau halten, der in meine Richtung unterwegs war, aber Edward war noch da. Er saß im Wagen, immer noch an genau derselben Stelle, an der wir ihn verlassen hatten, nur dass er mit einer Flasche in der einen Hand und einer Zigarette in der anderen vor seinem Auto saß. Als er mich kommen sah, stand er auf.

„Ich dachte, du wärst schon weg“, sagte ich.

„Ihr habt mich da drinnen ja nicht gebraucht. Aber ich dachte, ich bleibe lieber hier, bis ich weiß, was mit ihm los ist.“

Das war wirklich eine Überraschung und zur Abwechselung einmal eine angenehme. Er interessierte sich also doch. „Es ist ein ziemlich komplizierter Bruch, aber es müsste eigentlich wieder in Ordnung kommen. Er muss eine Weile hierbleiben, weil er sich eine Zeit lang nicht bewegen darf und Bettruhe braucht.“

Er warf seine Zigarette auf die Straße. „Ich hatte gehofft, ihr würdet ihn gleich wieder mit rausbringen.“

„Tja, manchmal läuft es eben nicht so, wie wir es uns wünschen.“

„Das kannst du laut sagen, kleiner Bruder.“

Einen Moment sah er jünger aus, weicher; so wie der Junge, der einmal mitten in den Wäldern von Albany Rosinenbrot mit mir geteilt hatte.

„Was meinst du, was aus uns geworden wäre, wenn Mutter nicht getrunken hätte?“, fragte er plötzlich.

„Ich weiß es nicht, Edward. Und was würde es nützen, es zu wissen. Wir sind selbst für das verantwortlich, wofür wir uns entschieden haben, unabhängig von Mutter.“

„Ja. Ich hätte mir eigentlich denken können, dass du was in dieser Richtung sagst.“

„Was trinkst du denn da?“, fragte ich ihn und wusste, dass ich damit wieder einen Wutausbruch riskierte.

Er schien aber gar nicht aufgebracht. „Es ist kein Alkohol, wenn du das meinst. Ich bin nicht so blöd, hier in aller Öffentlichkeit zu trinken. Es ist Pepsi-Cola. Hast du das schon mal getrunken?“

„Nein.“

„Ist gar nicht schlecht“, sagte er und er trank einen großen Schluck.

„Ich brauche eine Mitfahrgelegenheit“, sagte ich zu ihm. „Ich kann dich auch bezahlen dafür. Wenn es dir nichts ausmacht, könntest du mich nach Hause bringen. Sie wollen dort sicher alle wissen, was mit Franky los ist.“

Edward sah auf seine Schuhe hinunter. „Nur dich? Die anderen bleiben hier?“

„Franky kann noch nicht nach Hause, und es dürfen nur seine nächsten Angehörigen bei ihm bleiben. Ich muss es unserem Pastor und ein paar Freunden erzählen, damit sie hier nach ihnen sehen können.“

Er blickte jetzt hoch und bedachte mich mit einem unbehaglichen Blick.

„Ich weiß, dass es ein Unfall war“, sagte ich zu ihm. „Du hast nicht aufgepasst, aber ich weiß, dass es keine Absicht war.“

„Nett von dir, dass du das sagst“, meinte er mit einem Seufzer. „Obwohl du ja vielleicht doch gedacht hast, ich hätte es absichtlich getan. Der kleine Hammond-Junge hat gestern versucht, mich fortzujagen. Mutiger kleiner Bursche.“

Für einen Augenblick nagte das, was er da sagte, an mir. Ich musste daran denken, dass er Juli angefasst hatte und dass Franky zu ihrer Verteidigung hatte einspringen müssen. Warum war er wohl noch einmal zurückgekommen? Bisher hatte er sich noch nicht die Mühe gemacht, es mir zu erklären. *Herr*, betete ich, um mich zu beruhigen, *vielleicht versucht er ja, sich zu ändern. Vielleicht. Wenigstens ist er jetzt im Moment nicht so abscheulich.*

„Ich habe ihn wirklich nicht absichtlich verletzt, Sammy“, sagte er. „Wenn ich in dem Augenblick gerne jemanden über den Haufen gefahren hätte, dann dich.“

In seinem Blick lag keine Bosheit. Kein Lachen.

Ich wusste weder den Grund für so ein Geständnis noch, wie ich darauf reagieren sollte.

„Also“, sagte ich schließlich, „dann werde ich jetzt mal runter in die Stadt gehen. Da finde ich bestimmt jemanden, der nach *Dearing* unterwegs ist.“

„Nun steig schon ein, du Dummkopf“, sagte er zu mir. „Ich bring dich schon nach Hause, und du brauchst mir auch nichts dafür zu bezahlen.”

Ich stieg ein, aber ich wusste auch, dass sich eine Konfrontation anbahnte. Ich wusste, dass das, was auch immer an ihm nagen mochte, hervorkommen würde, wenn wir alleine waren.

Es dauerte eine Weile, den größten Teil der Fahrt saßen wir schweigend nebeneinander; erst als wir in der Nähe von *Delafield* vorbeikamen, fing er schließlich an zu reden.

„Sammy, deine Frau weiß, was du getan hast“, sagte er mit einem Grinsen. „Sie ist nur eine so brave kleine Christin, dass sie es nicht wahrhaben will.“

Ich wollte das nicht hören. Ich wollte eigentlich auch nicht reden, aber dann sagte ich: „Sie weiß alles, was ich weiß, ich habe ihr nämlich alles erzählt.“

„Sicher, jetzt vielleicht, aber vorher nicht, jede Wette. Und das arme kleine Ding versucht immer noch sich einzureden, wie wunderbar du bist ...“

„Halt den Mund, ja?“

„Das hier ist mein Auto, kleiner Bruder! Ich halte dann den Mund, wenn ich will. Was hältst du denn davon, dass sie dich als guten Versorger bezeichnet, hä?“

Ich schaute über die wogenden Felder jenseits der Straße. Edward fuhr jetzt ziemlich langsam. Vielleicht gefiel es ihm, dass ich hier festsaß und ihm zuhören musste.

„Na, dir ist wohl nicht nach Reden, was? Aber das ist schon in Ordnung. Ich sage dir jetzt einfach mal, was ich denke.“ Er sah zu mir herüber, und ich merkte, wie sich mein Magen zusammenzog. „Die kleine alte Dame, die war eine gute Versorgerin. Du hast dir eine richtige Farm geangelt, mit Land und allem Drum und Dran. So was Großes habe ich nie im Leben geklaut. Wahrscheinlich kann ich nicht so schön daherreden wie du.“

Er stichelte weiter und versuchte mich zu provozieren, das war mir klar. Aber warum? Ich hatte nicht vor, zu alldem etwas zu sagen. Was hätte das für einen Sinn gehabt? Er glaubte sowieso nur das, was er wollte. Und Gott wusste, dass ich nichts, absolut gar nichts, von Emma Graham gestohlen hatte. Gott wusste, wie schwer es mir gefallen war, die Farm von ihr anzunehmen, als sie sie mir angeboten hatte. Ich hatte es wirklich nicht gekonnt, nicht gleich jedenfalls, sondern eigentlich erst, nachdem sie gestorben war.

„Du bist mir schon einer", fuhr er fort. „Ich habe noch nie einen so guten Lügner erlebt wie dich. Mein ganzes Leben noch nicht."

„Ich habe nicht gelogen, Edward."

„Ach ja, das hatte ich ja ganz vergessen."

„Da vorne musst du abbiegen."

Er sah mich an und lachte. „Na, zu feige, mich zu schlagen, was, Sammy? Du brauchst eine Mitfahrgelegenheit und weißt nicht, ob ich dich vielleicht verprügele, wenn du irgendwas versuchst."

„Wovon redest du eigentlich?"

Er bog ab und sah meinem Vater plötzlich ähnlicher als je zuvor. „Ich nehme mal an, dass du wegen gestern sauer bist", sagte er. „Ich weiß ja nicht, was deine Frau und der kleine Junge dir erzählt haben. Wahrscheinlich, dass ich ein schrecklicher Bösewicht bin."

Ich hatte nicht damit gerechnet, dass er darüber reden oder mich zu einer Reaktion drängen würde, aber er hatte Recht. Ich war wirklich wütend. „Du könntest ja versuchen, mir deine Sicht zu erzählen."

„Warum sollte ich mir die Mühe machen?" Seine Worte klangen hart. „Du würdest ja doch nicht zuhören. Wäre doch völlig egal, was ich sage."

„Ja, das wäre es. Wenigstens hat Julia mir erzählt, dass du ihr nicht wehgetan hast."

„Was denkst du eigentlich? Glaubst du wirklich, dass ich ihr was antun würde?"

„Ich habe dich lange nicht gesehen, weiß gar nichts von dir. Ich habe keine Ahnung, was dich im Augenblick treibt."

„Das ist hübsch. Oh Sammy, das ist wirklich klasse. Du weißt doch ganz genau, dass ich hergekommen bin, um die Wahrheit zu sagen, oder? Du weißt es alles."

„Nein, weiß ich nicht."

Er warf mir einen Seitenblick zu und stoppte dann den Wagen so abrupt, dass ich nach vorne schoss und mich am Armaturenbrett abstützen musste. „Was soll denn das?"

„Nur du und ich", sagte er ganz langsam. „Ich habe mir überlegt, dass wir mit dem Spielchen jetzt aufhören können. Es gibt hier niemanden, der uns hören könnte. Es wird dir nicht wehtun, mir jetzt einfach die Wahrheit zu sagen."

„Das habe ich schon."

„Unsinn! Es ist unmöglich, dass Trudy gelogen hat. Woher hätte sie denn deinen Namen kennen sollen?"

„Ich weiß es nicht, Edward." Am liebsten wäre ich aus dem Wagen ausgestiegen und zu Fuß weitergegangen, aber ich musste wenigstens auf seine Beschuldigung reagieren und ihn bitten, im Zweifel für den Angeklagten zu plädieren. „Es sieht alles danach aus, dass du die Wahrheit sagst, soweit du sie kennst, aber dasselbe gilt auch für mich."

„Und du erwartest wirklich von mir, dass ich dir das glaube?"

„Nein", seufzte ich. „Ich bin mir nicht mal sicher, ob das überhaupt jemand tut."

Er sah mich jetzt ziemlich direkt an. „Warum dann ein solches Ding daraus machen? Gib es einfach zu, Sammy. Wäre das denn wirklich so schlimm?"

„Es stimmt nicht. Mehr kann ich dazu nicht sagen, außer dass ich mir wünschte, du würdest mir glauben. Ich kenne die Frau überhaupt nicht, und jetzt muss ich mir irgendetwas für das kleine Mädchen überlegen. Du könntest dabei helfen, wenn du dich daran erinnerst, was die Frau über Hannas Vater gesagt hat oder über andere Verwandte."

Ich sah das Feuer in seinem Blick, genau wie der Blick unseres Vaters. Rasend und zerstörerisch, allerdings mit dem Unterschied, dass Edwards Zorn für mich etwas leichter zu verstehen war.

„Du willst wissen, was sie gesagt hat? Ganz einfach! Sie hat gesagt, du wärest dünn und dunkelhaarig wie ich. Man könnte gut mit dir reden und du würdest nicht schlecht aussehen, aber böse wie die Sünde wärst du gewesen, als du herausgefunden hättest, dass sie schwanger war. Du hast sie fertig gemacht und dich dann einfach nicht mehr blicken lassen, außer ein paar Mal noch, nachdem das Kind geboren war, aber da auch nur, um Ärger zu machen. Und ich war wütend, Samuel, weil ich geglaubt hatte, dass du anders wärest. Aber da habe ich mich wohl genauso täuschen lassen wie alle anderen auch."

Ich holte tief Luft. Ich konnte auf all das nichts antworten, sondern nur hoffen, dass es einen Weg gab zu beweisen, dass ich nicht Hannas Vater war. „Hat sie gesagt, in welcher Stadt das war?"

„In *Harrisburg*, du Idiot! Du hast mich als Schakal bezeichnet, aber wenigstens erkenne ich, was gut ist, wenn ich es sehe. Ich hätte Trudy gehalten, wenn ich gekonnt hätte, aber sie konnte keinem Wortham mehr vertrauen, und zwar deinetwegen. Und dabei hattest du schon eine gute Frau! Los, raus aus meinem Wagen!"

„Was?"

„Raus, habe ich gesagt."

Ich stieg aus und dachte, er würde jetzt einfach davonbrausen. Vielleicht wäre das auch besser so gewesen. Es war unmöglich, ihn zu überzeugen, und er war viel zu aufgebracht, um mir noch zuzuhören. Das hatte ich auch zuvor schon erlebt. Er war zu wütend auf mich, um sich noch länger zu beherrschen.

Aber er fuhr nicht weg. Er sprang aus dem Wagen, ohne auch nur die Tür auf seiner Seite zu öffnen, ging um den Wagen herum und stand mir gegenüber.

„Du bist ein Dummkopf, Sammy! Du hast sie beide nicht verdient! Hast du Julia auch schon geschlagen, so wie du es mit Trudy gemacht hast?"

Ich wich einen Schritt zurück, sah seine geballten Fäuste und seine kalten, harten Augen. Ich wusste nicht, was ich ihm antworten sollte, aber ich machte den Mund auf und hatte viel zu sagen: „Nein, ich habe sie nicht geschlagen. Das habe ich nie getan. Und ich habe auch nie betrogen. Vielleicht denkst du, dass ich wie unser Vater bin, oder du wünschst dir, du könntest beweisen, dass ich so bin, aber das ist einfach nicht so. Ich habe mir als Kind geschworen, dass ich niemals so werden würde wie er. Und auch nicht so wie du."

„Und was ist so schlimm an mir?"

„Das Prügeln, das Stehlen und dass du nur an dich selbst denkst."

Ohne Vorwarnung schlug er mir so hart ins Gesicht, dass ich taumelte. Ich musste mich anstrengen, nicht das Gleichgewicht zu verlieren, und schleuderte gegen den Wagen.

„Ich und nur an mich selbst gedacht!", tobte er. „Ich habe für dich gestohlen, du Lügenbold! Dich hat doch nie interessiert, wie viel Ärger ich bekommen habe, aber gestohlen habe ich für dich!“

Das glaubte ich nicht. Und plötzlich wusste ich, dass auch in mir die Wut brannte. „Wilford Brinks Modell A, war das auch für mich, Edward? Schnaps und Tabak aus dem Laden an der Ecke? Geld, Schmuck und wer weiß was noch alles aus wie vielen Häusern, Edward? Zehn? Zwanzig?“

Er kam wieder auf mich zu und holte aus. Diesmal versuchte ich ihn abzublocken, aber ich war nie ein großer Kämpfer gewesen wie er. Er schlug mir mit seiner Linken in den Bauch, und ich fiel hin.

„Von diesen Zeiten rede ich gar nicht“, sagte er.

Er stand jetzt über mir, und ich merkte, dass ich auf seinen rechten Arm starrte, auf die Stelle, wo mein Vater die Vogel-Tätowierung gehabt hatte. Aber Edward hatte ein solches Merkmal nicht. *Herr, hilf uns*, betete ich inständig. *Uns. Ja. Herr, hilf Edward bitte auch.*

„Ich meine viel früher“, schnauzte er mich an. „Als du noch klein warst. Ich habe immer irgendwo und irgendwie Brot besorgt und manchmal auch diese kleinen Flaschen mit Milch. Ich habe sie dann unter meinem Hemd versteckt und sie zu Hause reingeschmuggelt. Erinnerst du dich nicht mehr daran? Hast du gedacht, die Lebensmittel kamen irgendwie durch einen Zaubertrick zu uns? Oder dass Mutter sie gekauft hat von dem, was noch übrig war, wenn sie sich mit Schnaps eingedeckt hatte? Aber sie war betrunken, oder? Lag ausgestreckt auf ihrem Bett, wenn sie überhaupt so weit gekommen war.“

Ich versuchte tief einzuatmen, aber das gelang mir kaum. Er war stark. Er hatte mich wirklich niedergeschlagen.

„Hast du nichts mehr dazu zu sagen?“, fragte er. „Willst du mich unbedingt hassen und kannst unmöglich mal Danke zu mir sagen?“ Er schüttelte mich. „Was glaubst du denn, wie das alles angefangen hat? Es hat doch jeder gewusst, dass ich stehle! Jeder hat gewusst, dass ich nicht gut bin! Als ich dann groß genug war, wollte mich keiner mehr einstellen! Was hätte ich denn machen sollen? Ich konnte doch nichts gut außer stehlen.“ Er schüttelte den Kopf. „Aber es hat alles mit dem Essen angefangen, Sammy, mit Essen für dich! Weil du nämlich ein mitleiderregender kleiner Welpe warst und ich es nicht ertragen konnte, wenn du geweint hast.“

Ich blickte zu ihm auf. Ich überlegte, dass er mich wahrscheinlich wieder schlagen würde, so wütend wie er war, egal, was ich sagte. Aber das spielte jetzt auch keine Rolle mehr. Ich war es gewohnt, dass er mich belog, aber ich wusste auch, dass er es in diesem Augenblick nicht tat.

„Danke", brachte ich heraus.

Meine Worte änderten aber nichts an dem Zorn in seinen Augen. „Jetzt sagst du es! Jetzt sagst du es! Aber erst musste ich den ganzen Weg zu dir kommen und es aus dir herausprügeln. Du willst mich doch nur wieder loswerden!"

Ich musste schwer schlucken, aber das änderte nichts an dem furchtbaren Geschmack, den ich im Mund hatte. „Es tut mir leid, Edward. Wahrscheinlich hat es Dinge gegeben, die ich nicht mitbekommen habe ..."

„Die du nicht mitbekommen wolltest!"

„Vielleicht. Das tut mir leid."

Ich versuchte mich ein bisschen zu strecken, aber das tat weh. Plötzlich musste ich daran denken, dass er auch Hanna geschlagen hatte. Meine Güte, hatte er überhaupt eine Ahnung, wie klein und schwach sie war?

„Du bist erbärmlich", sagte er. „Weißt du das eigentlich?"

Ich holte tief Luft. „Was war mit dem Rosinenbrot, Edward?"

„Was?"

„Hast du mal Rosinenbrot gestohlen?"

„Ja, du Hornochse. Und ich habe es dir gegeben."

„Das meiste davon", bestätigte ich. „Ich glaube, ein bisschen davon hast du auch für dich behalten."

Er schüttelte den Kopf. „Du hast an deinem dummen, kleinen Lagerplatz gesessen und hast gespielt, dass du jemand anderer bist. Irgendein idiotischer Indianer, der Grauer Bär hieß."

Ich nickte. „Danke, Edward."

Er sah mich einfach nur an, und dann lachte er. „Du bedankst dich tatsächlich bei mir."

„Ja, das mache ich. Danke."

„Du wiederholst dich."

„Manche Sachen kann man ruhig mal wiederholen." Ich stand auf und ging dann in Richtung Farm los.

„Sammy", rief er mir nach.

„Was ist?"

„Wohin gehst du denn?"

„Nach Hause."

„Hast du dich daran wirklich nicht erinnert?"

„Nein, aber ich bin froh, dass du es mir erzählt hast." Ich ging weiter und jeder Schritt tat mir weh.

Er kam mir nach.

„Ich mach dir keine Vorwürfe für den Weg, den du eingeschlagen hast", sagte ich, weil ich wusste, dass er jetzt in Hörweite war. „Wahrscheinlich hast du nicht gewusst, was du sonst hättest machen sollen. Tut mir leid, dass ich das nicht begriffen habe."

Er war jetzt neben mir und sprach ruhiger, aber in seinen Augen stand immer noch sein Zorn geschrieben. „Es hätte schlimmer kommen können, Sammy. Es ist gut, dass unser Vater gestorben ist, weil ich ihn nämlich sonst umgebracht hätte. Ich hatte schon einen Plan und war fest entschlossen. Er hat uns so schlecht behandelt. Er hat Mutter schlecht behandelt. Er war es, der sie zum Trinken verführt hat, wusstest du das eigentlich? Ich wollte ihn suchen und umbringen, aber dann kam Mutter und hat uns erzählt, er wäre schon tot. Ich war darüber ziemlich wütend. Irgendwie kam es mir so vor, als hätte er mich dadurch um etwas betrogen. Aber wahrscheinlich war es so besser für mich. Wenn ich einmal angefangen hätte zu töten, vielleicht hätte ich dann auch damit nicht wieder aufgehört und immer weitergemacht. Wenn man eine Tür erst mal aufgemacht hat ... weißt du? Genau das ist ja auch mit dem Stehlen passiert."

Ich sah ihn an und fragte mich, ob er wirklich so nah an einem Mord gewesen war. Beinah glaubte ich ihm. Ich hatte die Wutausbrüche miterlebt, die er als Teenager gehabt hatte. Die waren noch sehr viel schlimmer gewesen als das, was ich heute bei ihm erlebt hatte. Er war erst sechzehn gewesen, als Mutter uns mitgeteilt hatte, dass unser Vater gestorben sei. Ich hatte damals Erleichterung empfunden, mehr als alles andere; einfach zu wissen, dass er nie wieder bei uns auftauchen und in meinem Leben Amok laufen würde. Aber Edward hatte gewütet, mit Sachen geworfen und gestampft. Ich hatte nie verstanden, warum.

„Wir können dankbar sein für Gottes Timing", sagte ich zu ihm. „Er hat ganz sicher gewusst, was du gedacht hast."

„Jetzt hör sich einer das an", lachte er. „Wie wir anständig miteinander reden. Wo wir schon mal gerade dabei sind, könntest du doch jetzt gleich weitermachen und mit mir gleichziehen, Sammy. Ich werde deshalb nicht schlechter über dich denken."

„Wir haben doch schon gleichgezogen."

„Nein. Ich rede jetzt von Trudy. Ich habe nicht gelogen über die Dinge, die ich getan habe oder die ich tun wollte. Ich finde, du kannst jetzt genauso offen und ehrlich zu mir sein. Ich möchte, dass du es zugibst, und ich werde es verstehen. Sie ist wirklich hübsch. Hübsch genug, um jeden in Versuchung zu führen, egal, ob verheiratet oder nicht. Du bist auch nur ein Mensch, Samuel, und das ist alles, was ich hören möchte. Ich werde bestimmt mit niemandem darüber reden."

„Ich bin auch nur ein Mensch, Edward. Und ich habe viele, viele Fehler gemacht. Aber den nicht."

Er verstellte mir jetzt den Weg. „Was ist eigentlich los mit dir? Weißt du denn nicht, dass deine dumme kleine Frau dich auf jeden Fall liebt und zu dir steht, egal, was passiert? Ich werde ihr nicht erzählen, was du gesagt hast! Aber steh dazu! Das bist du mir einfach schuldig!"

Ich merkte, wie sich jeder einzelne Muskel in meinem Körper anspannte. „Ich sage dir die Wahrheit."

Er schüttelte den Kopf und trat mit der Schuhspitze in den Staub. „Ich kann wenigstens zugeben, was ich getan habe. Du bist schon immer ein Feigling gewesen. Bei jedem kleinen bisschen bist du weggelaufen. Aber was nützt es dir denn, wenn du vor dem hier jetzt wegläufst? Es hat dich doch schon längst eingeholt. Ist dir das denn nicht klar?"

Er war jetzt still, aber ich wusste, dass er noch nicht fertig war. Deshalb wartete ich einfach, weil ich wusste, es hätte weder etwas genützt, etwas zu sagen, noch hätte es Sinn gehabt, wegzulaufen.

„Und du willst ein Christ sein", sagte er schließlich und sprach ganz leise und langsam. „Was glaubst du denn wohl, was dein Gott davon hält, wenn du lügst, obwohl du das gar nicht mehr nötig hättest? Und was soll mit der kleinen Hanna passieren, hä? Hast du nicht wenigstens so viel Anstand im Leib, sie als dein Kind anzuerkennen?"

„Ich werde sie aufnehmen", sagte ich zu ihm. „Ich werde sie wie mein eigenes Kind großziehen, wenn wir ihre Familie nicht finden, aber sie ist nicht mein Kind. Nicht so, wie du denkst."

Ich wusste, was jetzt kommen würde, und ich wehrte mich gar nicht erst dagegen. Ich stand einfach nur da, als er noch einmal ausholte und mir einen schnellen, harten Schlag versetzte. Diesmal holte es mich von den Beinen und ich landete im Staub.

„Warum wehrst du dich nicht und schlägst zurück?", schrie er mich an. „Du bist nicht mehr der hilflose Welpe, der du mal warst. Steh auf und zeig mir, was du draufhast."

„Nein."

„Du bist so ein Schwächling", höhnte er. „Das ist alles. Du bist ein Betrüger ohne Rückgrat und ein elender Feigling."

Ein Teil von mir wollte ihn am Bein packen, ihn zu Boden schlagen und ihm zeigen, dass ich Mumm hatte und kämpfen konnte, aber ich wusste, dass das nicht richtig gewesen wäre. Mein Bruder irrte sich nur in einer Sache. Er glaubte nur etwas, das nicht zutraf. Er wusste es einfach nicht besser. *Herr, bitte rühre ihn an. Hilf ihm, das zu sehen.*

„Du hast nichts von all dem, was du hast, verdient, Sammy! Ich hätte dich in Ruhe gelassen! Ich wäre dein Freund geworden, wenn du es gewollt hättest, aber jetzt werde ich dafür sorgen, dass die Leute hier in der Gegend erfahren, was für ein verlogener Mistkerl du bist! Die Leute haben ein Recht darauf zu erfahren, wen sie hier mitten unter sich haben! Julia ist nicht die Einzige. Sie sollen alle wissen, was für ein Hochstapler und Betrüger du bist!"

„Edward ..."

„Ich werde dem ganzen Ort einen Gefallen tun, etwas tun, worauf du wirklich stolz sein kannst."

Er drehte sich um und ging zu seinem Wagen zurück, während ich mich langsam und mühsam wieder aufrappelte. *Oh Gott, was soll ich nur tun?*

„Du wolltest zu Fuß gehen. Gut – geh zu Fuß. Ich habe zu tun. Ich bin anständig genug gewesen, dich nicht zu belügen, Sammy. Du hättest auch offen und ehrlich zu mir sein können, als du die Chance dazu hattest, und es wird dir noch leidtun, dass du es nicht warst, dafür werde ich sorgen."

In einer Staubwolke brauste er davon. *Herr, hilf ihm,* betete ich. *Hilf mir.*

Was würde er jetzt wohl tun? Vielleicht hatte er Recht. Vielleicht hätten wir wirklich irgendwie Freunde werden können, aber diese ganze Sache mit Trudy Vale war eine grausame Täuschung oder aber ein verhängnisvoller Zufall. Er würde alles den Leuten erzählen, daran hatte ich keinen Zweifel, und wahrscheinlich würden sie ihm glauben. Wie sollte sich auch jemand auf meine Seite stellen, gegen Hannas Wort? Sie war noch ein unschuldiges Kind. Ich konnte ja noch nicht einmal von einem Erwachsenen erwarten, mir zu glauben, außer vielleicht von Juli.

Ich machte mich wieder auf den Weg, dachte an die Zweifel, die in ihrem Blick gelegen hatten. Für eine Weile waren diese Zweifel besänftigt gewesen und sie hatte sich auch Edward gegenüber hinter mich gestellt, aber würde das so bleiben? Wenn sie jetzt Zeit gehabt hatte über alles nachzudenken, würden dann vielleicht wieder all die Fragen in ihrem Blick zu sehen sein?

Ich hatte Kopfschmerzen und in meinem Bauch brannte es wie Feuer, aber ich kümmerte mich nicht weiter um die Schmerzen. Franky war immer noch im Krankenhaus und das musste ich etlichen Leuten mitteilen. Ich musste mit Barrett Post darüber sprechen, ob ich mit seinem Wagen noch einmal nach *Mcleansboro* fahren konnte, und es gab einfach zu viele andere Dinge zu bedenken, als dass ich mir viele Gedanken machen konnte über das, was Edward tat oder sagte. Sollte er doch aller Welt erzählen, was er wollte. Vor Gott stand ich allein da, und es gab sonst niemanden, um den es ging.

Außer um Juli. Und meine Kinder.

15

Julia

So schrecklich es klingt, aber bevor ich Whiskers die Hühnerknochen gab, kochte ich noch eine Brühe daraus.

„Versuche aus Hühnchen immer zwei Mahlzeiten zu machen", hatte meine Großmutter Pearl immer gesagt. „Wenn du das nicht tust, ist das die pure Verschwendung."

Ich ließ die Mädels helfen, Nudeln zu schneiden, für die ich den Teig erst zubereitet und dann auf dem Tisch ausgerollt hatte. Es war so heiß, dass wir alle schweißgebadet waren, also hielt ich alle paar Minuten inne, machte ein Geschirrhandtuch nass und tupfte uns damit Hals und Nacken ab. Willy war gekommen und hatte Emmie Grace gebracht, die zu Hause nicht aufgehört hatte, nach Lizbeth zu quengeln. Ich hatte das Baby zum Schlafen hingelegt und Willy half jetzt Robert dabei, in der Scheune die Boxen der Kühe zu reinigen.

Niemand sprach über Franky. Wahrscheinlich, weil wir nicht wussten, was wir sagen sollten. Der Gedanke an den Schmerz in seinem Blick tat mir immer noch weh, und ich war froh, dass Lizbeth bei ihm war. Sie tröstete die kleineren Geschwister immer sehr viel bereitwilliger als George.

Ich betete, während ich den Nudelteig ausrollte und die Mädchen Nudeln in allen möglichen Formen ausschnitten. Ich fragte mich, warum ich mir dafür so viel Zeit nahm, außer dass Nudeln gut zu der Hühnerbrühe passten und die Mädchen dadurch beschäftigt und zufrieden waren, nachdem sie auch den letzten Rest des Lehms zu Schüsseln und anderen krummen und schiefen Gefäßen verarbeitet hatten.

„Warum hat er Franky umgefahren?", fragte Sarah.

Und Roreys Frage war sogar noch schlimmer. „Stirbt Franky jetzt auch, so wie Mama?"

Ich wollte nicht darüber sprechen, weil ich wusste, dass ich dann anfangen würde zu weinen. Deshalb sorgte ich lieber einfach dafür, dass die Kinder beschäftigt waren.

Hanna war am stillsten, aber schon allein ihre Anwesenheit sorgte dafür, dass ich mich schrecklicher fühlte denn je. Sie hatte Samuels Namen gekannt, gewusst, wie er aussah, und auch, wo wir gewohnt hatten. Und sie hatte gewusst, dass wir zwei Kinder haben. Das alles tat mir so weh, dass ich gar nicht wusste, wohin mit mir. Was, wenn es doch stimmte und sie wirklich Samuels Tochter war? Oder was, wenn es nicht so war und ich erneut grundlos an meinem Mann zweifelte? Was war ich bloß für eine Ehefrau?!

Es hätte ihn bestimmt verletzt, wenn er gewusst hätte, welche Fragen mir durch den Kopf gingen. Was würde er zu mir sagen, wenn er dazu die Gelegenheit hätte? Ich wusste, dass ich nicht an ihm zweifeln durfte, nicht einen Augenblick lang. Ich musste stark genug sein, das alles abzuschütteln, als ob es nichts wäre. Vielleicht würde er auch gar nicht mehr mit mir reden, wenn er wüsste, was ich dachte. Ich hätte es ihm jedenfalls kein bisschen verübeln können.

Robert und Willy kamen herein. Sie sahen schmutzig und müde aus.

„Wir sind jetzt fertig, Mama“, sagte Robert, „und ich habe Hunger.“

„Dazu habt ihr aber auch wirklich Grund, nach all der schweren Arbeit. Habt ihr euch schon gewaschen?“

„Nur die Hände. Ist noch was von dem Kuchen da?“

„Nur die eine Seite, die zu dunkel geworden ist, und die ist hart wie Stein. Eigentlich wollte ich das Stück Whiskers geben.“

„Du kannst ihm ja ein Stück davon geben, den Rest esse ich dann in Milch getunkt, ja?“

Ich hatte zwei Stücke abgebrochen und die Milch bereits aus dem Keller geholt, als Whiskers anfing zu bellen.

„Können wir angeln gehn?“, fragte Willy und ignorierte das Gebell.

Ich schaute aus dem Fenster, sah aber nichts.

„Vielleicht Eichhörnchen, Mama“, sagte Robert. „Ich habe kein Auto gehört.“

„Willste auch angeln, Robert?“, fragte Willy hartnäckig weiter.

„Weiß nicht. Mein Vater ist jetzt schon ziemlich lange weg. Eigentlich müssten sie doch schon wieder zurück sein, oder?“

„Vielleicht bleiben se ja über Nacht da“, meinte Willy.

„Nein, se sind noch nich' wieder da, weil es so schlimm is'“, sagte Rorey sofort. „Wenn se dableiben, heißt das, Franky is' schwer verletzt.“

Ich hätte gewünscht, sie würden nicht darüber reden, aber ich wusste auch, dass ich damit eben rechnen musste. Natürlich stellten sie sich Fragen.

„Wahrscheinlich braucht er jetzt erst einmal viel Ruhe“, versicherte ich Rorey. „Und außerdem ist es ja ein ziemlich weiter Weg bis dorthin. Wenn sie dableiben, dann hören wir ganz bestimmt morgen früh von ihnen.“

„Aber Papa bleibt doch nicht da, oder?“, fragte Robert nach. „Also Edward bleibt auf jeden Fall nicht da, das steht mal fest.“

„Warum denn nicht?“, fragte Sarah unschuldig.

„Weil es ihn gar nicht interessiert.“

„Also Papa würde bestimmt dableiben“, protestierte Sarah mit vor Sorge weit aufgerissenen Augen.

„Natürlich kümmert es ihn“, sagte Robert zu ihr. „Das ist doch was ganz anderes. Aber er kommt bestimmt nach Hause, um nach uns zu sehen.“

Daran hätte ich natürlich denken müssen. Ich hätte Robert schon längst zu den Posts schicken und ihn Bescheid geben lassen sollen, was passiert war. Weil Samuel so sicher wie nur irgendetwas nach Hause kommen würde, wenn er konnte, und George, Lizbeth und Franky mitbringen würde, wenn es Franky gut genug ging, um nach Hause zu kommen. Aber sie waren mit Edward gefahren. Daran hätte ich doch denken müssen! Ich hätte einen der Jungen losschicken sollen, um Barrett Post zu bitten, nach ihnen zu schauen, denn Robert lag mit seiner Einschätzung höchstwahrscheinlich richtig. Vielleicht hatte Edward sie in *Mcleansboro* einfach sich selbst überlassen. Wer konnte schon genau sagen, wozu er fähig war?

„Robert, vielleicht sollten Willy und du zu Barrett Post rübergehen ...“

Wieder fing der Hund an zu bellen.

„Waschbären“, sagte Sarah.

„Aber doch nicht, bevor es dunkel ist“, korrigierte Robert sie. Diesmal schaute er nach draußen. Seine Miene wurde noch ernster, als sie es zuvor schon gewesen war.

„Mama.“

Ich sah hin, konnte aber zunächst nichts erkennen. Doch dann rannte Whiskers los zur Straße, genauso weit nach Osten, wie wir es aus dem Fenster noch sehen konnten. Er bellte jetzt nicht mehr.

Ein Mann kam in unsere Richtung. Er war zu Fuß und humpelte. Samuel?

Ich rannte hinaus ins Freie und alle Kinder folgten mir. Was um alles in der Welt mochte da passiert sein? Hatte ich Recht gehabt mit meiner Befürchtung, dass Edward sie einfach sitzen lassen würde? Aber Samuel konnte doch unmöglich den ganzen

Weg zu Fuß zurückgekommen sein. Das hätte er in der kurzen Zeit niemals schaffen können. Waren sie überhaupt beim Krankenhaus angekommen?

Whiskers wedelte um Samuel herum und begrüßte ihn. Als Samuel dann stehen blieb, um sich an einen Zaunpfahl zu lehnen, war mir klar, dass er verletzt sein musste. Als er uns kommen sah, richtete er sich auf und versuchte so normal zu gehen wie immer.

Unzählige Gedanken schossen mir durch den Kopf. Hatte es noch einen weiteren Unfall gegeben? Hatte Edward sonst noch etwas gemacht, etwas genauso Unvorsichtiges, Dummes?

„Papa!“, rief Sarah entzückt. Aber dann blieb sie stehen und bekam plötzlich Angst. „Wo ist denn Franky?“

Auch ich blieb stehen, als ich Samuels Gesicht sah. Es war geschwollen und rot und blau. Plötzlich war es nicht mehr die Sommerhitze, von der mir so schrecklich heiß war. Was auch immer passiert sein mochte, es war Edwards Schuld. Nachdem er Franky so schwer verletzt hatte, war jetzt auch noch Samuel von ihm so furchtbar zugerichtet worden.

„Was ist denn passiert?“, fragte Robert, und in seiner Stimme schwang etwas Hartes mit.

Samuel versuchte zu lächeln. „Macht euch alle keine Sorgen, ja? Sie wollen Franky eine Weile im Krankenhaus behalten. Sein Bein ist gebrochen, aber sonst ist alles in Ordnung. George und Lizbeth sind bei ihm geblieben.“

„Setz dich, Samuel“, sagte ich. „Robert, bring mir bitte einen Eimer Wasser und ein sauberes Tuch.“

„Ich schaffe es schon noch bis zum Brunnen, Juli.“ Samuel sah merkwürdig aus. Gleichzeitig stark und gebrochen.

„Das brauchst du gar nicht. Setz dich hier in den Schatten. Bitte.“ Ich berührte seine Seite und er stöhnte auf. „Was ist denn nur passiert, Sammy?“

„Sieht aus, als ob ihn einer verprügelt hat“, sagte Willy.

Ich hätte schreien können über seine Direktheit und darüber, dass er es auch noch vor den kleinen Mädchen aussprach.

Sarah griff nach der Hand ihres Vaters. „Geht es dir gut, Papa? Ist alles in Ordnung?“

Hanna stand stumm neben mir.

„Mir geht es gut“, sagte Samuel zu uns allen und ging an uns vorbei zum Brunnen, aber ich wusste, dass das nicht stimmte. An der Art, wie er ging, merkte ich genau, dass er stärker verletzt war, als wir sehen konnten, aber er ging schnell zum Brunnen, trank etwas Wasser und schüttete sich dann eine Kelle voll Wasser über den Kopf.

Ich musste in diesem Augenblick daran denken, wie Edward das Gleiche getan hatte. Er hatte sich allerdings danach geschüttelt wie ein Hund und das tat Samuel nicht. Er stand nur einfach eine Weile da und ließ das Wasser über sich tropfen. Wie weit mochte er bei der Hitze gegangen sein? Er setzte sich und ich wusste, dass er ziemlich erschöpft war.

Ich tauchte ein Tuch in das kalte Wasser und versuchte, damit seine geschwollene Wange zu kühlen, doch er schob meine Hand weg.

„Lass mich bitte einen Augenblick in Ruhe. Es ist alles in Ordnung."

„Nein, Schatz, das ist es nicht. Ich weiß, dass du vor den Kindern nicht darüber reden möchtest, aber sie haben es ja schon gesehen. Bitte, lass mich dir helfen."

„Juli, es ist nichts. Haben die Kinder schon gegessen?" Wieder schob er mich von sich weg.

„Hat er dich geschlagen, Papa?", fragte jetzt Robert.

Samuel antwortete nicht. Er zog sich nur hoch, sodass er wieder auf den Füßen stand, und ging dann zum Haus.

„Warum hat Onkel Edward dich geschlagen?", rief Robert ihm nach. Sarah stand neben mir und nagte an ihrer Unterlippe. Hanna schlich sich davon und versteckte sich unter dem Fliederbusch. Rorey folgte ihr, blieb dann aber auf halber Strecke stehen, die Hände in die Hüften gestemmt.

„Ist irgendjemand von euch Kindern hungrig?", fragte ich sie und fühlte mich innerlich bleischwer.

„Jetzt nicht mehr", antwortete Robert. Die anderen antworteten gar nicht.

Ich sagte ihnen, sie sollten draußen bleiben, und folgte Samuel ins Haus. Er sah so gebrochen aus, und das beunruhigte mich mehr als all seine Schrammen und Blutergüsse. „Sammy?"

Er ignorierte mich, während er steif die Verandatreppe hinaufging. Ohne ein Wort zu sagen, zog er sein Hemd aus und ließ es neben der Waschschüssel auf die Veranda fallen. Dann goss er sich aus der Kanne Wasser in die Waschschüssel und wusch sich Gesicht und Hals. Ich konnte die Rötungen auf seinem Bauch sehen, und da wusste ich, dass die Jungen Recht hatten. Sie hatten sich geprügelt. Zumindest Edward hatte geprügelt.

„Bitte, lass mich dir helfen", flehte ich ihn an.

„Ich brauche keine Hilfe. Ich muss nur rüber zu Barrett Post. Schick bitte Willy nach Hause, ja? Er muss dort Bescheid sagen, was mit Franky ist und dass sie noch dableiben müssen."

„Sammy, was ist passiert?"

„Nenn mich nicht Sammy. Lass mich ... lass mich einfach nur in Ruhe."

Tränen traten mir in die Augen. Das hörte sich so ganz und gar nicht nach Samuel an. Einen Augenblick lang erkannte ich ihn gar nicht wieder. Ich wusste nicht, was in ihm vorging. Weder in seinem Kopf noch in seinem Herzen. Im Stillen bat ich Gott, uns zu helfen.

Samuel drehte sich jetzt ganz langsam zu mir um; er musste meine Tränen gesehen haben. Zuerst ließ er einfach nur den Kopf hängen und sah dabei völlig erschlagen aus, aber dann nahm er mich in die Arme.

„Es tut mir so leid, Juli. Nichts von alledem ist deine Schuld."

Ich wusste weder, was ich tun, noch, was ich sagen sollte.

„Es tut mir so leid", sagte er noch einmal.

Ich hätte sagen sollen, dass ihm nichts leidzutun brauchte. Ich hätte sagen sollen, dass er nichts für das grausame Verhalten seines schrecklichen Bruders konnte. Ich hätte ihn einfach halten und ihm sagen sollen, wie sehr ich ihn liebe, aber er war schneller.

„Ich liebe dich", flüsterte er so zärtlich. „Von ganzem Herzen."

Eine ganze Weile hielt er mich einfach fest im Arm. Ich war überrascht festzustellen, dass ich nicht wusste, was ich davon halten sollte. *Sammy! Liebe meines Lebens! Ich würde alles für dich geben, alles für dich tun! Warum bin ich nur so durcheinander?*

Schnell zog er sich wieder zurück und ich fand meine Sprache wieder. „Bist du sicher, dass mit dir alles in Ordnung ist? Lass mich wenigstens dein Auge kühlen, Liebling. Ich fürchte, sonst wird es dunkelblau."

„Na wunderbar." Er schüttelte den Kopf. „Genau rechtzeitig zum Gottesdienst morgen."

„Warum hat er dich geschlagen?"

„Weil er glaubt, dass ich lüge. Miss Vale muss mich wohl beschrieben haben, und er versteht nicht, wieso ich nicht einfach alles zugebe." Er sah mir in die Augen und gab mir dann sehr ernst einen Kuss auf die Stirn. Seine Lippen waren heiß. „Danke, Juli, dass du mir nicht ganz direkt gesagt hast, was du denkst."

Mein Herz schlug mir bis zum Hals. „Ich weiß nicht, was ich denken soll."

Er nickte und wandte sich von mir ab. „Ich weiß."

„Oh Samuel, das habe ich nicht so gemeint, wie es sich anhört. Ich wollte nicht sagen ..."

„Doch, das wolltest du wohl."

Er ging ins Haus und sah so niedergeschlagen aus. Ich eilte hinterher und hoffte immer noch auf eine Möglichkeit, ihm zu helfen, aber er ging in unser Schlafzimmer und schloss die Tür hinter sich.

Ich erinnerte mich an die Nacht, als wir hier angekommen waren, als wir nichts mehr zu essen gehabt hatten und kein Dach über dem Kopf. Samuel war damals auch so deprimiert gewesen. Es hatte ihn furchtbar belastet, dass er uns nicht versorgen konnte, aber in jener Nacht hatte er mich an sich herangelassen, und ich hatte ihm sagen können, dass ich wusste, es war nicht sein Fehler, und dass alles gut werden würde.

Ich versuchte es noch einmal, öffnete die Tür und ging zu seiner Seite des Bettes. Ich wollte ihm sagen, dass es mich nicht kümmerte, was die Leute sagten, dass ich bei ihm bleiben und zu ihm stehen würde, was auch immer passierte, aber noch bevor ich etwas sagen konnte, schüttelte er den Kopf. „Du brauchst mir nicht hinterherzukommen. Ich musste mir nur ein frisches Hemd holen. Und vielleicht brauche ich einfach nur ein bisschen Zeit."

Dann ging er aus dem Zimmer und aus dem Haus, ins wogende Maisfeld hinein in Richtung der Posts. Mein Herz fühlte sich ganz wund an, und mir blieb nichts anderes, als ihm von der Veranda aus nachzuschauen.

Warum waren wir einander nur so fern? Es fühlte sich an, als hätte sich ein gewaltiger Abgrund zwischen uns aufgetan, und ich hatte keine Ahnung, wie ich ihn überwinden sollte. Warum verhielt er sich so? Warum schloss er mich aus? Ich konnte nichts für das, was in mir schwelte! Oder doch? Was sollte ich denn noch tun?

In diesem Augenblick betrachtete ich Edward wirklich als Werkzeug des Teufels, der irgendwo saß und sich ins Fäustchen lachte, weil es ihm so wunderbar gelungen war, uns auseinanderzubringen und unseren Frieden zu zerstören. Ich konnte nicht einmal zu meinem Mann stehen, ohne an ihm zu zweifeln, und er konnte nicht einmal mehr zulassen, dass ich ihn nach dem Überfall von Edward tröstete.

Ich wusste, dass die Kinder uns beobachteten und sich Sorgen machten. Es war unmöglich für sie, das alles zu verstehen. Ich verstand es ja selbst nicht einmal. Aber wir hatten immer alles gemeinsam durchgestanden, und auch das hier würden wir gemeinsam durchstehen. Am Ende würden wir gestärkt daraus hervorgehen. Das musste ich einfach glauben, und Samuel würde das bestimmt auch tun.

Ich betete für ihn. Ich betete, dass er nicht zu sehr verletzt war. Ich betete, dass er sich nicht von Edward erschüttern ließ durch all das, was er erfahren hatte. Aber am meisten betete ich dafür, dass ich mich ihm wieder nah fühlte, dass er mir noch eine Chance geben würde. Und ich weinte, denn ich wusste, dass ich ihn im Stich gelassen hatte.

„Mama?" Sarah kam rasch zu mir her und zupfte an meinem Ärmel. „Wohin geht denn Papa?"

Ich trocknete mir die Augen. „Zu Barrett und Louise, Schätzchen. Sie müssen von Frankys Unfall erfahren. Vielleicht müssen sie ihn abholen, wenn er aus dem Krankenhaus entlassen wird."

„Ist Papa böse auf Onkel Edward?"

„Vielleicht. Und wahrscheinlich hat er auch Grund dazu."

„Ist er auch böse auf uns?"

Ich beugte mich vor und nahm meinen kleinen Schatz auf den Arm. „Nein, Schätzchen. Er ist nur aufgebracht über das, was passiert ist."

„Robert hat gesagt, dass Onkel Edward ihn verprügelt hat. Warum macht er denn so was?"

„Ich weiß es nicht, Schätzchen. Ich nehme an, manche Menschen haben so viele Probleme in ihrem Innern und mit sich selbst, dass sie das an anderen Leuten auslassen müssen."

„Aber Papa ist doch nett und stark. Ich weiß nicht, warum ihm jemand wehtun will."

Aus Bösartigkeit, hätte ich gern gesagt. *Dein Onkel Edward ist ein schrecklicher, furchtbarer Mann.* Aber stattdessen holte ich tief Luft. So etwas konnte ich nicht zu meiner Tochter sagen, egal, was ich empfand. „Onkel Edward ist ein schwieriger Mensch. Vielleicht ist er krank. Ganz tief drinnen in seinem Herzen."

„Weil er Jesus nicht kennt?"

„Ja. Wir müssen für ihn beten, nicht wahr?"

Sie nickte, aber ihre Miene drückte Unsicherheit aus. „Robert hat gesagt, dass er ihn zusammenschlägt, wenn er noch mal wiederkommt."

„Das wäre gar keine Lösung."

„Würde sich Papa dann besser fühlen?"

„Nein, ganz bestimmt nicht."

Inzwischen hatte sich Rorey zu uns gesellt, und ich fragte mich, was Hanna wohl machte. Sie war so still gewesen. „Ist Hanna immer noch unter dem Flieder?"

„Ja, Mama", antwortete Sarah, aber sie ließ sich durch meine Frage kein bisschen von der Richtung ablenken, in die ihre Gedanken gingen. „Meinst du, dass Papa Onkel Edward zurückgeschlagen hat?"

Ich musste einen Moment überlegen. „Nein, das glaube ich nicht."

Sie verzog das Gesicht. „Ich glaube, ich hätte es getan."

Ich strich ihr über den Kopf und seufzte. „Ich wohl auch, aber dein Vater ist stärker als wir."

„Weil er es könnte?"

„Nein, weil er es wahrscheinlich nicht getan hat."

Einen Moment lang schaute sie zum Maisfeld hinüber. „Ich wollte hinter ihm hergehen, Mama, aber Robert hat gesagt, das geht nicht und er kommt bestimmt bald zurück und ist wieder in Ordnung."

„Da hat Robert Recht. Mach dir keine Sorgen."

Sie schaute zu mir auf. „Und warum hast du dann geweint?"

Ich drückte mich von dem Stützbalken der Veranda ab und ging zur Treppe. „Es ist einfach schwer." Mehr konnte ich nicht sagen. Ich wusste, dass ich Hanna finden musste, das arme Kind. Was sie wohl denken mochte nach so einem Tag?

Sarah folgte mir über den Hof. Als Erstes fanden wir die Jungen. Willy stand unter dem Walnussbaum und sah aus, als würde er auf mich warten. Ich sagte, er solle nach Hause gehen und Joe und den anderen erzählen, dass Franky wieder in Ordnung kommen würde. Wenn sie irgendetwas bräuchten, solle er wiederkommen.

„Behalten Sie Emma Grace hier?", fragte er.

„Ja, sie kann erst einmal hierbleiben."

Er drehte sich um und machte sich durch das Gehölz auf den Heimweg. Ich fragte mich, ob es besser gewesen wäre, Rorey auch mitzuschicken, aber ohne Lizbeth und George machten allein schon Harry und Berty mehr als genug Arbeit.

Robert löschte neben mir das aus, was von dem Feuer an der Kochstelle noch übrig war. Ich wusste, dass er wütend war, aber ich wusste nicht, wie ich ihm helfen sollte.

„Hast du Hunger?", rief ich ihm zu.

„Nein. Und ich will auch nichts essen, wenn Franky im Krankenhaus ist und Papa ganz zerschlagen herumläuft. Onkel Edward ist ein Pferdearsch, der wieder ins Gefängnis gehört!"

„Robert – so redet man aber nicht!"

„Findest du das denn nicht auch?"

Einen Augenblick geriet ich ins Stocken und versuchte seine Frage so zu beantworten, wie es richtig war. „Es tut gar nichts zur Sache, was ich denke. Wir können nicht zulassen, dass jemand uns davon abbringt, uns so zu benehmen, wie es sich gehört, egal, wie schlecht er sich benimmt."

„Ich glaube nicht, dass etwas falsch daran ist, dass er kriegt, was er verdient hat."

„Aber das hast nicht du zu bestimmen, Robert. Das ist allein Gottes Sache."

„Und warum tut Gott dann nichts? Warum hat er ihn dann überhaupt aus dem Gefängnis rausgelassen?"

Ich legte meinem Sohn den Arm um die Schulter und unterbrach dadurch wenigstens vorübergehend sein rastloses Auf-und-ab-Gehen. „Ich glaube nicht, dass er Franky wirklich verletzen wollte. Er hat einfach nicht aufgepasst. Und was deinen Papa angeht, ich weiß es nicht. Das ist eine Sache zwischen den beiden."

„Er redet auch ganz übel. Das würdet ihr euch von mir niemals gefallen lassen."

„Er ist nicht so aufgewachsen und erzogen worden wie du."
„Papa aber auch nicht, und der weiß es ja auch besser."
Was sollte ich dagegen noch sagen? „Ich weiß. Sie sind sehr unterschiedlich. Danke Gott dafür, dass dein Vater die besseren Entscheidungen getroffen hat."
„Wir müssen für Onkel Edward beten", sagte Sarah schnell.
„Das will ich aber nicht", entgegnete Robert.
„Mir ist auch nicht besonders danach", gestand ich. „Aber wenn wir es trotzdem tun, dann hilft das vielleicht uns selbst genauso wie ihm. Wenn wir zulassen, dass wir bitter werden, dann ist das Edward wahrscheinlich völlig egal, und uns geht es dabei schlecht. Ich glaube, es ist besser, wenn wir uns nicht von ihm herunterziehen lassen."
„Ich bin nicht heruntergezogen, ich bin wütend."
„Das sieht fast genauso aus und fühlt sich auch fast genauso an, oder?"
Er sah mich einfach nur an.
„Ich werde für Onkel Edward beten", sagte Sarah. „Und für Franky und für Papa."
„Ich geh ein bisschen Brennholz hacken", sagte Robert, als er von uns wegging. Mir war noch nie zuvor so deutlich aufgefallen, wie ähnlich er mir war. Er wollte jetzt auch etwas zum Draufschlagen haben. So wie ich es mit dem Teppichklopfer gemacht hatte.
Ich hörte Emmie Grace im Haus schreien. Sie war aufgewacht, aber Hanna saß immer noch unter dem Fliederbusch und ich wusste, dass ich sie nicht einfach übergehen konnte.
„Sarah und Rorey, könnt ihr bitte eine Weile mit der kleinen Emmie Grace spielen? Wahrscheinlich braucht sie jetzt nur ein bisschen Gesellschaft."
„Ich will aber nich'", sagte Rorey sofort, änderte jedoch ihre Meinung, als sie sah, dass Sarah ins Haus ging.
Ich wandte mich an das kleine Mädchen im Gebüsch. Sie musste es sich als eine Art Zufluchtsort ausgesucht haben, abseits von all den verrückten Dingen, die um sie her passierten. Deshalb zog es sie wahrscheinlich immer wieder unter den Fliederstrauch. Und ich war so sehr damit beschäftigt gewesen, an alles mögliche andere zu denken, dass ich ihr viel zu wenig Aufmerksamkeit geschenkt hatte. Sie musste sich schrecklich einsam fühlen.

„Hanna?“

Sie lag zusammengerollt so weit wie möglich in der Mitte des Gebüschs. Sie riskierte einen Blick hinaus, als sie ihren Namen hörte, und ich konnte an ihren Wangen sehen, dass sie wieder geweint hatte. Wie schrecklich musste ihr dieser Ort vorkommen.

Ich versuchte, zu ihr hinzukriechen, aber natürlich passte ich nicht so gut in die Höhle hinein wie sie.

„Weißt du“, sagte ich, „als ich so klein war wie du, da habe ich mich manchmal auf einem Baum versteckt. Ich bin hochgeklettert und einfach dortgeblieben, bis sie angefangen haben mich zu suchen oder ich so hungrig wurde, dass ich von selbst wieder heruntergeklettert bin.“

„Warum?“

„Ich war so einsam, habe meine Mama so vermisst.“

„So wie ich?“

„So ähnlich wie du. Außer dass meine Mutter gestorben war und ich wusste, dass ich sie auf dieser Welt nie mehr wiedersehen würde. Du könntest deine ja vielleicht eines Tages wiedersehen, besonders wenn sie irgendwann nicht mehr so viel unterwegs ist.“ Ich wusste nicht, ob diese Worte ihr wehtun oder helfen würden, aber sie kamen einfach so aus mir heraus. Ich betete, dass der Herr mir helfen möge, dieses Kind zu trösten und ihm zu helfen, glücklich zu sein, zumindest solange es hier bei uns war.

„Ist es wegen mir?“

„Dass sie so viel unterwegs ist, Schätzchen? Oh nein. Ich glaube, das möchte sie selbst so. Und ob es richtig oder falsch ist ... sie meint wahrscheinlich, dass es wichtiger ist als alles andere.“

Sie kam ein Stückchen weiter zu mir hergekrochen. „Sie hat gesagt, dass sie mich lieb hat.“

„Ich bin ganz sicher, dass das stimmt.“

„Hast du mich denn auch lieb?“ Ihre großen dunklen Augen blickten flehend zu mir auf.

„Ja, aber das ist nicht dasselbe. Ich habe ja noch gar keine Zeit gehabt, dich richtig kennenzulernen.“

Sie kam noch näher, nah genug, dass ich sie auf meinen Schoß ziehen konnte. Sie lehnte sich an mich und legte ihren Kopf nur für einen kurzen Moment an meine Schulter. Dann schaute sie wieder zu mir auf.

„Hat Mr Wortham mich denn lieb?“

Ich musste die bittere Galle schlucken, die mir im Hals aufstieg. „Ich ... ich glaube, er fühlt so wie ich.“

„Er ist verletzt.“

„Ja, aber nicht so schlimm, Schätzchen. Es wird ganz bestimmt wieder gut.“

„Das war wegen mir.“

„Nein. Das glaube ich nicht. Ich glaube, das war wegen Edward und vielleicht auch wegen Dingen, die passiert sind, als sie beide noch kleine Jungen waren, bevor wir beide sie überhaupt gekannt haben. Du bist ganz bestimmt nicht schuld daran.“

„Es passieren so viele schlimme Sachen ...“

„Aber das ist doch nicht deine Schuld.“

Sie griff mit ihrer kleinen Hand nach einem Stock und spielte damit herum. „Wenn ich wieder weggehe, vielleicht hört es dann ja auf.“

„Aber Frankys Bein müsste trotzdem heilen. Edward wäre immer noch derselbe. Wenn du weggehen würdest, wäre es immer noch dasselbe, außer dass wir uns fragen würden, wo du wohl bist und ob es dir gutgeht.“

„Wirklich?“

„Aber natürlich!“

„Aber ich bin doch gar nicht euer Kind.“

„Das ist Rorey auch nicht, oder das Baby oder die Kinder in meiner Sonntagsschulklasse in der Kirche, und trotzdem liegt ihr mir alle am Herzen.“

Jetzt füllten sich ihre Augen wieder mit Tränen und ich war sicher, dass ich etwas Falsches gesagt hatte. Sie klammerte sich schluchzend an mich. Mein Rücken und mein Nacken waren schon ganz steif, weil ich so gebeugt dasaß, aber ich versuchte, mich nicht zu bewegen.

„Warum ... warum kümmert sich meine Mama denn nicht um mich?“

Ich hätte jetzt mit ihr über diese Frage spekulieren können, aber die Wahrheit war, dass ich es nicht wusste. Vielleicht lag ihrer Mutter etwas an ihr, vielleicht aber auch nicht. Ich wusste nicht, was ich sagen sollte, also sagte ich lieber gar nichts, sondern hielt sie einfach nur fest, bis Rorey aus dem Haus kam und mich suchte.

„Emmie Grace stinkt!“, erklärte sie. „Du musst das Mädchen jetzt hierlassen und meine Schwester wickeln.“

„Nein“, sagte ich ganz ruhig. „Du kannst höflich fragen, Rorey Jeanine, und ich glaube ganz und gar nicht, dass ich Hanna allein hier lassen muss.“ Ich blickte hinunter und sah, dass Hanna mich ansah. „Du würdest mir gern dabei helfen, nicht wahr?“, fragte ich. „Möchtest du mir helfen, das Baby zu wickeln?“

Sie nickte, wischte sich das Gesicht mit dem Handrücken und stand ganz langsam auf. Aber in einer unerwarteten Geste nahm sie meine Hand und versuchte, mir beim Aufstehen vom Boden zu helfen.

„Danke“, sagte ich, als ich wieder stand. „Das war aber nett von dir.“

„Gern geschehen.“

Rorey stand einfach da und sah uns an. Sie war es inzwischen gewohnt, Sarahs einzige enge Freundin zu sein und auch das einzige Mädchen weit und breit, abgesehen von der kleinen Emmie Grace. Bis jetzt hatte sie sich Hanna gegenüber nett verhalten, aber jetzt schaute sie sie finster an.

„Wenn der Mann dich wieder mitnimmt, vielleicht kommt er ja dann nicht mehr wieder zurück! Er ist einfach so gemein! Er hat meinem Bruder wehgetan. Wenn du einfach wieder weggehst, vielleicht kommt er ja dann auch nicht wieder zurück.“

„Rorey!“

„Wenn sie beide wieder weggehen, dann wird vielleicht alles wie früher.“

„Rorey! Es ist nicht richtig, Hanna die Schuld für das Verhalten eines erwachsenen Mannes zu geben. Edward hat seine eigenen Probleme, und die haben mit ihr gar nichts zu tun.“

„Er ist ein Pferdearsch“, sagte sie und wiederholte damit, was Robert gesagt hatte.

„Er ist vieles, aber dadurch wird es auch nicht Hannas Schuld. Ich möchte, dass du ihr sagst, es tut dir leid, und zwar sofort.“

„Tut mir leid“, sagte Rorey und schaute dabei zum anderen Ende des Hofes, wo Whiskers im Schatten des Werkzeugschuppens döste. Dann sah sie mich wieder an. „Ist der gemeine Mann ihr Papa?“

Was wäre das für ein einfacher Ausweg gewesen! Es hätte so vieles gelöst, wenn wir für Hanna einfach wie für unsere Nichte hätten sorgen können. Aber Edward war dazu viel zu lange im Gefängnis gewesen. Es war unmöglich, dass es so sein konnte.

„Nein", antwortete Hanna, bevor ich eine Chance hatte, etwas zu sagen. „Ich brauche keinen Pa. Nur Freunde. Wie dich und Sarah und Mrs Wortham."

Ich war überrascht über ihre mutige Antwort und auch über ihre Freundlichkeit, wenn man bedachte, wie Rorey sie gerade noch behandelt hatte.

„Wir brauchen alle Freunde", stimmte ich rasch zu. „Und jetzt wollen wir uns beeilen, bevor Emmie anfängt, wegen der vollen Windel zu schreien."

Hanna nahm meine Hand und Rorey rannte voraus, und ich wusste, dass ich wirklich an Hanna denken würde, wenn sie wieder von uns fortmusste. Es fühlte sich an, als ob sie zur Familie gehörte, ob das nun tatsächlich so war oder nicht. Und als ich ihre wippenden Locken sah, das süße Gesicht, ihre freundlichen, sanften Augen, wusste ich, es würde nicht viel brauchen, um mich zu überzeugen. *Samuel muss noch einen Bruder haben,* dachte ich. *So muss es sein. Jemanden, der nicht bei Samuels Vater oder seiner Mutter aufgewachsen ist. Jemand, der mehr wie Samuel ist, als Edward es jemals sein könnte.*

16

Samuel

Barrett Post brachte mich an diesem Abend zurück nach Hause und versprach, am nächsten Tag nach dem Gottesdienst nach *Macleansboro* zu fahren. Er fragte nicht, woher ich meine Verletzungen hatte, sondern sah mich nur eine Weile schweigend an, ohne weitere Fragen zu stellen.

Ich ging die Stufen zur Haustür hinauf und fühlte mich dabei steif und ungelenk. Edward hatte mich wirklich ordentlich vermöbelt, und ich nahm an, dass ich es noch ein paar Tage spüren würde. Vielleicht war die ganze Sache ja auch irgendwie meine Schuld, obwohl ich nicht einmal wusste, was ich von der ganzen Angelegenheit halten sollte.

„*Es hat alles mit dem Essen angefangen*", hatte Edward gesagt. „*Mit Essen für dich.*" Das verstand ich jetzt. Die kleinen Diebstähle waren immer schwerer und schwerer geworden, bis sie eben nicht mehr geringfügig gewesen waren, keine Kleinigkeit mehr. Und ganz bestimmt ging es da auch schon längst nicht mehr nur um Essen, aber er gab mir die Schuld dafür, ebenso wie dafür, dass alle Leute in unserer Gegend ihm misstraut hatten. Wenn ich mein Essen selbst gestohlen oder gar keines gebraucht hätte, wenn jemand ihm Arbeit gegeben hätte oder ihn wenigstens nicht aus dem Laden gescheucht hätte, vielleicht wäre sein Leben dann völlig anders verlaufen.

Ich hatte mich schon so oft gefragt, wie die Welt für uns wohl ausgesehen hätte, wenn Mama immer nüchtern gewesen wäre und Vater beständig und geduldig genug, um einen Job zu behalten und uns gegenüber nicht so hart zu sein. Einmal war ich wütend gewesen, hatte mit Flaschen geworfen und so wie Edward eine Straßenlaterne zertrümmert. Ich hatte es sogar auch mit Trinken versucht, das meine Eltern so zerstört hatte, aber so tief wie sie war ich nie gesunken. Ich hatte zu viel Angst vor dem, was der Alkohol bei meiner Mutter und das Stehlen bei Edward angerichtet hatten. Also hatte ich aufgehört zu trinken. Und gestohlen hatte ich ohnehin nie.

Und dann hatte ich irgendwann Juli kennengelernt – und Jesus. Beide im selben Jahr.

Jeder, der wusste, was ich für diese beiden empfand, hätte auch gewusst, dass ich mich niemals mit Trudy Vale oder sonst jemandem hätte einlassen können. Ich hatte gehofft, dass Juli das wusste. Edward wusste es jedenfalls offenbar nicht. Ich hatte damals versucht, ihm von der Leichtigkeit zu erzählen, die ich empfand, seit ich Gott kannte, aber er hatte mir nie zuhören wollen und mich einfach nur als verrückt bezeichnet, hatte geschimpft und geflucht, ich solle ihn damit in Ruhe lassen, sodass ich genau das auch irgendwann getan hatte.

Aber vielleicht war das falsch gewesen. Vielleicht hätte ich nicht aufgeben sollen, obwohl Edward mich auch damals schon völlig fertiggemacht hatte, genau wie er mich jetzt fertigmachte. Er war immer hart gewesen, immer bitter, nie bereit zuzuhören.

Ich war für ihn nur der dumme kleine Bruder gewesen, der sich im Wald versteckte, wenn es brenzlig wurde. Es schien Edward zu gefallen, mich ständig niederzumachen.

Ich stand einen Augenblick auf der Veranda unseres Hauses und eigentlich war mir ganz und gar nicht danach, hineinzugehen. Ich hatte Juli nicht viel erklärt. Bestimmt würde sie mir jetzt noch mehr Fragen stellen. Und die Fragen der Kinder würden am schwersten werden. Ich wollte ihnen nichts erzählen, aber ich konnte ja auch nicht gut einfach wegbleiben.

Sie hatten mich nicht kommen gehört. Rorey und Sarah sangen im Haus, aber der Gesang verstummte abrupt, als ich die Tür öffnete. Sarah wirbelte herum und quietschte: „Papa!"

Sie war schon im Nachthemd. Das frisch gewaschene und gebürstete Haar war offen und bedeckte ihren ganzen Rücken. Samstagabend war immer Badetag.

Ich konnte Julis Füße hinter dem Betttuch sehen, das in der Ecke als provisorischer Badevorhang gespannt war. Sie schaute mich über den Rand hinweg an und sagte: „Schön, dass du da bist. In der abgedeckten Schüssel sind Nudeln. Ich spüle gerade Roreys Haar, aber wir sind hier gleich fertig."

„Es tut mir leid", sagte ich sofort. „Ich hätte hier sein und dir beim Wasserschleppen für das Bad helfen sollen."

„Robert hat mir geholfen. Außerdem ist es mir sowieso lieber, wenn du dich ausruhst. Geht es dir gut?"

„Ja." Ich konnte Emma Grace im Nebenraum hören und nahm an, dass Robert bei ihr war. Hanna saß am Tisch und sah genauso ernst aus wie am ersten Abend, als sie zu uns gekommen war. Einen Moment fragte ich mich, wie wohl die Reaktionen der anderen sein würden, wenn ich einfach sagte, ich sei ihr Vater. Hanna wäre entzückt. Juli würde mir sicher irgendwie vergeben und Edward würde mich nicht mehr wie einen Schlappschwanz behandeln. Vielleicht.

„Hanna ist als Nächste an der Reihe", sagte Sarah zu mir. „Oder willst du jetzt erst?" Sie rückte an meine Seite und kam mit ihrer Hand ganz nah an mein Gesicht, berührte es aber nicht. „Tut das weh?"

„Nur wenn ich lache."

„Dann muss es jetzt ja gut sein", sagte sie mit unsicherer Stimme. „Denn jetzt lachst du ja gerade nicht."

Ich umarmte sie. „Mir geht es gut, mein kleiner Kürbis."

„Da bin ich aber froh, dass Mr Edward *mich* nicht so fest geschlagen hat", sagte Hanna plötzlich.

„Da bin ich auch froh." Sie schaute so traurig drein, fast wünschte ich, ich hätte sie und Sarah gleichzeitig umarmen können. Vielleicht konnte ich es sogar, aber ich versuchte es nicht.

„Soll ich dir ein nasses Tuch zum Kühlen holen?", fragte Juli. „Dein Auge ist immer noch ein bisschen geschwollen."

Das wusste ich, denn ich spürte den Druck und die Schmerzen um es herum. Wahrscheinlich war es jetzt auch schon blau angelaufen. Vielleicht ein guter Grund, morgen nicht zur Kirche zu gehen. Ich konnte mir schon genau all die Aufmerksamkeit vorstellen, die ich dort bekommen würde.

Ich glaube, ich hatte Julis Frage nicht einmal beantwortet, aber sie brachte mir trotzdem ein nasses Tuch zum Kühlen, nachdem sie Rorey aus dem Waschzuber geholfen hatte.

„Jetz' is' Hanna dran", sagte Rorey und sah mich an. „Se wollte nich' als Erste."

Juli legte mir das Tuch ganz vorsichtig aufs Auge. Natürlich war eine Schwellung jetzt gar nicht mehr zu verhindern. Ich hoffte, sie merkte nicht, dass er mir auch in den Bauch geschlagen hatte.

„Soll ich dir ein paar Nudeln holen?", fragte Juli. „Oder hat Louise dir was zu essen gegeben?"

„Sie hat mir was angeboten, aber ich habe abgelehnt."

„Geht es Franky und George gut?"

Ich sah die Sorge in ihrem Blick und wusste, dass sie alles für uns wieder in Ordnung gebracht hätte, wenn es in ihrer Macht gestanden hätte. Ich nahm ihre Hand. „George findet es schrecklich, dort im Krankenhaus zu sein, aber die eine Nacht wird er wohl durchhalten müssen. Franky hatte noch ziemlich starke Schmerzen, doch sie haben ihm Schmerzmittel gegeben, von denen er ganz schnell eingeschlafen ist. Wenn du ihn besuchen willst, Barrett und Louise fahren morgen hin."

Sie sah zu den Mädchen hin. „Ich weiß nicht, Schatz. Wir werden sehen." Dann wischte sie mir mit dem Tuch über die

Stirn und betupfte noch einmal mein Auge damit, bevor sie sich vorbeugte und mir einen Kuss auf die Wange gab.

Robert kam mit Emma Grace an der Hand ins Wohnzimmer. Er sah plötzlich so groß aus und sehr ernst. Er sagte kein Wort.

„Müssen wir morgen in die Kirche?“, fragte Rorey.

„Nein“, antwortete Juli rasch. „Wir müssen nicht, aber wir gehen trotzdem. Es ist ein Vorrecht, gehen zu dürfen.“

„Ich bin noch nie in der Kirche gewesen“, erzählte uns Hanna.

„Noch nie?“, fragte Sarah völlig verblüfft nach.

„Es wird dir bestimmt gefallen“, versicherte Juli ihr.

Ich hoffte, dass das stimmte. Ich erinnerte mich an meine ersten Erlebnisse in der kleinen Kirche in *Dearing*. Dort kannte jeder jeden, und deshalb wurden Neue argwöhnisch beäugt und es hatte auch Misstrauen gegeben von Seiten derer, die dank Hazel Sharpe dachten, wir wollten uns Emma Grahams Farm unrechtmäßig aneignen. Aber Hanna war noch ein Kind. Wahrscheinlich würde sie nicht solche Probleme haben. Und außerdem kannten uns inzwischen ja auch alle. Nur mein blaues Auge würde mit Sicherheit für Aufsehen sorgen.

„Gehn Kirk un' die andern denn auch zur Kirche?“, fragte Rorey weiter.

„Ich weiß es nicht“, antwortete ich ihr. „Vielleicht fahren sie ja früh mit dem Pferdefuhrwerk los, so wie es dein Vater macht, wenn er zur Kirche fährt. Wir werden von Charly Hunter abgeholt.“

„Ich wette, die gehn nich'“, sagte sie schmollend. „Weil Pa un' Lizbeth nich' da sin' un' se zwingen.“

„Sam wird sicher kommen, wenn er es irgendwie schaffen kann“, sagte Juli.

Jetzt erinnerte auch ich mich wieder daran, dass Thelma Pratt den Jungen bei der Feier am 4. Juli abgepasst und ihn gefragt hatte, ob sie ihn am Sonntag in der Kirche sehen würde. Das schien schon so lange her zu sein.

„So, wir machen jetzt lieber mit dem Baden weiter, damit wir rechtzeitig ins Bett kommen“, sagte Juli. „Bist du so weit, Hanna?“

„Muss ich?“

„Ich glaube, es fühlt sich nach so einem Tag gut an“, sagte Juli.

„Mach dir keine Sorgen. Ich bin ganz vorsichtig mit deinem Haar."

„Kann ich es auch allein machen?"

„Also", sagte Juli, „die anderen Mädchen in deinem Alter mögen gern Hilfe, aber wenn du es schon allein kannst, dann ist das auch gut."

Hanna sagte, sie könne schon allein baden. Sie ging zu ihrer Tasche, holte ihr Nachthemd heraus und verschwand dann blitzschnell hinter dem Vorhang. Sie brauchte nicht sehr lange, aber sie kam mit nassem Haar wieder heraus. Juli stellte ihr keine Fragen und kontrollierte nicht einmal die Ohren.

„Jetzt bist du an der Reihe, Robert."

Sarah und Rorey rannten mit ihren Puppen ins Wohnzimmer, und ich hatte Emma Grace auf dem Arm, während Julia Hanna vorsichtig die Haare kämmte.

„Badest du dich immer allein?", fragte sie.

„Ja", antwortete Hanna.

„Dann bist du ja schon richtig groß und auch so höflich. Das finde ich wirklich schön."

„Danke."

Hanna saß ganz still da, und ich fing an, mir Gedanken über Trudy Vale zu machen. Wieso schickte sie ihr Kind zu einem Mann, der sie geschlagen hatte? Warum nicht zu ihren eigenen Verwandten, zu ihrer Mutter beispielsweise?

Vielleicht hatte sie es so gewollt. Vielleicht war das alles gar kein Missverständnis und sie wusste, dass Edwards Bruder gar nicht der Mann war, mit dem sie zusammen gewesen war. Aber dann hätte sie das Schicksal ihres Kindes ja noch mehr dem Zufall überlassen, als sie es so schon getan hatte, oder? Und es schien so, als könnte nur Gott allein all diese seltsamen Zufälle arrangiert haben, die sie sich hatte zunutze machen können. Dieselbe Stadt. Derselbe Name.

Ich wurde das Gefühl nicht los, dass Trudy Vale vielleicht auch gelogen haben könnte, dass sie vielleicht Edward belogen und Hanna genau erklärt hatte, was sie sagen sollte. Vielleicht hatte gar kein Wortham mit alldem etwas zu tun. Aber damit ließ sich nicht erklären, woher sie all die Einzelheiten gewusst hatte, und auch nicht der Umstand, dass Hanna mir so ähnlich sah.

„Hanna, hat deine Mutter eigentlich sonst noch etwas über deinen Vater gesagt?", fragte ich plötzlich.

Ich sah, wie Juli sich anspannte. „Samuel …"

„Es kann nicht schaden, wenigstens zu fragen. Vielleicht erinnert sie sich ja daran. Oder an irgendwelche Verwandten."

„Ich weiß es nicht", sagte Hanna mit einem Seufzer. „Es wäre schön, wenn wir das Bild noch hätten. Du siehst darauf noch viel mehr müde aus."

„Es ist jetzt Zeit fürs Bett", sagte Juli und legte plötzlich mit zitternder Hand die Bürste hin.

Aber Hanna überlegte gerade etwas. „Mama war erstaunt", sagte sie dann ganz plötzlich. „Als Edward gesagt hat, dass du jünger bist als er, da war sie erstaunt."

„Sie hat gedacht, ich wäre älter?" Ich fand, das war eine gute Neuigkeit. Endlich etwas, das nicht passte. Vielleicht war der Mann, wer auch immer er sein mochte, ja wirklich älter als Edward. Aber Juli sah mich an, als ob ihr etwas wehtat, und dann wurde mir auch klar, warum. Ich hätte sagen müssen, *Hannas Vater* war älter, nicht *ich*. Aber wenn ich mich jetzt berichtigt hätte, hätte ich dadurch alles nur noch schlimmer gemacht.

„Edward ist furchtbar unreif", sagte Julia ganz ruhig. „Robert verhält sich erwachsener als er." Sie stand auf. „Sarah! Rorey! Kommt, lasst uns beten." Dann richtete sie ihren Blick auf mich. „Macht es dir etwas aus, Emma Grace hierzubehalten, während ich die Kinder ins Bett bringe? Sie hat heute Mittag lange geschlafen, und es dauert bestimmt noch eine Weile, bis ich sie auch hinlegen kann."

„Juli …" Ich wollte die richtigen Worte finden, aber Rorey und Sarah kamen bereits wieder in die Küche gehüpft und ich wusste, ich würde warten müssen. „Das ist in Ordnung", sagte ich. „Kein Problem."

Hanna wollte bei mir bleiben, aber Juli rief sie ins Bett mit den anderen Mädchen. Ich hörte, wie sie leise mit ihnen sang, während Emma Grace an meinem Ohr zupfte und lachte.

Robert tauchte hinter dem provisorischen Badevorhang auf und kam ganz nah heran, um sich mein Auge anzuschauen. „Sieht ziemlich übel aus, Papa."

„Ach, das heilt auch wieder."

„Warum hat er dich geschlagen?"

„Das ist eine lange Geschichte."

„Hast du zurückgeschlagen?"

„Nein, Robert ..."
„Warum denn nicht? Ich hätte es getan."
Daran hatte ich keinen Zweifel. Robert war hitzköpfiger als ich.
„Du musst es dem Sheriff melden. Auch das, was er Franky angetan hat. Er darf doch nicht einfach so davonkommen ..."
„Das ist Gottes Sache."
Robert schüttelte den Kopf. „So was Ähnliches hat Mama auch gesagt. Aber was ist, wenn Gott nichts macht?"
„Das wird er ganz bestimmt", antwortete ich, ohne eigentlich recht zu wissen, warum ich mir dessen so sicher war.

Sarah und Rorey hatten schon eine Weile geschlafen und auch Robert war bereits nach oben gegangen, als ich anfing, die Schuhe für den Sonntagmorgen zu putzen. Juli wiegte Emma Grace im Wohnzimmer, sodass ich überrascht war, als ich trippelnde Schritte hörte, die in meine Richtung kamen. Ich blickte auf und sah Hanna in die Küche kommen, mit müden, großen Augen, beide Hände fest um ihre Garnpüppchen geklammert.
„Kann ich zuschauen?", fragte sie.
„Eigentlich sollst du schlafen. Hat Julia dich nicht gesehen?"
„Sie singt dem Baby was vor und hat die Augen zu."
Ich nickte. Ich hatte kein Singen gehört. Wahrscheinlich, weil ich selbst so in Gedanken gewesen war.
Sie schaute genau zu, als ich ein bisschen von Julis selbst gemachter Walnussfarbe auf die Spitzen meiner Sonntagsschuhe strich. Das Zeug wirkte wirklich gut statt brauner Schuhcreme.
„Warum machst du das?", fragte sie mich.
„Weil die Schuhe schon alt sind und weil ich möchte, dass sie so schön wie möglich aussehen. Ich poliere sie ein bisschen und dann sind sie wieder wie neu. Möchtest du, dass ich deine auch putze?"
„Mama hat die Schuhe immer nur vor einer Vorstellung zurechtgemacht."
„Also, das hier ist nicht für eine Vorstellung, aber das Haus Gottes ist auch wichtig. Da wollen wir so gut wie möglich aussehen."

„Deine Frau singt schön."
„Ja, ich weiß."
„Mama singt auch schön."
„Das muss sie wohl. Aber meinst du nicht, dass du jetzt langsam schlafen solltest? Morgen müssen wir früh wach sein und uns für die Kirche fein machen."
Sie saß auf dem Boden neben Sarahs kleinen Schuhen. „Ich weiß."
Sie legte das Kinn auf ihre Hände und blickte zu mir auf. „Aber ich kann nicht so gut schlafen."
„Warum denn nicht?"
„Ich glaube, weil ich nichts von der Kirche weiß. Und irgendwie ... irgendwie hab ich ..."
„Angst?"
„Ja."
Ich legte den Lappen aus der Hand. „Das verstehe ich. Als ich zum ersten Mal in dieser Kirche war, da war ich auch ziemlich aufgeregt. Ich kannte niemanden außer den Leuten, mit denen ich hingegangen bin. Es ist völlig in Ordnung, wenn man aufgeregt ist. Aber du brauchst wirklich keine Angst zu haben."
„Was machst du denn, wenn du da bist?"
„Also zuerst begrüße ich ein paar Leute. Dann suche ich mir einen Platz. Dann werden ein, zwei Lieder gesungen und es geht in die Sonntagsschule."
„Ich bin noch nie in einer Schule gewesen. Mama sagt, dass ich im Herbst hinmuss."
„Ja, das glaube ich auch. Aber Sonntagsschule ist etwas anderes. Sie ist das ganze Jahr und immer nur sonntags. Man lernt etwas über Jesus und das, was Gott in der Bibel geschrieben hat."
„Gefällt es Sarah da?"
„Ja. Und Sarahs Mama ist auch die Lehrerin für die Kinder in eurem Alter. Du hast also nicht einmal eine Lehrerin, die du nicht kennst."
Sie lächelte. „Geht Sarah auch im Herbst in die Schule?"
„Sie geht schon hin. Im vergangenen Jahr ist sie hingekommen, nach den Ferien geht sie wieder. Und es gefällt ihr dort gut."
„Ich hoffe, ich kann da hingehen, wo sie auch hingeht."
Ich wusste nicht so recht, was ich darauf sagen sollte. Wahrscheinlich würde Hanna ja zurück in den Osten gehen; zu ihrer

Großmutter, wenn wir sie ausfindig machen konnten. „Erst mal musst du jetzt wieder ins Bett gehen. Hier in der Gegend wird es ziemlich früh Morgen."

Sie stand auf, und ich dachte, sie würde jetzt tun, was ich ihr gesagt hatte, aber statt ins andere Zimmer zu gehen, kam sie zu mir und umarmte mich ganz fest, genau wie Sarah es manchmal tat.

Ich hielt sie einen Augenblick im Arm und betete für sie, und ich hoffte, sie würde jetzt zu Bett gehen, ohne dass ich sie noch einmal dazu auffordern musste.

Aber sie rührte sich nicht. Sie klammerte sich ganz lange an mich, und ich wusste nicht, was ich tun sollte. So hatte sie sich auch am ersten Abend verhalten, so als wäre ich eine Art Rettungsring für sie.

„Hanna", fragte ich schließlich, „ist alles in Ordnung? Geht es dir gut?"

„Ich wünschte, du würdest mich wie ein Baby wiegen. Das hat Mama immer gemacht, aber das ist schon ganz lange her."

Sie weinte nicht. Aber ich wusste, dass sie kurz davor war. „Du bist ein bisschen nervös wegen der Kirche morgen, nicht wahr?"

Sie drückte mich fester. Eines der Garnpüppchen fiel auf den Boden. „Ich weiß, dass ihr mich wieder wegschickt. Und ich will nicht wieder weg."

„Ich muss ehrlich zu dir sein", sagte ich. „Wenn wir deine Familie finden, dann muss ich dich wieder wegschicken. Da hätte ich gar keine andere Wahl. Und ich weiß, dass dir das Angst macht, besonders, wenn du sie noch gar nicht kennst. Aber du gewöhnst dich bestimmt an sie. Wahrscheinlich dauert es gar nicht lange."

„Ich dachte auch, dass ich vor dir Angst habe, und das hatte ich am Anfang auch. Aber nur ganz kurz."

„Siehst du?" Ich versuchte, ihr in die Augen zu schauen. „Wahrscheinlich ist es bei deiner Familie auch so, wo immer sie auch ist."

„Und was, wenn nicht? Mama hat gesagt, dass ihre Verwandten uns nicht mögen."

„Ich bin sicher, Gott hat jemanden für dich, der dich mag und sich sehr gut um dich kümmert."

„Mama hat gesagt, dass *du* das jetzt tust."

„Aber deine Mama kennt mich gar nicht. Sie hat nur gedacht, dass ich jemand bin, der ... den sie irgendwann einmal kennengelernt hat."

Mit einem leichten Kopfschütteln sah sie mich an. „Ich glaube darüber nur eines."

„Was denn?"

Sie holte tief Luft.

„Wenn sie dich kennt, dann seid ihr beide irgendwie durcheinander, weil du es vergessen hast, und sie hat gesagt, dass ich wirklich ganz brav sein muss, weil du manchmal irgendwie böse bist. Aber das bist du gar nicht."

„Danke, das freut mich zu hören."

„Aber vielleicht sind die anderen gemein! Vielleicht bist du ja der, den Gott ausgesucht hat!"

„Hanna ..."

Sie hörte mir gar nicht mehr zu, denn sie weinte jetzt wieder. „Ich mag Sarah! Ich mag sogar Rorey und die Jungen! Ich mag Mrs Wortham ganz doll, obwohl ich noch nie gesehen habe, dass jemand so kocht wie sie. Sie singt mir was vor und erzählt mir was von Teppichklopfen und in einem Bach Waten. Ich will sonst nirgends hin. Ich war noch nie irgendwo so gerne wie hier, sogar dann, wenn Mr Eddie so schlecht ist! Denn ich glaube, dass er bald wieder weggeht und uns in Ruhe lässt."

„Vielleicht. Irgendwann. Aber ich kann dir nicht versprechen, dass du hierbleiben kannst. Wir wissen noch nicht, was wir über deine Familie in Erfahrung bringen."

Sie weinte weiter und sie tat mir schrecklich leid, aber ich wusste nicht, was ich sonst hätte sagen sollen. Schon morgen konnte Ben Law auftauchen und uns mitteilen, dass ihre Großmutter oder sonst jemand bereit sei, sie aufzunehmen. Und dann würde sie uns wieder verlassen müssen. Aber sie brauchte etwas, irgendeine Form von Sicherheit oder Bestätigung. Mir war das Herz schwer, wenn ich an den Schmerz eines Kindes mit einer so ungewissen Zukunft dachte. Irgendetwas musste ich ihr sagen.

„Hanna ..."

Sie zitterte ein bisschen und versuchte die Tränen zu unterdrücken.

„Ich weiß nicht, wie es weitergeht. Ich weiß nicht, ob du wieder wegmusst oder wann, aber ich verspreche dir etwas.

Wenn Sheriff Law keinen Platz bei Verwandten für dich findet, wo du sicher und glücklich sein kannst, dann behalte ich dich. Dann wirst du meine kleine Tochter, genau wie Sarah, egal, ob wir wirklich verwandt sind oder nicht."

Man hätte meinen können, ich hätte ihr die ganze Welt versprochen. Sie sprang mir so schnell und ungestüm an den Hals, dass es wehtat. Sie drückte mich und weinte, und ich hoffte sehr, dass ich das Richtige getan hatte. Aber dann sah ich aus dem Augenwinkel eine Bewegung. Ich blickte auf und sah Juli in der Tür stehen. Ich wünschte, ich hätte gewusst, wie viel sie gehört hatte. Ich hoffte, sie war nicht böse darüber, dass ich ein so vorschnelles Versprechen gegeben hatte, ohne zuvor mit ihr darüber zu reden.

„Zeit fürs Bett, Hanna", sagte ich.

„Ja", bestätigte Julia. „Komm her, meine Kleine. Ich bringe dich."

Sie gingen. Sie gingen beide. Und ich wusste nicht, was ich tun sollte, außer weiterhin Schuhe zu putzen. Ich wusste nicht so recht, ob das, was ich gesagt hatte, Julia etwas ausmachte oder nicht. Sie war viel zu freundlich, um in Gegenwart von Hanna darüber etwas zu sagen. Aber sie war so gutherzig, besonders gegenüber Kindern, dass ich annahm, ich brauchte mir darüber keine Gedanken zu machen.

„Du hast das Richtige getan", sagte sie, als sie in die Küche zurückkam. „Sie hat uns schon als ihre Familie angenommen. Wenn kein Zuhause für sie gefunden wird, dann wäre es einfach nicht richtig, sie bei Fremden zu lassen oder sie in ein Waisenhaus zu stecken."

„Du bist eine unglaubliche Frau, Julia. Wir kennen sie doch erst seit ein paar Tagen."

„Sie hat viel miterlebt in diesen Tagen. Frankys Unfall und die Folgen der ersten Schlägerei deines Lebens, die du meines Wissens gehabt hast."

Sie streichelte mir über die Wange.

„Es war gar nicht so sehr eine Schlägerei."

„Also ziemlich einseitig?"

Ich blickte auf den Schuh in meiner Hand hinunter. „Ja."

Sie setzte sich neben mich. „Von was ist er eigentlich so besessen, dass er hinter dir her ist? Sieht er denn nicht, dass du versuchst, friedlich zu sein?"

„Ich weiß es nicht, Juli. Ich nehme an, dass er schon immer irgendwie blind gewesen ist."

„Dann müssen wir Pastor Jones bitten, morgen für ihn zu beten, ebenso wie für Franky."

Ich saß still da und überlegte. „Meinst du wirklich, dass ich in den Gottesdienst gehen sollte?"

„Natürlich sollst du das. Meinst du, weil du morgen ein ziemlich blaues Auge haben wirst? Du hast ihn weder provoziert noch zurückgeschlagen, oder? Du kannst nichts dafür, wenn er die Beherrschung verliert, genauso wenig, wie ich es gekonnt habe."

Diese Worte heizten erneut meinen Zorn an. „Wenn er dir gegenüber noch einmal handgreiflich würde, dann würde ich mehr tun als ihn nur schlagen."

Sie legte mir die Hand auf die Schulter. „Weißt du, was ich denke?"

Ich sah zu ihr hinüber. „Nein."

„Ich denke, dass ich wirklich beschenkt bin und dankbar sein kann. Du scheinst nicht böse auf mich zu sein. Und dazu hättest du allen Grund."

„Warum sollte ich denn böse auf dich sein?"

„Ich glaube, das weißt du, oder?" Sie legte ihren Arm um mich und gab mir einen Kuss auf die blutunterlaufene Wange. Es tat weh, aber das sagte ich ihr nicht.

„Ich könnte es dir nicht verübeln, Juli. Wenn ich es nicht besser wüsste, würde ich mir ja selbst nicht glauben."

„Aber ich kenne dich. Ich habe dein Innerstes gesehen. Das sollte doch eigentlich genügen."

„Es ist schwer, gegen etwas zu argumentieren, das wie ein handfester Beweis aussieht, aber wenigstens wissen wir jetzt, dass der Mann älter und auch grober sein muss als ich."

Sie lächelte, und im Licht der Öllampe erkannte ich Erleichterung in ihrer Miene. „Du hast Recht. Das ist wunderbar!"

Sie war nicht sicher gewesen. Sie hatte so liebevoll und wunderbar reagiert, obwohl sie nicht sicher gewesen war. Einen Moment machte mir das etwas aus, aber dann dachte ich, das musste Liebe sein. „Ich liebe dich, Juli. Dafür, dass du bereit bist, mich auch dann zu umarmen, wenn ich ein Lügenbold wäre."

„Ach Schatz, das habe ich nie gedacht."

„Aber auch wenn es wahr wäre, würdest du bei mir bleiben, nicht wahr?"

Sie drückte meine Hand. „Es ist aber nicht wahr. Du hast mir gesagt, dass es nicht wahr ist. Doch selbst wenn es wahr wäre, könnte ich nicht einfach mein ganzes Leben wegwerfen. Ich brauche dich. Und das wird immer so bleiben."

„Manchmal weiß ich gar nicht so recht, ob das stimmt. Es scheint, als würdest du mit allem ebenso gut allein fertig, auch ohne Mann an deiner Seite."

Plötzlich sah sie ein bisschen empört aus. „Also, ich denke schon, dass ich das könnte, wenn ich müsste! Wenn du damit irgendeinen Mann meinst. Aber das meine ich nicht. Ich meine, dass ich dich brauche. Und ich glaube dir auch. Hannas Vater ist irgendein gemeiner, alter Grobian, der zufällig denselben Namen hat wie du, das ist alles. Und du bist so gut, seine kleine Tochter aufzunehmen und sie schon jetzt lieb zu haben. Ich weiß doch, dass du das tust."

Ich nahm ihre Hand. „Ich glaube, du tust das auch."

Zunächst sagte Julia nichts und dann meinte sie: „Und mehr noch – sie hat uns auch lieb."

17

Julia

Am Sonntagmorgen waren wir spät dran und deshalb wie jeden Sonntagmorgen in Eile. Vielleicht sogar noch mehr als sonst, weil jedes Mal, wenn ich irgendetwas fertig hatte, die kleine Emma Grace wieder Töpfe auf dem Fußboden verteilte oder versuchte, sich ein Kleidungsstück nach dem anderen selbst auszuziehen. Am Ende frühstückten wir nur den Rest Maisbrot vom Vortag mit warmer Milch, wobei Emmie ihre Portion auch noch auf den Boden warf.

„Mein Schuh ist zu eng", beklagte sich Sarah.

„Letzte Woche war es doch gar nicht so schlimm", versuchte ich sie zu beschwichtigen. Zur Kirche musste sie Schuhe anziehen, auch wenn sie den Sommer über zu Hause immer barfuß lief, und sie hatte nur dieses eine Paar.

„Vielleicht passen ihr ja meine", sagte Hanna plötzlich.

„Aber die brauchst du doch selbst."

„Ich kann ja mal ihre anprobieren. Meine sind mir sowieso zu groß."

„Ach, wirklich?"

„Ja. Mama hat sie aus einer großen Kiste, und sie haben noch nie richtig gepasst, aber sie hat gesagt, ich würde schon noch reinwachsen."

„Aus einer großen Kiste?", fragte Sarah. „Ich dachte immer, dass neue Schuhe in kleinen Kartons sind."

„Die sind doch nicht neu! Sie waren in einer großen Kiste vor dem Wyatt Hotel, wo Leute Sachen wegwerfen. Ich weiß auch nicht, warum Leute Schuhe wegwerfen. Sie müssen sehr reich oder nicht gerade schlau sein."

„Also gut, Mädchen. Ihr könnt tauschen und sie anprobieren. Schaden kann es ja nicht."

Rorey sah zu, wie Sarah und Hanna eifrig die Schuhe der jeweils anderen anprobierten. Zu meiner großen Überraschung waren sie beide zufrieden.

„Die passen richtig gut, Mama!", erklärte Sarah. „Jetzt kann ich Gott für Schuhe danken!"

„Bist du sicher, dass Sarahs Schuhe dir passen, Hanna?", fragte ich noch einmal nach, weil ich nicht wollte, dass ihre Freundlichkeit auf ihre Kosten ging.

„Sie sind gut. Viel besser als die anderen."

Nur für alle Fälle bückte ich mich, um noch zu fühlen, wo ihre Zehen waren, und wirklich, die Schuhe schienen ihr gut zu passen. Vorn war sogar noch ein wenig Platz. „Na gut, wenn ihr beide sicher seid."

„Wir sind sicher", sagte Sarah für beide. „Ich glaube, das heißt, wir passen total gut zusammen."

Rorey maulte. „Aber beide Paare sind ziemlich hässlich."

„Das ist schon in Ordnung", entgegnete Sarah, nicht im Geringsten empört. „Bis die Schule wieder anfängt, brauchen wir sie ja sowieso nur am Sonntag anzuziehen."

Ich steckte den Mädchen noch Haarreifen ins Haar, während Robert sich die Krawatte band, die Emma für ihn gemacht hatte, und Samuel derweil Emmie Grace aus der leeren Kartoffelkiste holte, in die sie hineingekrochen war.

„Sieh mal, Papa! Neue Schuhe", verkündete Sarah stolz.

„Und guck mal meine!", fügte Hanna hinzu.

Ich merkte, dass sie gern noch einmal dieselbe Annahme gehabt und empfunden hätte wie am vergangenen Abend. Samuel lächelte beide Mädchen an.

„Ich sehe. Wer hätte das gedacht? Da hast du aber schlau mitgedacht, Hanna."

Sie strahlte wie eine Schneekönigin.

„Ich wünschte, ich hätte neue Schuhe", beklagte sich Rorey.

„Wenigstens sind deine noch gut", versicherte ich ihr. „Ich fürchte, du bist nicht die Einzige, die dieses Jahr noch neue Schuhe braucht."

„Sogar Pa braucht welche", pflichtete Rorey mir bei. „Er hat seine Stiefel zum millionsten Mal geflickt, und sie fallen schon fast auseinander."

„Wir müssen für all das beten", sagte ich zu ihr. „Du hilfst mir dabei, ja?"

„Na gut, mach ich", sagte sie und es schien ihr jetzt schon viel besser zu gehen.

Charlie Hunter kam pünktlich, aber anscheinend war er etwas früher als sonst, denn ich war noch dabei, Emmie Grace zu wickeln – zum dritten Mal an diesem Morgen. Ich wusste, dass wir wirklich bald anfangen mussten, mit diesem Kind zu üben aufs Töpfchen zu gehen, aber weder Lizbeth noch ich hatten es bisher geschafft, damit anzufangen und es zu versuchen. Als Charlie vorfuhr und hupte, war ich so in Eile, dass ich das Baby versehentlich mit einer der Sicherheitsnadeln zum Verschließen der Windel piekte. Sie weinte, und ich fühlte mich ganz furchtbar.

„Ach, das tut mir so leid, meine Süße", versuchte ich sie zu trösten und hob sie mir auf die Schultern. Sie fing an, mir in meinen Haaren herumzuwühlen, und als ich ihr sagte, sie solle damit aufhören, schrie sie noch lauter.

Samuel bot an, sie zu nehmen, aber ausgerechnet jetzt wollte sie nicht zu ihm. Sie blieb also bei mir und quengelte und machte weiter, bis wir draußen waren und Sarah sagte: „Guck mal, Emmie Grace, da hinten sind Häschen!"

Emma sah hin und wurde ganz still. Ich schaute ebenfalls hin, und tatsächlich, da saßen drei große Kaninchen im Gemüsegarten und taten sich an den Bohnen, dem Salat und dem Kohl gütlich, den wir so dringend selbst brauchten. Ich gab Emmie an Samuel weiter, ob es ihr gefiel oder nicht, und rannte laut rufend und wild gestikulierend in den Garten.

Charlie und die Kinder warteten einfach und staunten über den seltsamen Anblick, wie ich im Sonntagskleid schreiend durch den Gemüsegarten rannte.

„Wir können sie doch sowieso nicht fernhalten, wenn wir weg sind“, sagte Samuel.

„Aber wir können es ja wenigstens versuchen, solange wir hier sind“, erwiderte ich, während ich beobachtete, wie die pelzigen Diebe in Richtung Maisfeld davonhoppelten.

„Wo ist denn Whiskers? Das ist doch eigentlich seine Aufgabe.“

Robert pfiff laut und schrill, woraufhin Whiskers aus der Scheune getrottet kam und sich dann erst einmal lange und ausgiebig streckte, als er vor mir stand.

„Ich wünschte, du würdest hier draußen schlafen“, sagte ich zu dem Hund. „Vielleicht würden dann auch die Kaninchen wegbleiben.“

„Seien Sie froh, dass es kein Rehwild ist“, warf Charlie Hunter ein. „Drüben bei Belle Rive haben sie alle Mühe, das Wild aus ihren Gärten fernzuhalten.“

„Wir haben auch hier bei uns im Maisfeld schon Rehwild gesehen“, sagte ich zu ihm und empfand plötzlich nichts als eine tiefe Erschöpfung. Ständig mussten wir kämpfen, gegen das Wetter und Tiere und Preise und das gesamte Wirtschaftssystem, und ich war es unendlich leid – viel mehr, als mir zuvor bewusst gewesen war.

„Startklar?“, fragte Samuel offenbar uns alle.

Ich rannte mit den anderen zu Charlies Auto, um mich mit ihnen zusammen hineinzuquetschen, aber zum ersten Mal seit langem war mir ganz und gar nicht nach Kirche. Ich ging, weil wir immer gingen, aber eigentlich wäre ich viel lieber ganz allein zu Hause geblieben und hätte im Gemüsegarten mit Gott geredet und dabei auch gleich die Kaninchen verscheucht. Ich hätte gefragt, wieso die Zeiten so schwer waren, sogar für Leute, die beten. Ich würde ihn fragen, wieso er im letzten Winter Emma und Wilametta heimgeholt hatte, obwohl wir darauf so ganz und gar unvorbereitet gewesen waren. Ich hätte gefragt, was wir wegen Hanna und Edward unternehmen sollten und warum Franky so schwer verletzt worden war. Und ich hätte gefragt, was wir jetzt tun sollten.

„*Wir sollen gar nicht alle Antworten haben*", hatte Franky gesagt. Vielleicht war das genau richtig. Aber ich verstand nicht, wieso wir nicht wenigstens ein paar Antworten bekommen konnten.

Was, wenn Edward noch einmal wiederkam nach allem, was er getan hatte? Was dann?

Siebzig mal sieben. Die Worte waren in meinem Kopf, bevor ich auch nur anfangen konnte zu überlegen, was sie bedeuten könnten. *Siebzig mal sieben.* Ich wusste, dass ich sie schon zuvor gehört hatte, ich hatte sie auch schon gelesen, aber ich erinnerte mich nicht daran, wann das gewesen war. Und ich wollte jetzt auch gar nicht weiter darüber nachdenken.

Die kleine Emma schmiegte sich an mich und Charlie fuhr so schnell wie immer, schneller als alle anderen Leute, die ich kannte, aber so allmählich fand ich sogar Gefallen daran. Ich nahm an, dass er es eilig hatte, möglichst schnell wieder bei seiner jungen Frau zu sein, die immer in der Stadt blieb, wenn er uns abholte. Sie ging den kurzen Weg zur Kirche zu Fuß, während er die gut zehn Kilometer zu uns herausgefahren kam. Ich hatte ihm schon mehrfach gesagt, dass er uns wirklich nicht abzuholen bräuchte, dass wir sicher eine andere Möglichkeit finden würden, aber er machte einfach weiter mit der Begründung, er habe Gott und Emma Graham versprochen, uns in die Kirche zu bringen, solange wir das wollten.

Er war wirklich etwas Wunderbares, fand ich, ein Freund, für den man Gott jeden Tag danken konnte und dabei wusste, dass das längst nicht genügte. Der Pastor und seine Frau Juanita waren auch solche Freunde. Ich fand es immer schön, sie zu sehen und mit Juanita zusammenzusitzen und mich mit ihr zu unterhalten. Im vergangenen Jahr zu Weihnachten war sie einfach wunderbar gewesen. Wenn sie nicht gewesen wäre, ich weiß nicht, wie wir all das Schwere hätten durchstehen sollen. Schon allein die Erinnerung daran ließ mich erschauern.

Ich sah, dass Samuel sich zu mir nach hinten umdrehte, und ich wusste, dass er sich fragte, ob an diesem Morgen mit mir alles in Ordnung war, aber er fragte nicht. Er war ein echtes Juwel, sogar mehr noch als Juanita. Da saß er nun mit seinem geschwollenen blauen Auge und den Blutergüssen, schien sich aber ganz und gar keine Gedanken über sich selbst zu machen. Vielleicht würde ja auch niemand etwas zu seinem Aussehen sagen. Ich hoffte es jedenfalls. Doch genau in dem Augenblick, als ich das dachte, drehte Charlie Hunter sich ein wenig in Samuels Richtung und fragte:

„Was ist denn mit Ihnen passiert? Sind Sie gegen das Scheunentor gelaufen?"

„Nein. Das ist eine lange Geschichte."

„Bis zur Kirche dauert es ja auch eine Weile", entgegnete Charlie. „Macht es Ihnen was aus, es zu erzählen?"

„Lieber nicht."

Charlie nickte ihm mit einem eigenartigen Blick zu. „Na gut." Er war aber nur einen Augenblick still, bog ab und sah Samuel dann wieder an. „Wie ich sehe, ist Ihr Besuch ja auch noch da. Ich wette, das ist schön für Sarah. Für mich waren es immer die schönsten Zeiten als Kind, wenn meine Cousins zu Besuch kamen."

„Sie ist nicht unsere Cousine", sagte Robert. „Wir wissen nicht, was sie ist."

„Robert!", ermahnte ich ihn ärgerlich. Wieso musste er so etwas sagen, und das auch noch so, dass sie es hörte?

„Sie ist so eine Art Verwandte", sagte Samuel schnell. „In meiner Familie herrscht ein ziemliches Durcheinander, und wir stehen uns nicht besonders nah."

„Das verstehe ich nicht so richtig", sagte Charlie. „Aber mir war gleich klar, dass sie zur Familie gehört, als ich sie neulich in der Stadt gesehen habe."

Charlie hatte immer eine kindlich unschuldige Art, die Dinge zu betrachten. Er fragte nicht nach weiteren Einzelheiten, und es schien ihm auch nichts auszumachen, dass Samuel ihm keine weiteren gab. Er hätte Hanna einfach als Cousine genommen und es dabei auch belassen, wenn Robert nichts gesagt hätte. Und dann Samuels Verletzungen! Gegen das Scheunentor zu laufen wäre für Charlie eine absolut plausible Erklärung gewesen. Leider war es nicht die Erklärung, an die die meisten Leute als Erstes denken würden.

Ich dachte an Hazel Sharpe und ihre messerscharfe Zunge, als wir vor der Kirche parkten. Schade, dass nicht alle so sein konnten wie Charlie und seine junge Frau Millie. Sie wartete schon auf uns unter dem Baum vor der Kirche und strahlte vor Glück, als ihr Liebster aus dem Auto stieg.

„Wie ist es denn in der Kirche?", fragte Hanna jetzt wieder nervös.

„Manchmal ist es total langweilig", gab Robert bereitwillig Auskunft. „Aber manchmal ist es auch wie eine gute Radiosendung."

„Robert John ...", setzte ich an.

Aber Charlie lachte. „Die gute alte Emma hat ihm beigebracht zu sagen, was er denkt, Mrs Wortham! Und er hat seine Lektion wirklich gelernt. Außerdem war das doch ein Kompliment für den Pastor. Wenn man es auch nur hin und wieder mit dem Radio aufnehmen kann, ist das schon ziemlich gut, oder nicht?"

Ich ließ es durchgehen. Wenn ich mit Robert darüber sprechen musste, in welcher Form man seine eigene Meinung äußert, dann war das jetzt ganz sicher nicht der richtige Zeitpunkt dafür.

Ich ging weiter zum Kircheneingang mit Emmie Grace auf dem Arm, die erstaunlicherweise an meine Schulter gelehnt eingeschlafen war. Hanna schob ihre kleine Hand in Samuels, als Charlie uns verließ, um zu seiner Frau zu gehen. Durch ein offenes Kirchenfenster sah ich Hazel Sharpe, und ich fragte mich, ob ich es wohl wagen konnte, mich wie üblich nach der Sonntagsschule neben sie zu setzen. Sie duldete es, allerdings manchmal ohne auch nur ein einziges Wort mit uns zu reden. Heute war mit jedoch klar, dass ich mich nicht darauf verlassen konnte, dass sie ihre Zunge im Zaum halten würde. Und es konnte sogar noch schlimmer kommen, wenn ich mich nicht neben sie setzte. Vielleicht würde sie dann denken, dass wir etwas zu verbergen hätten, etwas, wofür wir uns schämen müssten.

Sarah und Rorey rannten schon voraus und hielten nach ihren Sonntagsschulfreunden Ausschau. Robert schlenderte wie immer hinter mir her, aber Samuel ging mutig mit Hanna an der Hand in Richtung Kirchentreppe. *Er kann unmöglich ein solcher*

Lügner sein, dachte ich. *Wenn es wirklich wahr wäre, was Edward sagt, dann hätte er sich ganz sicher nicht hier blicken lassen.*

Ich fand Samuel sehr mutig. So mutig, wie auch Daniel gewesen sein musste, als er wusste, dass ihn die Löwengrube erwartete. Sicher, das hier war unsere Kirchenfamilie, aber es gab auch ein paar Mitglieder, die richtig heftig beißen und kratzen konnten. Ich holte tief Luft und folgte meinem Mann, und ich wusste, dass wir bereits jetzt viele Blicke auf uns zogen.

„Ich habe es auch gehört", flüsterte Ella Cole Magnolia Burns zu, als wir an ihnen vorbeigingen. „Nicht zu fassen!"

Ich wäre beinah auf der Treppe gestolpert. Emma Grace öffnete erschrocken die Augen, legte aber dann ihr kleines Köpfchen gleich wieder an meine Schulter. Wieso war ich eigentlich so sicher, dass sie über uns sprachen? Was, wenn das gar nicht der Fall war? Gott allein kannte die Wahrheit.

Einen Moment lang drehte Samuel sich zu mir um und sah mich an. *Gott kennt die Wahrheit,* dachte ich wieder. *Und vielleicht ist er auch der Einzige, der sie zu kennen braucht. Wen kümmert es schon, was irgendjemand anderer denkt oder sagt.*

Ich beobachtete, wie mein Mann weiter auf die Kirchentür zuging, auch noch, als Harold und Bernice Walker in unsere Richtung kamen und uns irgendwie seltsam ansahen.

Wenigstens war Samuel hier und zeigte sich vor Gott – mit all seinen Schrammen und Blutergüssen und all den Anschuldigungen, die gegen ihn erhoben wurden. Darauf kam es an.

Ich lächelte und war jetzt bereit, an der Seite meines Mannes die Welt zu erobern. Ich dachte, dass ich nicht zu erschüttern sei. Ich glaubte nicht, dass irgendeine Seele hier, nicht einmal Hazel Sharpe, mich würde empören können, egal, was sie gehört hatten oder was sie sagen würden.

„Mr Wortham!", rief Harold Walker. Er sagte nicht Samuel, wie sonst, und ich fragte mich jetzt, ob er und Bernice vielleicht extra auf uns gewartet hatten. Sie wohnten direkt neben der Kirche und waren normalerweise unter den Ersten, die in der Kirche waren.

„Mr Wortham!", rief er noch einmal, obwohl Samuel bereits auf der Kirchentreppe stehen geblieben war und sich umgedreht hatte.

„In der Bibel steht, dass wir offen und ehrlich miteinander sein sollen", setzte Harold ziemlich hastig an. „Sie wissen, dass wir, wenn wir etwas gegen einen Bruder vorzubringen haben, zu ihm gehen sollen in aller ..."

Samuel nickte, sagte aber kein Wort. Ich hatte das Gefühl, er wusste ganz genau, was jetzt kommen würde. Und ich war auch nicht annähernd so gut darauf vorbereitet wie er.

„Gestern war ein Mann hier und hat nach dem Pastor gefragt. Ich hab ihm gesagt, wo er ihn finden kann, aber als er dann erfahren hat, dass ich auch zur Kirchengemeinde hier gehöre, da hat er mir sein Anliegen vorgebracht, damit ich darüber beten kann, wissen Sie? Und es hat uns die ganze Nacht wach gehalten, weil wir uns über Sie und das alles Sorgen machen."

Bernice stand neben ihm und nickte, und dabei sah sie mich an wie ein armes Kind, das sich verirrt hat.

„Also ich verstehe ja, dass Ihre Privatangelegenheiten Ihre Sache sind", fuhr er fort, „aber wenn es um die Familie Gottes geht ..."

Samuel unterbrach ihn ungeduldig. „Sagen Sie mir doch einfach, was er Ihnen erzählt hat."

Harold blieb stehen, sah uns beide an und dann zu Hanna hinunter. „Also ... er hat ziemlich viel gesagt. Dass Sie nur unsere Freundschaft suchen, um uns auszunutzen, das war zum Beispiel eine Sache, die er vorgebracht hat."

„Ich habe Sie um nichts gebeten", sagte Samuel ganz einfach. „Und ich habe auch nichts genommen."

„Mir scheint aber, dass Sie ziemlich viel genommen haben", widersprach Harold. „Seit Weihnachten geben Ihnen die Leute alles Mögliche. Schals für die Kinder, eingekochte Pfirsiche ..."

Samuel senkte den Kopf.

„Und wir sind für jedes Einzelne davon sehr dankbar", sagte ich schnell. „Es wäre bestimmt ein schwerer Winter für uns geworden, besonders für die Hammonds, ohne die Freundlichkeit und Güte der Gemeinde."

Harolds Augen wurden ganz schmal. „Freundlichkeit ist eine Sache, aber wenn das ausgenutzt wird ..."

„Ich habe um nichts gebeten", wiederholte Samuel noch einmal und ging weiter die Treppe hinauf. „Und meinem Bruder macht es einfach Spaß, mir Probleme zu machen."

„Er hat aber gesagt, dass Sie das Problem wären", fuhr Harold fort und folgte Samuel die Treppe hinauf. „Dass Sie uns alle hinters Licht geführt haben mit dem, was Sie Emma angetan haben."

Samuel drehte sich um und ich sah jetzt den Zorn in seinen Augen. Er hätte vieles sagen können. Er hätte tausend Dinge tun können. Aber er seufzte nur und drehte sich wieder um, mit den Worten: „Glauben Sie doch, was Sie wollen."

„Er hat außerdem noch gesagt, dass Sie ein uneheliches Kind haben!", sagte Bernice Walker mit einer so schrillen Stimme, dass sie sich fast überschlug. „Und jetzt bringen Sie es auch noch mit ins Haus Gottes."

„Wo sonst sollte ich sie denn hinbringen?", sagte Samuel betrübt und betrat die Kirche.

Bernice blieb schockiert stehen. „Er hat es nicht einmal geleugnet!"

Er hatte es nicht geleugnet? Na und? Er war es einfach leid, sich immer wieder all diese Anschuldigungen anzuhören. Warum hätte er sich im Haus Gottes verteidigen sollen?

„Sie sind ein ganz übler Lügner!", rief Robert plötzlich aus, und ich wirbelte zu ihm herum, so überrascht war ich.

„Robert!"

„Es ist nicht richtig, dass Sie sich hinstellen und solche Sachen über meinen Vater sagen! Sie sind ein Lügner und sonst nichts!", sagte er noch einmal zu den Walkers. „Nur weil ein dummer Krimineller herkommt und irgendwelche Sachen erzählt, heißt das noch lange nicht, dass Sie das auch glauben müssen!"

Harold und Bernice starrten ihn einfach nur an, schüttelten den Kopf und schnalzten empört mit der Zunge.

„Robert, so redet man nicht, ganz egal, was du gerade empfindest."

„Warum sagst du es ihnen dann nicht? Mein Vater ist doch der beste Mensch von allen hier! Er gehört nicht zu denen, die Lügen glauben, die über andere Leute erzählt werden! Er geht nicht hin und erzählt so üble Sachen ..."

„Man sollte Kindern beizeiten beibringen, ihre Zunge im Zaum zu halten", sagte Bernice scheinheilig.

Ach, wie sehr ich mir wünschte, dass sie einfach verschwand. Robert hatte Recht. Weshalb hätte ich *ihn* korrigieren sollen?

„Robert, mein Junge, vielleicht kannst du ja schon mal in den Raum der Sonntagsschule gehen", sagte ich ganz ruhig. „Setz dich zu deinen Freunden. Wir reden später darüber."

„Es ist nicht richtig, Mama. Er hat nichts getan! Und Hanna ist vielleicht unehelich, aber sie ist nicht Papas Tochter. Das macht doch alles keinen Sinn."

Ich hatte nicht gewusst, dass er die Bedeutung des Wortes kannte, aber offensichtlich wusste er sehr wohl Bescheid.

„Ich weiß, aber geh jetzt bitte."

Er ging. Harold und Bernice schüttelten immer noch den Kopf über mich, so als täte ich Unrecht, indem ich meinen Sohn nicht dafür tadelte, dass er sich für seinen Vater einsetzte.

Lass sie doch den Kopf schütteln, dachte ich und freute mich über Robert. Vielleicht würde ich mich später sogar noch bei ihm bedanken. Aber auch Samuel hatte Recht. Sollten sie doch glauben, was sie wollten. Ich ging die Stufen hinauf in die Kirche und drückte Emma Grace ganz fest an mich.

„Julia?", rief Bernice.

Ich ignorierte sie.

„Julia?"

Ich konnte ihre schrille Stimmen hinter mir hören, hörte, wie die Menschen sich auf dem Kirchenvorplatz zusammenscharten, aber ich blieb nicht stehen.

Bernice seufzte, und ihre missbilligende Stimme übertönte alles andere Geschnatter.

„Also, ich werde ... dass Julia Wortham ... weiß sie denn nicht, mit was für einem Mann sie verheiratet ist?"

18

Samuel

Sobald ich die Kirche betreten hatte, kam Hazel Sharpe auf mich zugeschossen. „Was ist denn mit Ihnen passiert? Ihr Auge ist ja ganz und gar blau. Sie haben sich geprügelt! Ein erwachsener Mann! Also wirklich ..."

Hanna drückte meine Hand ganz fest und erinnerte sich sicher noch von unserer letzten Begegnung an die scharfzüngige Frau.

„Ich hab von den Posts gehört, dass einer von diesen Hammond-Jungen bei Ihnen zu Hause verletzt worden ist. Und jetzt schau sich einer das an! Was ist da draußen bei Ihnen eigentlich los?"

„Barrett hat Ihnen von Franky erzählt?" Das überraschte mich jetzt wirklich, dass er zu Miss Hazel gegangen sein und mit ihr geredet haben sollte.

„Also natürlich war ihm klar, dass die Leute aus der Kirche es wissen müssen. Ich habe seinen Wagen gestern Abend drüben beim Haus vom Pastor gesehen und dann bin ich gleich hin, um zu sehen, ob ich irgendwie helfen kann."

Das musste für Pastor Jones ein ziemlich heftiger Abend gewesen sein, wenn erst Barrett mit solchen Nachrichten gekommen war, dann Hazel noch hereingeschaut hatte und schließlich offenbar auch noch Edward aufgetaucht war, um mich in den Schmutz zu ziehen.

„Da gibt es anscheinend viel bei Ihnen, was man mit den Augen nicht sehen kann, Samuel Wortham", sagte Miss Hazel.

Ich sah nach vorn, wo Pastor Jones vor dem Kreuz kniete und betete, wie vor jedem Gottesdienst.

„Ich weiß genau, dass Sie neulich bei Ben Law waren", fuhr Hazel fort. „Ich habe Sie von da kommen sehen und bin dann gleich zu ihm gegangen, das sollen Sie wissen! Gesetzestreue Bürger haben eine Verpflichtung der Gemeinschaft gegenüber. Wenn es Probleme gibt, haben wir ein Recht darauf, das zu erfahren! Er hat mir von Ihnen erzählt, da brauchen Sie also gar nicht so hochnäsig hier zu stehen. Ich weiß, was für schändliche Sachen Sie getan haben ..."

„Entschuldigen Sie bitte, Miss Hazel." Ich versuchte, mich an ihr vorbei zum Pastor zu schlängeln, aber sie ließ mich nicht vorbei.

„Sünde ist Sünde, Samuel Wortham, ob sie nun gestern passiert ist oder vor sechs Jahren!"

Der Pastor hob den Kopf und sah mit gerunzelter Stirn zu uns herüber. Er hatte mir einmal erzählt, was für eine Prüfung es für ihn war, Hazel Sharpe in seiner Gemeinde zu haben. Und heute war es natürlich nicht nur sie. Er stand schnell auf, kam in unsere Richtung und reichte mir die Hand.

„Guten Morgen", sagte er und schaute von mir zu Hanna und wieder zurück.

„Schändlich, nicht wahr?", fragte Miss Hazel ihn.

„Geht es Ihnen gut?", fragte der Pastor mich.

„Ja."

„Er hat sich geprügelt", verkündete Miss Hazel. „Und dann nennt er sich auch noch Christ! Sie müssen ihn zurechtweisen, Pastor! Und er hat auch Schuld daran, dass der kleine Junge seinetwegen verletzt worden ist, und dann bringt er auch noch das kleine Mädchen mit hierher, als hätte er gar kein Schamgefühl. Das geht wirklich zu weit! Doch nicht im Haus Gottes!"

Im Gesicht des Pastors war eine Schwere zu erkennen, wie ich sie noch nie zuvor bei ihm erlebt hatte. „Ich muss mit Ihnen reden, Samuel", sagte er. „Und mit Ihrer Frau. Nach dem Gottesdienst."

„Ja", sagte ich und fühlte mich plötzlich selbst entsetzlich schwer. „Das wäre sicher gut."

„Das ist ja eine hübsche junge Dame, die Sie heute dabeihaben", fuhr er fort und reichte Hanna die Hand.

Jetzt erst bemerkte ich die Tränen in Hannas Augen. Furcht erregende Miss Hazel. Ich hätte es wissen müssen. Auch wenn Hanna unbedingt mit mir hatte gehen wollen, hätte ich sie gleich mit Sarah in die Sonntagsschule schicken sollen, um nicht ein Risiko wie dieses einzugehen. Aber dazu war es ja nun zu spät.

„Wie heißt du denn, mein Kind?", fragte der Pastor.

Sie sah mich an, und ich sah, dass ihre Unterlippe bebte.

„Es ist schon in Ordnung", sagte ich zu ihr. „Der Pastor ist mein Freund."

Sie schniefte, sah zu Miss Hazel hin und wandte dann schnell den Blick wieder ab. „Hanna", antwortete sie so leise, dass es kaum zu hören war.

„Was für ein schöner Name", sagte der Pastor zu ihr. „Wir freuen uns, dass du heute bei uns bist. Ich hoffe, dass dir der Gottesdienst gefällt."

„Pastor Jones!", rief Hazel aus. Der Hut auf ihrem Kopf bebte, obwohl sie sich nicht bewegt hatte.

„Siehst du das Bild dort drüben?", fragte der Pastor Hanna und zeigte auf ein gerahmtes Bild von Jesus. Sie nickte. „Das ist Jesus", sagte er. „Vor langer Zeit hat er seinen Jüngern gesagt, sie sollen die Kinder zu ihm lassen, damit er sie segnen kann. Und das will er heute immer noch genauso."

Hazel blickte finster drein, und ich fragte mich, ob sie in den Worten des Pastors nicht den sanften Tadel erkannte, als der sie offensichtlich gemeint waren. Ungeachtet irgendeiner Schuld meinerseits oder auf Seiten ihrer Eltern, hätte Hanna von all den Leuten aus der Gemeinde willkommen geheißen werden sollen, man hätte sie anlächeln, sie lieb haben und segnen sollen. Ich war dankbar dafür, dass der Pastor das offenbar auch so verstand.

„Wir können in der Gemeinde Sünde nicht einfach so durchgehen lassen", erklärte Hazel brüsk. „Die ganze Stadt würde doch Sturm laufen. Ist doch deutlich zu sehen, dass es ihm kein bisschen leidtut."

Zum ersten Mal wandte der Pastor jetzt seine Aufmerksamkeit der gebeugten alten Dame zu.

„Ich habe schon gesagt, dass ich mich nach dem Gottesdienst mit ihm treffen will ..."

„Na, das interessiert mich aber auch, was er dazu zu sagen hat ..."

„Persönlich und unter vier Augen, Schwester. Das ist nicht Ihre Angelegenheit. Lassen Sie uns dankbar sein, dass Samuel in einer für ihn schwierigen Situation ins Haus Gottes gekommen ist, um Trost und Beistand zu suchen."

„Er sollte lieber kommen, um Buße zu tun", schnaubte Hazel.

„Und wir sollten nicht urteilen und richten, wenn wir nicht selbst gerichtet werden wollen", fügte er noch sanft hinzu.

Plötzlich legte mir Julia ihre Hand auf den Arm. Ich hatte nicht einmal bemerkt, dass sie zu uns gekommen war. Der Pastor sah ihre Geste und nickte ihr zu.

„Der Gedanke, dass ich gerichtet werde, erschreckt mich ganz und gar nicht", insistierte Hazel.

„Vielleicht sollte er das aber", entgegnete Julia ganz ruhig.

Man hätte meinen können, die alte Dame wäre von der Tarantel gestochen worden. Sie taumelte einen Schritt zurück und atmete plötzlich schwer. „Pastor Jones, haben Sie das gehört?"

„Ja, das habe ich. Ich glaube, Julia meint, dass wir doch alle sündigen und es nicht schaffen, Gott so zu verherrlichen, wie wir es eigentlich sollten. Wir müssen eingestehen, dass wir selbst Buße tun müssen, um im Gericht zu bestehen."

Hazel schüttelte nur den Kopf über ihn. „Sie haben hier doch keine Heidin vor sich. Das weiß ich doch schon mein ganzes Leben."

„Es ist immer wieder gut, wenn wir in unser eigenes Herz schauen und daran denken, wie groß die Gnade Gottes ist."

„Ja. Natürlich", sagte sie jetzt sichtlich ungeduldig. „Aber die Propheten und auch Jesus selbst haben deutlich gemacht, dass wir zur Sünde nicht einfach mit dem Kopf nicken dürfen. Wir sollen sie tadeln. Und sie von uns fernhalten ..."

„Und einander lieben", fügte der Pastor hinzu.

Ich lächelte.

„Die Hammond-Jungen sind auch da", sagte der Pastor plötzlich fröhlich. „Hingegebene junge Leute. Ich hätte nicht erwartet, dass sie auch ohne ihren Vater kommen würden."

Er ging in Richtung Tür und Juli und ich folgten ihm. Miss Hazel ließen wir einfach stehen. Sollte sie doch allein weitergrollen. Gerade kamen der junge Sam und Joe mit ihren kleinen Brüdern herein. Willy und Kirk waren anscheinend nicht mitgekommen. Wenn sie mit Georges Pferdegespann gekommen waren, mussten sie weit vor uns aufgebrochen sein.

Thelma Pratt eilte auf Sam zu, erkundigte sich nach Franky und schnappte sich Harry, bevor er unter eine der Kirchenbänke kriechen konnte.

„Guten Morgen, Mrs Wortham", sagte sie schnell. „Gehen Sie direkt in den Raum der Sonntagsschule? Ich kann gern Emmie auf den Arm nehmen, wenn Sie wollen."

„Danke, Thelma", sagte Juli. „Das ist lieb von dir."

Juli nahm Harry bei der Hand und Thelma nahm Emma Grace. Einen Moment lang starrte Thelma mein blaues Auge an. Ich nehme an, dass alle sich wunderten, aber es war dann Joe, der fragte.

„Was is' denn passiert, Mr Wortham? Pa war doch nicht wütend auf Se, oder? Er würde Se doch nie schlagen ..."

„Nein. Das hat nichts mit ihm zu tun."

„Dann muss es ja Ihr Bruder gewesen sein", sagte Joe entschieden. „Ich hoffe, Se ham ihm eins auf die Zwölf gegeben. Ich könnt es Ihn'n jedenfalls nich' verübeln. Ich hätte ihm selbst gern eine verpasst. Man sollte nich' Leute Auto fahren lassen, die nich' aufpassen. Und dabei wollte Franky nur nett zu ihm sein und sein Auto waschen."

„Ich weiß. Er ist ein guter Junge. Ich finde es auch ganz schrecklich, dass er bei uns verletzt worden ist."

„War ja nich' Ihre Schuld."

Als der Pastor das hörte, wandte er sich wieder an mich. „Barrett hat gesagt, er würde mich heute Nachmittag zu Franky ins Krankenhaus fahren. Möchten Sie mitkommen, Samuel?"

„Ja gerne, danke."

Thelma nahm Emmie und setzte sich neben ihre Mutter Dolores Pratt. Julia nahm Harry, Berty und Hanna mit ins Sonntagsschulklassenzimmer. Joe ging, um nach Robert zu suchen, der schon bei den älteren Sonntagsschulkindern war, und ich fand noch einen Platz bei Sam Hammond, hinter Thelma Pratt. Manchmal saß Julia neben Hazel und blieb noch während des ersten Chorals in der Kirche, bevor sie dann mit den Kindern in die Sonntagsschule ging, aber heute war das nicht der Fall.

Für die Erwachsenensonntagsschule stand Clarence Cole beim Klang einer Glocke auf und sprach endlos über Sünde und Buße, wobei er die meiste Zeit mich ansah. Ich war froh, dass Hanna nicht mehr dabei war. Und ich war froh, dass Juli in ihrer Altersklasse den Unterricht in der Sonntagsschule leitete. Wenigstens brauchte sich das Kind dann in seiner Gruppe nicht so verloren zu fühlen.

Mir wurde immer ein bisschen unwohler. Ich war gereizt und fühlte mich eingekesselt, als ob im Kirchenschiff nichts anderes war als abgestandene, tote Luft, und das, obwohl alle Fenster und die Tür weit offen standen. Ich senkte den Kopf und mir war unglaublich schwer zu Mute. Aber dann, bevor Hazel aufstand und noch mehr Choräle auf dem Klavier spielte, stand Ralph Gray von seinem Platz auf, an dem er immer saß, kam zu mir und setzte sich neben mich. Er sagte nichts, ja er sah mich nicht einmal an, sondern setzte sich einfach nur und blieb dort sitzen. Und schon allein dadurch schien die Welt ein bisschen besser und freundlicher zu werden.

Als irgendwann die Kinder aus der Sonntagsschule zurück in die Kirche kamen, war ein Großteil meiner inneren Schwere weg. Ralphs Frau, die andere Sonntagsschullehrerin, kam vor Julia herein und setzte sich neben ihren Mann. Ihre Tochter Rachel, mein Sohn Robert und Joe Hammond füllten die übrigen leeren Plätze in unserer Bank, und genau in dem Augenblick, als Miss Hazel nach dem Choral wieder Platz nahm, setzte sich Juli mit Sarah, Hanna, Rorey, Harry und Bert zu ihr. An den meisten Sonntagen duldete Hazel Julias Anwesenheit einfach, ignorierte sie aber weitgehend. Manchmal saß ich auch bei ihnen und wir bekamen einen Seitenblick oder einen freundlichen Klaps und ein leises Lachen von dem einen oder anderen Gemeindemitglied. Sie fanden es einfach komisch, dass die Worthams freiwillig bei Hazel Sharpe saßen und dass Hazel nichts dagegen tun konnte. Sie konnte nicht einfach aufstehen und sich wegsetzen, weil das hier schließlich *ihre* Kirchenbank war.

Aber heute war Hazel besonders erbost. Sie versuchte, sich ganz besonders breitzumachen, damit all die vielen Kinder nicht so viel Platz hatten. Harry ließ sich davon jedoch kein bisschen beeindrucken und kletterte auf ihre andere Seite. Juli schien das alles gar nicht zu bemerken. Sie saß zwischen Sarah und Hanna und Berty, der die ganze Zeit versuchte, auf ihren Schoß zu krabbeln.

„Wir wollen uns heute mit dem Lukasevangelium beschäftigen", sagte der Pastor. Derweil zog Hazel ihren Schal unter dem Jungen hervor, indem sie Harry einfach auf der Bank weiterschob. Ihn störte das nicht weiter, stattdessen starrte er unentwegt auf die Feder an Hazels Hut, während sie ihren Blick starr nach vorne richtete und ziemlich verdrossen aussah.

„Richtet nicht, damit ihr nicht gerichtet werdet. Verurteilt nicht, damit ihr nicht verurteilt werdet. Vergebt einander und euch wird vergeben ..."

Harrys Hand bewegte sich ganz langsam nach oben, während er gleichzeitig beobachtete, ob Hazel etwas merkte. Ich war zu weit weg, um ihn aufzuhalten, Juli sah nicht, was er im Schilde führte, und Vivian Day, die direkt hinter ihm saß, achtete kein bisschen auf das, was er da machte.

„Nein, Harry, nicht", flüsterte ich. Doch er hörte mich natürlich nicht. Ich hoffte, dass jemand in seiner Nähe ihn aufhalten würde, aber blitzschnell schoss Harrys Hand auch noch das letzte kleine Stück vor und schnappte sich die leuchtend gelbe Feder von Hazels Hut. Danach setzte er sich wieder mucksmäuschenstill hin und sah zum Pastor nach vorn, als wäre nichts passiert. Hazel fiel der Hut vom Kopf, und ich sah, wie sie tiefrot anlief. Ob aus Scham oder Wut, konnte ich nicht erkennen.

Und Harry, der kleine Gauner, saß einfach nur da und kicherte.

„... mit demselben Maß, mit dem ihr messet, werdet ihr auch selbst gemessen werden ...“, kam es von der Kanzel.

Ich sah, wie der Pastor lächelte, seinen Blick auf Harry richtete und sanft den Kopf schüttelte. Erst da sah ich, dass Harry die Feder kurz über dem Fußboden im Kreis schwenkte, damit niemand etwas merkte, aber Hazel griff nach der Feder und entriss sie ihm. Endlich bemerkte Juli, was dort vor sich ging, doch zum Eingreifen war es jetzt bereits zu spät.

Harry zappelte herum, fummelte mit seinen kleinen Fingern pausenlos an der Lehne der Kirchenbank vor ihm herum und machte die arme Hazel auch sonst ganz verrückt, bis die Frau des Pastors sich zu ihm umdrehte und ihm ein Stück Papier gab. Den Rest des Gottesdienstes verbrachte er dann damit, es sorgfältig in Stücke zu zerreißen. Als Hazel aufstand, um den Schlusschoral zu spielen, klebten winzige Papierschnipsel an ihrem Rock und fielen einer nach dem anderen zu Boden.

Sie spielte laut und schnell und die holprigste Version von „Geh aus mein Herz und suche Freud“, die ich je gehört habe. Aber irgendwie gefiel es mir.

19

Julia

„Erlauben Sie diesem kleinen Heiden nie wieder, neben mir zu sitzen, Julia Wortham!“, schnaubte Miss Hazel empört, sobald Pastor Jones den Gottesdienst beendet hatte. „Was um alles in der Welt bringt ihm denn sein Vater bei? Und was bringen *Sie* ihm bei?“

„Also auf keinen Fall, ein Heide zu sein“, sagte ich. „Es tut mir leid. Ich war so damit beschäftigt, auf Bert und Hanna zu achten, dass ich nicht gemerkt habe, wie er mir entwischt ist.“

„Ich möchte ja nicht wissen, wie es in Ihrer Sonntagsschulklasse zugeht. Ich finde, dass Leute, die ihre eigenen Kinder nicht im Griff haben, nicht Lehrerin sein sollten!“ Verächtlich sah Hazel auf Harry hinunter. „Entschuldige dich, junger Mann, und zwar sofort!“

Harry schaute mit einem spitzbübischen kleinen Lächeln zu ihr hinauf. „Ich 'schuldige mich. Ich mag dein' Hut."

Hazel sah aus, als ob sie gleich platzen würde, und ich fürchtete schon, dass sie ihn jetzt gleich anschreien würde, aber das tat sie nicht. „Du fasst nicht noch einmal den Hut einer Dame an! Hast du das verstanden?"

„Ja, Madam." Er strahlte sie jetzt noch fröhlicher an. „Schöne Feder. Schöner als unsre Hühnerfedern."

Miss Sharpe hielt die Feder von sich fern, als ekele sie sich davor, und ließ sie dann in seine Richtung fallen. „Da, du kannst sie auch ebenso gut behalten, so verbogen wie sie jetzt ist. Aber wenn dein Vater hier wäre, dann würde ich darauf bestehen, dass er dir den Hintern versohlt! Julia, ich erwarte von Ihnen, dass Sie George Hammond über das unsägliche Benehmen seines Sohnes unterrichten."

Dann strich sie sich die noch restlichen Papierschnipsel vom Rock. Ich unternahm zwar den Versuch, ihr dabei behilflich zu sein, aber sie schnauzte mich nur an: „Kümmern Sie sich lieber um Ihre eigenen Angelegenheiten", sagte sie. „Und haben Sie ein Auge auf Ihren Mann."

Ich wusste genau, wie sie das gemeint hatte, und es war eine grausame Verhöhnung, weil sie damit sagte, dass Samuel nicht vertrauenswürdig und zuverlässig sei.

Vielleicht war ich genauso aufsässig wie Harry, aber ich konnte einfach nicht widerstehen, ihr diese Aussage bewusst im Mund umzudrehen. Deshalb sagte ich: „Also vielen Dank, Miss Hazel. Manche Leute meinen ja, dass der Platz einer Mutter und Sonntagsschullehrerin ausschließlich bei den Kindern ist. Es ist wirklich nett von Ihnen, dass Sie verstehen, was für ein Segen es ist, meine Aufmerksamkeit auch einmal nur meinem lieben Mann widmen zu können."

Dann umarmte ich sie. Es war eine lange, innige Umarmung, und zwar vor den Augen aller Umstehenden. Sie sah mich an, als hätte ich jetzt völlig den Verstand verloren. Sie schüttelte nur den Kopf und es schien ihr die Sprache verschlagen zu haben.

„Ich wünsche Ihnen noch einen wunderschönen Tag", sagte ich zu ihr. „Wollen Sie nicht mal zum Essen zu uns herauskommen? Lassen Sie sich doch von Herman bringen, der kann dann auch gern zum Essen bleiben."

Ich wusste gar nicht recht, was ich da sagte, denn ich konnte mir kaum vorstellen, dass ich etwas auf den Tisch bringen konnte, was Hazel auch nur annähernd zufrieden stellen würde, aber Emma hätte es bestimmt gut gefunden. Selbst wenn Hazel der Einladung nie folgen sollte, war ich doch froh, dass ich sie ausgesprochen hatte. Schließlich hatte sie jedem der Kinder zu Weihnachten eine Bibel geschenkt, und zwar in Erinnerung und zum Andenken an Emma Graham. Ein verblüffend großzügiger Akt, von dem damals alle, die davon erfahren hatten, überrascht gewesen waren.

Ich umarmte sie noch einmal. „Danke", flüsterte ich. „Nochmals vielen Dank ..."

„Also ... was glauben Sie eigentlich, was Sie da tun, Julia Wortham", stammelte sie. „So was ist mir ja noch nie passiert!"

„Ich bin nur so dankbar für Sie. Diese Bibeln, die Sie den Kindern geschenkt haben ..."

Sie schmollte. „Haben sie die heute überhaupt mit zur Kirche gebracht?"

„Robert und Sarah schon. Ich glaube, die Hammonds haben ihre vergessen, wahrscheinlich, weil Lizbeth nicht da war, um sie daran zu erinnern."

„Tja, Lizbeth!" Hazel verdrehte ihre Augen. „Ohne sie könnte George doch genauso wenig Kinder großziehen wie der Mann im Mond! Wenn Lizbeth nicht wäre, würden sie alle nackt und hungrig herumlaufen."

„Ja, Frauen spielen wirklich eine wichtige Rolle, das stimmt wohl, aber George tut auch, was er kann."

„Darauf will ich doch gar nicht hinaus! Lizbeth ist ja noch gar keine Frau! Und Ihr Mann und George Hammond sind als Väter die erbärmlichsten Vorbilder in der ganzen Gemeinde. Ich sage Ihnen, Julia, weshalb Sie sich das alles gefallen lassen, ist mir wirklich ein Rätsel. Mit einem Lügner und Betrüger zu leben ... also wirklich! Aber vielleicht wissen Sie ja auch einfach nicht, was Sie sonst tun sollen, als ihm am Rockzipfel zu hängen und ihm zu folgen."

Ich fühlte mich wie geohrfeigt, und ich nehme an, genau das hatte sie auch beabsichtigt – und das, nachdem ich versucht hatte, ihr ein Kompliment zu machen. Ich seufzte nur. „Ich kann nicht behaupten, dass ich Sie verstehe, Miss Hazel, oder warum Sie solche Dinge sagen. Aber ich habe Sie trotzdem lieb. Und daran wird auch nichts und niemand etwas ändern. Nicht einmal das, was Sie über meinen Mann denken und sagen, der mir der liebste Mensch auf der Welt ist."

„Sie sind ja völlig geblendet von ihm, Juli-Mädchen."

Es überraschte mich, dass sie mich so nannte. Das hatte bisher niemand außer Emma getan. Ich schüttelte den Kopf und sagte nur: „Nein, alle anderen sind blind." Ich sagte das mit einer Sicherheit, von der ich gar nicht wusste, dass ich sie besaß. „Alle, die glauben, er könnte irgendetwas tun, das meiner Familie schaden oder wehtun würde."

Damit drehte ich mich um und hörte hinter meinem Rücken noch, wie sie etwas darüber murmelte, dass Samuel sich geprügelt habe und Franky dabei verletzt worden sei und dass er den Kindern alles Mögliche beibrächte. *Sie ist einfach ignorant*, sagte ich zu mir selbst. *Gott erbarme sich über die arme, ignorante Hazel.*

Ich lächelte Sarah und Hanna an, die neben mir standen, und Berty, der an meinem Rock zupfte. Rorey und Harry waren schon nach draußen gerannt.

Bevor wir Übrigen hinausgehen konnten, kam Juanita Jones zu mir und legte mir den Arm um die Schulter. Ich freute mich. Die Frau des Pastors war mir eine so liebe Freundin, und ich genoss jede Gelegenheit, mit ihr zu reden. Diesmal entdeckte ich jedoch Kummer in ihrem Blick. „Lassen Sie mich die Kinder übernehmen. Paxton würde gern mit Ihnen und Samuel reden."

Mir war ein wenig mulmig bei dem Gedanken, dass der Pastor uns ausdrücklich zu einem Gespräch aufforderte. Es war einfach schlimm, dass sich die Lügen über uns wie ein Buschfeuer ausbreiteten. Aber der Pastor war liebenswürdig wie immer, als er sich zu uns in die erste Kirchenbank setzte und anfing, seine Sorge über das zu äußern, was ihm zu Ohren gekommen war.

„Ihr Bruder war sehr wütend", sagte er zu Samuel, „aber es fällt mir wirklich schwer zu glauben, was er mir erzählt hat. Das hörte sich jedenfalls alles nicht nach dem Sam Wortham an, den ich kenne."

„Es stimmt auch nicht", sagte Samuel ernst.

„Wissen Sie, wer Hannas Vater ist?"

„Nein. Das ist ja das Problem. Wir brauchen wirklich Ihr Gebet. Wir wissen nicht, wie es für das kleine Mädchen weitergehen soll, ob wir sie zu ihrer Familie irgendwohin schicken sollen, wenn wir denn eine finden, oder ob sie hier bei uns bleiben soll."

„Ihre leibliche Mutter will sie nicht?"

„Soweit wir von Edward und auch von dem Mädchen wissen, nein."

„Warum behauptet er, Sie wären der Vater?"

„Ich weiß es nicht."

„Aber woher hat die Frau denn Ihren Namen gewusst?"

„Das weiß ich auch nicht. Wir haben schon überlegt, dass es noch jemanden mit diesem Namen geben muss."

„Aber es ist niemand, den Sie kennen, oder?"

Samuel war ganz still. „Nein", sagte er schließlich. „Nicht seit dem Tod meines Vaters, als ich zwölf war."

Der Pastor schüttelte den Kopf. „Das Kind ist nicht alt genug, um Ihre Schwester zu sein."

„Ich weiß."

„Aber sie sieht Ihnen sehr ähnlich."

„Das fällt jedem auf. Deshalb hat Ben Law mir auch nicht geglaubt. Sie sieht mir wahrscheinlich zu ähnlich, als dass man darüber hinwegsehen könnte."

„War es Ihr Bruder, der Sie verprügelt hat?"

„Ja."

„Warum?"

„Er ist wütend darüber, dass ich die Vaterschaft nicht anerkenne. Er glaubt wirklich, dass ich schuldig bin. Irgendwie bin ich auch froh darüber. Wenigstens lügt er mich nicht an."

„Aber der Rest von dem, was er gesagt hat, dass Sie Mrs Graham hinters Licht geführt und versucht haben uns alle zum Narren zu halten ..."

„Ich nehme an, das sagt er, weil er so wütend auf mich ist."

„Ist er gefährlich? Ich meine, auch für andere?"

„Das glaube ich nicht. Jedenfalls nicht bewusst und absichtlich. Das mit Franky war wirklich ein Unfall. Es war eine dumme Unachtsamkeit, weil wir uns gestritten hatten. Er wollte einfach nicht damit aufhören und hat mich dann auf dem Heimweg vom Krankenhaus noch einmal angegriffen. Pastor, ich habe wirklich versucht, nicht die Beherrschung zu verlieren, aber das war nicht leicht."

Viel mehr hatte der Pastor dann nicht mehr zu sagen. Er wollte sich offenbar nur noch einmal selbst vergewissern, wie

Samuel zu alldem stand. Mir sagte er dann noch, er sei davon überzeugt, dass es zwischen Ehepartnern keine Geheimnisse geben sollte. Deshalb habe er mich bei dem Gespräch dabeihaben wollen.

„Ihre Gelassenheit bei alldem ist bewundernswert, Julia", sagte er.

Ich fragte mich, was er wohl gedacht hätte, wenn er gewusst hätte, wie meine Gedanken wirklich aussahen.

Ich rechnete damit, dass Charlie Hunter uns jetzt wieder nach Hause fahren würde, aber sehr zu meiner Überraschung lud uns der Pastor zu sich nach Hause zum Mittagessen ein, sodass wir noch in der Stadt waren, als Barrett kam, um den Pastor nach *Mcleansboro* abzuholen. Barrett half gerade seiner Schwester beim Umzug und musste deshalb bereits am frühen Nachmittag wieder zurück sein.

„Sie sollten beide mitkommen", sagte der Pastor zu mir. „Ich bin sicher, dass Franky und auch George sich freuen würden, Sie zu sehen."

Ich wollte zwar gern mitfahren, aber ich fragte mich immer noch, wer sich in der Zeit um die Kinder kümmern sollte. „Und was ist mit all den Kindern? Wer achtet darauf, dass hier nichts passiert?", fragte ich deshalb.

„Die können doch bei Juanita bleiben, das gefällt ihnen doch bestimmt. Wie oft sind sie schon irgendwo zu Besuch?"

„Und was ist mit Hanna?", fragte ich besorgt nach. „Sie kennt Juanita doch noch gar nicht."

„Das hört sich ja an, als hätten Sie beide das Mädchen schon fest ins Herz geschlossen."

Ich nickte, beantwortete aber nicht die Frage, ob ich mit zu Franky fahren wollte.

„Seien Sie unbesorgt. Einen Nachmittag lang wird sie es schon bei meiner Frau aushalten. Sie spielt bestimmt Fangen mit ihnen, und vielleicht holt sie ja sogar die Papierpuppen heraus, mit denen sie selbst als kleines Mädchen gespielt hat."

„Hanna liebt Papierpuppen."

„Sehen Sie?" Der Pastor lächelte uns an. „Das passt doch gut."

Er brachte mich ebenfalls zum Lächeln. Ich fand es sehr wohlwollend und großzügig, dass er Samuel alles glaubte, was er zur Erklärung der ganzen Lage gesagt hatte, und uns dann noch eine Möglichkeit verschaffte, Franky im Krankenhaus zu besuchen. Ich war so froh darüber, dass, egal, was die anderen dachten und sagten, der Pastor bereit war, Samuel zu glauben. Der Pastor betete noch mit uns, und dann verließen wir alle zusammen die Kirche. Juanita spielte draußen vor der Kirche Ringel-Rangel-Reihe mit Berty und den kleinen Mädchen. Sam Hammond und Thelma Pratt saßen unter einem Baum, während Harry und Emmie Grace auf ihnen herumkletterten, und Joe und Robert unterhielten sich mit Thelmas jüngerem Bruder Elmer.

Sie waren alle freudig überrascht, dass wir beim Pastor zum Essen eingeladen waren und dort Schinken mit Bohnen und Kirschkuchen zu essen bekamen. Als aber schließlich Barrett und Louise kamen, wollten die meisten Kinder mit nach *Mcleansboro*.

„Ich glaube, es ist besser, wenn ich hier bei Ihnen bleibe und Ihnen mit den Kindern helfe", sagte ich zu Juanita. „Das Baby allein macht schon genug Arbeit und dann noch Harry und Berty ..."

„Sie fahren schön mit", sagte daraufhin Louise energisch zu mir. „Franky hat Sie so gern. Er ist bestimmt froh, Sie zu sehen. Ich bleibe hier bei Juanita. Es wird mir nicht schaden, ein bisschen hinter den Kleinen herzurennen."

„Sind Sie sicher?"

„Ja, ich bin sicher, sonst würde ich es nicht sagen."

Barrett, der Pastor und Samuel gingen nach draußen und unterhielten sich, während ich die Kinder ermahnte, sich anständig zu benehmen. Sam Hammond beschloss wieder nach Hause zu fahren und ein paar von seinen Geschwistern mitzunehmen. „Sagen Sie Pa, dass ich mit dem Wagen komme, wenn ich mit dem Melken fertig bin", sagte er. „Ich möchte Franky auch besuchen."

Samuel und ich fuhren auf der Ladefläche von Barretts Lastwagen mit. Es war das erste Mal seit langer Zeit, dass wir ohne Kinder unterwegs waren. Der Pastor und Barrett saßen vorne, ohne viel miteinander zu reden, und wir wurden dort hinten ziemlich durchgeschüttelt, aber es machte mir nichts aus.

Samuel war so still. Vielleicht dachte er an Franky und daran, wie unglücklich die ganze Situation war. Ich wusste, dass Samuel sich das alles sehr zu Herzen nahm, und ich hatte das Gefühl, ich hätte besser aufpassen müssen. Ich hätte Franky niemals erlauben dürfen, zu dem Auto zu gehen. Ich hätte es besser wissen müssen. Aber mir war klar, dass Samuel sich wahrscheinlich genau die gleichen Vorwürfe machte.

Und was war mit Edward? Ob ihn das alles auch so quälte? Wie hatte er einfach losfahren können, ohne erst nach hinten zu schauen? Wie hatte er den kleinen Jungen vergessen können, der gerade dabei gewesen war, die hintere Stoßstange zu putzen? Allein der Gedanke daran machte mich schon wieder zornig. Edward schien ziemlich egal zu sein, wen er gerade verletzte. Ihm lag weder an Hanna noch an Samuel viel, das wurde an der Art deutlich, wie er sie behandelte. Vielleicht lag ihm ja an niemandem etwas.

Ich konnte mir kaum vorstellen, dass jemand so hartherzig sein konnte. Nicht einmal Hazel Sharpe mit ihrer grausamen Zunge und dem gehässigen Denken brachte Menschen ins Krankenhaus. Sie verletzte nur ihr Inneres und verteilte seelische Schläge.

Ich seufzte und sah Samuel an. Er hatte beide Arten von Verletzung gut weggesteckt. Viel besser, als ich es gekonnt hätte. Ich hatte plötzlich den seltsamen Gedanken, Edward und Miss Hazel aufeinander loszulassen.

Siebzig mal sieben Mal.

Wieder trafen mich diese Worte, ganz plötzlich und unvermittelt, wie ein Samenkorn, das mir direkt vom Himmel in den Schoß fiel. Ich wusste, dass dies Jesu Antwort auf Petrus' Frage war, wie oft wir einander vergeben sollen.

Ich versuchte, den Gedanken abzuschütteln. *Ich vergebe doch,* sagte ich zum Herrn und zu mir selbst. *Ich habe doch schon vergeben. Jeder weiß doch, dass ich keinen Groll gegen Hazel hege. Ich sitze fast jede Woche in der Kirche neben ihr. Wer tut das denn sonst schon? Und Edward – also wir haben nicht den Sheriff gerufen. Wir hätten Edward auch festnehmen lassen können – er hat Hanna geschlagen, er hat Samuel geschlagen und er hat Franky das Bein gebrochen!*

Siebzig mal sieben Mal.

Gott war wirklich hartnäckig. Mit vier starken Worten, die er in mein Herz fallen ließ. Wie oft vergeben wir, Herr, wenn unser Bruder uns Unrecht tut?

Mein Kopf argumentierte weiter dagegen an. *Er ist nicht mein Bruder! Er ist nicht einmal ein Bruder in Christus. Das ist bestimmt etwas anderes. Und Hazel – Hazel vergebe ich doch ständig. Ich bete jeden Abend für sie, genau wie Emma es immer getan hat.*

Siebzig mal sieben Mal.

Ich lehnte mich zurück gegen die raue Reling der Ladefläche und suchte Samuels Hand. *Ich habe schon vergeben, Herr. Wenigstens habe ich gedacht, dass ich es getan hätte. Und ich versuche nicht, Edward etwas vorzuhalten. Es ist nur so, dass er so viele Schwierigkeiten macht – am allermeisten sich selbst. Und außerdem ist es ihm doch sowieso egal, was ich über ihn denke.*

Und auf einmal war mir die Antwort Gottes sonnenklar. Es geht gar nicht um Edward, sondern um Samuel.

Samuel? Ich gebe doch nicht Samuel die Schuld! Er hat um all das hier genauso wenig gebeten wie ich.

Ich blickte auf und sah, dass mein Mann die Augen geschlossen hatte, den Kopf ebenfalls angelehnt, mit dem Geholper des Wagens mitholpernd. Er sah so friedlich aus, und er wurde mit alldem so gut fertig. Er schien nicht einmal wütend zu sein, obwohl er dazu doch allen Grund gehabt hätte.

Plötzlich bemerkte ich, dass Samuels freie Hand zu einer Faust geballt war. Ich dachte an den Traum, den er mir erzählt hatte, den Traum über seinen gewalttätigen Vater und die Trunksucht seiner Mutter und über Edward. Ich hoffte, dass da nichts in ihm schwelte, in irgendeinem Teil von Samuel, von dem ich nichts wusste, in einem Teil, der durch die Heftigkeit von Edwards Feindseligkeit freigesetzt worden war. Also betete ich für Samuel. Um die Vergebung, die ich innerlich brauchte und von der ich wusste, dass auch Samuel sie brauchen würde. Und sogar für Edward betete ich, dass Gott ihn irgendwie anrühren möge, und zwar um Samuels willen.

Ich konnte all die schrecklichen Dinge vergeben, die Edward gesagt hatte, auch die harte und gefühllose Berührung, den ständig feixenden Blick und sein höhnisches Grinsen, die Blutergüsse meines Mannes und sogar das durch Unachtsamkeit gebrochene Bein eines unschuldigen Kindes. Das alles konnte ich vergeben. Nicht um Edwards, sondern um Samuels willen. Weil

Gott es mir gesagt hatte. Wir würden es brauchen. Samuel würde es brauchen, dass ich vergab. Ich wusste nicht, wann oder warum. Aber ich musste akzeptieren, dass es so war.

20

Samuel

Als wir auf den Parkplatz des Krankenhauses einbogen, rechnete ich beinah damit, dass Edwards Wagen wieder dort stehen würde, ich weiß auch nicht, wieso, denn er hatte eigentlich keinen Grund, noch einmal zurückzukommen. Ich war schon erstaunt genug gewesen, dass er am Vortag so lange gewartet hatte, obwohl es für ihn sicher bequemer gewesen wäre, einfach wegzufahren. Vielleicht hatte er wissen wollen, wie es um Franky stand. Oder vielleicht hatte er auch nur einfach eine Gelegenheit gebraucht, um mich zu verprügeln.

Diesmal war er nicht da, und ich war darüber erleichtert und froh. Vielleicht war er ja auch schon wieder auf dem Rückweg nach Albany. Ich konnte mir nicht vorstellen, dass ihn hier in der Gegend noch etwas hielt. Und er hatte ja auch wirklich schon genug Schaden angerichtet.

Juli nahm meine Hand, als wir das Krankenhaus betraten. Keiner von uns sagte etwas. Ich fragte mich, ob der Pastor und Barrett mir die Schuld an dem gaben, was Franky zugestoßen war. Wenn das so war, hätte ich es ihnen nicht verübeln können. Ich hätte besser auf den Jungen achten müssen, und auch auf Edward hätte ich ein Auge haben müssen. Warum hatte ich die Kinder nur nicht gewarnt?

Der arme Franky hatte nur einem Mann etwas Gutes tun wollen, der ein praktisches Beispiel dafür gebraucht hatte, was er im tiefsten Innern glaubt. „Weil Jesus Sie liebt", hatte er gesagt, als Edward ihn fragte, weshalb er das Auto wusch.

Franky war blass, als wir das Zimmer betraten. Sein Bein steckte in einem dicken Gipsverband, der für einen so kleinen, schmächtigen Jungen viel zu groß und zu schwer aussah. Ich sah ihm an, dass er immer noch Schmerzen hatte.

„Wie geht's dir, Kumpel?", fragte ich ihn.

„Ganz gut", sagte er und musste schlucken.

Barrett wartete auf dem Gang. Der Pastor begrüßte Franky und betete dann mit ihm, George und Lizbeth. Juli umarmte Franky, sobald sie damit fertig waren, und dann umarmte ich ihn auch, und er schien mein Hemd gar nicht wieder loslassen zu wollen.

„Sie ham sich doch nich' geprügelt, oder?", fragte er. „Meinetwegen?"

„Ich habe mich nicht geprügelt", sagte ich zu ihm. „Ich bin von ihm verprügelt worden."

„Das is' gut." Er lächelte. „Der Herr sagt, das is' gut."

Ich wusste nicht genau, wie er das meinte, ob er sich erinnerte, dass er so etwas aus der Bibel gehört hatte oder sonst etwas.

„Ich bin wirklich froh, dass Se alle gekommen sin'", sagte er. „Ich hab heute mit kei'm gerechnet."

„Das hättest du aber tun sollen", sagte ich. „Natürlich wollten wir kommen. Du bist doch ein ganz besonderer Junge."

„Se sin' alle besonders", sagte George grantig von seinem Stuhl an der Wand aus. „Und bei dem hier is' es besonders wichtig, dass man aufpasst."

„Pa", protestierte Lizbeth. „Es war doch nich' seine Schuld."

„Ich sag ja nich', dass er's absichtlich gemacht hat", räumte George ein. „Aber jeder andre hätt ja gewusst, dass er aufpassen muss, wenn irgendwelche Fahrzeuge in der Nähe sin'."

Franky sagte nichts, aber ich sah die Last der Worte seines Vaters auf seinen schmächtigen Schultern. Wie konnte George Hammond ihn nur für das verantwortlich machen, was passiert war.

„Er konnte nicht rechtzeitig zur Seite springen", sagte ich. „Dazu ging alles viel zu schnell. Es war genauso meine Schuld. Ich hätte besser auf ihn achtgeben sollen. Ich hätte wissen müssen, dass ich ihn nicht in die Nähe des Autos lassen darf, aber es hat ja auch niemand damit rechnen können, dass Edward so plötzlich losrast."

George sah mich mit gerunzelter Stirn an. „Es is' ja nun auch passiert. Nützt doch auch nix, das alles noch mal durchzukaun."

„Ist der Arzt schon hier gewesen?", fragte Juli.

„Ja, aber der sagt nich' viel, nur dass se ihn noch hierbehalten woll'n. Er is' sechs Wochen aus'm Verkehr gezogen. So lange muss er hierbleiben. Könnt ihr euch das vorstell'n?"

„Nicht besonders gut", sagte Juli leise.

„Ich nämlich auch nich'", fuhr George erregt fort. „Es kostet ja jetz' schon Unmengen Zeit und Geld, dass ich hier herumsitz. Und das Geld habe ich nich', so viel steht fest."

„George!", ermahnte ihn der Pastor. „Glauben Sie wirklich, dass Ihr Sohn das mit anhören muss?"

„Ich wüsste nich', warum nich'. Hat doch mit ihm zu tun, oder?"

Ich merkte genau, dass der Pastor erschüttert war über diese Einstellung, und ich war erleichtert, dass ich nicht der Einzige war, der das so empfand.

„Der Herr sorgt für alles, nich' wahr, Pastor?", fragte Franky. „Ich hab mal gehört, wie Se das gesagt ham. Er lässt uns alles zum Besten dienen, wenn wir ihn lieben. Sogar das hier."

George schüttelte den Kopf. „Was kann 'n gebroch'nes Bein schon Gutes ham?"

„Das werden wir sicher irgendwie sehen", versicherte der Pastor ihm. „Ihr Sohn hat einen starken Glauben. Das gefällt dem Herrn, und er wird ihn segnen, da bin ich ganz sicher."

„Na ja, im Augenblick scheint der Herr die Hammonds ja nich' grade doll zu segnen", sagte George mit finsterem Blick.

„Ich glaube, dasselbe könnten momentan die meisten Menschen im Land über sich sagen", entgegnete Pastor Jones. „Die Zeiten sind schwer, und jeder hat seinen Packen zu tragen. Aber Gott hilft uns hindurch."

„Ja klar", sagte George immer noch mit finsterer Miene.

„Wenigstens haben wir Hoffnung", sagte Franky. „Eine lebendige Hoffnung, weil Jesus auferstanden ist."

Der Pastor drehte sich um und sah den Jungen überrascht an. Vielleicht wusste er nicht, wie Franky dachte, wie tief der Junge die Dinge, die er gehört hatte, verinnerlichte und behielt. „Das hast du in einer Predigt gehört, nicht wahr?"

„Ja, Sir, vor vier Wochen. Se ham aus'm Petrusbrief vorgelesen, dass wir Schweres durchmachen müssen wegen Versuchungen, aber die Prüfung unsres Glaubens is' besser als Gold. Ich versteh nich', was die Versuchung is', aber ich hoffe, dass se uns dazu führt, dass Jesus groß gemacht wird, so wie Se es gesagt ham. Denn ich hab' ihn lieb, auch wenn ich ihn nich' sehn kann, genau wie die Leute, an die Petrus geschrieben hat."

Einen Moment lang saß der Pastor völlig verblüfft da.

„Tschuldigen Se ihn", sagte George. „Er quasselt oft so'n Zeug ..."

„Oft?", fragte der Pastor erstaunt.

„Ziemlich oft", sagte Julia mit einem Lächeln.

„Also, das ist ja ganz wunderbar", sagte der Pastor. „Ich freue mich, Franky, dass du ihn so lieb hast, auch wenn du ihn nicht siehst. Ich freue mich sehr, dass du so gut zugehört hast."

„Ich versuche zuzuhören", sagte der Junge mit ernstem Gesicht. „Aber meine Gedanken wandern auch schrecklich viel herum, überall hin, und das tut mir wirklich leid."

Der Pastor lächelte. „Du machst das wirklich gut. Selbst im Vergleich zu den Erwachsenen." Er sah George dabei nicht an, aber der schmollte sowieso noch vor sich hin. „Ich bin ganz sicher, dass durch all das hier Gott groß gemacht wird", fuhr der Pastor fort. „Besonders wenn er merkt, dass wir so bereit sind, ihm zu gefallen. Möchtest du wissen, was Versuchungen sind?"

„Ich weiß, was es bedeutet", sagte Franky. „Das is', wenn man gern was machen würde, wo man besser die Finger von lässt. Ich versteh nur nich', welche Versuchungen ich hab, außer vielleicht den Bauchschmerzen und mein Gejammer, dass es mir nich' gutgeht. Aber ich versuch ja schon immer, das zu lassen."

Ihm standen jetzt Tränen in den Augen. Ich rückte näher heran und legte ihm die Hand auf die Schulter. George stand auf und sagte, er müsse sich irgendwo einen Schluck Wasser besorgen.

„Es is' doch in Ordnung, wenn man sagt, dass einem was wehtut, oder, Pastor?", fragte Lizbeth. „Is' es nich' in Ordnung, wenn er weint, wenn ihm danach is'? Ich hab auch schon geweint, und ich würde noch mehr weinen, wenn ich mir das Bein gebrochen hätte."

„Natürlich ist das in Ordnung", versicherte der Pastor den beiden. „Franky, du darfst ruhig klagen über das, was dich bedrückt. Es wird nicht von dir erwartet, dass du es für dich behältst."

„Is' es denn keine Sünde, sich zu beklagen?"

„Wenn man ein Problem merkt und es sagt, ist das eine Sache, es ist etwas ganz anderes, wenn man nur noch auf dieses Schlimme schaut und sich ganz davon beherrschen lässt."

„Ich hab noch nie so Schmerzen gehabt", sagte Franky schnell. „Un' ich hab so Angst, dass die nich' wieder weggehn." Und da endlich konnten die Tränen fließen. Juli ging zu ihm hin und umarmte ihn.

„Oh Franky", weinte sie. „Wer hat dir denn gesagt, dass du so tapfer sein musst?"

„Pa hat gesagt, dass große Jungs nich' heulen."

„Sogar Jesus hat geweint", sagte der Pastor ernst.

Als er nun erst einmal die Erlaubnis hatte, weinte Franky fast die gesamte restliche Zeit, die wir noch bei ihm waren. Zweimal kam die Schwester herein, um nach ihm zu sehen. Sie sagte, im Augenblick könne man nicht mehr für ihn tun. Auch gegen die Schmerzen nicht. Er müsse sich einfach ruhig verhalten, und mit der Zeit würde es auch besser werden.

Es fiel uns unendlich schwer, wieder zu gehen, besonders weil George so wenig Mitgefühl zeigte. Aber wir mussten zu den anderen Kindern zurück und uns auch zu Hause um alles kümmern.

George bestand darauf, dass wir Lizbeth wieder mitnahmen. „Emmie und Bert brauchen se wieder", sagte er. „Nutzt doch nix, wenn wir beide hier rumsitzen. Ums meiste kümmern sich ja sowieso die Schwestern."

Lizbeth war nicht gerade froh darüber, weggeschickt zu werden, aber sie widersprach ihrem Vater nicht. Ich hatte mir oft gewünscht, dass George sich mehr um Franky kümmern würde, dass er versuchen würde, ihn besser zu verstehen, ihm ein bisschen mehr Wertschätzung entgegenzubringen und Anerkennung zu geben, aber ich hatte meine Zweifel daran, dass dies der richtige Zeitpunkt und der richtige Ort dafür war. Franky brauchte mehr, als sein Vater ihm geben wollte und konnte, das schien auch der Pastor so zu sehen.

„Ich könnte doch auch hierbleiben", schlug er vor. „Ihr ältester Sohn will doch morgen früh mit dem Fuhrwerk kommen. Dann könnte ich mit ihm wieder zurückfahren. Ich würde gern hierbleiben."

Franky sah erleichtert aus und ich fragte mich, wie wohl die vergangene Nacht für ihn gewesen sein mochte.

Der Pastor blieb also. Lizbeth umarmte ihren Vater und ihren Bruder und gab außerdem Franky einen Kuss auf die Stirn. „Mach dir mal keine Sorgen", sagte sie. „Ruh dich einfach aus und wird gesund. Und mach dir nich' so viele Gedanken über Versuchungen und solche Sachen. Du bist doch noch 'n kleiner Junge."

Er nickte: „Ja gut."

Sie bedankte sich beim Pastor, wir verabschiedeten uns alle, und Barrett fuhr uns zurück zum Haus des Pastors, um dort noch Louise und die Kinder abzuholen. Ich war froh, dass der Pastor bei Franky geblieben war. Mir war es ein Rätsel, wieso George so wütend auf Franky war, obwohl er doch eigentlich Edward und mir die Schuld hätte geben müssen.

Sarah war so aufgedreht, als sie uns sah, dass sie aus dem Haus des Pastors herausgestürmt kam, auf den Lastwagen stieg und auf Julia sprang, bevor sie auch nur die Chance hatte, herunterzusteigen.

„Gute Güte!", rief Juli. „Was ist denn mit dir passiert?"

„Die Frau vom Pastor hat uns gezeigt, wie man eine lustige Babywiege bastelt, und sie hat so niedliche Puppen, Mama! Die sind aus Papier, aber nicht aus Zeitschriften wie Hannas! Das sind echte Papierpuppen, solche, wie Helen Jorgensen hatte, als wir noch in *Pennsavani* gewohnt haben! Können wir auch welche haben? Bitte, bitte, bitte? Ich möchte so gern hierbleiben und hier schlafen!"

„Langsam, Sarah, langsam. Immer eines nach dem anderen. Ich freue mich, dass du so viel Spaß gehabt hast."

Rorey kam aus dem Haus gelaufen, gefolgt von Hanna, die viel langsamer hinterherkam. Ich konnte Tränen in Hannas Augen sehen. Harry und Berty rannten an ihr vorbei, um Lizbeth zu begrüßen, aber Hanna stand einfach nur da und sah uns an.

„Hanna hat als Einzige Angst gehabt", flüsterte Sarah mir zu. „Sie dachte, dass ihr vielleicht nicht wiederkommt."

Ich hatte gar nicht daran gedacht, wie sie sich wohl fühlen mochte, wenn weder Juli noch ich bei ihr waren. Ich stieg vom Lastwagen und wollte kurz mit ihr reden, um sie zu beruhigen, aber zu meiner Überraschung drehte sie sich um und rannte in die entgegengesetzte Richtung davon bis in den hintersten Winkel des Gartens hinter dem Haus des Pastors. Dort kletterte sie auf einen alten, knorrigen Baum mit tief hängenden Ästen hinauf, und zwar so hoch, dass man sie im dichten Laub nicht mehr sehen konnte.

Einen Moment lang blieb ich einfach stehen. Weshalb mochte sie vor mir davongelaufen sein? Vielleicht hätte ich ihr nicht folgen sollen. Wer wusste schon, wie sie darauf reagieren würde.

Aber Juanita Jones kam mit Emma Grace auf dem Arm aus dem Haus und sah besorgt zu dem Baum hinüber. „Sie müssen mit ihr reden, Samuel“, sagte sie sanft. „Irgendetwas hat sie in der letzten Stunde bedrückt, und sie wollte mir absolut nicht sagen, was es ist.“

Ich holte tief Luft. Wie war ich überhaupt zu dieser Verantwortung gekommen? Warum, Herr? Kannst du uns bitte zeigen, wer dieses Kind ist?

Zögernd ging ich nach hinten in den Garten. Ich wusste, dass Barrett wartete. Er hatte einfach nur die Kinder und seine Frau abholen und dann schnell weiter nach Hause fahren wollen, weil er wirklich zu tun hatte, aber er würde wohl oder übel warten müssen.

„Hanna, wie wäre es, wenn du jetzt von dem Baum heruntersteigst und mir erzählst, wie der Nachmittag für dich war. Hat dir der Besuch hier gefallen?“

Keine Antwort. Ich ging zum Fuß des Baumes und blickte hinauf. Sie sah auf mich herunter und noch immer standen ihr Tränen in den dunklen Augen, aber sie ließ den Tränen nicht freien Lauf, ganz ähnlich wie manchmal Julia, die dann auch einfach ihre Traurigkeit herunterschluckte.

„Was ist denn los?“

Sie antwortete immer noch nicht zu mir her, sondern schaute nur über den Garten hinweg in die Ferne, dorthin, wo die anderen sich bei Barretts und Louises Lastwagen versammelt hatten.

„Kommst du jetzt herunter? Bitte? Wenn es etwas gibt, worüber du aufgebracht bist, dann können wir darüber reden.“

Sie schüttelte den Kopf.

„Wir müssen jetzt aber gehen.“

Sie rührte sich nicht und sagte auch nichts. Im Schatten des Baumes sah sie genauso aus wie an dem Abend, als ich sie in Edwards Auto gefunden hatte. So klein und so allein. Mit einem Seufzer stieg ich auf einen der Äste und fing an zu ihr hinaufzuklettern. Insgeheim rechnete ich schon damit, dass sie in Panik geraten und noch höher klettern würde, aber das tat sie nicht. Sie beobachtete mich nur und sah verwirrt aus, so, als hätte irgendetwas sie furchtbar durcheinandergebracht.

„Wenn du nicht herunterkommst, dann komme ich eben zu dir“, sagte ich. „Wenigstens für einen Augenblick. Es ist eine ganze Weile her, seit ich zum letzten Mal auf einen Baum geklettert bin. Wenn ich dabei Hilfe brauche, hilfst du mir dann?“

Sie schüttelte den Kopf. „Ich kann keinem helfen, der so groß ist wie du. Wenn du stecken bleibst, dann müssen wir die Polizei rufen.“

Ich musste lächeln. „Na, dann werde ich mal versuchen, nicht stecken zu bleiben.“ Ich schaffte es, bis zu einem stabilen Ast ganz in ihrer Nähe zu gelangen, von dem aus ich sie direkt ansehen konnte. „Hanna, es tut mir leid, dass das alles so schwer für dich ist. Ich weiß nicht, was ich tun soll, damit es leichter wird.“

Ihre Augen füllten sich erneut mit Tränen, und es tat mir jetzt schon fast wieder leid, dass ich überhaupt etwas gesagt hatte, aber jetzt gab es kein Zurück mehr. Jetzt konnte ich auch genauso gut ganz direkt und offen mit ihr reden, selbst wenn sie nicht mit mir reden wollte. „Weißt du, ich wünschte, ich könnte dir sagen, wie es mit dir und uns weitergeht, aber Sheriff Law hat sich immer noch nicht bei mir gemeldet, und ich weiß auch nicht, was passiert. Ich würde dich behalten, das weißt du ja, aber vielleicht gibt es doch noch jemand anderen, und ich weiß einfach nicht, was das Beste für dich ist. Ich weiß nicht, ob du es bemerkt hast, aber wir haben im Augenblick nicht viel, außer Kindern zum Spielen.“

„Aber sie gehören alle hierher“, sagte sie und sah wieder mit ernster Miene zum Lastwagen hinüber.

„Ja.“

„Ich auch?“

Ich musste seufzen. „Ich wünschte, ich wüsste es, aber im Augenblick weiß ich ja nicht einmal, ob du das überhaupt willst.“

Sie sah mich einen Augenblick an, und da war noch etwas anderes, Neues in ihrem Blick.

„Wirst du manchmal böse? Richtig böse?“

Ich dachte an Edwards höhnische Worte, an Julias Begegnung mit ihm am Brunnen und an meine schmerzenden Blutergüsse. „Ich nehme an, jeder wird manchmal böse, aber ich versuche, es nicht zu sein.“

„Bist du auch mal wütend auf Mama gewesen?"

Das hatten wir doch alles schon besprochen. „Nein, Schätzchen. Wie sollte ich das, wenn ich ihr doch noch nie begegnet bin und sie gar nicht kenne?"

„Aber das warst du!" Sie zitterte und ein paar Tränen liefen ihr die Wangen hinunter. „Ich habe mich gar nicht mehr erinnert, aber du warst doch wütend! Du warst einmal da, als ich noch ganz klein war! Ich habe davon geträumt! Du warst da, aber ich habe mich erst heute wieder daran erinnert, weil die Frau Pastor genau so eine Puppe hat wie die, die du kaputt gemacht hast ..."

Ich reichte ihr die Hand. „Hanna, du hast gesagt, dass du das geträumt hast. Wenn das wirklich so war, dann war nicht ich dieser Mann ..."

Sie wich zurück. „Doch, du warst es wohl! Doch, du warst es! Es war ganz dunkel, und du hast müde und böse ausgesehen, und Mama hat immer gesagt: ‚Samuel, nicht! Bitte nicht, Samuel!' Immer wieder hat sie das gesagt!"

Ich sah sie nur an und dachte kurz daran, wie auch meine Mutter genau diese Worte immer wieder weinend und mit flehender Stimme gesagt hatte. „Nein", sagte ich und fürchtete mich vor dem, was ich in den Augen des Mädchens sah.

„In dem Traum hab ich mich versteckt", sagte sie. „Ich glaube, ich war noch ganz, ganz klein, weil ich das alles vergessen habe. Bis ich die Puppe gesehen habe. Und ich wusste genau, dass wir auch so eine gehabt haben." Sie hielt inne und sah mich mit großer Unsicherheit an. „Du ... du hast mit ihr geworfen", sagte sie und fing so stark an zu zittern, dass ich Angst hatte, sie würde vom Baum fallen. Nur um sicherzugehen, dass das nicht passierte, zog ich sie zu mir auf meinen Arm. Sie wehrte sich nicht, sondern weinte nur sehr lange.

Mir war auch nach Weinen zu Mute. Sie kannte meinen Vater zwar nicht, aber vielleicht glaubte sie, dass ich so wäre wie er – das glaubte Edward ja auch. Und irgendwo gab es jemanden, der wirklich so war, irgendein grausamer Kerl, der genauso hieß wie ich.

Schließlich beruhigte sie sich ein wenig, und ich konnte wieder tief durchatmen. „Warum hast du mich denn festgehalten?", fragte sie mich, immer noch ein wenig schluchzend.

„Ich hatte Angst, du würdest herunterfallen."

„Weißt du ... weißt du denn nicht mehr, dass du einmal da gewesen bist? Als ich klein war?"

„Nein. Wenn das wirklich passiert ist, dann muss das jemand anderer gewesen sein, Schätzchen."

„Das ist schon lange her. Ich war wirklich noch ganz klein. Aber ich war nicht mehr so klein, als das Bild gestohlen worden ist, deshalb erinnere ich mich daran noch besser. Da hast du eine Weste angehabt und hattest dich an einen Baum gelehnt. Nur den Vogel, den hast du abgewaschen."

„Den Vogel?" Mein Magen fühlte sich plötzlich an wie ein dicker Stein und mir war eiskalt. „Was für ein Vogel denn?" Ich konnte jetzt nur noch an meinen Vater denken, wie er mit erhobenem Arm dastand und die gefürchtete, hässliche Adlertätowierung mich von seinem Arm aus anstarrte.

„Auf dem Bild hast du einen Vogel auf dem Arm gehabt."

Mir war plötzlich so übel, dass ich mich auf der Stelle hätte übergeben können. Das war unmöglich.

„Lass uns runterklettern", sagte ich und plötzlich war mir schwindelig. Die Blätter und Zweige schienen irgendwie miteinander verwoben zu sein.

„Du siehst irgendwie krank aus", sagte sie. „Bist du böse, dass ich mich jetzt wieder daran erinnern kann? Ich sag's auch niemandem, wenn du das nicht willst."

„Das ist es nicht", sagte ich zu ihr und hatte Mühe, die Worte herauszubringen.

„Das sollte wohl ein Geheimnis sein, was?", fragte sie hastig nach. „Aber das wusste ich nicht, als ich hergekommen bin, und deshalb habe ich das alles auch gesagt. Aber wenn du willst, dass ich ein Geheimnis bin, dann sage ich jetzt nichts mehr, ich versprech's. Kann ich dann deine heimliche Tochter sein?"

Wieder liefen ihr Tränen die Wangen hinunter, und ich konnte es kaum ertragen, sie anzusehen. Sie sah aus wie ich. Ich sah aus wie mein Vater Samuel Edward Wortham, der zu jung geheiratet hatte und der zu grausam und zu rücksichtslos gewesen war, um irgendjemandem gutzutun.

Nach Aussage meiner Mutter war er schon lange tot. Aber stimmte das wirklich?

21

Julia

Ich wusste nicht, was zwischen Samuel und Hanna auf diesem Baum vorgefallen war, aber als sie in den Lastwagen stiegen, wischten sie sich beide noch die Augen. Samuel sah aus, als ob er von einem Lastwagen angefahren worden wäre. Ich nahm an, dass ihm immer noch seine Blutergüsse und Beulen wehtaten und er viel zu verarbeiten hatte, wie beispielsweise Frank, der im Krankenhaus lag, und Hanna, die immer noch hier war und uns so sehr brauchte.

Er saß neben mir, sah mich aber kaum an. Irgendetwas war anders, das spürte ich genau. Er sah irgendwie verloren aus, völlig durcheinander, und ich konnte mir nicht vorstellen, dass das durch ein Gespräch mit einem Kind auf einem Baum ausgelöst worden sein sollte.

„Ist alles in Ordnung?", fragte ich ihn, aber er hatte gar keine Chance, darauf zu antworten, weil Harry sofort wieder auf ihm herumturnte und „Bärenjagd" mit ihm spielte.

„Sei vorsichtig", sagte ich zu Harry. „Er hat immer noch Schmerzen. Spring jetzt lieber nicht."

Samuel sagte kein Wort. Hanna saß stocksteif da und schaute auf die Papierpuppen, die Juanita den Mädchen zum Spielen mitgegeben hatte. Als Sarah ihr eine davon geben wollte, sah sie sie nur an.

Barrett fuhr sofort los. Er und Louise saßen vorn, wir anderen alle hinten auf der Ladefläche. Sam Hammond war schon nach Hause zurückgefahren und hatte Joe und Robert mitgenommen. Die kleinen Mädchen und Harry und Bert hatten sie aber dagelassen. Genau wie George vorhergesagt hatte, kuschelten sich Emmie Grace und Berty beide eng an Lizbeth, so als hätten sie sie monatelang nicht gesehen. Sie fing an, ihnen etwas vorzusingen. Das Lied war schön, aber mir war das Herz zu schwer zum Singen. Ich nahm Samuels Hand und er ergriff meine und hielt sie ganz fest, aber er sah mich nicht an. Er schaute in die Ferne. Weit weg war er, meilenweit, jahreweit. Hanna blickte ein-, zweimal auf und wandte ihre Aufmerksamkeit schließlich ganz den Puppen zu.

„Gibt es auch einen Papa?", fragte sie. „Es muss doch eine ganze, richtige Familie geben."

Ach, das arme Kind mit seinem unerfüllten Traum von einer echten Familie mit Vater, Mutter und allem Drum und Dran. Es konnte etwas daraus werden. Nicht mit ihrem leiblichen Vater, ja vielleicht nicht einmal mehr mit ihrer leiblichen Mutter, aber wenn Gott es wollte, würde vielleicht etwas daraus werden.

Samuel war an diesem Abend sehr still. Er sagte, die Hammonds könnten alle bei uns übernachten, wenn sie wollten, so wie sie es manchmal sonntags abends taten, aber er schien gar nicht richtig anwesend zu sein. Ich las aus unserer Bilderbibel vor und dachte an Franky, der es so liebte, wenn ich ihm daraus vorlas. Vielleicht dachte Samuel ja auch an Franky. Nach einer Weile stand er jedenfalls auf und ging nach draußen.

Ich hätte Lizbeth das Buch gegeben, damit sie weiter vorlas, aber Emma Grace war inzwischen müde und quengelig und Lizbeth versuchte gerade, sie zur Ruhe zu bringen. Die älteren Hammond-Jungen konnten zwar auch alle lesen, aber ich wusste, dass sie es nicht gern taten. Weil ich mich aber nach Samuel sehnte, gab ich Robert das dicke Buch und bat ihn, noch eine Geschichte mehr daraus vorzulesen.

Draußen war es dämmrig und der Himmel war wolkenverhangen. Ich hoffte, dass es in der Nacht regnen würde, um der Ernte willen. Das bisschen Regen, das wir gehabt hatten, reichte längst nicht aus. Ich wischte mir ein lästiges Insekt aus dem Gesicht und ging zum Apfelbaum hinüber, wo Samuel still wie eine Statue dastand und in den Himmel schaute.

„Franky kommt schon wieder in Ordnung", sagte ich leise zu ihm. „Er ist guter Dinge. Sehr guter Dinge, wenn man die Umstände bedenkt. Ich hoffe, du gibst dir nicht die Schuld daran."

„Das sollte ich. Ich hätte die Kinder ins Haus scheuchen sollen, als ich Edward kommen sah."

„Das konntest du doch aber unmöglich absehen."

„Ich weiß." Für einen Moment blickte er zu Boden, dann wieder in die Ferne übers Feld.

„Es war ein Unfall", sagte ich. „So eiskalt wie er auch wirken mag, ich bin sicher, dass Edward das nicht absichtlich getan hat."

„Ja, ich weiß."

„Was ist los, Samuel?"

Jetzt wandte er sich mir zu. „Hast du die Kinder jemals angelogen?"

„Nein", sagte ich sofort und war über seine Frage überrascht. „Es gibt Dinge, die ich ihnen nicht erzähle. Aber ... aber ... ich lüge sie nicht an."

„Ich weiß, dass du eine gute Mutter bist, Julia, ein echter Segen."

„Samuel ..."

„Nein, sag jetzt bitte nichts." Er nahm mich in die Arme und hielt mich fest. Ich spürte die Anspannung in seinen Schultern und seinem Rücken. Ich wollte ihn fragen, was um alles in der Welt eigentlich los sei, warum er mir solche Fragen stellte, aber noch mehr wollte ich seine einfache Bitte respektieren, also sagte ich nichts, hielt ihn nur fest und betete, dass der Sturm in seinem Herzen sich bald wieder legen möge.

Schließlich trat er einen Schritt zur Seite, nur ein wenig, und es sah aus, als würde er von einem schweren Gewicht nach unten gezogen. „Julia, was, wenn sie meine Schwester ist?"

Einen Moment lang stand ich einfach nur sprachlos da. Schwester? Das war unmöglich. Sie war doch erst sechs Jahre alt.

Ich hatte keine Zeit zu sagen, was ich dachte, denn Rorey und Harry kamen aus dem Haus gerannt und schrien, dass Robert mit dem Lesen fertig sei und ob wir Glühwürmchen fangen oder Geister spielen könnten.

„Nein", sagte Samuel schneller, als ich erwartet hatte. „Hier gibt es keine Geister."

„Es gibt überhaupt keine Geister", lachte Rorey. „Mama hat mir erzählt, dass es nur 'n Spiel is', aber's macht trotzdem Spaß."

Die anderen Kinder kamen ebenfalls aus dem Haus und Samuel sah zur Veranda hinüber, wo Hanna stand und in unsere Richtung schaute. Es schien so, als hätten die beiden an diesem Abend den gleichen gequälten Blick. Es erinnerte mich an Hannas erste Nacht hier, als sie beide unruhige Träume gehabt hatten.

„Samuel, dein Vater ist doch tot, oder?", musste ich fragen, obwohl er mir das mehr als einmal erzählt hatte, nachdem er irgendwann zugegeben hatte, dass er seinen Vater doch gekannt hatte.

„Ich weiß es nicht", sagte er.

Ich wusste nicht, was ich davon halten sollte. Er hatte einmal gelogen und mir erzählt, dass sein Vater die Familie verlassen hätte, als er noch ein Säugling gewesen sei, und dann nie wieder aufgetaucht sei. Das hatte er allerdings richtiggestellt und mir später dann die Wahrheit gesagt. Oder war auch das nicht die Wahrheit gewesen?

„Samuel, du hast doch gesagt ..."

„Meine Mutter hat gesagt", korrigierte er mich und ich sah den Schmerz in seinem Blick. „Aber ich weiß nicht, Schatz. Hanna hat erzählt, dass sie sich an einen Grobian namens Samuel erinnert und dass sie sich vor ihm versteckt hat – vielleicht. Wenn das alles nicht nur ein Traum war. Sie hat gedacht, dass ich das gewesen wäre, aber dieser Mann hatte dieselbe Tätowierung wie mein Vater, einen Vogel auf dem Unterarm. Woher sollte sie das sonst wissen?"

„Oh Sammy ..." Ich umarmte ihn wieder, obwohl die Kinder uns jetzt zusahen. Seltsam, es schien ihm gar nichts auszumachen.

„Was, wenn er noch am Leben ist?", fragte er mich. „Was, wenn meine Mutter uns angelogen hat? Was, wenn er irgendwo da draußen herumläuft und immer noch Unheil anrichtet? Warum ist er nie zurückgekommen?"

„Schschsch", sagte ich sanft. „Das sind zu viele Fragen für einen Abend. Vielleicht gibt es ja einen Weg. Vielleicht können wir ja morgen etwas herausfinden ..."

„Ich weiß nicht, ob ich sie noch einmal anrufen kann. Was wird sie wohl denken nach all der Zeit, wenn ich sie frage ...?"

„Wen kümmert es, was sie denkt? Du hast ein Recht darauf, es zu erfahren."

Er sah mich seltsam an, so als hätte er eigentlich erwartet, dass ich sagen würde, er solle seiner Mutter doch lieber den Schock darüber ersparen, dass er an ihrem Wort zweifelte.

„Wir können nach *Dearing* fahren und Charlies Telefon benutzen", sagte ich. „Wir sollten morgen sowieso in die Stadt fahren, um uns zu erkundigen, ob Sheriff Law etwas Neues erfahren hat."

„Wir?"

„Wenn du willst, dass es ‚wir' ist."

„Du findest das also nicht lächerlich?"

„Du doch auch nicht. Und du hast schließlich mit eigenen Ohren gehört, was die Kleine dir erzählt hat."

Er sah zu Hanna hinüber, die immer noch auf den Verandastufen wartete.

„Hey, wollt ihr mitspielen?“, rief Harry zu uns herüber.

Samuel sah mich an und sehr zu meiner Überraschung lächelte er. „Komm, lass uns spielen“, sagte er.

„Bist du sicher? Du siehst so müde aus.“

„Nicht müde. Bedrückt. Vielleicht tut mir ein Spiel jetzt ganz gut.“ Er ging direkt zur Veranda, nahm Hanna bei der Hand und erklärte ihr das verrückte Spiel, das die Hammonds uns irgendwann im vergangenen Sommer beigebracht hatten. Alle Kinder scharten sich um ihn. Es geschah nicht jeden Abend, dass sie die Erwachsenen dazu bringen konnten, mit ihnen zu spielen, und dieser Umstand reichte aus, um sogar die großen Kinder zum Mitmachen zu bewegen. Alle außer Lizbeth, die gerade Emmie Grace ins Bett gebracht hatte und jetzt im Haus Berty auf dem Arm wiegte. Ich wollte nicht, dass sie sich einsam und ausgeschlossen fühlte, deshalb zog ich einen Schaukelstuhl für sie auf die Veranda und setzte mich neben sie, als sie herauskam. Zusammen beobachteten wir, wie die meisten der spielenden Kinder im Gebüsch und auf Bäumen verschwanden, um sich ein Versteck zu suchen. Samuel und Hanna mussten als Erste Geister jagen. Sie machten es gemeinsam und gingen vom Haus aus los.

„Um ein Uhr kommen die Geister heraus.“ Ein Riesenschritt folgte. „Zwei Uhr, die Geister kommen heraus.“ Noch ein Schritt und so weiter, immer einen Riesenschritt nach dem anderen in Richtung der Mitte des Hofes, wobei bei jedem Schritt eine Stunde weiter gezählt wurde. Als Samuel und Hanna bei zwölf angekommen waren, sprangen alle Kinder schreiend aus ihren Verstecken hervor und rannten, so schnell sie konnten, zu den Verandastufen. Samuel und Hanna mussten so viele Kinder wie möglich abschlagen, bevor sie die Veranda und damit ihr Zuhause erreichen konnten.

Sie spielten es immer wieder, wobei alle Kinder sich darin einig waren, dass Samuel am gruseligsten war, wenn er im Dunkeln aus seinem Versteck hervorgesprungen kam.

Schon bald rannten sie herum und fingen Glühwürmchen, um sie gleich wieder freizulassen. Lizbeth lehnte sich in dem alten Schaukelstuhl zurück und sah dabei im Mondlicht aus wie eine jüngere Version ihrer Mutter.

„Ich bekomme vielleicht nich' so viel Kinder", sagte sie zu mir. „Außer in der Klasse, die ich unterrichte. Wussten Se, dass die Porters 'nen besonderen Fonds eingerichtet haben für Leute, die gern Lehrer werden möchten? Das hat Ben mir erzählt. Geld fürs College soll das sein. Man muss nur 'ne Prüfung bestehn, um es zu bekommen."

Ich hatte gar nicht bemerkt, dass sie am 4. Juli mit dem Porter-Jungen gesprochen hatte, während ihre Brüder Limonade getrunken hatten. Aber ich war froh über diese sicher von Gott geschenkte Möglichkeit.

„Du wirst es doch versuchen, oder?"

„Ben hat gesagt, das soll ich."

„Da kann ich ihm nur beipflichten."

Sie lächelte. „Ich habe gewusst, dass Se das sagen würden. Ich hab Pa aber bis jetzt noch nix davon gesagt. Ich glaub nich', dass er mich gehn lassen würde."

„Er würde sich bestimmt daran gewöhnen", versicherte ich ihr. „Es würden bestimmt alle prima zurechtkommen. Lass dich dadurch nur nicht aufhalten."

„Es wird schwer werden, aber die Prüfung is' erst im nächsten Frühjahr, ich hab also noch Zeit." Sie blickte über den Hof hinweg, und ihr Lächeln wurde intensiver. „Es is' so, als hätt ich 'nen wunderschönen Traum, der nur mir allein gehört, Mrs Wortham."

Ich musste auch lächeln, weil ich mich freute über ihren Ehrgeiz, der sie in ihrem Leben bestimmt noch zu vielen guten Dingen bewegen würde. Sie schaute in den Himmel hinauf und über den Garten hinweg und war einen Augenblick ganz still. Die Wolken hatten sich verzogen und es wurde dunkel.

„Wir bringen jetzt wohl besser die Kinder ins Bett", sagte sie mit einem Seufzer.

Ich nickte und dachte, dass sie sich erwachsener anhörte als je zuvor. „Bettzeit!", rief ich, weil ich wusste, dass es spät war und ihnen langsam die Augen schwer wurden.

Auf der Veranda zu sitzen war so friedvoll, dass ich mich fragte, warum um alles in der Welt Samuel wohl beschlossen hatte, mit den Kindern auf dem Hof und im Garten herumzurennen. Aber sie liebten das, und zwar jedes Einzelne von ihnen. Es war schwer, sie dazu zu bewegen, ins Bett zu gehen. Wir mussten die ganze Meute wieder auf dem Wohnzimmerfußboden schlafen legen, und ich fragte mich, ob Hanna sich nicht in einer solchen Masse von Kindern völlig überwältigt fühlte.

Ich hoffte, dass es Franky gutging und er mit der Situation im Krankenhaus zurechtkam. Ich vermisste ihn, weil er von all den Kindern dasjenige gewesen wäre, das wahrscheinlich zusammen mit Lizbeth und mir auf der Veranda gesessen und etwas ebenso Überraschendes wie Grundlegendes über seine eigenen Träume gesagt hätte. Und ich dachte an George. Vielleicht wusste er einfach nicht, wie er mit Franky umgehen sollte. Vielleicht war das sein Problem. Sein Sohn war der einzige Neunjährige, den ich kannte, der nicht lesen konnte, und gleichzeitig die einzige Person unter zwanzig, die wenigstens die Hälfte von dem verstand, worüber der Pastor predigte. Kein Wunder, dass George irritiert war.

Lizbeth musste fast das Gleiche gedacht haben wie ich. „Ich hoff, dass Pa sich ruhig verhält“, sagte sie. „Und ich hoff, dass es Franky gutgeht. Ich bin so froh, dass der Pastor einmal so mit ihm reden konnte. Er sollte doch wissen, was in Frankys Kopf vorgeht. Glauben Se, dass er eines Tages mal Prediger wird?“

„Ich weiß es nicht, Lizbeth, aber ich habe das Gefühl, er könnte es.“

Der kleine Harry war zu uns auf die Veranda gerannt gekommen. „Müss'n wir denn schon so früh ins Bett?“, beschwerte er sich.

„Es ist nicht früh“, sagte ich zu ihm. „Es ist schon sehr spät. Und morgen früh haben wir viel zu tun.“

„Was denn?“, fragte er und seine Augen schimmerten hell im Mondlicht.

„Dieselben Pflichten wie jeden Tag, Dummchen“, antwortete Lizbeth ihm. „Du hast davon nich' genug, das is' das Problem.“

„Ich will mir 'ne Schildkröte fangen“, sagte der kleine Junge. „Joe hat unsre fertig gekocht un' die war lecker.“

„Also ich wünschte, das könntest du. Wir könnten gut noch eine mehr gebrauchen, aber erst müssen wir die anderen Sachen erledigen.“

„Du meinst, dass ich jagen gehen kann?“, fragte Harry begeistert.

„Nich' heut Abend", sagte Lizbeth seufzend, „und nich' allein. Du musst auf jeden Fall noch jemanden mitnehmen."

Harry lächelte, nickte und ging ins Haus. Ich dachte gerade, wie einfach es heute war, verglichen mit dem Kampf, den er normalerweise veranstaltete, als ich Sarah schreien hörte. „Nein! Nein! Mama mag nicht, wenn du das tust."

Ich rannte ins Haus und traf Harry auf dem Küchentisch stehend an, von wo aus er gerade mit einem Riesensatz mitten in den Raum springen wollte. Bevor ich etwas sagen konnte, hatte Samuel ihn sich geschnappt und auf den Boden zurückbefördert.

„Das machen wir hier aber nicht", sagte er streng. „Auf gar keinen Fall und aus gar keinem Grund. Du kannst gern morgen von allen Baumstümpfen springen, die du draußen findest, wenn du willst."

„Okay", lachte Harry.

„Warum hast du denn nicht mit uns mitgespielt, Mama?", fragte Sarah.

„Diesmal fand ich es schöner, einfach nur zuzuschauen. Manchmal gefällt es mir zuzuschauen, wenn ihr miteinander so viel Spaß habt. Das ist auch für mich ein Spaß."

„Es ist gar nicht schwer. Nächstes Mal kannst du es ja auch lernen", sagte Hanna. „Ich helfe dir dann auch."

Ich lächelte. „Danke, das ist sehr nett von dir."

„Sie kennt es schon lange!", platzte Rorey heraus. „Ich und Willy haben es ihr schon lange beigebracht!"

Hanna schaute mich weiter unverwandt an. „Du hast doch keine Angst, nicht?"

„Natürlich nich'!", grölte Rorey. „Das sin' doch gar keine echten Geister."

Aber ich hatte das Gefühl, Hanna sprach von etwas ganz anderem, und zwar über sehr viel mehr als ein Kinderspiel. Ich wusste nicht, was es war, aber ich wusste, was ich zu sagen hatte. „Nein, Schätzchen, habe ich nicht, und du brauchst auch keine Angst zu haben."

Sie sah zu Samuel hinüber und lächelte.

Konnte sie wirklich seine Schwester sein? Das würde auf jeden Fall die Ähnlichkeit erklären. Aber war das tatsächlich möglich?

„Wie lang soll das Mädchen eigentlich noch bei euch bleiben?", fragte Rorey jetzt so grob, wie man sich nur denken konnte.

„Ich weiß es nicht", antwortete ich ihr. „Aber sie ist uns immer willkommen. So, und jetzt husch ins Bett."

Wir legten das Wohnzimmer wieder ganz mit Decken aus, auf denen die Kinder sich dann nebeneinander hinlegen konnten. Berty und Emma Grace schliefen schon, Hanna holte ihre Papierpüppchen, um sie neben ihr Kopfkissen zu legen, und Sarah kuschelte sich dicht neben sie.

„Ich will aber beim Fenster schlafen", beschwerte sich Rorey. „Komm, Sarah, lass uns beim Fenster liegen."

Aber Sarah und ihre Puppe hatten es sich bereits bei Hannas Papierpuppenfamilie gemütlich gemacht. „Nein, ich will hierbleiben."

„Hmm", maulte Rorey und ließ sich dann so nah am Fenster auf den Boden fallen, wie es nur ging.

„Ich komm zu dir", sagte Harry. „Wir tun so, als ob wir Wölfe sin'. Siehst du den großen Mond da draußen?"

Harry und Rorey fingen beide an wie wild zu heulen, und ich musste sie ganz schnell zum Schweigen bringen, damit das Baby nicht aufwachte.

„Ihr beiden seid jetzt still!", schalt Lizbeth. „Wenn ihr ganz brav seid, dann erzählt Mr Wortham euch vielleicht noch eine Geschichte."

„Na gut!", rief Harry sofort.

Ich sah, dass Kirk und Willy weniger begeistert waren, aber sie sagten nichts.

„Erzählst du uns eine Geschichte, Papa?", bettelte Sarah. „Bitte?" Und an Hanna gewandt flüsterte sie: „Willst du nicht, dass Papa uns eine Geschichte erzählt?"

Ich wand mich innerlich ein bisschen und fragte mich, wie das Mädchen darauf wohl reagieren würde. Sie schniefte ein wenig, den Blick fest auf die Papierpuppen geheftet. „Ich würde schon gern eine Geschichte hören", sagte sie ganz ruhig. „Wenn es eine ganz, ganz *gute* Geschichte ist."

„Alle Geschichten von Papa sind gute Geschichten", gab Sarah an. „Er hat die besten Geschichten von allen. Und ich weiß das, weil unsere Lehrerin uns eine erzählt hat und die war längst nicht so gut. Und die ist eine *Lehrerin*."

„Sie sind gar nichts Besonderes", sagte Samuel. „Aber wenn ihr euch alle hinlegt und still seid, dann erzähle ich euch noch eine."

Alle jüngeren Hammonds legten sich gehorsam hin, ebenso wie Robert und Sarah, obwohl ich wusste, dass Robert und die Jungen in seinem Alter von Gutenachtgeschichten nicht so begeistert waren wie die Kleinen. Sam und Lizbeth, die beiden ältesten Hammond-Kinder, gingen zusammen in die Küche zurück, und ich wusste genau, dass sie darüber sprachen, was am kommenden Tag alles zu erledigen war, da ja Franky und der Vater nicht da waren. Und ob noch jemand mitkommen sollte, wenn der junge Sam am nächsten Morgen nach *Mcleansboro* fuhr. Ich hoffte wirklich, dass es Franky bald wieder besser ging, damit er möglichst schnell wieder nach Hause kommen konnte. Drei Wochen müsse er im Krankenhaus bleiben, hatte man gesagt, und dann zu Hause noch weiter das Bett hüten.

„Erzähl doch mal 'ne Gruselgeschichte", bettelte Harry Samuel an.

„Also ich weiß ja nicht", sagte er, in der Mitte auf dem Fußboden sitzend. „Ich weiß gar nicht, ob ich überhaupt Gruselgeschichten kenne."

„Ich wette, du kennst welche!", widersprach Harry. „Is' dir denn noch nie was Gruseliges passiert?"

Mein Herz setzte ein paar Schläge aus, als Samuel darauf nicht sofort antwortete. Ich wünschte, ich hätte mehr über die Beziehung zwischen ihm und seinem Vater gewusst. Ich wünschte, er hätte ein bisschen mehr über all das geredet.

„Ich sag euch was", sagte er plötzlich. „Vielleicht kann ich euch wirklich so eine Geschichte erzählen. Nur ein bisschen gruselig wenigstens, aber immerhin."

„Gut!", verkündete Harry.

Hanna war totenstill.

„Es war einmal ein Kaninchen, das ..."

„Ein Kaninchen!", unterbrach Rorey ihn sofort. „Kaninchen sin' doch kein bisschen gruselig."

„Pssst!", schalt Sarah. „Vielleicht wurde das Kaninchen ja erschreckt oder hat sonst was Gruseliges erlebt." Im Schein der Öllampe sah ich, wie sie nach Hannas Hand griff.

Samuel wartete einen Moment lang, nur um sicher zu sein, dass alle wieder ruhig waren. „Dieses Kaninchen wurde sehr oft erschreckt, eigentlich fast jeden Tag, und besonders nachts. So sehr, dass alle dachten, es hätte wirklich vor allem Angst. Das arme kleine Kaninchen konnte nicht einmal nach draußen gehen, ohne Angst zu haben, ein Vogel könnte vorbeifliegen, ein Ast sich im Wind bewegen, ja sogar vor seinem eigenen Schatten fürchtete es sich."

„Das ist ja ein verrücktes Kaninchen", flüsterte Sarah.

„Ja!", verkündete Harry. „Das is' ja alles kein bisschen gruselig!"

„Aber eines Tages kam ein großer, dicker Bär in die Stadt", erzählte Samuel weiter. „Sehr, sehr groß war der. So groß wie achtzehn oder zwanzig Kaninchen. Und er hatte die größten Zähne, die man sich nur vorstellen kann. Und jede Nacht lief er in der Gegend herum, markierte die Bäume mit seinen riesigen Bärenkrallen und brüllte schrecklich laut."

„Hat er auch Kaninchen gefressen?", fragte Rorey.

„Also, die Kaninchen wussten es nicht so genau", fuhr Samuel fort. „Aber sie hatten alle große Angst. Und keiner konnte schlafen, weil der Bär so schrecklich viel Lärm machte, wenn er herumlief und an Bäumen kratzte und die ganze Nacht brüllte. Also hielten sie eine Versammlung ab und beschlossen, dass jemand dem Bären sagen musste, dass er entweder leise sein musste oder aber umziehen und woanders wohnen und kratzen und brüllen."

„Ich wette, die waren richtig sauer auf ihn", sagte Harry.

„Pssst", sagte Sarah wieder.

Kirk kicherte und flüsterte zu Joe: „Kinder!"

„Und ist der Bär böse geworden?", fragte Rorey.

„Vielleicht hat er sie ja alle aufgefressen", meinte Harry.

„Wie soll er denn fertig erzählen, wenn ihr nicht ruhig seid?", fragte Robert seine Freunde.

„Das ist schon in Ordnung", sagte Samuel. „Ein paar Anmerkungen machen mir nichts aus. Die Kaninchen hatten ein Problem, und zwar, dass keins von ihnen allein zu dem Bären gehen und mit ihm reden wollte. Deshalb nahmen sie ganz viele Strohhalme, die alle gleich lang waren außer einem, der ein bisschen kürzer war. Jedes Kaninchen musste einen Strohhalm herausziehen, und sie beschlossen, dass dasjenige von ihnen, das den kurzen Strohhalm zog, zum Bären gehen und ihm sagen sollte, er müsse entweder still sein oder verschwinden."

Samuel hielt für einen Moment inne und schaute zu mir herüber. Ich wusste nicht so genau, was da in seinem Blick lag, und musste an seine Worte denken: „Was, wenn er irgendwo da draußen ist und sein Unwesen treibt?“

„Bärenklauen“, flüsterte ich.

Samuel blickte einen Augenblick zu Boden. „Ja, dieser Bär hatte riesige Klauen.“ Er sah wieder zu mir herüber und schüttelte den Kopf. „Er hatte die größten Fußspuren, die irgendeines von ihnen jemals gesehen hatte. Niemand wollte zu dem Bären hingehen und mit ihm reden. Trotzdem zogen sie alle einen Strohhalm. Und was glaubt ihr wohl, wer den kurzen zog?“

„Das Kaninchen, das am meisten Angst hatte?“, fragte Sarah.

„Genau. Es dachte, dass es auf der Stelle tot umfallen würde. Es dachte, dass es das niemals schaffen würde, weil es solche Angst hatte. Aber alle seine Freunde zählten auf es. Sie waren alle so müde und so traurig und hatten solche Angst ...“

„Hat der Bär das Kaninchen gefressen?“, fragte Harry rasch.

Es war Joe, der ihm antwortete: „Nein, Harry. Hör einfach zu!“

„Es dachte, der Bär würde es fressen“, sagte Samuel und sprach jetzt etwas langsamer. „Aber es hoppelte trotzdem los, um zu tun, was es sollte. Es hoppelte und hoppelte und hielt nach einem Bären Ausschau, und es suchte immer noch, als es bereits anfing, dunkel zu werden.“

Atemlos hörten die Kinder zu. Samuel hielt inne, blickte erst sie alle und dann auch mich kurz an.

„Und was ist dann passiert?“, fragte Sarah und klang ein bisschen nervös.

„Zuerst konnte es gar nichts finden. Und dann hörte es ganz weit in der Ferne den großen Bären brüllen, was sich wirklich böse und gefährlich und ganz, ganz gruselig anhörte. Das Kaninchen wollte sich gerade schon umdrehen und wegrennen, weil es dachte, dass das wohl das Beste sei, aber es konnte seine kleinen Hoppelbeinchen einfach nicht dazu bringen zu rennen. Also blieb es einfach dort sitzen, wo es gerade saß, und sagte: ‚Sei leise, bitte sei leise.‘ Immer wieder sagte es das.“

„Und dann?“, fragte Rorey.

„Der Bär kam immer näher. Immer näher. Das kleine Kaninchen konnte schon die schrecklich großen Bärenklauen hören, die an den Bäumen kratzten. Und das Brüllen hörte sich schrecklich und wild an und so gruselig, dass es am liebsten vor Angst geschrien hätte. Es konnte nicht mal seine Nase krausziehen, solche Angst hatte es, genau in dem Augenblick, als der Bär dann durch das Unterholz brach, und es dachte, es könnte die Situation nicht mehr aushalten, da öffnete es seinen kleinen Mund und schrie ..."

Samuel hielt inne. Niemand gab einen Mucks von sich; niemand rührte sich. „Wisst ihr, was es geschrien hat?", fragte er.

„Nee", antwortete Sarah.

„Es schrie: ‚Bitte sei leise!'", sagte Samuel. „Es sagte das so laut, dass es selbst erschrak. Es fiel rückwärts hin und wollte gerade weglaufen, als es etwas sehr Seltsames hörte."

„Was denn?", fragte Harry.

„Ja, was denn?", wiederholte Rorey.

„Es hörte den Bären. Wenigstens dachte es, dass er es wäre. Hinter einem großen Baum. Das Kaninchen schlich sich ein bisschen näher heran und konnte es kaum glauben, als es den großen Bären zitternd und weinend vor Angst dasitzen sah. Das Kaninchen war so verblüfft, dass es beinahe vergaß, etwas zu sagen, aber dann erinnerte es sich daran, dass es ja sprechen konnte, und sagte: ‚Warum weinst du denn?' Der große Bär machte vor Schreck einen Satz. ‚Bitte tu mir nichts', sagte der Bär. ‚Bitte tu mir nichts.'"

Harry lachte. „Was für ein dummer Bär!"

„Warum hat denn der große Bär solche Angst gehabt?", fragte Sarah.

„Das hat sich das Kaninchen auch gefragt, und deshalb hat es den Bären danach gefragt. Es setzte sich neben ihn und versprach dem Bären, ihm nichts zu tun. Und dann erzählte es ihm von all den Kaninchen und den Strohhalmen und wie viel Angst sie alle gehabt hätten. Und der Bär gab etwas zu, das er noch nie jemandem anvertraut hatte. Er hatte nämlich Angst im Dunkeln. Er lief jeden Abend brüllend durch den Wald und machte ganz viel Lärm, weil er so große Angst davor hatte, dass jemand sich anschleichen und ihn erschrecken und wecken würde, wenn er sich hinlegte und schlief. Also erschreckte er alle anderen so sehr, dass sie es nicht wagten, in seine Nähe zu kommen. Bis das Kaninchen ihn so sehr erschreckt hatte, dass er weinen musste."

Einen Augenblick war es ganz still im Raum. „Wie denken Se sich so was eigentlich aus?", fragte Joe schließlich.

„Das ist nicht schwer", antwortete Samuel. „Eigentlich muss ich dafür gar nichts tun."

„Is' doch dumm für ein' Bär, wenn er solche Angst hat", beobachtete Harry. „Ein Bär könnte doch jeden verprügeln."

„Aber der Bär glaubte das nicht. Er fühlte sich gar nicht stark. Deshalb haben die Kaninchen ihm geholfen. Sie ließen ihn jede Nacht bei sich in einem Kreis von Kaninchen schlafen, damit er sich sicherer fühlen konnte. Und so bekamen auch alle Kaninchen endlich wieder ihren Schlaf."

„Das ist wohl die seltsamste Geschichte, die du jemals erzählt hast, Papa", sagte Robert.

„Vielleicht", gab Samuel zu. „Aber vermutlich ist es auch die wahrste."

„Wie meinst du das?"

„Auch Menschen können so sein. Manche Menschen benehmen sich am wildesten und gemeinsten, wenn sie innerlich die größte Angst haben und sie nicht wollen, dass irgendjemand das merkt. Und manche Leute, die meinen, dass sie zu viel Angst haben, um überhaupt etwas zu tun, sind die mutigsten und tapfersten von allen, wenn es Probleme gibt."

„Wirklich?", fragte Sarah.

„Hört sich vielleicht komisch an, ist aber wahr."

„Sind Leute, die andere herumschubsen und ärgern, in Wirklichkeit innen drin ängstlich?", fragte sie.

„Wahrscheinlich. Und oft auch noch traurig und durcheinander."

„Du meinst, so wie Onkel Edward?", fragte Robert.

Samuel wurde ganz still. „Ja, ich glaube schon."

„Vielleicht bin ich ja dann ganz mutig", sagte Hanna mit ihrer winzigen Stimme.

Und in dem Augenblick wünschte ich mir, dass wir sie behalten konnten. Wer auch immer sie war, was auch immer sich als Wahrheit herausstellen würde, sie gehörte zu uns. Sie passte zu uns. Zu Sarah, zu der ganzen Kinderhorde, besonders aber zu Samuel, egal, was die Leute dazu vielleicht sagen würden. Sie hatten noch viel mehr gemeinsam als das dunkle Haar und die dunklen Augen. Sie gehörten zu derselben Familie, das musste einfach so sein. Sie hatten das grausame Erbe von Samuels Vergangenheit überlebt, hatten beide Edwards Übergriffe überstanden und wussten deshalb besser als andere, wie die Menschen waren.

„So, jetzt ist es aber Zeit zu schlafen", sagte ich leise und wusste nicht genau, ob es überhaupt jemand gehört hatte.

„Zeit zu schlafen", wiederholte Samuel. „Hier gibt es keine Bären, weder welche, die Angst haben, noch andere. Augen zu und dankt dem Herrn für dieses Zuhause und seinen Frieden ..."

„Wir müssen noch für Franky beten", sagte Sarah. „Ich glaube, er ist sehr tapfer. Auch wenn er sich nicht ängstlich benimmt."

Ich musste lächeln. Samuel betete für Franky und Sarah, Robert und Joe sagten Amen.

Bald schliefen alle und Lizbeth und der junge Sam waren auch mittlerweile mit ihrem Gespräch fertig und bereit, sich schlafen zu legen.

„Wir glauben, dass Pa morgen wieder mit nach Hause kommen möchte", sagte Lizbeth uns. „Aber ich bleibe wahrscheinlich besser bei den Kleinen, wie er gesagt hat. Wenn er also wieder mit zurückkommt, bleibt Sam da. Wir wollen nicht, dass Franky allein ist."

„Danke", sagte ich zu ihnen. „Das ist wirklich lieb von euch."

Danach wurde es sehr still im Haus. Samuel und ich legten uns in unserem Schlafzimmer zu Bett und zuerst sagte keiner von uns etwas. Er war so still neben mir. Ich fragte mich, was er wohl dachte. Auch als ich meinen Kopf an seine Schulter legte, rührte er sich nicht.

„Darf ich dich jetzt wieder Sammy nennen?", fragte ich flüsternd.

Er nahm mich in den Arm und gab mir einen Kuss auf den Scheitel.

„Ich war nur aufgebracht. Du kannst mich nennen, wie immer du willst. Aber bei dir klingt es anders, als wenn es von Edward kommt."

„Bei ihm klingt alles anders. So als ob er es in Spucke getaucht hat, bevor es aus seinem Mund kommt."

„Das ist wahrscheinlich auch so. Ich hätte ihm schreiben sollen, ich hätte lieber ..."

„Keiner von ihnen wollte irgendetwas von dir wissen", sagte ich zu ihm. „Deine Mutter beantwortet ja noch nicht einmal deine Briefe. Deshalb brauchst du dir wirklich keine Vorwürfe zu machen."

Er seufzte. „Ich weiß nicht, wie Edward reagieren wird, weißt du? Ich meine, darauf, dass Hannas Vater einen Vogel auf dem Arm hat. Ich nehme an, dass Trudy Vale das ihm gegenüber nie erwähnt hat."

„Vielleicht wird er es nie erfahren. Vielleicht kommt er ja gar nicht mehr zurück."

„Oh doch, das wird er. Ich weiß nicht, weshalb, aber er kommt bestimmt noch mal wieder."

„Willst du morgen nach *Dearing* fahren?"

„Ich weiß es nicht. Ich möchte Barrett nicht schon wieder um seinen Wagen bitten. Und das Pferdefuhrwerk wird ja auch gebraucht. Vielleicht ist es besser, ich bleibe zu Hause, bis ich genau weiß, was ich als Nächstes tun soll."

„Samuel ..."

Er drehte sich ein wenig zu mir um und sagte: „Ich weiß nicht, was ich will. Ich weiß auch nicht so genau, was ich denken soll. Ich weiß ja noch nicht einmal sicher, ob das, was Hanna mir erzählt hat, wirklich wahr ist, ob es Traum war oder Wirklichkeit."

„Oder vielleicht auch beides?"

Er war still.

„Ich glaube, bei dir ist es beides, Samuel. Ich verstehe nicht alles davon, aber das würde ich gern. Erzähl mir mehr von den Bärenklauen."

„Da gibt es nicht mehr zu erzählen."

„Da muss es aber mehr geben. Warum solltest du es sonst im Schlaf sagen?"

„Wer weiß? Da kann ich doch allen möglichen Unsinn reden ..."

„Aber es ist kein Unsinn. Es hat eine Bedeutung für dich."

Wieder seufzte er. „Ich glaube, es ist wie in meiner Geschichte gerade eben. Edward und ich haben so getan, als wären wir Helden. Haben uns benommen, als wären wir ein paar tapfere Krieger vom Bärenclan, aber wenn es ernst wurde, dann hatten wir immer die Hosen voll. Wir beide. Deshalb sind wir ja überhaupt weggerannt."

„Aber das ist doch völlig in Ordnung."

„Vielleicht. Aber vielleicht laufe ich ja auch immer noch davon und verstecke mich. Ich möchte nicht mit meiner Mutter reden. Ich glaube nicht, dass ich mehr darüber erfahren möchte."

„Du hast nie einen Beweis für seinen Tod bekommen?"

„Welchen Beweis könnte es denn da schon geben? Bei der Beerdigung sind wir nicht gewesen. Wir haben uns auf Mutters Wort verlassen. Ich weiß nicht einmal, wo er begraben ist, denn sie ist auch nicht zur Beerdigung gegangen. Aber wer konnte das auch schon von ihr erwarten? Immerhin hat er ihr zwei Mal die Nase gebrochen."

„Oh Samuel."

„Pssst, okay? Ich möchte kein ‚Oh Samuel' mehr hören. Ich möchte, dass du mich wie immer behandelst und wie immer mit mir redest. Ich bin nicht anders als sonst auch."

„Außer dass du Hanna hier hast."

„Das muss doch gar nichts ändern."

„Das hat es aber schon." Ich küsste ihn zärtlich auf die Lippen und hoffte, er wusste, dass ich das gar nicht negativ meinte.

„Ich verstehe dich nicht, Juli", flüsterte er. „Warum schubst du mich eigentlich nicht aus dem Bett?"

Einen Moment lang stockte mir der Atem. „Warum sollte ich dich denn aus dem Bett schubsen wollen? Was soll denn das heißen?"

„Jede andere Frau würde mich für schuldig halten, würde glauben, dass ich irgendeine haarsträubende Geschichte erfinde, um meinen Hals aus der Schlinge zu ziehen. Jede andere Frau würde meinen, dass ich nicht zu dem stehe, was ich getan habe, so wie Edward sagt. Er ist wahrscheinlich schon wieder so weit, dass er mich verprügeln möchte."

„Wenn er vorhat, das irgendwo hier in der Nähe zu tun, dann soll er lieber Robert und mich im Auge behalten. Wir sind durchaus in der Lage, ihn zu fesseln und in den Schuppen zu sperren."

Ich dachte, dass er darüber lachen würde. Ich dachte, er würde froh sein, dass wenigstens jemand so empfand, obwohl wir es natürlich niemals wirklich tun würden.

Aber er setzte sich auf und sagte: „Nein, Juli. Rede nicht so."

„Warum nicht, Sammy?"

„Das hat unser Vater einmal getan.“ Er sah in den dunklen Raum hinein, zu den Vorhängen hinüber, die sich in der sanften Brise bauschten. „Es ist das einzige Mal, dass ich Edward habe weinen sehen.“

Samuel schlief in dieser Nacht wie ein Murmeltier, aber ich wälzte mich im Bett hin und her. Immer wieder wachte ich auf und dachte an Samuels Mutter Joanna. Ich war ihr mehrere Male begegnet, aber in meinen Augen war sie eine merkwürdige Person. Weil meine eigene Mutter so früh gestorben war, hatte Großmutter Pearl für mich das Mutterbild geprägt. Sie war ordentlich gewesen, sauber, immer beschäftigt mit etwas, manchmal auch mit mehreren Dingen gleichzeitig. Sie hatte nie geflucht und nie auch nur einen Tropfen Alkohol angerührt. Im Vergleich dazu schien Samuels Mutter fast genauso unwirklich wie der Mann im Mond. Wie konnte eine Mutter nur so sein? Für mich war das unbegreiflich. Und ich nahm an, dass ich Trudy Vale genauso wenig verstehen würde.

Ein paar Mal stand ich auf und schaute nach den Kindern oder ging einfach nur im Haus umher, weil ich ohnehin nicht richtig zur Ruhe kam. Einmal lachte Sarah laut auf im Schlaf. Das hatte Robert früher auch häufig getan, als er noch klein war. Aber er wurde jetzt so groß. Beide wurden sie das. Gott sei Dank, dass sie glücklich aufwachsen konnten. Obwohl wir nicht viel hatten, würden sie nie an der Liebe ihrer Eltern zweifeln müssen.

Gott sei Dank, dass Großmutter Pearl mich richtig erzogen hatte. Und ich dankte Gott auch für Samuel, ein Wunder von einem Mann, der kluge Entscheidungen getroffen hatte, obwohl auch er so hätte enden können wie sein Bruder, vielleicht sogar noch schlimmer.

Hanna drehte sich um und schlug die Augen auf. „Mama?“

„Du bist hier, Schätzchen“, flüsterte ich. „Ich bin Mrs Wortham. Schlaf ruhig weiter. Es ist noch nicht Morgen.“

Sie sah verschlafen zu mir auf. „Magst du mich?“

„Natürlich mag ich dich, aber das ist jetzt nicht die richtige Zeit, wach zu sein und zu reden.“

„Ich bin froh, dass du mich magst. Ich mag dich auch.“ Sie lächelte. „Ich bin noch nie in einem Haus mit so vielen Kindern gewesen. Ich habe geträumt, dass ich für immer bleiben kann. Ich habe geträumt, ich wäre ein großes Kind und würde die Kuh melken und so ..."

„Das klingt ja ganz nach einem schönen Traum." Ich konnte ihr nicht die Verwirklichung zusagen. Noch nicht jedenfalls.

„Er war auch schön", sagte sie. „Sarah war meine neue Schwester und wir hatten die gleichen Kleider an und gingen in die Schule."

„Also zur Schule musst du ganz bestimmt. Irgendwann. Aber jetzt schläfst du lieber erst noch ein bisschen."

„Mama hat sich nie darum gekümmert, wann ich schlafen gehe."

„Das ist jetzt aber anders. Ich nehme an, dass du dich an vieles erst noch gewöhnen musst." Ich beugte mich vor und gab ihr einen Kuss auf die Stirn. Zu meiner Überraschung kam ihre kleine Hand unter der Decke hervor und berührte meine Wange.

„Du bist hübsch."

„Danke. So, und jetzt mach die Augen zu. Es ist noch ganz lange bis zum Morgen."

„Bin ich auch hübsch?"

„Ja. Sehr hübsch."

„Mama hat gesagt, ich bin nicht hübsch, weil ich genauso aussehe wie mein böser alter Vater."

„Es gibt ziemlich viele Dinge, von denen sie nicht besonders viel versteht, würde ich sagen."

„Ich hab mir was überlegt. Ich glaube, dass dein Mann und Mr Eddie noch einen anderen Bruder haben müssen. So muss es sein, oder? Weil dieser Papa hier nicht lügt."

„Das könnte sein. Vielleicht. Aber mit einem hast du Recht. Mein Mann lügt nicht."

„Ich wünschte, er würde es tun. Irgendwie. Ich wünschte, er wäre wirklich mein Papa. Weil ich nicht wieder wegwill."

„Ich weiß, meine Kleine."

„Singst du mir noch ein Lied? Bitte?"

Ich hatte ein bisschen Angst, die anderen Kinder aufzuwecken, aber ich konnte ihr die Bitte auch nicht abschlagen. Deshalb sang ich, so leise ich konnte, ein altes Schlaflied, das Großmutter Pearl mir immer vorgesungen hatte. Und bevor ich es auch nur zur Hälfte gesungen hatte, war Hanna bereits wieder eingeschlafen.

Ich tätschelte ihre kleine Hand, strich ihr die dunklen Locken aus der Stirn und sah die anderen schlafenden Kinder an. Ich betete für jedes Einzelne von ihnen, dass es klug und sanftmütig aufwachsen möge. Und dann betete ich noch ein Extragebet für Franky, der schon weiser war, als es seinem Alter entsprach, und so sanftmütig.

22

Samuel

Der nächste Tag begann schon sehr heiß. Sukey muhte und hatte es gar nicht eilig, auf die Weide zu kommen. Nach dem, was mit Lula Bell passiert war, beunruhigte mich das sehr, aber Sukeys Kalb schien es gutzugehen, und nach einer Weile schien auch Sukey wieder ganz die Alte zu sein. Vielleicht lag es ja auch nur an der Hitze. Ich würde regelmäßig nachschauen müssen, ob sie genug trank, und dafür sorgen, dass der Wasserbehälter immer gefüllt war.

Etwa die Hälfte der Hammond-Kinder ging am Morgen nach Hause zurück. Robert ließ ich mit Willy und Kirk wieder bis zum Mittag angeln gehen und fing dann an, den Traktor zu reparieren, der einmal Emmas Mann gehört hatte. George und ich würden ihn schon bald für die Ernte gebrauchen. Auch Heu machen mussten wir noch, aber ich wusste, dass ich damit warten musste, bis George oder einer der großen Jungen bereit war, mir dabei zu helfen. Ich hatte bisher erst einmal Heu gemacht, im vergangenen Sommer, und die Erfahrung reichte nicht aus, um in diesem Jahr schon ganz allein damit fertig zu werden.

Mit dem Traktor dagegen kannte ich mich aus. Ich wusste, was ihm fehlte, und verbrachte den größten Teil des Morgens damit, mich mit Öl zu beschmieren und ihn wieder zum Laufen zu bringen.

Ich grub ein paar kleine Kartoffeln aus und Juli bereitete daraus und aus anderem Grünzeug eine Mittagsmahlzeit. Dazu gab es die Fische, die Robert geangelt hatte – zwei insgesamt. Ich wusste, dass Juli sich fragte, ob ich noch in die Stadt fahren würde, aber ich hatte das Gefühl, schon viel zu viel Zeit damit vertan zu haben, in der Gegend herumzufahren. Das musste jetzt erst einmal warten.

Und ehrlich gesagt wollte ich auch gar nicht in die Stadt fahren. Ich wollte gar nicht wissen, was meine Mutter sagen würde. Wenn mein Vater noch irgendwo lebte, dann wollte ich das eigentlich gar nicht wissen, so töricht das auch scheinen mochte.

Es zogen Wolken auf, und ich betete um Regen. Robert und ich schnitten mit Sicheln einen kleinen Berg Gras, den wir an die Ostseite der Scheune schafften. Gerade so viel, wie wir ohne fremde Hilfe bewältigen konnten. Wir waren beide klatschnass geschwitzt, als ich nicht weit entfernt ein Auto hörte. Vielleicht hätte ich das nicht tun sollen, aber ich betete, dass es nicht Edward sein möge. Ich wollte einfach einmal einen ganzen Tag lang durcharbeiten, ohne alles wieder liegen lassen und mich mit seiner Dummheit und seinen Anschuldigungen befassen zu müssen. Ich wollte wieder zu dem zurück, was hier bisher normal gewesen war. Hanna störte dabei gar nicht. Sie war ein braves Kind. Im Augenblick half sie Julia beim Unkrautjäten im Gemüsegarten.

Als das Auto näher kam, erkannte ich am Motorengeräusch, dass es nicht Edward war und auch nicht Barrett oder Charlie Hunter. Ich blickte auf, denn an den meisten Tagen kamen hier nicht allzu viele Leute vorbei.

Ein staubiger schwarzer Chevrolet mit einem Stern auf der Tür bog in unsere Hofauffahrt ein. Es war der Sheriff.

„Mach mal eine Pause und trink was“, sagte ich zu Robert. „Und sieh bitte nach, ob Sukey noch genug Wasser hat.“

Auch Robert schaute zum Wagen des Sheriffs hinüber. „Ja, mach ich“, sagte er ohne Widerrede.

Juli kam aus dem Gemüsegarten, als Ben Law aus seinem Wagen stieg. Wir standen beide da und warteten auf das, was er zu sagen hatte. Ich sah, dass Juli die Mädchen zum Spielen auf die Veranda geschickt hatte. Was auch immer der Sheriff zu sagen hatte, wir wollten es auf jeden Fall vor den Kindern erfahren.

„Guten Tag, Mr Wortham, Mrs Wortham.“

Ich erwiderte seinen Gruß und empfand große Ungeduld. „Guten Tag.“

„Wie ich sehe, ist das Kind immer noch bei Ihnen."
„Ja, Sir."
Er sah mich jetzt direkt an. „Wie alt sind Sie?"
Ich wusste nicht so genau, was das mit alldem zu tun haben sollte, aber er hatte für seine Frage ja sicher einen Grund. „Ich bin zweiunddreißig."
„Stimmt das?", vergewisserte er sich bei meiner Frau.
„Natürlich stimmt das", sagte Juli und sah ihn fragend an.
„Also, ich habe die Großmutter von der Kleinen ausfindig gemacht", sagte er schließlich. „Sie wohnt in *Hershey* in *Pennsylvania*, und sie weiß auch nicht, wo ihre Tochter zurzeit steckt. Sie sagt, es sei fast unmöglich, über den Aufenthaltsort ihrer Tochter auf dem Laufenden zu bleiben, weil sie ständig unterwegs ist."
Ich nickte. Das überraschte eigentlich niemanden von uns.
„Was glauben Sie denn, wie es dazu kommt, dass ein Mädchen aus *Pennsylvania* Ihren Bruder ausgerechnet in *Albany*, *New York*, trifft?"
„Ich weiß es nicht", antwortete ich. „Wenn sie so viel unterwegs ist, lernt sie bestimmt viele Leute kennen."
„Aha", sagte der Sheriff. „Miss Vales Mutter hat mir erzählt, dass ihre Tochter auch schon bei ihr gewesen ist und versucht hat, die Kleine dazulassen. Als daraus nichts wurde, hat sie sich dort kaum noch blicken lassen."
„Das ist schade", sagte Julia. „Vielleicht hätte es Hanna ja gutgetan, ihre Großeltern besser kennenzulernen." Sie sah ein bisschen blass aus und nestelte an einer Ecke ihrer Schürze herum, woran ich merkte, wie sehr ihr am Herzen lag, wie es mit Hanna weitergehen würde. Ich wusste nicht so genau, wie die gesetzlichen Bestimmungen waren, aber vielleicht war es wirklich besser für Hanna, wenn wir sie behielten, als wenn sie zu Leuten musste, die sie eigentlich gar nicht haben wollten.
„Und was ist jetzt?", fragte ich. „Wenn Sie Miss Vale nicht finden, wollen die Großeltern Hanna dann bei sich aufnehmen?"
Er sah mich wieder sehr direkt an. „Ich habe ihr gesagt, dass ihre Enkelin hier ist und dass wir davon ausgehen, dass Sie der Vater sind. Daraufhin hat sie gesagt, dann sei ja alles in bester Ordnung und ihr sei es recht so. Sie sollten entscheiden, was geschieht. Das einzig Seltsame an der ganzen Angelegenheit ist,

dass Miss Vales Mutter behauptet hat, ihre Tochter hätte etwas mit einem älteren Mann gehabt. Und Sie sind offenbar drei Jahre jünger als Miss Vale."

Juli lächelte, aber ich war nicht sicher, ob er es bemerkt hatte, weil er nämlich immer noch mich ansah.

„Ich muss Ihnen etwas sagen, das Hanna mir gestern erzählt hat", sagte ich. „Sie erinnert sich an ein Bild von dem Mann, der angeblich ihr Vater ist, ein Bild, das im Besitz ihrer Mutter war. Sie hat gesagt, der Mann habe einen Vogel auf dem Arm gehabt ..."

„Sie meinen so, wie man einen Papagei auf dem Arm trägt?", fragte der Sheriff nach.

„Nein, ich meine ein Bild. Wahrscheinlich eine Tätowierung. Ich weiß nicht, was es sonst sein könnte."

„Haben Sie irgendwelche Tätowierungen?"

„Nein, Sir, aber mein Vater ..."

„Ich will mit dem Mädchen reden. Hey! Hanna-Kind! Hanna Wortham!"

Sie blickte auf und stand zögerlich auf. Mit sehr langsamen Schritten kam sie zu uns herüber, und als sie endlich vor uns stand, biss sie sich auf die Lippe und musste ihre Tränen wegdrücken.

„Erzähl mir noch mal von dem Bild", befahl ihr der Sheriff, ohne Juli und mir auch nur eine Chance zu lassen, sie erst noch ein wenig zu beruhigen. „Das Bild, das deine Mama hatte, wo dein Papa drauf war."

Hanna schniefte ein wenig und sah dann kurz zu mir hin. „Er war draußen bei einem Baum. Er hat sich dagegengelehnt. Er hatte eine Weste an und sah genauso aus wie dieser Mr Wortham hier, aber nicht ganz so, weil der irgendwie müder war oder so, und er hatte einen Vogel auf dem Arm."

„Was für einen Vogel denn?"

„Das weiß ich nicht. Einen Adler oder so was."

Sie hatte bisher noch nicht gesagt, dass es ein Adler gewesen war. Und ich hatte ihr auch nichts von der Tätowierung meines Vaters erzählt.

„War der Vogel am rechten Unterarm?", fragte ich sie.

„Ich glaube, ja", sagte Hanna und sah ängstlich aus.

Ich kniete mich neben sie und nahm ihre Hand. „Hab keine Angst. Wir müssen das nur wissen. Hatte der Mann auf dem Bild seinen Arm gehoben und war dann der Vogel richtig herum zu sehen?"

„Ja, weil er sich damit am Baum abgestützt hat. Daran kann ich mich erinnern."

Der Sheriff sah mich sehr streng an. „Lassen Sie mich mal Ihren Arm sehen."

Ich krempelte beide Ärmel hoch und war stolz ihm zeigen zu können, dass ich dem Beispiel meines Vaters nicht gefolgt war.

Er schaute sich die Arme an, schüttelte dann den Kopf und sah mir dann wieder direkt in die Augen. „Ich kann nicht ausschließen, dass Sie ihr vorher gesagt haben, was sie mir erzählen soll. Genügend Zeit dazu hatten Sie jedenfalls. Und die arme Großmutter kann sich ja auch irren, besonders wenn ihre Tochter mit mehr als nur einem Mann liiert war. Aber nun sagen Sie mir mal, was zum Teufel es für einen Unterschied macht, ob der Vogel auf dem Kopf stand oder richtig herum war?"

Ich musste noch einmal tief Luft holen, bevor ich antworten konnte. „Mein Vater hatte eine Tätowierung auf dem Unterarm. Der Adler war nur richtig herum, wenn er den Arm erhoben hatte."

„Und ich nehme an, jetzt wollen Sie mir erzählen, dass auch Sie Ihrem Vater sehr ähnlich sehen?"

„Ja, so sagt man jedenfalls."

„Und warum hat dann Ihr Bruder nicht daran gedacht?"

„Er glaubt, dass mein Vater tot ist."

„Und haben Sie ihm denn nicht das Gegenteil erzählt?"

„Ich habe es ja auch geglaubt."

Der Sheriff trat einen Schritt zurück. Er schüttelte den Kopf und sah mich verständnislos an. Es dauerte eine ganze Weile, bis er etwas sagte. „Ein Mann kann keine Kinder zeugen, wenn er tot ist. Was sagt denn Ihre Mutter dazu?"

„Sie hat uns vor Jahren erzählt, dass er ertrunken ist, aber ob sie das heute auch noch sagen würde, weiß ich nicht."

„Sie bezeichnen also Ihre eigene Mutter als Lügnerin?"

„Ich weiß nicht. Ich weiß nicht, was ich glauben soll. Ich weiß nur, dass ich es Ihnen sagen musste."

Ben Law lehnte sich an sein Auto und dachte einen Moment lang nach. Schließlich richtete er seinen Blick auf Hanna, die schweigend dastand und meine Hand ganz fest hielt. „Bist du auch sicher, dass du mir die Wahrheit gesagt hast, Kind?", fragte er sie. „Sie haben dir doch nicht gesagt, dass du es mir so erzählen sollst, oder?“

„Nein, Sir. Ich meine, ja, Sir, es ist wahr. Aber ich wünschte, es wäre nicht so.“ Sie schüttelte den Kopf und senkte den Blick, und wieder hatte sie mit den Tränen zu kämpfen.

„Nun rede schon, Kind!“, drängte der Sheriff. „Wieso wünschst du dir, dass es nicht wahr ist, hä? Was ist eigentlich los?“

„Weil ... weil, wenn ich nicht das Kind von diesem Mr Wortham bin, dann muss ich doch bestimmt ... dann nehmen Sie mich ....“

Sie konnte nicht zu Ende sprechen. Julia beugte sich vor und nahm das Kind in die Arme.

„Seien Sie bitte behutsam mit ihr, ja?“, sagte ich. „Sie ist noch so jung ...“

„Und was glauben Sie, was ich hier gerade bin?“, fragte der Sheriff verärgert. „Meinen Sie, dass ich sie ins Gefängnis schleppen will?“

Ich blieb bei meinem Anliegen. „Sie sind schrecklich streng mit ihr und sie hat Angst.“

„Ich wüsste nicht, wovor. Ich nehme sie schon nicht mit nach Hause.“

Hanna blickte zu ihm auf.

„Ich verstehe schon, dass Sie behaupten, sie ist nicht Ihr Kind“, fuhr er fort. „Und ich könnte nicht einmal schwören, dass es nicht so ist. Ich bin von keiner der beiden Möglichkeiten überzeugt. Wenn Ihr Vater wirklich tot ist, dann sollten wir dafür eigentlich ziemlich schnell die Bestätigung bekommen. Bis dahin sieht es auf jeden Fall so aus, dass sie Ihre Verwandte ist. Sind Sie bereit, sich weiter um sie zu kümmern?“

Juli und Hanna sahen mich beide an. „Ja“, sagte ich. „Das sind wir.“

Hanna wirbelte herum und umarmte mich so fest, dass ich fast umgefallen wäre.

„Ich schätze, das Erklären ist einfacher, wenn Sie ihr großer Bruder sind“, sagte Sheriff Law, aber ich konnte dabei um seine Mundwinkel den Hauch eines Lächelns erkennen.

„Ich habe keine Ahnung, wie ich es überhaupt erklären soll“, sagte ich zu ihm. „Schwer vorstellbar, dass er noch am Leben sein könnte. Aber bei demselben Namen ...“

„Ihr Vater war also auch ein Samuel?“

„Ja, das war er."

„Das ist schon alles recht merkwürdig, finde ich. Aber ich sag Ihnen jetzt mal was. Die Familie der Mutter ist benachrichtigt. Ich habe ihr gesagt, wo Sie sind. Wenn Sie den Kontakt zu ihr wollen, dann können Sie sich ja mit ihr in Verbindung setzen. Alles andere ist nicht Sache des Gesetzes, es sei denn, Sie wünschen das ausdrücklich. Ich für meinen Teil betrachte die Angelegenheit damit als erledigt."

„Soll das heißen, Sie wollen sie hierlassen?", fragte Julia sicherheitshalber nach.

„Wir haben in dieser Angelegenheit nicht besonders viele Möglichkeiten. Die andere Seite der Familie erhebt keinerlei Anspruch auf das Kind, Mrs Wortham. Und wenn Ihr Mann sagt, dass sie seine Schwester ist, dann gibt es niemanden, der dem widerspricht. Er ist froh, wenn er sie aufnehmen kann, und sie ist froh, wenn sie hierbleiben kann. Da bleibt doch für mich gar nichts weiter zu tun, es sei denn, Sie wollen über Samuel Wortham senior sichere Informationen erfahren. Für Nachforschungen in dieser Richtung müsste ich allerdings eine Gebühr erheben, denn von Seiten des Gesetzes sind sie unnötig."

Ich wusste nicht so genau, nach welchen Kriterien er entschied, was „nötig" war und was nicht, aber ich fragte nicht weiter nach. Wir hatten kein Geld, um irgendetwas zu bezahlen und schon gar keine Gebühren für Nachforschungen, und vielleicht würde ich ja auch über kurz oder lang selbst meine Mutter fragen können. Wir hatten jedenfalls erfahren, was wir wissen mussten. Bei der Familie von Hannas Mutter war kein Platz für das Mädchen. Sie brauchte uns, und mehr brauchten wir auch eigentlich nicht zu wissen.

Mit einem Gefühl der Erleichterung verabschiedeten wir uns vom Sheriff. Er fragte nicht nach, wie ich zu dem blauen Auge gekommen war. Vielleicht hatte er ja auch schon in der Stadt etwas darüber erfahren.

Ich nahm Hanna hoch und wirbelte sie herum. „Sarah!", rief ich. „Robert!" Sie kamen beide angerannt, zusammen mit Rorey, die uns mit vor der Brust verschränkten Armen ansah.

„Hanna bleibt bei uns", sagte ich zu ihnen. „Sie wohnt ab jetzt bei uns."

„Jaaa!", kreischte Sarah vor Freude. „Sie kann meine Schwester sein!"

„Ist sie wirklich mit uns verwandt, Papa?", fragte Robert und sah dabei viel zu ernst aus.

„Ja", antwortete ich. „Aber das erkläre ich dir später, ja?"

Ich sah ihn an und dann Juli und dann Hannas strahlende Augen, und ich fragte mich, wie wir es jemals schaffen sollten. Es musste aber irgendwie gehen. Was sollte ich denn sonst tun? *Herr, du musst mir helfen. Es gibt so vieles, was wir dringend brauchen.*

Ich erwartete an diesem Tag nicht mehr als einen kurzen Bericht vom jungen Sam Hammond über Frankys Zustand, sobald er aus *Mcleansboro* wieder zurück war. Oder vielleicht auch, dass George kurz vorbeischauen würde, um mitzuteilen, dass Sam nun bei Franky im Krankenhaus geblieben sei, damit er selbst zu Hause nach dem Rechten sehen könne. Deshalb war es für Juli und mich eine Überraschung, als Joe am späten Nachmittag mit dem Pferdefuhrwerk auf unseren Hof einbog. Erst als er anhielt, erkannten wir weit vornübergebeugt den jungen Sam auf der Ladefläche. Juli und ich rannten sofort zu ihm hin, weil wir dachten, irgendetwas sei passiert.

Sam saß hinten und hielt Franky. Der Kleine lag auf der Ladefläche auf einem Stapel Decken und klammerte sich an seinem Bruder fest, als ginge es um sein Leben. Er hatte schreckliche Schmerzen, das sah man seinem Gesicht an. Und das war auch nicht weiter verwunderlich nach einer Fahrt mit gebrochenem Bein auf einem Pferdefuhrwerk auf holprigen Wegen.

„Warum habt ihr ihn denn aus dem Krankenhaus geholt?", fragte Juli völlig fassungslos. „Warum seid ihr nicht dortgeblieben?"

„Pa wollte es so. Er hat darauf bestanden." Sam spuckte die Worte aus, als schmeckten sie auf seiner Zunge bitter. „Er hat mit den Schwestern hin und her geredet, dass wir nich' bezahlen könn' und dass Franky auch genauso gut zu Haus in seinem Bett liegen kann. Ich hab versucht, ihm klarzumachen, dass es schrecklich schwer werden würde, aber er wollte nich' auf mich hören ..."

„Und wo ist er jetzt?", fragte Juli, die verständlicherweise verwirrt war. „Ist er denn nicht mit euch gekommen?"

„Er hat sich zu Hause absetzen lassen", erklärte der junge Sam und sah wütend aus. „Joe hat mir von da an geholfen, weil ich nicht wollte, dass Franky allein da hinten liegt."

Ich stieg auf die Ladefläche des Fuhrwerks und Franky bekam meine Hand zu fassen. „Ich bin in Ordnung", sagte er zu mir. „Ich bin in Ordnung."

Aber ich glaubte ihm nicht.

„Hat George euch gesagt, ihr sollt ihn herbringen?", fragte ich die Jungen.

„Ja, Sir", antwortete Sam. „Er hat gesagt, dass Mrs Wortham sich besser mit dem Verarzten auskennt als er oder Lizbeth, weil se das alles ja von Emma gelernt hat. Lizbeth hat sich schrecklich darüber aufgeregt. Se kommt wahrscheinlich später noch mal vorbei, aber Emmie war grade nass und Berty saß auf'm Klo und hat nach ihr geschrien und Pa hat gesagt, wir soll'n endlich losfahrn. Ich hab Lizbeth noch nie so wütend gesehn. Und ich nehm's ihr nich' übel. Kein bisschen. Franky hätt noch ein bisschen länger im Krankenhaus bleiben sollen, wenigstens so lange, bis er keine Schmerzen mehr hat. Das war nich' richtig so. Sehen Se ihn sich doch an."

„Ich bin in Ordnung", sagte Franky wieder.

„Bringt ihn in unser Bett", sagte Juli zu mir. „Ich hole frisches Wasser für kalte Umschläge."

So vorsichtig ich konnte, hob ich den kleinen Jungen vom Wagen. Er kam mir noch leichter vor als sonst, trotz des schweren Gipsverbandes an seinem Bein. Was hatte George sich dabei nur gedacht? Wir hätten schon einen Weg gefunden, die Krankenhausrechnung zu bezahlen, auch wenn es vielleicht lange gedauert hätte, den Betrag abzustottern.

„Wo war denn der Pastor?", fragte ich. „Was hat er dazu gesagt?"

„Er war gar nich' mehr da", sagte Franky ernst. „Pa hat gesagt, dass Herman Meyer heute Morgen im Krankenhaus vorbeigekommen is' und ihm gesagt hat, dass Miss Hazel mächtig krank geworden is', und er hat den Pastor abgeholt."

Juli drehte sich mit geschocktem Gesichtsausdruck zu mir um. Sie war ganz blass geworden. Trotzdem hastete sie aber von uns weg zum Brunnen, um das kalte Wasser zu holen.

Ich setzte Franky auf unserem Bett ab, und er drehte sich auf die Seite. Er gab sich immer noch große Mühe, nicht zu weinen.

„Ich habe auch mal einen gebrochenen Arm gehabt", erzählte ich ihm. „Das fühlt sich eine Weile wirklich schrecklich an, aber mit der Zeit heilt es. Ist dann so gut wie neu."

„Ich will nich' ins Krankenhaus zurück", sagte er. „Pa wollte nich', dass ich dableibe."

„Ich weiß. Und ich möchte dich auch nicht schon wieder bewegen. Aber ich werde deine Brüder trotzdem nach dem Doktor schicken."

„Das is' Pa bestimmt auch nich' recht."

„Das hier ist aber nicht sein Haus."

„Sie sind doch nicht böse auf ihn, oder?" Er sah mit seinen silbergrauen Augen zu mir auf, in denen der Schmerz geschrieben stand.

„Ich weiß nicht, was ich davon halten soll."

„Er hat mich gefragt, ob ich wieder nach Hause möchte."

„Das ist aber keine Entscheidung, die von einem Kind getroffen werden sollte."

Juli kam mit einer Schüssel Wasser und zwei, drei sauberen Tüchern herbeigeeilt. Eines davon legte sie auf Frankys Kopf, dann schüttelte sie sein Kissen auf und richtete ihre Aufmerksamkeit schließlich ganz behutsam auf sein Bein. Sarah, Rorey und Hanna schlüpften hinter ihr ebenfalls mit ins Zimmer.

„Ist er in Ordnung?", fragte Sarah.

„Er hat immer noch schlimme Schmerzen", vermutete Rorey.

Hanna sagte gar nichts, sondern stand einfach nur da und sah sehr ernst aus.

„Geht wieder hinaus, Mädchen", sagte Juli zu ihnen. „Ich muss noch eine Weile hier bei Franky bleiben."

„Ich bin wirklich in Ordnung", sagte Franky wieder tapfer zu uns.

„Ja", sagte Juli zu ihm. „Das bist du. Wenigstens wirst du es wieder werden. Es ist dein Vater, über den ich mich wundere, was ist ihm bloß durch seinen törichten ..."

„Juli ..."

Sie drehte sich mit Empörung im Blick zu mir um. „So etwas würdest du nie tun, Samuel. Du würdest niemals dein Kind auch nur eine Sekunde lang allein lassen oder ihm eine so qualvolle

Fahrt zumuten. Wo ist George jetzt eigentlich? Was ist nur los mit ihm?“

Darauf wusste ich auch keine Antwort.

„Wir sollten für Miss Hazel beten“, sagte Franky und schien Mühe zu haben, die Worte herauszubringen. „Sie ham gesagt, dass sie diese Nacht vielleicht nich' überlebt.“

„Haben sie denn gesagt, was ihr fehlt?“, fragte Juli angespannt.

„Nein“, antwortete der junge Sam, der hinter mir stand. „Ich weiß auch gar nich', ob se es überhaupt wissen.“

Juli schickte mich los, um ein bestimmtes Kraut zu holen, das sie am Rande der Weide gesehen hatte und aus dem sie dann einen Sud zubereitete. Sie schwitzte genauso stark wie ich, und Franky vielleicht sogar noch schlimmer. Ich betete um eine kühle Brise oder irgendeine andere Form der Abkühlung, und tatsächlich zogen kurz darauf Wolken auf. Sam und Joe machten sich auf den Weg, um den Arzt zu benachrichtigen, der näher bei uns wohnte als der Krankenhausarzt. Er würde kommen, wenn er konnte, obwohl er meistens versuchte, die Leute nach *Mcleansboro*, *Marion* oder *Mount Vernon* zu schicken, wenn sie die Möglichkeit hatten, irgendwie dorthin zu kommen. Ihm ging es meist selbst nicht so gut.

Es dauerte eine Weile, aber schließlich brachte Juli Franky so weit zur Ruhe, dass er einschlief. Sie sagte, das sei im Augenblick das Beste für ihn. Ich wollte zu George hinübergehen und ihn fragen, warum er nicht mitgekommen sei, wenn er wolle, dass sein Sohn von uns gepflegt würde. Ich wollte ihm sagen, dass ich es einfach nicht richtig fand, von uns zu erwarten, dass wir Franky pflegten, ohne Zustimmung eines Arztes und auch ohne uns erst zu fragen. Was war zu Hause so dringend gewesen, dass er Franky nicht wenigstens selbst zu uns gebracht hatte?

Lizbeth tauchte eine ganze Weile vor dem Doktor bei uns auf. Sie war mit Emma Grace auf der Hüfte durch das Wäldchen zu uns geeilt, und sie war immer noch wütend, das war klar zu erkennen. Sie gab Juli das Baby, beugte sich vor und gab ihrem Bruder einen Kuss, wobei sie achtgab, dass sie ihn nicht weckte.

„Glauben Se, dass er Schmerzen gehabt hat durch die Fahrt auf dem Fuhrwerk?“

„Das hat ihm ganz bestimmt wehgetan", sagte Juli. „Aber sein Bein müsste eigentlich auch so wieder ganz heil werden, weil es ja gerichtet worden ist. Der Doktor kann uns bestimmt sagen, ob alles in Ordnung ist."

Ich ging aus dem Zimmer und setzte mich nach draußen. Die Tagesarbeit war ohnehin unterbrochen, und mir war absolut nicht danach, sie jetzt noch fortzusetzen. Sarah kam und setzte sich neben mich, und dann kam auch Hanna dazu und setzte sich neben Sarah. Auch Robert kam an, aber er setzte sich nicht.

„Franky bleibt auch hier, oder, Papa?", fragte er.

„Ich weiß es nicht. Wahrscheinlich zumindest für eine Weile. Wir müssen abwarten, was der Doktor sagt und was sein Pa meint."

„Warum hat Mr Hammond ihn zu uns rübergeschickt, wo er doch solche Schmerzen hat?"

„Ich nehme an, weil er es für das Beste gehalten hat. Er wollte, dass Franky zu Hause ist, und außerdem konnte er den Krankenhausaufenthalt nicht bezahlen."

„Aber Franky ist nicht zu Hause, Papa. Er ist hier bei uns."

„Ich weiß."

„Sein Pa mag ihn nicht."

„Das ist ein ziemlich harter Vorwurf, Robert."

„Das finde ich nicht. Willy hat mir mal gesagt, dass Mr Hammond gesagt hat, Franky soll aufhören so neunmalklug daherzureden, wenn er in der Schule immer den Dummen spielt. Er könnte nicht beides haben, und es wäre nicht richtig, dass du und Mama ihn lieber mögen als die anderen Kinder."

„So ist das aber gar nicht."

„Also, Willy denkt das auch. Du bist mehr mit Franky zusammen als mit allen anderen."

„Das ist so, weil er normalerweise der Einzige ist, der in meiner Holzwerkstatt arbeiten will. Außer dir."

„Ich weiß, Papa. Ich erzähle dir ja auch nur, was sie sagen." Er seufzte. „Ich übernehme heute das Melken. Du musst dich bestimmt noch um andere Sachen kümmern, oder?"

„Danke, Robert, das ist wirklich umsichtig von dir."

Er nickte nur kurz und ging dann davon. Ich wäre fast mit ihm gegangen, weil ich ihm die Erklärung für Hanna noch schuldete, die ich ihm versprochen hatte.

Aber Sarah nahm mich mit einem besorgten Blick bei der Hand. „Hanna hat gesagt, dass sie vielleicht deine richtige Schwester ist. Das bedeutet aber doch, dass sie dann auch Onkel Edwards Schwester ist. Glaubst du, dass er vielleicht herkommt und sie mitnimmt?"

„Nein."

„Bist du ganz sicher?"

„Ich bin sehr sicher."

Sofort wurde sie wieder munter und fröhlich. „Gut." Mit strahlenden Augen wandte sie sich wieder Hanna zu. „Komm, wir gehen Blumen pflücken. Ein paar davon können wir Mama und Lizbeth schenken, und ein paar auch Franky, wenn er aufwacht."

Ich beobachtete, wie sie Hand in Hand quer über den Hof davonhüpften, als wären sie schon immer füreinander bestimmt gewesen. Rorey schloss sich ihnen beim Apfelbaum zögerlich an, als Sarah auch nach ihrer Hand griff. Eine Weile tanzten sie einfach so herum, und dann fingen sie an Blumen zu pflücken, die am Zaun entlang wuchsen. Ich seufzte und blickte über die Farm, die wir nun hatten. Sie hatte uns ziemlich viel abverlangt, und es schien ganz so, als würde sich daran in nächster Zeit nicht viel ändern. Aber innerlich hatte ich ein gutes Gefühl dabei, kein schlechtes. Sogar in Bezug auf Franky. Vielleicht war es für ihn das Beste, erst einmal bei uns zu bleiben, wenn sein Vater und auch mindestens einer seiner Brüder so empfanden, wie Robert es mir gesagt hatte. Wenigstens hatte Franky hier seinen Frieden und wurde in Ruhe gelassen.

Dann fragte ich mich kurz, was wohl mit Hazel sein mochte. Sie war schon so alt, aber immer noch schrecklich kratzbürstig und streitsüchtig. In all den Jahren hatte sie in der Kirchengemeinde praktisch zum Inventar gehört, aber war sie wirklich gerettet? Weil sie allen Mitmenschen gegenüber so stachelig war, dass man nicht an sie herankam, war das wirklich schwer zu sagen. Der Pastor würde es sicher wissen, und wenn er jetzt gerade bei ihr war, dann würde er versuchen, sich noch einmal zu vergewissern.

Ich dachte an Edward, der schon als Jugendlicher Flaschen gegen eine Kirchenmauer geworfen hatte, und ich fragte mich, ob er je den Wunsch oder die Notwendigkeit empfinden würde, sich an Gott zu wenden. Auf jeden Fall hatte er es dringend nötig. Ich war froh darüber, dass Juli ihm gesagt hatte, dass Gott ihn liebte. Wahrscheinlich hätte ich das in dem Augenblick nicht fertiggebracht. Und wenn ich ihn in diesem Augenblick unsere Auffahrt hinauffahren gesehen hätte, wäre ich mir nicht sicher gewesen, wie ich reagiert hätte. Es wäre sehr darauf angekommen, was er als Nächstes getan hätte.

Ich saß da und betete und hatte das Gefühl, dass das Beten jetzt das Beste und Wichtigste war, was ich tun konnte. Ich betete für Miss Hazel, für Edward und für meine Mutter, für Franky, Juli und Hanna. Ich betete für uns alle, dass Gott für uns sorgen und uns geben möge, was wir brauchten, und für mich betete ich außerdem um Weisheit.

Dies war kein normaler Tag, und ich hatte das Gefühl, dass er auch nicht annähernd schon zu Ende war. Wenn Hazel Sharpe wirklich im Sterben lag, dann wusste ich, dass Juli sich von ihr würde verabschieden wollen, unabhängig davon, wie Hazel uns die meiste Zeit behandelt hatte. Und ich wusste, dass ich Edward noch einmal würde gegenübertreten müssen. Er war nicht wieder in den Osten zurückgefahren, noch nicht jedenfalls.

Und dann war da noch Franky, um den wir uns kümmern mussten, und Hanna, die wir erziehen und lieb haben sollten. Gott sei Dank waren Sarah und Robert bereit, das zu verstehen.

Es war noch so viel zu tun, bevor es wieder Winter wurde. Aber Emma hatte gewusst, dass wir hierher gehörten. *Gott segne ihre Großzügigkeit. Gott, bitte schenke mir einen solchen Glauben und eine solche Güte, wie Emma sie besaß.*

Ich musste an etwas denken, das sie mir einmal gesagt hatte, nämlich dass George und ich dazu berufen wären, wie Brüder beieinander zu leben. Wenn das wirklich so war, dann musste ich George um Frankys willen zur Rede stellen. Es war einfach nicht richtig, wie er ihn behandelte, genau wie es der junge Sam gesagt hatte.

Und wenn es den anderen Hammond-Kindern so schien, dass ich Franky lieber hatte, dann war das vielleicht deshalb so, weil ich die ganze Zeit seine Bedürftigkeit sah. Der kleine Junge sehnte sich nach seinem Vater, versuchte jedes Mal, wenn sich eine Gelegenheit bot, ihn zu erreichen, aber ich hatte noch nie erlebt, dass George ihn umarmt hätte oder festgehalten, wie er es mit seinen jüngeren Söhnen machte, oder dass er respektvoll mit ihm redete, wie er es jetzt zunehmend mit den Größeren tat. Franky saß zwischen allen Stühlen. Ständig wurde er abgewiesen oder übergangen. Er kam zu mir, weil er seelischen Hunger hatte, so einfach war das. Und ich musste etwas dafür tun, dass George das erkannte.

In einem der Bäume beim Haus rief ein Eichelhäher. Sarah und Hanna schlichen sich hinter ein paar Büschen entlang in meine Richtung. Ich stand auf, als sie gerade direkt auf mich zugeschossen kamen. Gemeinsam schenkten sie mir einen zarten, kleinen Strauß Wiesenblumen.

„Ich dachte, die wären für Mama und Franky", sagte ich zu ihnen.

„Für die pflücken wir auch noch welche", versprach Sarah.

„Aber die hier sind für dich", beendete Hanna den Satz und beide strahlten übers ganze Gesicht.

Dann flatterten sie davon wie Schmetterlinge an einem Sommertag, und auch ich musste lächeln, als ich mit dem Strauß Blumen in der Hand dastand.

23

Julia

Der Doktor kam früher, als wir gedacht hatten. Sein Sohn fuhr ihn, und ich dankte Gott dafür, weil ich langsam anfing mir Sorgen zu machen, denn Franky fühlte sich so heiß an. Dr. Howell versicherte mir jedoch, dass die Temperatur nicht sehr hoch sei. Ich solle ihn einfach nicht zudecken und ihn immer wieder mit kaltem Wasser abwaschen.

Auch was das Bein anging, war der Doktor zuversichtlich. „Wenn Emory Hall sagt, dass es wieder zusammenwächst, dann wächst es auch wieder zusammen", sagte er über den Arzt in *Mcleansboro*. „Sonst hätte er es nicht eingegipst. Sorgen Sie nur dafür, dass er sich ruhig verhält und von niemandem angerempelt wird, bis er nicht mehr so schwach ist."

Ich versprach es ihm, ebenso wie ich versprach, all seine anderen Anweisungen zu befolgen. Und obwohl Lizbeth dabeisaß, sagte er unumwunden, wie gut es für Franky sei, dass er bei uns gepflegt würde. Er glaube nämlich nicht, dass seine Anweisungen „da drüben" befolgt werden würden.

Dann schrieb er mir noch ein paar Verhaltensregeln auf und bestätigte meine Auswahl an Heilkräutern, die ich verwendete. Er versprach, in ein paar Tagen noch einmal vorbeizuschauen, wenn er die Möglichkeit hätte. Franky wachte gerade lange genug auf, um ein wenig mit ihm zu reden, was den Arzt wiederum optimistisch stimmte.

„Ich war gerade eben bei Hazel Sharpe", sagte er, als er seine Tasche wieder schloss. „Meine Frau hatte die Hammond-Jungen dorthin geschickt, als sie mich suchten. Ich muss jetzt noch einmal dorthin zurück, und Herman und seine Frau haben mich gebeten, Sie doch bitte mitzubringen."

„Mich?"

„Anscheinend hat Miss Hazel nach Ihnen verlangt, ich konnte allerdings nicht viel von dem verstehen, was sie gesagt hat."

„Wie geht es ihr denn und was fehlt ihr?"

„Sie ist gestürzt, aber ich fürchte, der Grund dafür war ein Schlaganfall, und ich kann nicht viel für sie tun. Das habe ich auch den Angehörigen gesagt, aber sie will auf keinen Fall ins Krankenhaus. Sie hat ganz klar und eindeutig dazu den Kopf geschüttelt. Ich schaue nach ihr, aber ihr Leben ist in Gottes Hand."

Mein Herz klopfte schon allein bei dem Gedanken an Hazel heftig. Eigentlich wollte ich nicht mitkommen. „Aber, Doktor, mit Franky hier ..."

„Nur ein Weilchen. Ich bin sicher, dass Herman Sie heute Abend wieder nach Hause bringt. Lizbeth und Samuel kommen bis dahin sicher auch allein zurecht. Herman hat mich wirklich von Herzen gebeten, und er hielt es für ein echtes Geschenk, dass ich ausgerechnet jetzt zu Ihnen herausgerufen wurde. Miss Hazels Tage auf dieser Welt sind gezählt, Mrs Wortham. Sie sollten also lieber mitkommen."

Ich wollte Franky und Hanna und auch die anderen eigentlich nicht allein lassen, aber Samuel bestand darauf, dass ich mitging, und Lizbeth versicherte mir, dass sie alle Anweisungen des Doktors genau gehört hatte und auch befolgen würde. Sie würden es schon schaffen, solange ich fort sei.

Also ging ich mit. Ich hatte ein heftiges Kribbeln im Bauch

und unzählige Erinnerungen an schnippische Bemerkungen, die Hazel mir an den Kopf geworfen hatte. Ihre Tage auf dieser Welt waren gezählt – und dann ließ sie ausgerechnet mich rufen? Ich versuchte zu beten, wusste aber gar nicht recht, was.

Herman musste seine Tante wirklich lieben. Dafür konnte man dankbar sein. Gott segne ihn für all seine Geduld. Eigentlich hätte er dafür einen Preis verdient.

Herman, seine Frau und einer seiner Brüder empfingen den Arzt und mich schon an der Tür.

„Hier entlang, hier liegt die Tante", sagte Herman und führte mich direkt in Miss Hazels Schlafzimmer. Ich war noch nie zuvor bei ihr zu Hause gewesen, aber es sah dort genauso aus, wie ich es mir vorgestellt hatte. Ich hätte Angst gehabt, eines meiner Kinder mit in ihr Haus zu nehmen, aus Angst, sie hätten etwas verrücken oder umstoßen können.

Herman blieb ein Stück von ihrem Bett entfernt stehen und auch die anderen und sogar der Doktor blieben hinter mir zurück.

Sie sah verändert aus, fast, als wäre sie geschrumpft. Der Pastor saß auf einem Stuhl am Bett und sah erschöpft aus.

„Ich hab Mrs Wortham mitgebracht", sagte Herman.

Hazel schlug ganz langsam die Augen auf und blickte sich suchend im Raum um. Ich trat näher ans Bett und nahm ihre Hand. Schließlich blieb ihr Blick auf mir. Fast hatte ich erwartet, dort dieselbe Verachtung vorzufinden wie schon so oft, aber sie war nicht da. Stattdessen sah ich Angst. Dunkel und tief. Etwas, das ich bei Miss Hazel niemals erwartet hätte.

„Es tut mir so leid, dass es Ihnen nicht gutgeht", sagte ich zu ihr, weil ich nicht so genau wusste, wie ich anfangen sollte.

Sie sagte etwas, das ich zuerst nicht verstehen konnte, aber dann erkannte ich ein Wort, *beten*.

„Pastor", sagte ich schnell. „Sie möchte ..."

Hazel schüttelte den Kopf und verzog das Gesicht. „Sie", brachte sie mühsam hervor.

„Sie möchten, dass *ich* für Sie bete?" Meine Hände begannen zu zittern, und mir wurden die Knie weich. Warum um alles in der Welt? Warum wollte sie mein Gebet?

Ich tat, was sie wollte, so gut ich konnte, und betete zum Herrn, er möge ihren Körper anrühren und ihr inneren Frieden schenken.

Sie sah mich sehr lange an. Eine winzige Träne entschlüpfte ihrem Auge, lief in eine der tiefen Furchen um ihre Augen und bahnte sich dann einen Weg zum Ohr hinunter. Miss Hazel sagte etwas, aber es war so leise, dass ich es nicht verstehen konnte.

„Ich danke Ihnen noch einmal, Miss Hazel", sagte ich. „Für alles, was Sie getan haben." Ich stellte mir vor, wie es in der Gemeinde wohl ohne sie sein würde. Sie wurde einfach immer weniger, genau wie der Doktor gesagt hatte. Das konnte auch ich sehen. Ich wusste schon jetzt, dass wir am nächsten Sonntag im Gottesdienst ohne Klavierspielerin sein würden, dass wir weder ihre verspielten Hüte noch ihre schnippischen Bemerkungen mehr haben würden.

Sie schüttelte jetzt den Kopf und schaute ärgerlich drein, und ich fragte mich, was um alles in der Welt ich wohl jetzt wieder getan haben könnte, um sie aufzuregen. Sie versuchte eine Hand zu heben, und als ihr das nicht gelang, drückte sie einfach meine Hand.

„Nein", gelang es ihr zu sagen. „Alles ... was *Sie* ... getan haben ..."

Meine Augen füllten sich mit Tränen.

„Hüte", sagte sie.

Ich verstand nicht, was sie meinte.

„Was ist mit Hüten?", fragte Herman nach. „Was meinst du, Tante Hazel?"

„Hüte", sagte sie noch einmal und nahm ihre Hand gerade so lange von meiner weg, dass sie damit auf mich deuten konnte.

„Du möchtest, dass sie deine Hüte bekommt?", fragte Herman, ebenso überrascht wie ich.

Hazel nickte, nur ein ganz klein wenig, und sagte noch etwas, das ich kaum verstehen konnte. Ich hatte *Hammonds* verstanden und Herman auch.

„Was ist mit den Hammonds?", fragte Herman. Aber den Rest ihrer Worte konnten wir nicht mehr verstehen, und kurz darauf schloss Hazel ihre Augen. Sie griff noch einmal nach meiner Hand und hielt sie, aber ich spürte, wie ihr Griff immer lockerer wurde. Hermans Frau Viola holte schnell den Doktor ans Bett, aber der schüttelte den Kopf und sagte, sie schliefe. Er könne nichts mehr für sie tun. Der Pastor stand auf und betete mit uns zusammen.

Hazel schlug ihre Augen nicht wieder auf und keine Stunde später war sie von uns gegangen und beim Herrn.

Ich wusste kaum, wie ich darauf reagieren sollte.

Es war seltsam, an diesem Abend nach Hause zurückzukommen, und ich musste daran denken, wie Emma gestorben war. In Wilamettas Schaukelstuhl, auf einen Psalm und eine Tasse Apfel-Pfefferminztee wartend.

Im Haus war es dunkel und still. Ich rechnete damit, dass wahrscheinlich wieder alle auf dem Fußboden schlafen würden, obwohl vielleicht ein paar von ihnen auch nach oben gegangen waren. In der Küche zündete ich eine Kerze an, und als ich mich gerade wieder umdrehte, trat Samuel aus dem Schatten des Wohnzimmers.

„Wie geht es ihr?“, fragte er.

„Sie ist von uns gegangen, Sammy.“

Er nahm mich in die Arme. „Ist alles in Ordnung? Geht es dir gut?“

„Ja, natürlich.“ Ich rückte ein bisschen von ihm ab. „Wie geht es Franky?“

„Er schläft ganz friedlich. Er hat gesagt, dass es ihm hier besser gefällt als im Krankenhaus. Möchtest du dich noch einen Augenblick setzen?“

„Nein, nein, ich glaube, ich schaue lieber noch einmal nach ihm ...“

„Lizbeth ist bei ihm geblieben, und ich war auch erst gerade da. Es geht ihm gut ...“

„Was ist mit Hanna?“

„Du weißt doch, dass sie glücklich ist.“

„Hat sie immer noch Angst?“

Er versuchte wieder, mich in die Arme zu nehmen. „Wer würde denn schon nicht gern zu dieser Mannschaft gehören? Harry hat einen Frosch hereingeschmuggelt und ihn auf ihr Kopfkissen gesetzt. Berty ist um sie herumgetanzt wie um einen Marterpfahl, aber es scheint ihr gutzugehen. Ich glaube, es ist immer noch besser für sie, es mit uns allen hier aufnehmen zu müssen, als mit Unbekanntem konfrontiert zu sein.“

„Ach Sammy.“

Bevor ich mich's versah, hatte er einen Stuhl für mich herangezogen. Ich hatte gar nicht gemerkt, wie schwach und erschöpft ich war, bis ich mich gesetzt hatte. Ich hatte mich die ganze Zeit nur irgendwie aufrecht gehalten.

„Bist du sicher, dass es dir gutgeht?“, fragte er noch einmal, und diesmal wusste ich nicht, was ich antworten sollte.

Ich dachte an den armen Franky und wie es gewesen war, als seine Mutter starb; an all die Kinder und an George ohne Wila dachte ich. Und auch an uns ohne die liebe Emma Graham. Irgendwie zitterte ich, mir war kalt und ich fühlte mich leer, genau wie damals in der Nacht, als sie von uns gegangen war. Aber das hier war etwas anderes. Das war Hazel! Die pedantische, herablassende Hazel!

„Mir scheint, dass sie sich von niemandem ins Herz schauen lassen will“, hatte Emma einmal zu mir gesagt. „Sie will einfach nicht, dass jemand auf ihre wunden Stellen tritt, das ist alles.“

Aber heute Abend hatte Hazel mich an sich herangelassen, wenigstens ein ganz klein wenig. Und dann konnte ich einfach nicht anders – ich setzte mich hin und weinte.

24

Samuel

Hanna war schon bei Sonnenaufgang auf den Beinen und versuchte als Erstes, ganz allein am Brunnen Wasser zu holen. Sie konnte den Eimer nur halbvoll tragen, aber sie war mächtig stolz darauf, dass sie eine Möglichkeit gefunden hatte zu helfen. Julia dankte ihr überschwänglich für ihre Mühe.

Franky war auch schon munter. Er wollte unbedingt nach draußen ins Freie und versuchen, im Gras zu sitzen. Ich versprach ihm, dass wir das ganz bestimmt irgendwann machen würden, aber nicht an diesem Tag. Der Arzt hatte gesagt, er solle fürs Erste noch gar nicht transportiert werden, und es war sicher besser, sich daran auch zunächst zu halten. Deshalb musste er sich noch mit den vier Wänden des Schlafzimmers begnügen, aber ich öffnete das Fenster weit und Juli nahm die Vorhänge ab, sodass er ungehindert hinausschauen konnte.

Genau wie Emma Graham, dachte ich. Sie hatte ihre Fenster auch am liebsten ohne Vorhänge gemocht, sodass es einem vorkam, als würde sie im Freien leben.

Sukey schien es gutzugehen, als ich hinkam, um sie zu melken. Ich fragte mich daher, weshalb ich mir am gestrigen Tag solche Sorgen gemacht hatte. Sie gab reichlich Milch, sodass wir wenigstens die hatten. Und wir hatten Eier, auch wenn es nicht genügend waren, um welche zu verkaufen. Das und das Gemüse aus dem Garten und das Grünzeug aus Wald und Feld, das Juli sammelte, würden uns schon durch den Sommer bringen. Und was im Winter werden würde, lag ohnehin in Gottes Hand. Es würde sich schon alles finden.

Nach dem Frühstück musste ich wieder daran denken, dass George nicht zu uns herübergekommen war, den ganzen vergangenen Abend nicht und auch heute Morgen noch nicht. Lizbeth hatte den kleinen Jungen ein wenig zu essen gegeben und nahm sie jetzt wieder mit zurück nach Hause. Sie sagte, es gäbe dort einfach zu viel zu tun, als dass sie noch länger bei uns und Franky bleiben könne. Sie würde wiederkommen, das wusste ich, und zwar noch vor Ende des Tages.

Aber was war mit George? Die morgendlichen Pflichten waren längst erledigt. Er hätte sich jetzt auf jeden Fall die Zeit nehmen können, zu uns herüberzukommen und nach seinem Sohn zu schauen.

Ich ärgerte mich eine Weile darüber, während ich dem Kalb das eine Bein bandagierte, wo es sich am Zaun ein wenig Haut abgeschürft hatte. Es war nichts Ernstes – ein leichter Kräuterverband und die Sache würde schnell geheilt sein.

Robert beauftragte ich damit, einen Teil des Heus zu wenden, das wir am Vortag geschnitten hatten. Ich wollte wieder arbeiten und verbrachte einen guten Teil des Morgens auf dem Land, das wir als „Emmas Maisfeld" bezeichneten. Der Boden sei dort gut, hatte Emma gesagt, so gut, dass man dort den süßesten Mais anbauen und dann später verkaufen könne. Dieses Jahr sah es wegen der großen Hitze mit der Ernte nicht besonders rosig aus und auch wegen des Wildes, das sich daran gütlich tat. Aber ich betete für mehr Regen und spannte Draht um das

Feld, um, wie ich hoffte, wenigstens ein paar der Tiere zu entmutigen.

Wir mussten bald das Weizenfeld abernten und noch mehr Heu machen. Ich wusste nicht, was George an diesem Morgen arbeitete, aber ich rechnete damit, dass er kommen und mich um Hilfe dabei bitten würde. Der Vormittag war inzwischen schon halb vorüber, und er hatte sich immer noch nicht blicken lassen. Ich beschloss deshalb, dann eben zu ihm hinüberzugehen, um mit ihm zu reden. Er musste endlich Franky gegenüber seine Vaterrolle einnehmen. Das versuchte ich ihm schon seit langem klarzumachen.

Juli war nicht gerade begeistert darüber, dass ich hinüberging. Wahrscheinlich fürchtete sie, dass wir miteinander Streit bekommen könnten. Ich sagte ihr aber, dass ich nicht die Absicht hätte, mich mit George zu streiten, ich wolle ihm nur meine Sorge mitteilen und es dabei belassen.

Ich trottete unter strahlend blauem Himmel durch das Wäldchen. Mücken schwirrten um mich herum, und der Schweiß rann mir an Hals und Rücken herunter. Wenn es schon jetzt am Vormittag so heiß war, wie mochte es dann erst am Nachmittag werden?

Ich rechnete nicht damit, George zu Hause anzutreffen, sondern nahm an, dass er irgendwo auf dem Feld bei der Arbeit war und ich von Kirk oder Willy erfahren würde, wo genau er war – oder auch von Lizbeth, falls er alle Jungen mitgenommen hatte. Als ich aus dem Wäldchen trat und auf den Hof der Farm zuging, hätte ich niemals gedacht, sein Fuhrwerk vor dem Haus stehen zu sehen, die Pferde noch angeschirrt. Und auf der anderen Seite des Hauses, von Bäumen und Büschen fast ganz verdeckt, stand ein parkendes Auto. Außer einem Rad und der staubigen blauen Stoßstange war nichts zu sehen, aber das reichte auch schon, um zu erkennen, dass Edward hier war. Ich hatte keine Ahnung, was er hier wollte, aber George war ein Freund, ein Bruder, wie Emma gesagt hatte. Edward sollte sich hüten, den Hammonds Schwierigkeiten zu machen. Das hatte er bereits bei uns zur Genüge getan.

Ich ging schneller, hastete am Hahn und ein paar scharrenden

Hühnern vorbei und kam an der Hinterseite des Hauses an, um zu sehen, was mein eigensinniger Bruder im Schilde führte. Was mochte er hier wollen? Er war an diesem Morgen nicht bei uns gewesen. Vielleicht konnte er mir nicht in die Augen sehen, nachdem er mich am Tag zuvor verprügelt hatte. Ob es ihm gefiel oder nicht, jetzt würde er es müssen.

Sie standen beide hinter dem Haus, Edward wieder an die Motorhaube seines Autos gelehnt, George auf dem Hauklotz sitzend. Ich wurde schon wütend allein bei dem Gedanken, dass mein Bruder wieder irgendetwas Hinterhältiges vorhaben könnte und seine Lügen verbreitete, so wie er es auch bei den Leuten aus der Gemeinde getan hatte.

Aber dann sah ich den Krug in seiner Hand. Für mich war gar keine Frage, was darin war. Er trank gerade einen großen Schluck daraus und reichte den Krug dann an George weiter. Ich war mir kaum bewusst, was ich als Nächstes tat.

„Was zum Teufel ...“, brüllte ich und musste daran denken, wie George sich am Weihnachtsmorgen in einen Eimer übergeben hatte, kaum in der Lage, auch nur einen einzigen Feiertag mit seinen trauernden Kindern zu bewältigen. Er durfte einfach nicht wieder mit dem Trinken anfangen. Das machte ihn völlig verrückt, weil er dann alles andere vergaß. Er hätte es wirklich besser wissen müssen.

Ich rannte zu den beiden hin und hatte eine solche Wut im Bauch, dass ich sie unmöglich verbergen konnte.

„Was meinst du eigentlich, was du da tust?“

Sie standen beide auf. Ich schnappte mir den Krug aus der Hand meines Bruders und schleuderte ihn, so weit ich konnte, in das Ziegengehege hinein. Das Geräusch von splitterndem Glas schürte meinen Zorn nur noch mehr. „Was macht ihr da?“

Ich schubste Edward. Obwohl ich wusste, dass er größer und auch stärker war als ich, schubste ich ihn – weg von seinem Auto und dann zu Boden. Aber er packte mich im selben Augenblick am Hemd und zog mich mit sich zu Boden.

„Ich hab nur ’n ganz klein’ Schluck gehabt“, hörte ich George hinter mir sagen. „Hab nur ’n bisschen meine Nerven beruhigt ...“

Edward holte weit aus und boxte mir in die Seite. Und ich boxte zurück.

„Samuel, hör auf und steh wieder auf", bettelte George. „Wir hatten doch gar nichts Böses im Sinn."

Ich konnte nicht aufstehen, weil Edward mich festhielt, aber eigentlich wollte ich auch gar nicht aufstehen. Ich wollte ihn nach Strich und Faden vermöbeln und dann mit George weitermachen. Einmal abgesehen davon, dass der Schnaps illegal gebrannt war, weil Prohibition herrschte – das allein wäre schon schlimm genug gewesen –, wusste Edward doch ganz genau, was der Alkohol in unserer Familie angerichtet hatte.

Ich spürte kaum, wie Edward immer wieder nach mir schlug, um mich irgendwie abzuschütteln. Ich war wütender, als ich es jemals in meinem Leben gewesen war, und schlug mit aller Kraft zurück. Dabei ignorierte ich George und außerdem noch jemanden, der jetzt von der anderen Seite kam.

Starke Hände packten mich bei den Schultern und an einem Arm. Irgendwo in der Ferne hörte ich den kleinen Harry schreien. „Sie prügeln sich! Sie prügeln sich!"

„Geht ins Haus!", hörte ich Lizbeth rechts von mir im Befehlston sagen.

„Mr Wortham, kommen Sie schon, stehen Sie auf." Joes Stimme in Verbindung mit seinen Händen zog mich zurück und hoch.

Auch George zog an mir. Sie hatten mich recht bald zu fassen und wieder aufgerichtet, aber Edward gab einfach keine Ruhe. Während sie mich noch an beiden Armen festhielten, versetzte er mir einen heftigen Schlag, und Joe musste mich loslassen. Er hatte alle Mühe, Edward zurückzudrängen.

„Hört auf!", brüllte George uns an. „Hört auf! Beide!"

Ich hätte mich am liebsten auf ihn gestürzt, diesen unschuldigen Friedenstifter. Aber dann sah ich Joes Gesicht, das voller Sorge und ganz und gar irritiert aussah, und ich wusste, dass ich so nicht mit der Situation umgehen konnte. *Bitte, Herr, hilf mir. Ich bin noch nie so nahe dran gewesen, die Kontrolle zu verlieren.*

„Du meinst wohl, dass dir die ganze Gegend hier gehört, was?", fragte Edward mit finsterem Blick. „Es geht dich nichts an, was hier vor sich geht. Scher dich nach Hause, bevor ich ..."

„Was?", gab ich sofort zurück. „Bevor du mich wieder schlägst? Das ist mir doch so egal. Das ist nämlich sehr wohl meine Sache, weil er nämlich einen Sohn bei mir drüben hat, der in meinem Bett liegt, und zwar mit einem gebrochenen Bein.

Und meine Frau kümmert sich um sein Kind und noch vieles mehr! Du meinst, es ist nicht meine Sache, wenn er beschließt, sich in deiner stinkenden Schnapsflasche zu ersäufen ...?"

„Nein", sagte Joe und wirkte zutiefst erschüttert. „Pa, du hast doch nich' wieder getrunken, oder?"

George schüttelte den Kopf und starrte mich an. „Nur 'nen klein' Schluck oder zwei, das war alles, Samuel. Joe war in der Scheune und keins der andern Kinder hat was gesehn. Was schadet denn schon so'n kleiner Schluck? Wollte nur gut nachbarschaftlich sein, zeigen, dass ich nich' nachtragend bin. Er hat gesagt, dass es ihm leidtut, was passiert ist. Er hat versucht, es wieder in Ordnung zu bringen ..."

„Er und etwas in Ordnung bringen", sagte ich bitter. „Er verursacht eine Katastrophe nach der anderen ..."

Edward riss sich von Joe los und schlug nach mir, und schon lagen wir beide wieder im Staub. Diesmal allerdings hatte ich die Oberhand.

„Hört auf!", brüllte George wieder und erneut hatten sie Mühe, uns auseinanderzubringen. Lizbeth musste schließlich Edward mit einem Harkenstiel eins über den Kopf ziehen, damit sie es schafften.

„Ich schließ euch beide im Maisspeicher ein, wenn ihr nich' Ruhe gebt", beschwerte sich George. „Man muss ja Angst ham, dass ihr euch gegenseitig umbringt. So, un' jetz' setzt ihr euch hin, un' zwar beide. Beruhigt euch erst mal 'nen Augenblick."

Ich wollte mich nicht setzen, also stand ich wieder auf und Edward ebenfalls. „Ich habe den Krug ehrlich gekauft und bezahlt", sagte er zu mir. „Den Preis schuldest du mir jetzt."

„Da schuldest wohl eher du mir etwas dafür, dass ich das Zeug vernichtet habe und es dich nicht von innen auffrisst", entgegnete ich. „Und dafür, dass ich mich nicht gleich auf den Weg in die Stadt mache, um den Sheriff zu holen. Er findet es nämlich bestimmt nicht so gut, wenn du in seinem Bezirk Alkohol ausschenkst."

„Ich habe nichts ausgeschenkt ..."

„Aber fast."

George schüttelte den Kopf. „Also findest du nich', dass du jetz' 'n bisschen übertreibst, Samuel? Es is' doch gar nix passiert."

„Halt den Mund, Pa", sagte Joe, und seine Stimme war scharf und zornig.

„Sehr viel ist passiert!", widersprach ich. „Franks Bein ist gebrochen! Du hast ihn gegen den ausdrücklichen Rat des Arztes den ganzen Weg hier herausgebracht und ihn dann einfach sich selbst überlassen. Was denkst du dir eigentlich dabei? Wie soll dir da wohl ein Schnaps helfen, George? Das musst du mir mal erklären. Und wie soll es ihm helfen?"

„Ach halt doch bloß den Mund, du Oberheiliger", rief Edward. „Du musst wohl jeden anpredigen! Spielst dich hier auf, als hättest du gerade wieder mal deinen Heiligenschein geputzt! Ich hätte dich schon fertig machen sollen, als ich zum ersten Mal zu dir gekommen bin, weil ich doch gewusst habe, wie du bist."

Einen Augenblick wich der wütende Ausdruck aus seinem Gesicht, und er erinnerte mich an unseren Vater.

„Edward", sagte ich, plötzlich ruhiger geworden. „Hanna hat mir erzählt, dass der Mann auf dem Bild einen Vogel auf dem Arm hatte. Eine Tätowierung."

„Was für ein Bild denn? Was zum Teufel redest du denn da?"

„Das Bild, das Trudy Vale gehabt hat, das Bild von Hannas Vater. Hanna hat erzählt, dass sie es gesehen hat, bevor es gestohlen wurde, und er hätte einen Vogel auf dem Arm gehabt."

Er starrte mich an und war so wütend, dass ich wusste, er war jetzt wirklich gefährlich.

„Sie bleibt bei uns", sagte ich zu ihm. „Trudys Mutter kann sie nicht zu sich nehmen. Der Sheriff ..." Ich zögerte, weil Edward mir offensichtlich kein Wort glaubte. „Der Sheriff hat ebenfalls bestätigt, dass sie nicht meine Tochter sein kann. Wegen der Tätowierung und weil ihre Großmutter gesagt hat, das Baby ihrer Tochter sei von einem älteren ..."

„Das hast du dir doch alles nur ausgedacht."

„Nein, das habe ich nicht. Sie ist nicht meine Tochter. Ich habe nie gelogen. Aber wahrscheinlich gehört sie trotzdem zur Familie. Und wir behalten sie."

„Warum? Warum nimmst du sie denn überhaupt auf? Denkst du dir einfach eine blöde Geschichte aus, um die Schuld abzuwälzen? Zu viel Gewissen? Was sagst du? Einen Vogel auf dem Arm! Das ist dann wohl Vaters Geist gewesen, oder was? Was soll denn das für eine Geschichte sein?"

„Vielleicht ist er ja gar nicht tot."

„Du bist doch völlig übergeschnappt."

„Nein. Ich habe es mir nicht ausgedacht. Hanna hat es mir erzählt, und ich wusste nicht, was ich davon halten sollte. Ich weiß immer noch nicht, was ich davon halten soll."

Er schüttelte den Kopf und sah dabei unglaublich hart aus. „Du schuldest mir immer noch einen Krug selbst gebrannten Whiskey. Und zwar einen ziemlich guten, finden Sie nicht, Hammond?"

George war klug genug, diese Frage nicht vor den Kindern zu beantworten. „Ich bin fertig mit'm Trinken", murmelte er vor sich hin. „Nix für ungut."

„Sie lassen also diesen ..."

Aber ich schnitt Edward das Wort ab. „So etwas wie guten Whiskey gibt es gar nicht. Erinnerst du dich denn nicht mehr? Mutter und die vielen Flaschen, die überall herumstanden?"

„Sie hat doch wegen dir getrunken", sagte Edward, und sein Blick war kalt und aufgewühlt. Ich hatte noch nie die Tränensäcke unter seinen Augen bemerkt. Genau wie bei Mutter.

„Nein", sagte ich sofort. „Ich weiß nicht, warum sie getrunken hat. Aber es war ganz bestimmt nicht meine Schuld!"

„Du hast nie Schuld an etwas, nicht wahr, Sammy?" Er kam einen Schritt auf mich zu, aber Joe stellte sich ihm in den Weg. Doch Edward schob den Jungen einfach zur Seite und kam mir immer näher.

„Sie verziehn sich jetz' wohl besser", sagte George rasch zu ihm. „Los. Für heut is' genug geprügelt."

Edward starrte nur vor sich hin, als wollte er entscheiden, was er als Nächstes tun sollte.

„Mach schon", sagte ich. „Keine Schwierigkeiten mehr."

„Ja klar", sagte er. „Ich bin derjenige, der Schwierigkeiten macht." Er spuckte in meine Richtung aus und sprang dann in seinen Wagen. Und diesmal sah er Gott sei Dank nach, ob jemand in der Nähe des Wagens stand, bevor er mit aufheulendem Motor und quietschenden Reifen davonfuhr.

Hilf ihm, Gott, betete ich. *Wenn er so weitermacht, bringt er sich um. Entweder schnell, so wie er sich benimmt, oder langsam mit Schnaps, genau wie unsere Mutter. Die vegetiert auch die Hälfte der Zeit wie eine Halbtote dahin.*

Ich sah ihm nach, wie er auf der staubigen Straße davonbrauste. Und dann wandte ich mich George zu.

„Also, Samuel", sagte er rasch. „Ich weiß ja, dass das nich' richtig war. Ich hätte besser überlegen soll'n. Ich mach's nich' wieder, das garantier ich dir. Die Blicke von Joe und Lizbeth ham mir schon gereicht, dass ..."

„Gut", sagte ich zu ihm. „Ich zeige dich nicht an, aber ich denke, du solltest dich kümmern, George, und zwar um die Zukunft deiner Kinder."

„Das tu ich doch. Ich tu's doch."

„Und was ist mit Franky?", fragte ich, immer noch zornig.

„Was soll mit ihm sein? Ging es ihm gut heut Morgen?"

„So gut, wie es eben möglich ist. Es war aber ziemlich übel, George, dass du ihn aus dem Krankenhaus einfach mitgenommen hast auf diese Fahrt, die ihm schlimme Schmerzen bereitet hat, und dass du dich dann einfach nicht weiter gekümmert und ihn einfach uns überlassen hast."

„Ich hab ihn da gelassen, wo er am allerbesten aufgehoben ist. Deine Juli – also ich trau ihr mehr zu als 'ner ganzen Horde Krankenschwestern. Und – geht es ihm denn nich' gut? Es wird schon wieder werden. So was braucht Zeit, das ist alles."

„Er braucht dich, George. Er braucht etwas von *deiner* Zeit."

„Ja, also gut. Ich komm heut Abend mal vorbei."

Das war nicht, was ich eigentlich gemeint hatte, und ich glaube, das wusste er auch ganz genau. Ein kurzer Besuch würde nicht den Riss wieder kitten, der zwischen den beiden bestand, aber er wollte offenbar nicht darüber reden, wollte nicht zugeben, dass es da überhaupt ein Problem gab. Er drehte mir den Rücken zu und verschwand in Richtung Scheune.

„Ich schneid heut Nachmittag Heu, wenn du helfen willst", sagte er noch im Weggehen. „Willst du, dass ich dir Sam rüberschicke?"

„Ich werde kommen. Wir sehen uns dann."

„Wie du meinst."

Damit verschwand er in der Scheune und ich stand da und fragte mich, warum er so stur sein musste. Wir waren schon so weit gekommen, zumindest hatte ich das gedacht. Von dem Punkt, an dem er sich in der Trauer über den Tod seiner Frau fast selbst aufgegeben hatte, zu Vereinbarungen bezüglich unserer Arbeit, die uns allen weiterhalfen.

Lizbeth, die immer noch neben mir stand, schüttelte den Kopf. „Es gibt Zeiten, da is' Pa einfach schwach", sagte sie sehr ernst. Und ich nehme an, das fasste es gut zusammen.

25

Julia

Sein Auto kam den Weg zu unserer Farm hochgerast und blieb mit quietschenden Reifen neben den Fliederbüschen stehen. Ich betete, dass Samuel schnell von den Hammonds zurückkommen möge. Edward war wütend, das sah ich sofort. Mit zornesrotem Gesicht stieg er aus seinem Wagen, knallte die Tür zu und kam schnaubend wie ein gereizter Stier zu mir in den Gemüsegarten.

„Ich will mit Hanna reden", forderte er. „Wo ist sie?"

Ich stand auf und wünschte, ich hätte eine Hacke in der Hand gehabt. „Gehen Sie lieber wieder. Sie sind nicht in der Verfassung, ein Kind zu besuchen."

„Wo ist sie?", fragte er, jetzt schon lauter.

„Kommen Sie wieder, wenn Samuel zu Hause ist und wenn Sie sich beruhigt haben und ein kleines Mädchen nicht zu Tode erschrecken." Meine innere Anspannung wuchs, als mir klarwurde, was ich da gerade gesagt hatte. Ich hätte gar nicht erwähnen sollen, dass Samuel nicht zu Hause war.

„Ich will ja auch gar nicht, dass Samuel hier ist", knurrte er. „Ich will hören, was sie sagt, wenn er nicht dabei ist. Und ich schätze, dass uns höchstens fünf Minuten bleiben, bevor er hier ist. Also hol sie, und zwar schnell, oder ich hole sie selbst, und du wirst mich ganz bestimmt nicht aufhalten."

Sie waren im Haus, alle Mädchen und Franky. Emma Grace hielt gerade ihr Mittagschläfchen, direkt neben ihrem Bruder in unserem Bett. Sarah, Rorey und Hanna spielten im Wohnzimmer, nachdem sie mir versprochen hatten, leise zu sein und mir Bescheid zu sagen, wenn das Baby aufwachte. Ich hoffte, dass die

Kleine nicht ausgerechnet jetzt wach wurde, und ich hoffte, dass sie sich wirklich ruhig verhielten.

„Die Kinder sind zum Teich gegangen“, sagte ich. Das war nicht ganz eine Lüge, denn Robert, Kirk und Willy waren wirklich dort.

„Das glaube ich nicht“, sagte er. „Ich glaube niemals, dass du die Mädchen allein hingehen lassen würdest, oder?“

„Sie ... also sie sind gar nicht allein.“

Ich hörte ein Geräusch aus dem Haus und überging es, so gut ich konnte. Ich hatte keine Ahnung, was Edward wollte oder worüber er so wütend war, aber Hanna konnte so etwas jetzt absolut nicht gebrauchen.

Er drehte sich um, und zwar genau in dem Augenblick, als Rorey zum Fenster herausschaute. Sie duckte sich sofort, aber er hatte sie schon gesehen und lachte mich jetzt aus. „Du lügst genauso wie dein Mann“, sagte er. „Vielleicht bist du ja auch gar nicht so fromm, wie es scheint.“

Er ging weiter in Richtung Haus. In meiner Verzweiflung folgte ich ihm und musste rennen, um mit ihm Schritt zu halten.

„Warten Sie!“, rief ich. „So warten Sie doch!“ Aber er wollte nicht auf mich hören.

Ich hatte in seinem Blick etwas gesehen, das mir Angst machte, und deshalb wollte ich nicht, dass er zu den Kindern hineinging. Ich packte ihn am Arm.

„Bleiben Sie stehen!“, sagte ich und versuchte mutig und energisch zu klingen. „Sie sagen mir jetzt erst mal, was denn so schrecklich wichtig ist, dass Sie sich hier dermaßen aufführen! Sie können sie sehen. Vielleicht. Wenn ich weiß, worum es geht, und wenn Sie sich anständig benehmen. Bevor das nicht so ist, gehen Sie nicht da hinein.“

Er schob mich einfach beiseite, als wäre ich nur ein lästiges Hindernis. Ich konnte ihn nicht aufhalten. Er war schon an der Tür und im Haus, bevor ich noch etwas unternehmen konnte, aber ich eilte hinter ihm her, obwohl ich gar nicht wusste, was ich jetzt tun sollte.

Ach Samuel. Warum musstest du ausgerechnet jetzt zu George gehen? Warum waren wir so dumm, nicht wenigstens einen der großen Jungen hierzubehalten? Wozu ist er fähig? Was wird er tun?

Er stürmte direkt durch die Küche ins Wohnzimmer. Dort waren die Mädchen und sahen mit schreckensweiten Augen, wie der große Mann auf sie zukam. Er packte Hanna am Arm, die sich wand und sofort in Tränen ausbrach.

„Lassen Sie sie los!", forderte ich ihn auf.

Er starrte mich mit wutentbranntem Blick an. „Ich werde ihr nicht wehtun. Ich werde niemandem wehtun. Ich will nur reden. Sie nehmen deshalb jetzt die anderen Kinder und verschwinden aus diesem Zimmer. Ich bin gleich fertig."

Die Kraft, die ich jetzt in mir spürte, musste direkt von Gott kommen. „Nein", widersprach ich ihm. Ich sagte Sarah und Rorey, sie sollten aus dem Zimmer gehen, und sie gingen nach nebenan in das Zimmer, in dem Franky und das Baby schliefen.

Und dann behauptete ich mich. „Sie machen ihr Angst. Sie machen uns allen hier Angst. Ich werde nicht weggehen."

„Auch gut", sagte er. „Aber dann halt einfach den Mund."

Dann wandte er sich Hanna zu, und das arme Kind verging fast vor Angst. Sie versuchte, so gut es ging, ihr Gesicht vor ihm abzuschirmen, aber er hielt sie an einem Arm fest.

„Bitte, lassen Sie sie doch los", bettelte ich.

„Halt den Mund." Er schüttelte sie, aber nur ein bisschen, damit sie ihn ansah. „Ich will nur, dass du mir ganz genau sagst, was auf dem Bild war. Erzähl mir von deinem Papa, Mädchen! Sag mir, wie er aussieht!"

Sie konnte kaum atmen, weil sie völlig außer sich war vor Angst, aber indem sie mehrmals hintereinander kurz nach Luft schnappte, fand sie schließlich ihre Stimme wieder. „E – er sieht aus wie Mr Wortham, außer ... außer ganz müde und ... groß und dunkles Haar und ..."

„Das mit dem dunklen Haar weiß ich! Was sonst noch?"

„Ich ... ich finde, er ist gemein und böse. So wie du. Ich ... finde, er ist gruselig."

Ich dachte, er würde sie jetzt schlagen. Fast hätte ich nach ihr gegriffen, aber er ließ plötzlich die Hände sinken und ließ sie los. Sie rannte sofort weg, direkt zu mir, und verbarg ihr Gesicht in meinem Rock.

Aber er war noch nicht fertig. „Setz dich hin, Mrs Wortham. Setz dich einfach."

Ich tat es, nahm aber Hanna mit zu einem Stuhl und hielt sie auf dem Arm. „Bitte", fing ich an. „Sehen Sie denn nicht ...?"

„Nun halt endlich den Mund." Wieder versuchte er, ihr Gesicht zu sich hinzudrehen, aber sie hielt sich an mir fest und wehrte sich, indem sie sich an meine Schulter schmiegte und ihr Gesicht in meinem zerzausten Haar verbarg.

„Jetzt hör mal gut zu, Hanna", sagte er. „Wir beenden unser Gespräch besser, bevor der verrückte Mr Wortham hier auftaucht. Ich werde ihm wehtun. Wenn ich ihn gleich wiedersehe, dann werde ich ihm richtig wehtun, und das möchte ich eigentlich nicht, verstehst du?"

Hanna weinte, und ich konnte es ihr nicht verübeln. „Bitte gehen Sie", sagte ich zu ihm.

„Halt gefälligst endlich den Mund", sagte er nur wieder. „Siehst du denn nicht, dass ich sie nur um Hilfe bitte? Ich muss es wissen, Hanna. War da noch irgendetwas? Ich muss es wirklich wissen!"

Er war jetzt irgendwie anders. Erschüttert. Ich verstand es nicht. Hanna sah jetzt zu ihm auf, vielleicht genauso fragend wie ich.

„Über deinen Papa. Über das Bild. War da sonst noch etwas?"

„Er hatte einen großen Vogel auf dem Arm", sagte sie. „Und der hat mich irgendwie angeguckt."

Ich konnte sehen, wie Edward schwer schluckte.

„Rechts und verkehrt herum?"

„Ja, Sir. Weil er seinen Arm ja an den Baum gelehnt hatte. Dieser Mr Wortham hier hat keinen Vogel am Arm, und ich wünschte, er hätte einen, aber ... der Sheriff hat gesagt, dass ich trotzdem hierbleiben kann."

„Wer hat dir das gesagt?"

Hanna antwortete nicht.

„Wer hat dir das gesagt, Mädchen, das mit dem Vogel auf seinem Arm? Hat Samuel dir das eingeredet? Hat er gesagt, dass du uns das erzählen sollst, wenn du willst, dass er dich behält?"

Sie schüttelte den Kopf und brach sofort wieder in Tränen aus.

„Sag mir die Wahrheit. Hat er dir gesagt, was du mir erzählen sollst?"

„Du bist genau wie er", weinte Hanna und schüttelte wieder den Kopf. „Du bist genau so wie mein Papa in dem Traum. Ganz gruselig und gemein und böse. Er hat Leute geschlagen. Er hat meine Mama geschlagen."

Edward starrte uns nur fassungslos an, erst sie und dann mich.

Er stand auf und wich einen Schritt zurück. „Hat deine Mama jemals gesagt, wie dein Papa mit mittlerem Namen heißt?"

„Nein", flüsterte Hanna. „Nein."

Er lachte nervös und irgendwie seltsam. „Sie sind beide Eddies. Hast du das gewusst? Samuel Edward Wortham. Und seinen zweiten Sohn hat er Samuel Edwin genannt. Was glaubst du, warum er das gemacht hat, hä? Nachdem er seinen ersten Sohn Edward Charles genannt hatte? Warum? Warum hat er seinem zweiten Sohn seinen Namen gegeben?"

Ich musste schlucken – er war jetzt gar nicht mehr richtig bei Sinnen. „Das können wir doch unmöglich wissen", sagte ich zu ihm. „Bitte, gehen Sie jetzt."

„Ihr habt Angst vor mir." Er schüttelte den Kopf. „Ihr alle, sogar Samuel. Ihr habt alle Angst vor mir."

„Ich nicht." Es war nur eine kleine Stimme aus dem Nebenzimmer, schwächer, als ich sie gewohnt war. *Oh Franky, bitte nicht*! Mein Herz fing sofort wie wild an zu klopfen. *Dieser Mann hier ist doch völlig unberechenbar.*

Edward drehte sich zum Schlafzimmer um. „Das ist ja unser Hammond-Junge."

„Lassen Sie ihn in Ruhe. Sie wissen doch selbst, dass er verletzt ist."

Er sah mich kurz an und wandte dann den Blick ab. „Ja, ich weiß."

Das Baby fing an zu weinen und Edward ging in das Zimmer hinein. Sarah und Rorey waren beim Bett und beide beugten sich über Emma Grace und versuchten, sie zu beruhigen.

Franky saß aufrecht im Bett, blass, schwitzend und zornig. „Lassen Sie lieber das Mädchen in Ruhe", sagte er, „und Mr und Mrs Wortham auch."

Einen Moment lang stand Edward einfach da und schien plötzlich ebenfalls blasser zu werden. „Was glaubst du denn, was ich tun soll?"

„Gott würde wahrscheinlich wollen, dass Sie sagen, es tut Ihnen leid", antwortete Franky.

Ich war erstaunt, aber offenbar nicht so erstaunt wie Edward. Ich sah, wie in dem Mann etwas zerbrach. Ich sah, wie all der Zorn von ihm abfiel. Er stand einen Moment da und sah ganz verwirrt aus, und er wirkte auch nicht mehr annähernd so groß wie noch im Augenblick zuvor. „Ich bin nur gekommen ...", sagte er und stammelte ein wenig. „Ich bin nur gekommen, um herauszufinden ..."

Er hielt inne und sah Hanna an und dann mich. „Mach ... mach einfach weiter mit dem ... mit dem, was du gerade gemacht hast.“

Dann ging er rückwärts aus dem Zimmer und wir hörten noch, wie er das Haus verließ. Kurz darauf sprang sein Wagen an und er fuhr davon. Erst da legte Franky sich wieder hin. Ich berührte seine Stirn, aber er schob meine Hand weg.

„Es geht mir gut“, sagte er. „Aber ich bin doch froh, dass er jetzt weg ist, weil ich nicht weiß, ob ich noch weiter hochgekonnt hätte.“

„Ich hoffe, dass der nie wiederkommt“, sagte Rorey.

Sarah sah mich mit tränenfeuchten Augen an, Hanna ebenfalls. Baby Emmie lag einfach da und sah uns an, als versuchte sie herauszubekommen, was um alles in der Welt denn hier los war.

„Das wird er wohl müssen“, sagte Franky, bevor er seine Augen schloss. „Er wird mindestens noch einmal wiederkommen. Weil er nämlich weiß, dass es stimmt, was ich gesagt habe. Er muss sich entschuldigen. Er weiß es.“

Hanna klammerte sich immer noch fest an mich, als Samuel kurz darauf zur Tür hereinkam. Er traf uns alle an Frankys Bett an. Hanna und Sarah wischten sich gerade die Tränen ab. Fast hätte ich mitgeweint und konnte nur mit Mühe meine eigenen Tränen zurückhalten. „Oh Samuel!“

Er sah völlig verdreckt aus, die Kleider zerrissen und fleckig, genauso wie Edward auch ausgesehen hatte. Aber der Blick in seinen Augen war um so vieles weicher. Verletzt. „Er war hier, nicht wahr?“

Plötzlich hatte ich wieder Angst, und zwar diesmal vor Samuels Reaktion. Ich wusste ja nicht, was bereits passiert war. „Er hat niemanden verletzt, Samuel. Er schien irgendwie völlig verwirrt ...“

Sarah sprang vor und umschlang die Taille ihres Vaters. „Er hat mir solche Angst gemacht, Papa. Ich hatte solche Angst, dass er Hanna wieder mitnimmt.“

Samuel drückte unser kleines Mädchen an sich, nahm sie dann hoch auf den Arm und hielt sie ganz fest. „Ich werde das jetzt dem Sheriff erzählen müssen. Wir können nicht zulassen ... wir können es uns nicht gefallen lassen, dass er jedes Mal kommt und euch belästigt, wenn ich nicht zu Hause bin."

Mir gefiel dieser Gedanke nicht, aber ich wusste auch nicht genau, weshalb das so war. Edward würde es sicher bald leid werden und dann von selbst verschwinden, und wir würden ihn bestimmt nicht aufhalten.

Wir versuchten, mit den ganz normalen alltäglichen Aufgaben weiterzumachen. Ich fing an, das Essen zu kochen, Franky schlief und Emmie war jetzt auf und lief herum. Sie war gerade dabei, Geschirrhandtücher aus einem Regal zu ziehen und sie auf dem Fußboden zu verteilen. Robert und Willy kamen nach Hause und Samuel sagte ihnen, sie sollten für den Rest des Tages lieber zu Hause bleiben. Er hatte George versprochen, ihm auf dem Feld zu helfen, aber vorher würde er noch einmal Barrett Post um seinen Wagen bitten müssen, um damit in die Stadt zu fahren und mit dem Sheriff zu sprechen.

Er erzählte mir ein bisschen von dem Kampf, aber nicht besonders viel, weil die Kinder dabei waren. Er sagte auch kaum etwas, als ich ihm erzählte, wie Edward sich benommen hatte. Er saß einfach da, das Gesicht in den Händen verborgen. Er wollte eigentlich nicht in die Stadt fahren. Noch nicht. Aber er glaubte, dass er keine andere Wahl hatte.

Wir waren gerade mit dem Essen fertig, als Joe durch das Wäldchen auf unseren Hof zugerannt kam. Er kam direkt ins Haus gelaufen und war völlig außer Atem. Ohne anzuklopfen, platzte er bei uns herein. „Waren Harry und Berty hier?", fragte er und schaute sich in der Küche um.

Wir sahen ihn alle nur völlig entgeistert an. Die beiden kleinen Jungen waren mit Lizbeth zusammen nach Hause zurückgegangen, und das sagten wir ihm.

„Se ham gespielt und wir ham gedacht, se sin' im Schuppen." Er sah Samuel an. „Sie sin' nich' gekomm', als Lizbeth zum Essen gerufen hat. Wir ham se nich' mehr gesehn, seit Ihr Bruder von uns weg is."

Diese Jungen! Sie hatten vor nichts Angst und hielten sich selbst für erwachsener als uns alle zusammen. Mehr als einmal hatte ich schon gedacht, wie leicht sie im Durcheinander eines normalen Arbeitstages verloren gehen könnten.

„Wo habt ihr denn schon überall gesucht?“, fragte Samuel Joe.

„Drüben zu Haus schon überall. Deshalb bin ich ja jetz’ hergekommen. Kann ich in der Scheune nachsehn? Vielleicht spiel’n se ja irgendwo mit Whiskers.“

Wir sahen überall nach. Samuel nahm Willy und Joe mit, um den Weg durch das Wäldchen, das Gelände um den Teich und unseren Bach noch einmal abzusuchen.

Eine bange Stunde später kam Joe zurück, um zu sagen, dass Samuel ihn zu Barrett Post geschickt hätte und zu den Muellers, um sie zu bitten, ihnen im Wald beim Suchen zu helfen. Von den Jungen keine Spur.

Ich betete. Sarah wollte den anderen beim Suchen helfen, und als ich ihr sagte, dass sie dazu noch zu klein sei, ging sie nach oben, um von dort aus durch die Fenster nach den Ausreißern Ausschau zu halten. Rorey ging nach draußen und kletterte auf einen Baum.

Franky konnte sich jetzt unmöglich noch ausruhen. Seine Gedanken waren unablässig mit dem Problem seiner kleinen Brüder beschäftigt. „Vielleicht wollten se ja zur Schule“, meinte er. „Se woll’n doch unbedingt schon groß sein un’ in die Schule gehn. Oder vielleicht is’ ihn’ ja auch eingefall’n, zu George Dixons Haus zu laufen. Se mögen gern mit ihm spiel’n, aber das geht sons’ ja immer nur am Sonntag.“

„Ich bin sicher, dass die Männer an all das denken“, sagte ich zu ihm. „Versuche jetzt, dich zu entspannen.“

„Ich will mich aber nich’ entspann’. Gibt es nich’ irgendwas, das ich tun kann?“

Ich brachte ihm Bohnen, die er fürs Essen vorbereiten konnte. Es schien verrückt, aber wenn man etwas mit den Händen zu tun hatte, machte man sich gleich weniger Sorgen.

Es war schwer, zu warten und nicht helfen zu können. Für Robert war das alles besonders schwierig, weil er dachte, er wäre schon groß genug, um bei der Suche zu helfen, aber Samuel hatte ihm befohlen, bei mir zu Hause zu bleiben.

„Das ist nur wegen Onkel Edward“, beklagte er sich. „Er hat Angst, dass Onkel Edward wieder hier auftaucht und Ärger macht. Vielleicht hat der die beiden ja sogar mitgenommen. Meinst du, er hat sie mitgenommen?“

„Das ist ziemlich unwahrscheinlich. Sie waren nicht bei ihm, als er hier vorbeigekommen ist."

„Aber vielleicht ist er ja noch mal wieder zurück zu ihnen gefahren, Mama. Vielleicht hat er es ja aus reiner Gemeinheit und Rache getan."

„Dann hätten aber doch George oder Lizbeth oder sonst jemand ihn gesehen", sagte ich. „Außerdem ist es ja auch dein Vater, an dem er sich rächen möchte. Wenn er jemandem etwas antun würde, dann doch einem von uns."

„Ich glaube, dass er einfach voller Hass ist. Der erbärmlichste Bruder, von dem ich jemals gehört habe. Warum kann er eigentlich nicht so sein wie normale Menschen?"

Zwei Stunden vergingen, vielleicht auch mehr. Kirk kam vorbei, um nachzuschauen, ob die beiden Jungen inzwischen vielleicht bei uns aufgetaucht wären. Sie waren immer noch nicht zu Hause. Und ich nahm an, dass sie inzwischen richtig hungrig sein mussten. Ich betete weiter.

Mr Mueller und sein Sohn kamen vorbei, um an unserem Brunnen Trinkwasser zu holen, und machten sich dann wieder auf die Suche. Samuel war noch nicht wieder zu Hause gewesen. Vielleicht würde er auch gar nicht kommen, bevor die beiden nicht gefunden wurden.

„Ist das ein schlimmer Tag?", fragte Hanna mich, als ich Wasser schöpfte, um Emmies Windeln zu waschen.

„Verglichen mit den meisten anderen Tagen ist er das wohl."

„Es war auch ein schlimmer Tag, als Onkel Eddie den Jungen mit dem Auto angefahren hat, nicht?"

„Ja, das war es. Das war auch ein sehr schlimmer Tag."

Ich hob den schweren Eimer an und ging zum Haus zurück.

„Sind die meisten Tage hier gut?"

Ich musste stehen bleiben. „Ach Schätzchen, wir haben in letzter Zeit ziemlich viele schlimme Dinge erlebt, das stimmt schon, aber das ist nicht immer so. Und es wird auch nicht so bleiben. Sie werden die beiden kleinen Jungen bestimmt bald finden, und bestimmt geht es ihnen gut. Sie fühlen sich einfach schon zu groß, das ist alles. Sie meinen, dass sie schon alles allein tun können, was ihnen so in den Sinn kommt. Diesmal haben sie sicher eine Wanderung gemacht, und das ein bisschen zu weit. Sie werden sie schon finden."

Sie sagte darauf nichts mehr, sondern sah mich nur ein wenig unsicher an. Sarah kam zu mir und half mir, den Wassereimer zu tragen. Rorey saß immer noch in dem Baum. Und Robert beschäftigte sich in der Scheune.

Plötzlich hörte ich ein Auto. *Mehr Sucher*, dachte ich. *Vielleicht hat jemand sie gefunden.*

„Onkel Edward ist wieder da“, sagte Sarah und machte ein sehr ernstes Gesicht.

„Bestimmt nicht. Nicht jetzt.“ Ich blickte auf und hoffte, Barrett oder Clement Post zu sehen oder jemand anderen Bekannten, der eine Nachricht bringen würde.

Aber Sarah hatte Recht. Es war wieder Edward. Hanna klammerte sich plötzlich panisch an meinem Rock fest, aber Sarah blieb seltsam ruhig. „Was sollen wir denn jetzt machen, Mama? Soll ich mit Hanna ins Haus gehen und wieder bei Franky am Bett sitzen?“

„Ja, danke, Schätzchen, macht das.“

Ich rief nicht nach Robert. Er war ja auch noch ein Junge. Und er würde es schon früh genug hören. Ich wartete, bis ich Edwards Wagen auf der Landstraße sehen konnte, aber nicht so lange, bis er auf die Zufahrt zu unserem Hof einbog. Etwas in mir wurde plötzlich sehr hart und entschlossen. Vielleicht wollte er uns wieder in Angst und Schrecken versetzen. Vielleicht machte ihm das Spaß, aber wir hatten jetzt wirklich Wichtigeres zu tun, und ich wollte ihn nicht hier haben und schon gar nicht zulassen, dass er meiner Familie wieder Schmerz zufügte. Ich würde dafür sorgen, dass er ging. Irgendetwas würde ich tun.

Siebzig mal sieben Mal.

Die Worte waren einfach da, aber ich konnte sie in diesem Augenblick kaum ertragen. *Nein, Herr. Er ist gefährlich. Sieh doch selbst, wie er Hanna fast wahnsinnig macht vor Angst.*

Ich rannte zur Straße hin, ohne genau zu wissen, was ich dort zu ihm sagen oder was ich tun sollte. Eines aber wusste ich genau. Ich musste ihn dazu bringen zu verschwinden, bevor er die Mädchen wieder in Panik versetzen konnte und auch bevor Robert aus der Scheune kam, weil nicht so klar war, was dann passieren würde.

Ich stand am Anfang der Zufahrt zu unserem Haus, als er dorthin einbiegen wollte und schließlich anhielt.

„Fahren Sie weiter!", sagte ich. „Sie fassen keines der Kinder noch einmal an. Sie sind hier unerwünscht."

Er sah seltsam aus, aber trotzdem schienen ihn meine harten Worte nicht weiter zu irritieren.

„Wo ist Samuel?", fragte er.

„Er ist nicht da", sagte ich und blockierte weiter die Straße. „Gehen Sie jetzt."

„Ich muss mit ihm reden."

„Nein, das müssen Sie nicht. Sie haben schon mit ihm geredet. Sie haben ihn grün und blau geschlagen und alle möglichen Lügen über ihn verbreitet. Verschwinden Sie jetzt einfach!" Es war mir ernst. Ich war unglaublich wütend, aber ganz tief in meinem Innern war eine kleine, leise Stimme, die unablässig wiederholte: *Siebzig mal sieben Mal.*

Ich behauptete mich, schüttelte den Kopf und sorgte dafür, dass er nicht an mir vorbeikam.

„Sie können mich hassen, meinetwegen so viel Sie wollen", sagte Edward, „das ist mir ziemlich egal. Aber ich muss Samuel finden. Wo ist er?"

Ihn hassen? Diese Worte trafen mich hart. Ich konnte ihn nicht wirklich hassen, ihn nicht und auch sonst niemanden, oder? Ich wollte es jedenfalls nicht. Es widersprach allem, was ich lehrte und glaubte. Ich ging gegen die kleine Stimme an, die mich immer und immer wieder dazu drängte zu vergeben.

„Ich hasse Sie nicht", sagte ich. „Das kann ich nicht, aber ich bin zornig. Sie haben unschuldige Kinder verletzt und erschreckt. Sie haben meinen Mann angegriffen, obwohl er das nicht verdient hat. Aber Gott liebt Sie. Ich weiß, dass er das tut. Und ich kann versuchen, dasselbe zu tun, obwohl ich von Ihnen noch nichts anderes erfahren habe als Zerstörung, Spott und Hohn."

„Sagen Sie mir einfach, wo Samuel ist", sagte er, jetzt etwas ruhiger.

„Das kann ich nicht. Er ist irgendwo im Wald und versucht den Nachbarn zu helfen, so gut er kann. Aber ich kann mir kaum vorstellen, dass Sie so etwas schon jemals in Ihrem ganzen Leben getan haben. Er sucht nach zwei kleinen Jungen, die verschwunden sind, und genau das würden Sie jetzt auch am besten tun, wenn Sie sich für irgendetwas anderes interessierten als nur für sich selbst!"

„Davon hatte ich ja keine Ahnung", sagte er, ohne mit der Wimper zu zucken. „Außerdem laufen hier auf dem Land doch überall Jungen herum. Ich wüsste doch nicht mal, wen ich suchen muss, selbst wenn ich sie direkt vor mir hätte."

„Ich nehme nicht an, dass Sie es überhaupt erfahren möchten. Ich schätze, so sind Sie nun mal. Aber Samuel ist anders. Er muss helfen, weil er sich nämlich für andere interessiert und sich kümmert! Er hat also gar keine Zeit für solche Sachen, wie sich noch einmal von Ihnen verprügeln zu lassen oder sich mit irgendwelchen haltlosen Anschuldigungen zu befassen. Wenn Sie etwas Neues zu sagen haben, dann sagen Sie es jetzt, und ich richte es ihm aus, wenn er wieder nach Hause kommt. Wann auch immer das sein wird."

Ich konnte nichts dafür, Tränen liefen mir übers Gesicht. Ich versuchte sie aufzuhalten, aber sie liefen einfach weiter. Aus dem Augenwinkel sah ich, wie Robert in unsere Richtung kam. *Bitte, Gott*, betete ich. *Bitte lass Edward wieder fahren. Lass ihn fahren, bevor die beiden aneinandergeraten. Ich will nicht, dass meinem kleinen Jungen wehgetan wird.*

Edward sagte nichts. Kein Wort mehr. Er sah mich an und nickte nur kurz. Dann wendete er seinen Wagen auf der Straße und fuhr in Richtung der Posts davon. Mir war egal, wohin er fuhr, solange er einfach nur weg war.

Robert kam jetzt bei mir an, und ich umarmte ihn mit einem Gebet im Herzen. *Danke, Gott, dass du mir geholfen hast, dass Edward friedlich wieder gefahren ist. Und vergib mir, Herr. Ich möchte ja wirklich vergeben. Aber ich will ihn nie wiedersehen.*

26

Samuel

Ich wusste nicht, wie lange ich nun schon draußen war und immer wieder die Namen der beiden Jungen gerufen hatte. Mir tat alles weh, aber ich würde jetzt nicht jammern und umkehren. Ich ging einfach immer weiter in Kreisen durch den Wald und dann am Bach entlang, wo ich schließlich eine Spur fand, einen kleinen Fußabdruck am morastigen Ufer, und das genügte mir, um weiter in diese Richtung zu gehen.

Ich wusste, wie gern Harry Indianer spielte. Vielleicht hatte er sich dabei einfach ein bisschen zu weit vom Haus entfernt und dann beschlossen, irgendwo zwischen den Bäumen sein Lager aufzuschlagen. Das konnte ich gut nachvollziehen, obwohl die Wälder, in denen ich damals als kleiner Junge gespielt hatte, nicht annähernd so groß gewesen waren wie dieser hier.

Seltsam, wie im Weitergehen und beim Suchen Erinnerungen kamen und gingen. Edward und ich hatten uns unter Bäumen mit tief hängenden Ästen Höhlen gebaut. Wir hatten Feuerstellen aus Steinen eingerichtet und mit Ästen bestückt, auch wenn es uns nie gelang, ein richtiges Feuer in Gang zu bringen. Ich hatte so getan, als ob ich wirklich auf diese Weise lebte. Ich hatte so getan, als wären wir *Wampanoag*-Indianer unter dem Zeichen der Bärenklaue. Und niemand konnte uns aufspüren, wenn er das Kennwort nicht wusste und die Art, wie wir den Weg markiert hatten. Das alles waren törichte Kinderspiele gewesen. Die Flucht eines Kindes.

Ein Schwarm Vögel flog direkt vor mir auf, aber ich ging weiter und wünschte, wir hätten uns gegenseitig signalisieren können, wenn jemand etwas gefunden hatte. Die Hunts hatten ihre Jagdgewehre dabei und Joe Hammond hatte ebenfalls ein Luftgewehr. Sie würden in die Luft schießen, wenn sie die Jungen gefunden hatten. Ich dagegen besaß gar kein Gewehr, sehr zur Erheiterung einiger unserer Nachbarn.

Ich ging weiter und kam an der Stelle vorbei, wo unser Blaubeerbach in den *Curtis*-Bach mündete. Ich erinnerte mich daran, wie damals Edward gekommen war, um nach mir zu suchen; er war von unserem kleinen Lager nicht sonderlich beeindruckt gewesen und schien wütend wie immer. Er kickte mit dem Fuß die Steine unserer Feuerstelle in alle Richtungen und nannte mich einen Dummkopf, weil ich bei Einbruch der Dunkelheit nicht nach Hause ging. Das war der Abend gewesen, an dem er das Rosinenbrot mit mir geteilt hatte. Schade, dass zwischen Edward und mir so viele Spannungen bestanden. Allein diese eine Erinnerung, wie er sich auch nur dieses eine kleine bisschen um mich gekümmert hatte, hätte vielleicht gereicht, um zu helfen, uns wieder mehr einander anzunähern.

„Harry!“, rief ich. „Berty!“

Ich fragte mich, wie es George wohl ging und wo er gerade war. *Warum all diese Mühe, Herr? Einer der Hammond-Jungen lag mit einem gebrochenen Bein im Bett, und jetzt das hier.*

Ich meinte, in der Ferne etwas gehört zu haben. Ein Motorengeräusch, aber dann war es wieder verschwunden.

„Harry!“, rief ich erneut.

Nach zwei weiteren Biegungen des Baches fand ich einen Stoffball im Wasser. Es war Bertys Ball, den ich kannte, weil Julia ihn zu Weihnachten für ihn genäht hatte. Ich hob den Ball auf, drückte das Wasser über meinem Kopf aus und stopfte ihn in meine Hemdtasche. Die plötzlich Kühle fühlte sich gut an.

Dieses Zeichen hatte ich gebraucht. Ich war flussaufwärts unterwegs, also mussten die beiden Ausreißer irgendwo vor mir sein. Sie mussten einfach ...

Ich ging schneller und rief dabei immer wieder ihre Namen. Schließlich hörte ich ein gedämpftes kleines Geräusch vor mir, das wie Weinen klang. Ich rannte weiter, bahnte mir den Weg durch dichtes Gestrüpp und fand schließlich Berty, der in Tränen aufgelöst am Fuße eines Baumes saß. Erst sprang er auf, als hätte ich ihn erschreckt, aber dann machte er einen riesigen Satz auf mich zu. Ich fing ihn auf, in unbändiger Freude darüber, dass ich ihn unversehrt gefunden hatte.

„Wo ist Harry?“, fragte ich den kleinen Jungen und empfand jetzt wirklich Sorge. Aber Berty schniefte nur und zeigte nach oben. Harry saß hoch über uns auf einem Ast und blickte in die Ferne, so als gehörte er selbst auch zu einem der Suchtrupps.

„Komm runter“, sagte ich zu ihm. „Und dann sag mir mal, was ihr eigentlich hier draußen macht.“

„Wir war’n Schildkröten jagen“, sagte er sofort und sprang behände zu mir herunter. „Lizbeth hat gesagt, wir dürfen.“

„Aber doch nicht so weit weg!“ Ich schüttelte den Kopf. Wenigstens Berty wusste, dass sie in Schwierigkeiten gesteckt hatten. Er hatte Angst gehabt, aber anscheinend war er der Einzige.

„Se hat nur gesagt, ich muss jemand mitnehmen. Se hat nich’ gesagt, ich soll nich’ so weit gehn.“

Eines Tages, so überlegte ich, würden wir bestimmt darüber lachen, dass er gedacht hatte, sein vierjähriger kleiner Bruder sei die richtige Begleitung bei einer solchen Expedition, aber im Augenblick war ich ziemlich ärgerlich auf ihn.

„Du hast deinen Pa und Lizbeth ganz schrecklich geängstigt", sagte ich zu ihm. „Wenn du irgendwohin willst, dann musst du erst Bescheid sagen, und zwar jemandem, der so groß ist wie Lizbeth oder noch größer. Ist das klar?"

„Ja." Er nahm diese Zurechtweisung mit einem Lächeln. „Das ham wir richtig gut gemacht, dass wir so weit gekomm' sin', nich'? Ich wette, das war die guteste Erforschung auf'er Welt."

„Das heißt im Augenblick aber nichts anderes, als dass wir länger brauchen, um wieder nach Hause zu kommen", sagte ich müde und erschöpft. „Kannst du laufen, Berty?"

„Nee", sagte er, obwohl er es geschafft hatte, aufzustehen und mit mir zu kommen. „Ich glaub, mein Fuß is' gebrochen wie der von Franky."

Ich hatte noch gar nicht auf seine Füße geschaut und war jetzt überrascht, als ich sah, dass einer seiner Füße blutete, wenn auch nicht besonders schlimm. Wahrscheinlich hatte er sich an einem Ast geratscht.

„Der ist nicht gebrochen", versicherte ich ihm. „Kein großes Problem. Tut es weh?"

Er nickte. „Un' ich hab auch Hunger."

„Da wirst du dich wohl noch ein bisschen gedulden müssen", sagte ich zu ihm. „Aber ich trage dich. Harry, du gehst allein. Und bleib in meiner Nähe."

Ich versuchte mich zu beeilen, als wir uns jetzt auf den Rückweg machten. Hin und wieder rief ich laut in der Hoffnung, vielleicht in Hörweite von anderen Suchern zu sein, aber ich bekam keine Antwort, und schon bald fing Harry an, über *seinen* Fuß zu jammern und zurückzubleiben.

„Nun komm schon weiter", sagte ich zu ihm. „Du bist schließlich auch derjenige, der euch beide so weit hier herausgebracht hat."

„Aber es tut wirklich weh", sagte er. „Wirklich ganz schlimm."

Ich blieb stehen, um mir seinen Fuß genauer anzusehen. Er hatte sich einen Splitter hineingetreten an einer Stelle unter dem Fuß, wo es ganz weich war. Ich versuchte den Splitter herauszuziehen, aber ich bekam ihn nicht richtig zu fassen, weil ich in dem dämmrigen Waldlicht nicht genug sehen konnte.

„Du sollst mich auch tragen", jammerte Harry. „Bitte! Es tut weh."

„Nein!", schrie Berty. „Mein Fuß tut auch ganz schlimm weh!"

Keiner der Jungen war wirklich ernsthaft verletzt, und fast hätte ich sie beide zu Fuß gehen lassen, als ich irgendwo in der Ferne rechts von uns ein Geräusch hörte.

„Hier!", rief ich, so laut ich eben konnte. „Hier drüben! Ich habe sie gefunden."

Zuerst kam keine Reaktion, aber ich war sicher, jemanden stetig näher kommen zu hören. Ich rief wieder und fragte mich, wieso ich keine Antwort bekam.

Dann war es einen Moment lang völlig still. Vielleicht hatte ich mich ja auch getäuscht, aber dann raschelte es wieder irgendwo im Gebüsch, und ich wusste, dass jemand in unsere Richtung kam.

Als ich endlich sah, wer es war, wusste ich absolut nicht, was ich davon halten sollte. Es war Edward, der sich seinen Weg durch das Gestrüpp bahnte. Er redete schon, bevor ich die Gelegenheit dazu hatte.

„Na, ist das nicht ein Glück! Ich habe nicht mehr gemacht, als einfach an der Straße an die Seite zu fahren und zu parken, wo viel Platz war. Ich dachte, ich tu einfach das, was deine Frau gesagt hat, und geh ein Stück zu Fuß, damit ich behaupten kann, ich hätte beim Suchen geholfen. Das ist ja mal eine Frau, die du da hast. Ich hätte niemals damit gerechnet, dich rufen zu hören. Versuchst mal wieder, ganz der Held zu sein, was, Sammy?"

„Wie weit entfernt steht dein Wagen?"

„Du bittest mich, euch mitzunehmen?"

Wenn ich allein gewesen wäre, hätte ich bestimmt kehrtgemacht und wäre von ihm fortgegangen.

„Ja, wir brauchen eine Fahrgelegenheit."

„Also, deine Frau wird dann aber nicht mehr sagen können, dass ich mich um nichts schere. Werde ich denn auch ein Held, wenn ich euch nach Hause bringe?"

„Wenn du ein Held sein möchtest, dann werden wir dich auch Held nennen. Kein Problem. Wir brauchen einfach deinen Wagen. Bitte."

Er lachte. „Du siehst furchtbar aus, weißt du das eigentlich?"

„Du bist auch nicht gerade ein erhebender Anblick." Ich

drehte mich von ihm weg und zog Harry auf die Füße. „Wir müssen jetzt nach Hause. Es sind viele Leute auf der Suche nach den beiden hier."

Edward war einen Augenblick lang still; ich wusste nicht, ob er uns helfen würde oder nicht, und es war mir auch fast egal.

„Sind das welche von den Hammonds?", fragte er mich. „Ja."

„Also, den Weg zu ihrer Farm kenne ich", sagte er mit Ironie in der Stimme. „Ich war heute Morgen gerade erst da. Ein Nachbar von den Hammonds ist dort leider ein bisschen aus der Rolle gefallen."

Selbst jetzt noch musste er mich verhöhnen. Ich drehte mich um und rechnete damit, den entsprechenden Ausdruck in seinem Blick zu entdecken, aber da war noch etwas anderes, ich war mir nur nicht sicher, was es war.

„Sie sind müde", sagte ich zu ihm. „Einer hat sich den Fuß aufgeschrammt, der andere hat sich einen Splitter eingetreten. Sie wollen beide nicht mehr laufen."

Ich gab ihm Berty auf den Arm, weil er der Leichtere von den beiden war. So fertig ich auch war, ich würde ihn nicht bitten, die schwerere Last zu übernehmen.

Ich hob Harry auf meine Schultern, und es kam mir vor, als wöge er eine Tonne.

„Okay", sagte Edward mit einem kleinen Lachen. „Folge mir. Wenn ich den Weg zum Wagen zurückfinde, werden wir beide zu Helden."

Er wusste den Weg nicht ganz sicher, aber ich wusste inzwischen, in welcher Richtung die Straße lag. Er ging schnell, aber es dauerte trotzdem eine ganze Weile, bis wir aus dem Wald heraus waren.

„Danke", sagte ich zu ihm, als wir weitergingen. „Du hast mir einen langen Fußmarsch erspart."

Er sah kaum in meine Richtung. „Dazu sind Brüder doch da."

Diese Worte hingen lange in dem Schweigen, das zwischen uns herrschte, bis Harry anfing, auf meinen Schultern auf- und abzuwippen.

„Ich reite auf einer Giraffe!", grölte er. „Guck mal!"

„Ich auch!", quietschte Berty. „Raffe!"

„Habt ihr beiden denn immer noch nichts gelernt?", fragte ich sie. „Ihr seid zu weit weggelaufen und ihr wusstest nicht mehr den Weg zurück nach Hause. Außerdem habt ihr euch beide verletzt. Es hätte auch viel schlimmer ausgehen können. Ihr lauft nicht wieder allein weg. Habt ihr das gehört?"

„Aber wir war'n doch gar nich' allein", widersprach Harry. „Wir hatten uns doch beide."

„Du weißt genau, was ich meine. Ihr braucht jemand Älteren dabei. Das habt ihr schon so oft gesagt bekommen."

Berty nickte von Edwards Schultern aus. „Ich will nach Hause. Wir war'n zu weit."

„Das wart ihr auf jeden Fall. Wir sind fast sieben Kilometer von zu Hause weg."

„Wow!", verkündete Harry. „Ein richtiges Abenteuer is' das ja."

Edward lachte. „Auf den müsst ihr wirklich aufpassen, wenn er mal ein Teenager ist."

Als ich so neben ihm herging, konnte ich nicht aufhören daran zu denken, wie Juli und die Mädchen ausgesehen hatten, nachdem er da gewesen war. Ich wollte ihn darauf ansprechen, aber ich wusste, ich konnte es nicht. Nicht bevor wir die kleinen Jungen zu Hause abgeliefert hatten. Wir konnten jetzt wirklich keine weitere Prügelei gebrauchen.

Aber dieses Schweigen war furchtbar. Und schließlich wusste ich, was ich sagen musste, trotz des Zorns, den ich auf ihn hatte.

„Es tut mir leid, Edward. Das, was heute Morgen passiert ist, tut mir leid. Ich hätte dich auf andere ... auf andere Art aufhalten müssen. Ich hätte dich nicht schlagen sollen. Es war nicht richtig."

„Du bist wirklich ein Sturkopf", antwortete er. „Du glaubst ja immer noch, dass du das Recht gehabt hättest, mich aufzuhalten. Ich hatte mich gerade entschuldigt. Ich wusste nicht, dass er Probleme mit Alkohol hat."

„Und du wusstest nicht, dass Alkohol illegal ist?"

„Ich finde, das ist ein dämliches Gesetz."

Darüber konnte ich nur den Kopf schütteln. „Du und ich, wir wissen beide, was Alkohol anrichtet, Edward. Ich verstehe nicht, warum du ..."

„Ich weiß. Es ist dumm, nicht?"

Ich wäre niemals so tollkühn gewesen, es von mir aus so zu sagen, aber nun hatte er es selbst gesagt. „Ja!", stimmte ich ihm zu.

„Ich hab Hunger", beklagte sich Berty.

„Wir sind jetzt bald zu Hause", versicherte ich ihm noch einmal.

„Weißt du, wo ich hingegangen bin?", fragte Edward mich plötzlich. „Nachdem du den Nerv hattest, mich so anzugreifen?"

„Ja", sagte ich sofort und spürte, wie wieder die Wut in mir aufwallte. Ich konnte einfach nichts dagegen tun. „Du bist hingegangen und hast meine Familie belästigt und gequält. Du hast das kleine Mädchen festgehalten und meine Frau geschubst. Es ist mir egal, ob du mich verprügeln willst. Vielleicht ist das normal, ich weiß es nicht. Aber bei meiner Frau und den Kindern hört der Spaß auf, Edward."

„Ich bin in die kleine Stadt namens *Dearing* gefahren", sagte er und ignorierte den warnenden Unterton in meiner Stimme. „Ich habe im Hinterzimmer der kleinen Tankstelle ein Telefon gefunden. Der Mann hat mir einen Wucherpreis für ein einziges Gespräch berechnet."

Er hielt inne. Wieder ließ er das Schweigen eine Weile zwischen uns hängen.

„Pa hat auch schon mal am Telefon geredet", erzählte uns Harry. „Er hat Tante Chloe angerufen, und es war ganz, ganz kalt draußen."

„Ich will zu Lizbeth", flüsterte Berty.

„Ich habe Mutter angerufen", sagte Edward und seine Worte fielen bis auf den Grund meiner Magengrube, als wären sie aus Beton. Er hielt wieder inne und sah mich einen Moment lang an. „Ich musste sie einfach fragen."

Eine kurze Weile zog ich in Betracht, ihn zu bitten, mir nicht zu sagen, was er erfahren hatte. Aber ich wusste, er würde es trotzdem sagen. Deshalb war er gekommen. Und vielleicht war daran auch der Herr beteiligt.

„Sie hat erst versucht, mir dasselbe zu erzählen wie sonst auch, aber ich habe ihr dann erzählt, dass jemand ein Bild von ihm gesehen hat, das erst sechs oder sieben Jahre alt sein kann, mit genau derselben Tätowierung. Sie hat geweint, Samuel. Sie hat sich total aufgeregt und dann am Telefon angefangen zu weinen."

Ich wusste nicht, was ich dazu sagen sollte, also habe ich lieber gar nichts gesagt. Endlich kamen wir aus dem Wald heraus und das Auto stand ein Stück weiter an der Straße, höchstens 400 Meter von uns entfernt. Ich war erleichtert, es zu sehen.

„Willst du denn gar nicht fragen?"

„Nein", antwortete ich. „Sei so gut und hupe einmal, wenn wir losfahren. Alle, die jetzt suchen helfen, gehen dann zurück, um zu sehen, was los ist."

„Du bist mir schon einer, weißt du das?"

Ich hob Harry von meinen Schultern, weil ich mir nicht so sicher war, ob ich unter seiner Last noch viel weiter würde gehen können.

„Willst du es denn nicht wissen?"

„Wenn er tot ist, beschuldigst du mich ja doch nur wieder", sagte ich. „Wenn er noch lebt, muss ich mich damit beschäftigen, und ich weiß gar nicht so genau, ob ich das eigentlich möchte."

Er war still, sehr still, während wir den Rest des Weges zum Auto gingen.

„Fahr ganz schnell", sagte Harry. „Ich mag schnell."

„Ich will zu Lizbeth", sagte Berty noch einmal.

Ich stieg auf den Rücksitz, die beiden Jungen saßen neben mir. Edward stieg vorn ein, startete den Wagen und hupte einmal sehr lang. Dann hielt er an und sah mich an. „Sie hat ihn seit fünf Jahren nicht gesehen, Sammy. Kannst du das glauben? Es ist zwanzig Jahre her, dass sie uns gesagt hat, er wäre tot!"

Er ließ den Motor aufheulen und raste dann die Straße entlang wie ein Wahnsinniger, die ganze Zeit mit einer Hand auf der Hupe. Ich hielt währenddessen die beiden Jungen fest und betete, dass er uns heil nach Hause bringen möge. Ich kannte meinen Bruder nicht. Von einem Tag auf den anderen kannte ich ihn nicht mehr. Aber wenigstens empfand er etwas in Bezug auf die Neuigkeiten. Wenigstens hatte ihn etwas berührt, so viel stand fest. Aber ob es nur Schock war oder Wut oder was auch immer, das wusste ich nicht.

Die Sucher wurden auf uns aufmerksam und auch George und Lizbeth bemerkten uns, schon bevor wir in die mit Unkraut überwucherte Auffahrt zu ihrer Farm einbogen, und kamen auf uns zugerannt. Lizbeth umarmte die beiden Jungen und schimpfte gleichzeitig mit ihnen. George blieb ein bisschen zurück, offenbar überrascht, Edward und mich zusammen zu sehen. Er bedankte sich jedoch bei uns beiden, und Joe schoss einmal in die Luft, nur für den Fall, dass irgendjemand dort draußen nicht wusste, was das Hupen zu bedeuten gehabt hatte.

Wir waren schon bald wieder auf dem Rückweg nach Hause. Diesmal Edward und ich allein. Ich weiß nicht, warum er mich brachte, genauso wenig wie ich weiß, weshalb ich mitfuhr. Er hielt an, bevor wir auf die Zufahrt zur Farm einbogen, und saß dann einfach da, ohne etwas zu sagen.

„Willst du, dass ich den Rest des Weges zu Fuß gehe?", fragte ich.

„Du bist ein solcher Idiot. Halt einfach den Mund."

Das tat ich. Ich saß einfach ruhig da. Schließlich fing er an zu reden und sah dabei hinüber zum Maisfeld der Hammonds: „Glaubst du wirklich, dass sie unsere Schwester ist?"

„Ich habe keinen Beweis dafür, aber ich weiß nicht, was ich sonst denken soll."

„Als Trudy gesagt hat, dass Samuel Wortham der Vater ist, da hätte ich doch niemals gedacht, dass sie von jemandem redet, der so alt ist."

„Das ist doch klar. Das verstehe ich, aber andererseits ist er ja auch nur ungefähr sechzehn Jahre älter als du."

„Da hast du Recht. Er sah aus wie ein Jugendlicher, als wir noch Kinder waren."

„Er hat nie viel gehabt. Ich nehme an, das weißt du."

Er drehte sich zu mir um und hatte plötzlich etwas Schneidendes im Blick. „Entschuldigst du das, was er uns angetan hat?"

„Nein. Und jetzt komm, lass uns nach Hause gehen."

Er schüttelte den Kopf. „Deine Frau hat gesagt, dass ich bei euch unerwünscht bin."

Dazu nickte ich. Vielleicht war ja allein der Gedanke, ihn zu uns nach Hause einzuladen, schon ein Fehler. Aber jetzt gerade war zwischen uns etwas anders geworden. Vielleicht war das eine Chance, sich wie Brüder zu verhalten. „Wenn du dich entschuldigst, kriegst du bei uns Abendessen."

Er starrte mich entgeistert an. „Das hat auch der Junge zu mir gesagt. Ich solle mich entschuldigen. Nur hat er außerdem noch gesagt, dass Gott das will."

„Du solltest auf Franky hören. Er weiß, was er sagt."

„Ihr seid alle ganz schön verrückt, wenn du mich fragst. So über Gott zu reden, als ob irgendjemand das wirklich wüsste."

„Das ist möglich. Wenn man es will."

„Da, schon wieder." Wieder blickte er zum Feld hinüber. „Warum bist du zum Prediger geworden, Sammy? Du hast auch schon Mutter angepredigt vor langer Zeit, in den Briefen, die du ihr geschrieben hast. Sie hat mir ein paar davon gezeigt. Sie bewahrt sie alle in einer Schachtel unter ihrem Bett auf."

Das überraschte mich nun wirklich. Ich hätte nie erwartet, dass meine Mutter meine Briefe für etwas anderes hielt als Material für den Mülleimer.

Edward startete den Wagen wieder. Zusammen fuhren wir vor unserem Haus vor. Julia und die Kinder waren froh, von den Jungen zu hören, allerdings waren sie sehr viel weniger begeistert davon, dass ich Edward mitgebracht hatte. Es dauerte aber gar nicht lange, bis er ihnen sagen konnte, dass sein Verhalten ihm leidtäte. Für mich war das ein sehr bedeutsamer Moment, denn ich hatte noch nie gehört, dass er sich bei irgendjemandem entschuldigt hatte. Nie.

Er bekam Abendessen bei uns, und ich lud ihn sogar ein, bei uns zu übernachten. Er erzählte aber irgendetwas von Tanzen mit Trudy Vale und er bräuchte jetzt erst mal einen anständigen Haarschnitt, damit er gut für sie aussähe. Auch zu Robert und Hanna sagte er noch einmal, dass ihm alles leidtäte, als er das Gefühl hatte, sie würden ihn seltsam anschauen.

Ich wusste nicht so genau, wie ich es fand, dass er da war. Aber er war jetzt sehr viel ruhiger und vorsichtiger mit dem, was er sagte. Er war eigentlich ein ganz netter Gast, jetzt, nachdem er offenbar doch beschlossen hatte, mich nicht mehr für einen Lügner zu halten. Er sah das alte Radio, das die Posts uns geschenkt hatten, und interessierte sich für eine bestimmte Sendung. Ich musste ihm dann leider sagen, dass das Gerät im Juni den Geist aufgegeben hatte und es mir nicht gelungen war, es wieder zum Laufen zu bringen. Er wollte gern etwas daran herumbasteln, und dann versuchten wir es gemeinsam und Robert schaute uns dabei zu. Schließlich hatten wir Erfolg, und das Radio lief wieder, gerade rechtzeitig, dass wir vor dem Schlafengehen noch zusammen eine Sendung hören konnten.

Ich lag noch lange wach und dachte viel über seine und meine Vergangenheit nach. Schließlich stand ich auf, weil ich nicht schlafen konnte, und traf ihn am Küchentisch an.

„Ich habe mir nur gerade eine Tasse Kaffee gewünscht", sagte er.

Bis zum Morgen war es noch lange hin, aber ich machte Feuer im Herd und holte die Dose mit der Kaffeemischung heraus – den Rest unseres Kaffees aus dem Laden, gemischt mit gerösteter Zichorie und Narzissenzwiebeln, die Julia getrocknet und untergemengt hatte.

„Was hast du denn jetzt eigentlich vor, Edward?"

„Ich weiß es nicht. Ich habe gehört, dass von hier aus eine Kirmes durch einige Städte zieht. Hab gedacht, dass mich da vielleicht jemand einstellt und ich eine Weile mitreisen kann, weißt du?"

„Es gibt aber wahrscheinlich ziemlich viele Leute, die diese Jobs wollen, oder eigentlich jeden Job."

„Das weiß ich. Und was ist mit dir? Willst du hier draußen bleiben?"

„Ich glaube, wir können es schaffen. Wir haben ein paar Tiere und eine Menge Land, auf dem wir unser Glück versuchen können."

„Du hast wirklich Glück, Sammy. Den meisten Menschen fällt das Glück nicht einfach so in den Schoß."

„Wir können wirklich dankbar sein. Das weiß ich besser als jeder andere."

Ich füllte eine großzügige Menge des Kaffeepulvers in den Topf und goss dann das kochende Wasser darüber.

„Willst du wirklich das Mädchen großziehen?", fragte er.

„Da hab ich doch kaum eine andere Wahl, oder? Wo soll sie denn sonst hin? Ihre Mutter können wir nicht finden, und ihre Großmutter möchte, dass wir sie hierbehalten."

„Aber was ist, wenn sie gar nicht zur Familie gehört? Was ist, wenn das irgendein anderer Typ mit einer Tätowierung war?"

„Namens Samuel? Wortham? Der auch noch so aussieht wie ich? Ich würde ihn gern treffen, du nicht auch?"

„Nein. Ich wüsste nicht, was ich tun würde. Wahrscheinlich würde ich dann wieder im Gefängnis landen. Weißt du, dass Mutter immer noch Angst hatte und fürchtete, ich würde nach Vater suchen und ihn vielleicht nach all den Jahren doch noch umbringen? Sie war froh, dass sie nicht wusste, wo er ist. Vielleicht ist er ja inzwischen wirklich tot, wer weiß?"

„Das ist auch egal." Ich setzte mich zu ihm an den Tisch.

„Er versucht jedenfalls nicht, uns ausfindig zu machen."

Edward lehnte sich auf dem Stuhl zurück und schaute zur Decke. „Ich kann nicht zurück nach Albany. Mutter hat mir erzählt, wie wütend Jimmy ist."

„Warum? Warum ist er wütend?" Ich hatte immer gedacht, dass Edward und Jimmy, Mutters neuer Mann, sich ziemlich gut verstanden.

„Von ihm habe ich das Geld für die Fahrt hierher. Ich habe es aus seiner Kasse genommen."

„Du hast es gestohlen?"

„Na ja, ich hab ihn nicht gefragt. Mutter wusste davon. Sie hat nicht gesagt, dass es in Ordnung wäre, aber sie hat auch nicht versucht, mich daran zu hindern. Sie glaubt, dass ich wieder auf direktem Weg zurück in den Knast bin. Das hat sie auch gedacht, als ich angerufen habe. Sie hat gemeint, ich würde ihr jetzt mitteilen, dass sie mich irgendwo geschnappt hätten."

Ich holte tief Luft, schluckte dann aber das, was ich hatte sagen wollen, wieder herunter. „Das wirst du auch, wenn du so weitermachst. Das weißt du doch genauso gut wie ich."

„War für dich das Trinken noch nie eine Versuchung?"

„Ich habe es versucht, aber das war dumm."

„Ja, das bin ich. Der Dumme von uns beiden." Er stand auf und ging zur Tür. Für einen Moment dachte ich, er würde jetzt auf der Stelle gehen, und ich hätte ihn nicht aufgehalten.

„Sie ist stolz auf dich, weißt du? Dass du was aus dir gemacht hast."

„Das könntest du auch", sagte ich.

„Nee."

Ich hörte Schritte und wusste, dass Julia auf war. Und schon einen Augenblick später war sie bei uns in der Küche, blinzelte und wunderte sich.

„Konntest du nicht schlafen?", fragte sie mich.

„Nee."

Im Licht der Öllampe konnte ich sehen, wie Edward den Kopf über uns schüttelte.

„Geh wieder ins Bett", sagte ich zu Juli. „Es ist alles in Ordnung."

Sie drehte sich um und sah zu Edward hinüber, und er setzte sich wieder auf den Stuhl am Tisch. „Sie ist wahrscheinlich auf, weil sie dich vermisst", sagte er zu mir. „Sie ist ganz anders als Trudy, weißt du?"

„Oder als sonst jemand auf der Welt", bestätigte ich.

„Ich schätze, wenn ich das hätte, was du hast, dann hätte ich auch Grund, treu zu sein. Trudy ist nicht ... sie ist einfach ein ganz anderer Typ als sie."

Juli lächelte, bevor sie sich umdrehte und uns wieder allein ließ.

„Ich fahre morgen früh", sagte er. „Ihr braucht mich hier nicht."

„Besuche uns", sagte ich zu ihm. „Wann immer du möchtest."

„Vielleicht mache ich das. Ab und zu." Er wühlte in seiner Hosentasche herum und holte etwas Kleines heraus. „Gib das hier dem Hammond-Jungen", sagte er. „Ich hoffe, dass er wieder in Ordnung kommt."

Er schob mir ein kleines Taschenmesser über den Tisch zu.

„Mein Wort darauf, dass es nicht gestohlen ist. Ein alter Mann in Ohio hat es mir geschenkt, weil ich seinen Wagen aus dem Graben gezogen habe."

Er blieb noch lange genug, um am Morgen einen Kaffee mit uns zu trinken, aber er war abfahrtbereit, bevor die Kinder wach wurden. Er reichte mir die Hand zum Abschied, und allein diese Geste bedeutete mir mehr als alle Worte der Welt. Er würde wiederkommen. Irgendwann. Und das war jetzt auch kein Grund mehr zur Sorge.

Ich schrieb Mutter und erzählte ihr, dass sie stolz auf Edward sein könne. Er sei nicht mehr so feindselig wie früher. Wenn er mit dem Trinken aufhören und einen Job finden könne, würde auch für ihn noch alles gut werden.

„Vergib ihm", schrieb ich ihr, „dass er dir Geld gestohlen hat. Er hat gedacht, er hätte einen Auftrag, und vielleicht hatte er den tatsächlich. Vielleicht war er ja von Gott gesandt, uns wieder zusammenzuführen und uns Hanna zu bringen."

Sie schrieb mir zurück. Zum ersten Mal in meinem Leben schrieb meine Mutter mir zurück.

„Bitte vergib mir, dass ich gelogen habe. Ich liebe dich. Auch wenn du das nicht glaubst. Bitte bete für mich."

Das tat ich. Jeden Tag. Und für Edward auch. Als wir unser

gewohntes Leben wieder aufnahmen, den Weizen ernteten und, so gut es ging, zurechtkamen, betete ich weiter. Und Franky betete auch. Jeden Tag holte er das Taschenmesser heraus und betete für den Mann, der es ihm geschenkt hatte.

Ich fing an, Franky Holz zu bringen. Erst ans Bett und dann auf eine Decke auf dem Fußboden. Er schmirgelte den Stuhl für die kleine Emmie, den er gebaut hatte, und schon bald saß sie regelmäßig darauf oder schleppte ihn mit sich herum. Dann fing er an, für Juli ein Holzkreuz zu schnitzen als Ersatz für das, welches wir zu Weihnachten verschenkt hatten. Für Harry schnitzte er eine Schildkröte und irgendeinen Käfer für Bert. Obwohl es noch Wochen dauerte, bevor er wieder würde laufen können, wollte er arbeiten. Er hatte die ganze Sache wie ein Mann genommen, also fing ich an, ihn auch wie einen Mann zu behandeln, unabhängig davon, was sein Vater und seine Brüder dachten.

Hanna war oft sehr still. Aber schon bald entdeckten wir, dass sie gern sang. Sie und Sarah sangen schon bald zusammen drüben im Fliedergebüsch oder unter dem großen Apfelbaum.

Ich fragte mich oft, ob Edward den Job bei der Kirmes bekommen hatte und ob Trudy Vale den Erfolg hatte, der ihr mehr bedeutete als ihre eigene Tochter. Aber ganz besonders fragte ich mich, wo mein Vater wohl sein mochte und was er all die Jahre gemacht hatte, in denen wir ihn für tot gehalten hatten. Das habe ich nie erfahren. Ich habe nie einen Beweis dafür bekommen, dass die kleine Hanna wirklich meine Schwester war, aber das ist auch egal. Wir alle glaubten es. Wir alle lebten es. Und das reichte uns.

27

Julia

Hazels Begräbnis war eine feierliche Angelegenheit, bei der nur die Gemeindemitglieder und ihre Neffen anwesend waren. Ich sang dasselbe Lied, das ich auch auf Wilametta Hammonds Beerdigung gesungen hatte. Delores Pratt sagte nämlich, Hazel habe damals gesagt, wie gut ich es in einer so schweren Zeit gemacht hätte. Ich fand es schwer, mir vorzustellen, dass Hazel zu irgendjemandem ein gutes Wort über mich gesagt haben sollte. Aber anscheinend hatte sie das wirklich getan. Herman sagte, dass sie mich als ihre Freundin bezeichnet hätte.

Ich wusste, dass Hazels Familie uns all ihre Hüte mitgeben würde, weil sie das auf dem Sterbebett so verfügt hatte, aber ich war dann doch sehr überrascht zu erfahren, dass sie im Laufe der Jahre 37 Hüte gesammelt hatte. Zwei oder drei davon behielt ich, um sie in der Kirche zu tragen, über ein Dutzend gab ich an andere Damen weiter und mit den übrigen bescherte ich den Mädchen wunderbare Zeiten, wenn sie sich damit fein machten und verkleideten.

Sie hatte auch etwas über die Hammonds gesagt, aber Herman und seine Brüder waren nicht ganz sicher, was sie gemeint hatte. Deshalb kamen sie eines Nachmittags in Hermans Auto zu ihnen heraus, voll beladen mit Decken, alten Kleidern und allen möglichen Nahrungsmittelvorräten, die Hazel noch in ihrer Speisekammer gehabt hatte. Das war wirklich ein Geschenk des Himmels. Genügend Stoff, um daraus für alle Kinder neue Schulkleider zu machen. Genügend Lebensmittel, um daraus vier oder fünf Mahlzeiten zu kochen für eine Truppe wie ihre, vielleicht sogar noch mehr. Einiges davon gaben wir der Kirche, zusammen mit einigen Kleidern, um auch etwas an Bedürftige weiterzugeben.

Wir bekamen in dem Jahr das Geld für Schuhe nicht zusammen. Sarah trug Hannas und Hanna Sarahs. Die Jungen vererbten ihre an den jeweils kleineren weiter. Sam Hammond arbeitete bei einem Nachbarn für ein Paar Stiefel und Lizbeth trug Schuhe, die einmal ihrer Mutter gehört hatten. Deshalb war Rorey schließlich die Einzige, der wir Platz für die Zehen herausschneiden mussten, weil Lizbeths alte Schuhe ihr noch viel zu groß waren. Ich klebte ein Stück stabiles Segeltuch über das Loch und strich sogar noch Wachs darauf, um sie einigermaßen wasserfest zu machen. Dann färbte ich die Stelle in derselben Farbe wie die Schuhe. Sie hasste sie, aber ich suchte den allerschönsten von den Hüten heraus, der dann nur ihr allein gehörte – für die Kirche oder für die Schule –, und ich machte ihr ein schönes Kleid aus den besten Stoffen, die Hazel vererbt hatte. Danach ging es ihr dann besser.

Franky blieb noch den ganzen Herbst über bei uns bis in den Winter hinein. Als er schließlich wieder gehen konnte, humpelte er stark und konnte nicht lange auf den Beinen sein, weil er mehr Probleme mit dem Knie als mit allem anderen hatte. Aber er ging hinaus, schaute sich Emmas alten Rollstuhl an und sagte dann, wie froh er sei, dass es mit seinem Bein nicht schlimmer sei.

„Emma hat immer getan, was se sich vorgenommen hat", sagte er. „Se hat uns gesagt, wir soll'n das Beste aus dem machen, was wir ham. Und jeder auf der Welt hat Hartnäckigkeit und einen starken Willen, auch wenn es nix is'."

Und entschlossen war er auf jeden Fall. Er arbeitete stundenlang, um zu lernen, wie sich ein B und ein D unterscheiden oder ein M und ein W. Als *Thanksgiving* kam, konnte er endlich seinen Namen schreiben, und zwar ohne Fehler. Er selbst war darüber begeistert, auch wenn seine Brüder nicht sonderlich beeindruckt waren.

„Das kann ja schon Harry", neckte ihn Willy. „Berty könnte es wahrscheinlich auch an einem Tag lernen oder weniger, wenn wir es ihm zeigen würden."

Sie hatten ja keine Ahnung, was für eine tolle Zeit wir gehabt hatten, Franky und ich, wenn wir zusammengesessen und die Abenteuer des Tom Sawyer und andere Bücher gelesen hatten. Franky zu unterrichten war ein Abenteuer, eines, das Riesenspaß machte. Ich ließ Lizbeth dabei nicht viel helfen, weil ich wollte, dass sie für ihre eigene Prüfung lernte, die sie für ein Stipendium ablegen musste, damit sie Lehrerin werden konnte. Ich war stolz auf sie.

Und stolz auf Franky. Er konnte schneller kopfrechnen als ich auf Papier und fehlerfrei Gedichte aufsagen, die er vor drei Jahren gehört hatte. Es machte mir nichts aus, ihm vorzulesen, weil er jedes Wort verstand und ständig mehr hören und lernen wollte.

Manchmal empfand ich Bitterkeit Edward gegenüber wegen seiner Unachtsamkeit, durch die Franky jetzt sein Humpeln zurückbehalten hatte. Manchmal war ich auch zornig auf George, weil er nicht anerkennen wollte, was für ein Geschenk Franky für uns alle war. Es war nur Frankys Pflichtgefühl, das ihn dazu veranlasste, vor Weihnachten wieder zurück nach Hause zu ziehen, nicht die Möglichkeit, dass George ihn vermisste oder ihn gebeten hätte, wieder nach Hause zu kommen.

Aber ich vergaß nie, dass Gott mich immer wieder erinnert hatte: *Siebzig mal sieben Mal.* Ich hatte sogar eines späten Abends mit Hanna darüber gesprochen, als sie weinte und sich fragte, warum ihre Mutter sie einfach weggegeben hatte, ohne auch nur zu versuchen, Kontakt zu ihr aufzunehmen. Wir beteten zusammen, dass wir vergeben könnten.

Und ich fing an, einen Kirchenchor zu leiten, zusammen mit Juanita Jones, jetzt, da Hazel nicht mehr da war, um sich darüber zu beschweren. Sarah und Hanna waren die einzigen Kinder, die mitsangen, und sie sangen wie kleine Engel.

Eine Woche vor Weihnachten bekamen wir eine Karte von Samuels Mutter und am selben Tag auch eine von Hannas Großmutter. Wir machten für beide Spitzendeckchen aus Papier und bastelten ihnen hübsche Weihnachtskarten. Hanna steckte noch eine Papierpuppe mit hinein, „einfach so", wie sie sagte.

Trotz all meiner Befürchtungen versorgte Gott uns auch weiterhin, und ich lernte wieder mich zu entspannen und mich darauf zu verlassen. Die Blaubeeren hatten ausgereicht, um uns den ganzen Winter hindurch mit Gelee zu versorgen, und ich kochte Wildkräuter ein, zusammen mit allem, was der Garten hergab, und Pfirsiche von Louise Posts Baum. Außerdem hatten wir Äpfel, wenn auch nicht so viele wie in manchen anderen Jahren. Und Walnüsse und Haselnüsse gab es ebenfalls reichlich. Samuel half George zwei Schweine und zwei Ziegen zu schlachten und brachte etwas von dem Fleisch mit nach Hause. Eines Tages kamen Joe und Robert jeder mit einem Eichhörnchen, das sie erlegt hatten.

Wir überlebten. Ja mehr noch als das, wir waren reich beschenkt. Am Ende gaben wir Sukeys Kalb sogar noch an eine Familie in der Stadt weiter, der es noch sehr viel schlechter ging als uns. Eine Mutter mit sechs Kindern kam zu unserem Pastor und bat ihn um Hilfe, nachdem sie alle zwei Tage lang nichts zu essen gehabt hatten und keine Möglichkeit, sich etwas zu beschaffen. Der Vater war losgezogen, um sich weiter im Süden Arbeit als Flößer zu suchen, und war dabei bei einem Unfall ums Leben gekommen, nachdem er erst drei Tage dort gearbeitet hatte. Die Familie hatte kein Gemüse aus dem eigenen Garten, weil die Mutter krank gewesen war. Sie hatten keine Tiere mehr, nicht einmal Hühner, weil sie die alle schon gegessen hatten oder gegen Mehl zum Brotbacken getauscht. Am Ende brachten wir ihnen fast jeden Sonntag nach der Kirche eine Mahlzeit mit, wenn wir in der Stadt waren. Auch wir hatten nicht viel, aber es fühlte sich einfach gut an zu geben. Das hatte auch Emma gewusst. Gott sei Dank hatte sie es uns weitergesagt.

Und dankbar waren wir Gott auch für die Chance, Hazel Sharpe kennenzulernen und George und Edward und all die anderen schwierigen Menschen, die wir jemals getroffen haben, um sie zu lieben. Gott weiß schon, was er tut, indem er diese verrückte Mischung von Menschen auf dieser Erde zusammenstellt.

„Wir wüssten nicht, wie süß schmeckt, wenn es nicht sauer gäbe“, hatte Großmutter Pearl einmal zu mir gesagt. „Wir hätten keine Antworten ohne Fragen, noch würden wir Gottes rettende Hand kennen ohne etwas, woraus wir gerettet werden müssten.“

So ist das Leben, eine Reihe von Gegensätzen, ein Durcheinander von Anfechtungen, unterbrochen durch Augenblicke reinster Glückseligkeit. Liebe und Konflikte. Lachen und Schweiß und Tränen. Wir haben so viel davon erlebt beim Großziehen der kleinen Worthams. Und es war gut. Ich möchte es um nichts auf der Welt missen.